本书承蒙日本国际交流基金资助出版
本书系教育部青年基金项目结项成果

村上春树小说艺术研究

尚一鸥　著

创于1897 商务印书馆 The Commercial Press

2014年 · 北京

图书在版编目(CIP)数据

村上春树小说艺术研究/尚一鸥著.—北京：商务印书馆，2013（2014重印）
（东北师范大学日本研究）
ISBN 978-7-100-07633-3

Ⅰ.①村… Ⅱ.①尚… Ⅲ.①村上春树－小说－文学研究 Ⅳ.①I313.074

中国版本图书馆CIP数据核字(2011)第013557号

村上春树小说艺术研究

尚一鸥 著

商 务 印 书 馆 出 版
（北京王府井大街36号 邮政编码 100710）
商 务 印 书 馆 发 行
三河市尚艺印装有限公司印刷
ISBN 978-7-100-07633-3

2013年7月第1版 开本 880×1230 1/32
2014年5月北京第2次印刷 印张 11

定价：32.00元

目录Contents

绪论 “村上现象”的学术思考

第一节 日本的村上春树研究

村上春树最初出现在日本当代文坛是1979年的事情。这年6月，他以处女作长篇小说《且听风吟》荣膺当年的“群像新人文学奖”。在奖项众多的日本文坛，这个成就被视为最高文学奖项“芥川奖”的敲门砖。此前并不被人知晓的村上，横空出世、一鸣惊人，因此也迅速地引起了文坛与读者的注目。

最先关注村上春树出现的是文学评论家川本三郎。几乎是在村上获奖的同时，川本即在《两种青春小说——村上春树和立松和平》的视角下，将这位文坛新秀定位为青春小说家，认为他的《且听风吟》是流行的青春小说思潮的新鲜血液；理由是作品主角是商品目录少年和符号少年；在看似轻松、虚无的表象背后，实则隐藏着深深的绝望。作为文学批评界最先发出的关于村上的声音，应该说川本的见解包括他的敏锐，为日本的村上研究留下了一个不错的开头。

5年以后的1984年伊始，第一个单行本《村上春树研究读本》问世。北宋社的高桥丁未子作为作家系列研究丛书的专业编辑，在书中搜集了仲田贵志的《我中之“我”与我中之“鼠”》等27篇文学评论。“这是一本以‘鼠’三部曲为中心的集子，探讨了70年代的青春背景下村上文学中的光和影。”[①]青春小说家村上春树的调子，在研究界被持续吟唱着。

1985 年 10 月横滨市立大学的铃村和成即推出了第一部村上春树研究的学术专著《还未开始·已经开始——村上春树和〈世界尽头与冷酷仙境〉》。认为“这是一部要求评论的作品”，因为“村上春树的被动的、非连续性的语言空间是面向‘他者’、通过‘他者’的语言来展开的”。铃村和他的这本书的出现，不仅标志着学术界对村上春树研究的介入；书中以小说创作方法论为中心的探索，也使得村上春树的研究实现了一种递进式的前行。

当时作家那里的情形，是继《且听风吟》之后、已然完成了《1973 年的弹子球》、《寻羊冒险记》这三部可以称之为奠基之作的长篇小说；而《世界尽头与冷酷仙境》正是村上在创作方法上进行新的尝试的产物。从作品的问世到研究专著的出版，用了不到半年的时间。

一般说来，学术思考不但出现在创作实践之后，而且在时间上也会受到诸多因素的制约。20 世纪 80 年代结束之前，村上陆续完成了长篇小说《挪威的森林》、《舞！舞！舞！》和《开往中国的小船》、《萤、烧仓房及其它短篇》、《再袭面包屋》等几个短篇小说集，已出落为当代文坛的领军人物。包括黑古一夫的《村上春树——失去的世界》和松泽正博的《春树、芭娜娜、源一郎——三位感受时代信息的标识性作家》在内的总计 8 本著作，就学术视角和研究深度而言，与村上的实绩之间尚处在失衡状态。

---

① [日]高橋丁未子：『鼠の心——村上春樹の研究読本·編辑·後書』，北宋社 1984 年版。一并需要说及的是，除特殊标明之外，本文的一应引文均为执笔者所译。对译文的立场也是如此。即如林少华先生的译本，可取的保留，不可取的重译，以便全力进行学术关注。这样做的理由在于：在一部学术著作里，根据需要援引村上小说的原文，是不涉及版权问题的。

然而，这种情形在步入90年代以后却发生了根本性的改变。从今井清人的《村上春树的关闭感觉》和黑古一夫的《村上春树和同时代的文学》开始，陆续出现了一批有一定深度和影响力的学术著作；至90年代末的10年间成果总量近40部，是80年代的四五倍之多。这些成果不但显示出对村上春树小说创作的全力关注，而且与作家的影响相呼应，实现了创作活动与学术研究的同步。

进入21世纪以来的10年间，村上春树于2006年获“弗朗茨·卡夫卡奖”，直逼“诺贝尔文学奖”得主的宝座；报刊等媒体反复传递着一个信息：村上春树的文学已经超越了大江健三郎和三岛由纪夫，得到了世界范围内的认可。“村上春树跃居世界级畅销作家之列，这件事作为当今日本屈指可数的美谈之一，在社会中流通和消费。”[①]与此同时，村上的学术研究也呈现出前所未有的态势，成果汩汩而出、势不可当；专著总数继20世纪80年代的三四十部之后，又有近百种之多。而且一批知名学者的介入，也提升了这一时期研究成果的学术品位。

考察1979年以来30年间的日本村上春树研究，至少可以归纳和总结出下述4个值得特别提及的问题：

第一，学术界与批评界的投入巨大，成果丰硕。据笔者的纸本收藏与电子信息统计，此间日本已总计出版了学术著作或单行本139部。[②]仅从日本国会图书馆资料库的《杂志纪事索引》中便可以检索

---

① ［日］小森阳一著、秦刚译：《村上春树论——精读〈海边的卡夫卡〉》中文版序言，新星出版社2007年版，第1页。

② 另据日本筑波大学的中国留学生王海蓝2006年统计：“到目前为止，在日本出版的有关村上春树的研究书籍，评论书籍约有70册，在杂志和报纸上发表的论文，随笔数不胜数。”（［日］黑古一夫：『村上春樹——“喪失”の物語から“転換”の物語へ·中国における村上春樹の受容』，勉誠出版2007年版，第264頁）

到村上春树研究的学术论文 878 篇，而实际的文章数量还要远远超过这一数字。[①]这不仅是对笔耕不辍的村上春树的公平回报，而且在现代以降的作家作品研究史上也是空前的。同时，这次战后日本文坛上的规模最大的文学批评战役对于活跃、丰富和框定当代日本文学的走向，无疑也是具有多重意义的。

第二，出版物的范式众多，格调较高。如果说 20 世纪 80 年代的出版机构北宋社和洋泉社尚嫌名声平平的话，那么 90 年代始文艺春秋社、河出书房、新潮社、小学馆和若草书房等资深机构的参与，同垄断村上作品出版的讲谈社、专事村上译作出版的中央公论社，已完全可以等量齐观；从而使得村上的学术研究著作同村上作品的出版受到了同样的礼遇。不仅如此，在诸多杂志为村上研究设置增刊、特集的基础之上[②]，由木股知史主编的《村上春树·日本文学研究·46》，栗坪良树、拓殖光彦、今井清人编集的 7 卷本《讲解村上春树》和加藤典洋主编的《群像日本作家——村上春树·26》，作为这一范式中的特别存在，也标示着村上研究的文学史意义上的登堂入室。

第三，批评队伍的覆盖面广，大家云集。以评论家、大学教授为主体的研究群体中，尚融入了作家、自由撰稿人、音乐家、心理学家和编辑等宽泛含义上的文化人。内中著名文学批评家、社会活动家小森阳一，以一本《村上春树论——精读〈海边的卡夫卡〉》，进一步显示了西方叙事理论领域的深厚功底，学术见解也堪称是独

① 此系截至 2010 年末的统计数字，其中尚未包括题目中未出现“村上春树”字样的论文，例如宮崎祐子:「“言葉”から読む『ノルウェイの森』」,『福岡大学日本文学』2001 年第 11 期，第 63—81 頁。

② 例如 1991 年 4 月『文學界』推出了临时增刊『村上春樹ブック——村上春樹この十年（1979—1988）』。

创性的。早稻田大学教授加藤典洋一个人写了5本关于村上的书，于村上研究用力甚勤，在一定意义上也借此扩大了自己的社会影响。东京大学的教授藤井省三的《村上春树心底的中国》，是村上研究进入专题领域的代表之作，显示出韵味独具的厚重学养。此外，前田爱、柄谷行人、黑古一夫和川村凑等学者的纷纷介入，无疑也意味着对这一当代文坛现象的高度认可。

第四，作为商业化和信息化时代的作家，日本的村上研究全过程中，有一种通常不会予以学术价值界定的存在伴随其间，这便是读者大众与作家本人的网络互动。美国哈佛大学的教授杰·鲁宾便在他的村上研究专著《倾听村上春树——村上春树的艺术世界》中，注意到1996年到1999年由《朝日新闻》主管的村上春树官方网站——“村上春树朝日堂”；还有2002年9月至12月新潮社为《海边的卡夫卡》的发行而建立的网页，以及《少年卡夫卡》中作家为读者诠释的1220个问题的文本记录。截至目前，这部分成果有否理由成为村上学术研究的一种有机存在，显然尚待规范和定论。然而无论如何，这是一种全新的文化现实，而且也已然进入了关于村上文学创作的学术思考和判断范畴。

日本的村上研究持续30年、出书139本、论文千余篇。在这样的空前的投入中，除了少数可有可无、或者滥竽充数的“读后感”之外，批评界普遍感兴趣的领域，深入探讨和集中思考的相关问题，以及这些努力对于世界解读村上的启示和教益等种种，不仅是学术梳理的题中应有之义，而且也将成为中国村上研究的必要参照。特别需要指出的是，日本学术界通过村上研究赢得后现代小说批评的话语权的努力，应该引起中国的学术界、包括创作界的足够注意。

首先，一种普遍的认识是村上出现在“内向的一代”文学和三岛由纪夫自杀之后，认为村上春树的小说创作作为20世纪60年代学生运动的“伤痕文学”，涂满了都市的虚无与茫然，叫青春小说也好，失却追求的文学也罢，归根结底与传统的风格与写法相悖。在纯文学悄然死灭、泡沫经济崩溃的背景下，大众性和流行性因素的浮升，只能是村上小说的唯一宿命。[①]这样的后现代语境下的认识框架，在村上小说具备了世界性影响之后开始重构。这主要表现在避开纯文学与大众文学的划分模式，竭力在后现代主义的理论体系中，寻找和确立村上文学的品位和价值。[②]与此同时，既然难于回归到惯性的文学批评逻辑之中，于是评论界对村上小说创作中不同文化元素的混合远比过去多样化的现实，则表现出很大程度上的理解与宽容。这样，在一定意义上形成了读者反应与批评倾向的趋同化。这是一种文学认同，也是一种文化认同。无论如何村上的名满天下并不仅仅是这位作家个人的事情，它毕竟同样是日本的国家财富和荣光。

其次，对于压倒性地赢得受众和市场的村上小说技巧，批评界的关注几乎也是全方位的。解读过程中关于语言、故事、符号和象征手法等几个方面的探究最多，认为现代意义上的独创与新鲜感支撑了村上小说的个性。主要观点是村上小说的语言畅晓明白、深入浅出、寓情挟意、不拘一格，特别适合现代小说的时空要求。[③]“促成我的第一部小说这种风格的主要原因，是我没有足够的时间来写

① [日]栗坪良樹、柘植光彦、今井清人編：『村上春樹スタディーズ』(1)，若草書房1999年版，第254頁。

② 参见[美]ジェイ・ルービン著、畔柳和代訳：『ハルキ・ムラカミと言葉の音楽』，新潮社2006年版。

③ 参见[日]小森陽一：「村上春樹——『風の歌を聴け』」，栗坪良樹、柘植光彦、今井清人編：『村上春樹スタディーズ』(1)，第38—51頁。

那种从容严密的文章。”[①]还在《且听风吟》获“群像新人文学奖”时，丸谷才一便预见道：“这种以日本式抒情写成的美国味小说，不久可能成为这个作家的独创。”[②]故事的讲述消解了传统叙事的旧套，“我”的话语中渗入了大量人性化的处理；平行多元的小说结构里，若隐若现的欧美先锋音乐元素，特别是美国爵士乐节奏，平添了“村上物语”的文学诱惑力与可读性。作品中还随处可见战后蜂起的现代符号技巧，人物姓名被“208”、“209”的数字所取代；井、羊、阿美寮和独角兽，外加无法计数的洋酒、意大利面、三明治和汉堡包，无不是作家的某种生活认识、人生理解的象征与隐喻；借此也拉开了同其他日本作家的文本模式的距离。这样，作为一位充满语言的创造精神的作家，村上才有可能完成了一场“个人的革命”，码出了与众不同的小说文字，成为空空如也的日本当代文坛的一道精神大餐，赢得了相当宽泛的读者群的青睐。

再次，关于村上文学营养的来源和构成，也便这样伴随着惊诧和兴致，顺理成章地进入了人们的思考之中。追本溯源，尽管家教中不乏日本古典文学的指向，还是无法改变村上对司汤达、托尔斯泰，尤其是陀思妥耶夫斯基的神往。而且夏目漱石、森鸥外和芥川龙之介这些对近代日本人的思想形成起过重要作用的文学大师，之于村上则仿佛是从未有过的存在。“在我的整个成长期，从未有过被一位日本作家深深打动过的经历。”[③]除了唯美派的谷崎润一郎和福克纳式的小说家中上健次，即便是接触过其他日本作家的作品也是村上成名以后的事情，而且显然不是村上小说神髓的构成。因此，

---

① 参见［日］村上春樹：『やがて哀しき外国語』，講談社 1994 年版。

② ［日］丸谷才一：「新しいアメリカ小説の影響」,『群像』(6) 1979 年 6 月,第 118 頁。

③ ［日］村上春樹:『若い読者のための短編小説案内』, 文芸春秋 1998 年版, 第 10 頁。

对那些想让村上与日本作家，即如夏目漱石，站在一起的学者而言，作品比较研究几乎是唯一的出路。①

“村上是在美国占领期间出生，并伴随着日益繁荣却仍继续向往美国的富强和文化的日本一同成长起来的。”②在对美国当代小说顶礼膜拜的意义上，现今的日本文坛上殆无出其右者。不仅如此，美国小说的译介一直是村上的一种重要的文学资源，以译养文遂成为这位作家的特别格式，30 年来的发掘和汲取从未停止过。2010 年 12 月，还在早川书房出版了雷蒙德·钱德勒的《小姐妹》。

“无论如何村上翻译了雷蒙德·卡弗的所有的作品，这个作家对他的影响是不容置疑的。另一方面，村上在哪些方面拒绝了卡弗我也饶有兴趣。很想从现在开始研究这个问题，不只是靠读他的作品来分析他的文学性格。”③人们还注意到除了卡弗以外，村上翻译的美国当代流行小说家还可以开列出菲茨杰拉德、蒂姆·奥布莱恩、雷蒙德·钱德勒、约翰·欧文和杜鲁门·卡波特等；勤勉的程度堪与职业的翻译家比肩。“较之中上健次的小说，村上春树的小说更接近美国小说的翻译文体。”④显而易见，村上的文学实践在本质上与这些美国作家保持着同一步调，或潜移默化或公然模仿，在近代以来学习西方的日本作家中最为执着，致力于文学的国际化相对彻底，这也正是他成为日本的世界级作家的动因之一。

---

① 这一方面的代表著作为『村上春樹、夏目漱石と出会う』，若草書房 2007 年 4 月出版，著者半田淳子。

② [美]ジェイ・ルービン著、畔柳和代訳：『ハルキ・ムラカミと言葉の音楽』，第 23 頁。

③ 参见[日]栗坪良樹、柘植光彦、今井清人主编：『村上春樹スタディーズ』(3)，若草書房 1999 年版。

④ [日]畑田佳樹：「アメリカ文学と村上春樹」，栗坪良樹、柘植光彦、今井清人主编：『村上春樹スタディーズ』(1)。

即便是按照传统的文学理念和规则，小说也是最忌直说的文学样式。受到美国现代小说持续影响的村上文学同样是扑朔迷离，而且被精心地掩饰在后现代主义的文学的诸多技巧之中。尽管如此，村上小说的女性描写和战争意识，仍然牢牢地吸引了批评界的目光。

谈到村上小说的女性形象，人们必须面对的是这样一种文坛现实：自 1987 年《挪威的森林》问世以后，村上春树就由一位“作家”演变成了一种“现象”。据日本媒体报道，20 岁上下的知识女性是这部作品的主要读者；而且这个庞大的女性读者群体中，还包括了为数不少的五六十岁的人。①

仅仅是永恒的爱情题材，显然并不足以导致这样一种阅读现象的出现；于是，批评界触及到了女性自我主体意识的失落与复苏的主题，认为村上的爱情题材创作，是 20 世纪中后期日本女权主义和同期美国思想解放运动影响的产物。《挪威的森林》中以村上夫人阳子为原型的女主人公绿子形象，凝聚了经历过六七十年代学生运动历练的一代知识女性的人生内涵。不仅如此，内中的现代女性意识也是作家精神变迁和情感方式的真实再现。这一文学形象迎合了日本现代女性的价值观，获得了女性读者普遍的好感；而且站在了批判根深蒂固的男权主义的文坛前沿、令同时代的其他作家只能望其项背。②

村上至今尚无直面二战题材的创作实践，从《且听风吟》到《寻羊冒险记》，以及第一个短篇小说集《开往中国的小船》，包括

---

① [日]上野千鶴子、小倉千加子、富岡多恵子:『男流文学論』，筑摩書房 1992 年版，第 272 頁。

② 参见[日]三枝和子:「『ノルウェイの森』と『たけくらべ』」，[日]栗坪良樹、柘植光彦、今井清人主編:『村上春樹スタディーズ』(3)，第 145—158 頁。

《托尼瀑谷》、《发条鸟年代记》和《海边的卡夫卡》在内的战争描写无不是迂回的、间接的。但是这些作品中都出现了经历过侵华战争的日本人形象，是对两个民族间难以释怀的历史记忆的一种村上语境。战争认识既是村上这样的、战后出生的日本作家无可规避的话题；同时也是日本的批评界苦于面对的一个弱项。

村上小说的战争认识，整体上是为日本文化弱点所局限的产物，偏执、暧昧而又充满矛盾。村上不但不属于那种与汉文化有某种传承关系的日本现代作家，甚至连汉语都不懂。他对中国的了解是间接的、片面的和有限的，而且主要来自战后生活在日本的中国人。“中国对我而言不是想写而刻意去想象，‘中国’是我人生中重要的‘记号’。”[①]日本批评界对村上小说中的中国人形象与战争意识话语不多；大都采取绕道而行的方式，避开了关于村上春树的中国观的探索。然而，文学毕竟是一种超越国境的存在，村上作为作家既然无法规避中国，其笔下的形象语境中，便势必隐含着关于中日两国的民族问题与历史认识的真实所想。中国的、包括世界的读者，应该有能力读懂这位作家的品位与层面。躲是躲不过去的，原因概在于离开这一症结去谈论村上小说的艺术和人文境界，无异于对人类理性精神的嘲弄。

与此同时，日本也有学者指出，除了在人生感悟的意义上与鲁迅关于希望的思考相通以外，村上的小说《且听风吟》的文字风格和文本模式，也显然受到了鲁迅散文诗的影响。这部处女作用语讲究，句式简约，分行频仍，多有单句即一段落之处；且语境中夹有

---

① 洪金珠：《村上春树的灵魂里住着中国印记》，《中国时报》1998 年 8 月 5 日，第 11 版。

鲜明的抒情特征。结构上并不追求匀称，很有点像《野草·希望》的子文体。[①]

“从某种意义上讲，1979年登上文坛始初的10年，对村上而言是最幸福的10年。作家和读者可以呼吸同样的空气，在同一地平线上生存。可是在第二个10年里，村上已被誉为日本的‘国民作家’，作品走向世界的脚步大大超越了大江健三郎和三岛由纪夫，而成为‘世界上名声最大的日本作家’。为这样的名声所累，村上开始远离媒体与读者，并一直保持着这种立场。”[②]然而，批评活动无论如何只能面对作品说话，甚至根本不会理睬作家的作品以外的所为。对村上这样的作家而言，肯定和褒奖也并非是评说的唯一调式。批评与攻讦作为一种结实的存在，从未被淹没和消失过。从这个意义上讲，高处不胜寒的村上，实际上一直是在褒贬毁誉中持续着自己的创作历程。

无视和否定村上的原因，首先是对他的反传统和叛逆形象的反感。这不仅仅表现在对村上作品的后现代因素的争议与蔑视，而且认为这样的流行小说如果成为标识和主宰，是日本当代文坛的不正常与悲哀。在本质上持这样立场的人当中，包括大江健三郎为代表的纯文学作家圈以及批评界的“知性代表者”莲实重彦为首的正统派批评势力；甚至还包括西方日本文学研究的一些有影响的学者。“大江对村上的看法看来一直未变，也因此他后来批评村上的作品未能‘超越对于年轻人生活风尚的影响。无法在更宽广的意义上以对日本现状与未来的表现引起知识分子读者的兴趣’。”[③]莲实重彦

---

① ［日］藤井省三：『村上春樹のなかの中国』，朝日新聞社2007年版，第14—19頁。
② ［日］栗坪良樹、柘植光彦、今井清人主編：『村上春樹スタディーズ』(3)，第301頁。
③ “A Novelist’s Lament”，*The New York Times*，1986年11月23日。

更甚于辱骂的批评文字中，竟有“村上春树的小说无异于‘结婚欺诈’。甚至直接道出‘千万不要读村上的小说’”的深恶痛绝。[①]唐纳德·凯恩的“如果你走进日本的一家书店，除非是一家特大型的书店，你会很难找到一本真正的严肃的文学作品。如今的作家都是为了迎合年轻读者的时髦要求而写作”[②]，批判的锋芒显然也是直指村上春树们。

在这样的目光和声音里，村上一方面保持着与日本社会、日本文坛的“距离感”；一方面实际上不可能完全持续旧有的我行我素。他先是在美国观察日本，并用3年的时间完成了3卷本的长篇小说《发条鸟年代记》，通过历史与现实关系的解读，来说明自己的价值并不止于一个大众流行作家。当时的村上，还利用讲学的机会，谈到了五六十年代的日本“第三代新人”、作家吉行淳之介、小岛信夫、安冈章太郎、庄野润三和丸谷才一等人的短篇小说，重新解释自己与日本传统文学的并非对立的立场。1996年村上全年总计采访东京地铁沙林毒气事件受害者62位，平均每五天一位。次年开始相继推出以社会现实危机为题材的长篇纪实文学《地下》和续集《约定的场所》。毋庸讳言，村上的这些努力和改变，除了受制于创作的规律之外，也不能排除应对今非昔比的生存现实的思考。

2002年9月，村上的又一部长篇小说《海边的卡夫卡》问世。在读书界引起巨大反响的同时，也引发了批评界的重炮反击。小森阳一在《村上春树论——精读〈海边的卡夫卡〉》一书中，开辟出作

① [日]内田樹：『村上春樹にご用心』，株式会社アルテスパブリッシング2007年版，第9頁。

② “Japan Asks Why a Prophet Bothers”，*The New York Times*，1994年11月6日。

品与希腊神话、《一千零一夜》和甲村图书馆的书籍迷宫、中田战争记忆的丧失以及作品与战后的日本社会四大战场，全面否定了这部作品。小森还认为河合隼雄和加藤典洋对村上的肯定，是流行文学现象中某种政治力量的介入；借此透视出了村上研究中学术立场迥异的知识分子的对立。

一位真正意义上的作家，总是会以自己的作品持续着与社会之间的对话。自 2004 年完成《天黑以后》以来，村上春树已然有 5 年没有长篇作品问世。2009 年 5 月，这位作家把自己的新作《1Q84》（I、II）奉献给文坛与读者。一年以后，又推出这部长篇的续集《1Q84》（III）。这样，截止到 2010 年 4 月 22 日，《1Q84》第一卷销量已达 125.8 万册，第二卷为 101.7 万册，三卷总计为 267.3 万册。依然空前热销。

青豆与天吾是小说的男女主人公，《1Q84》讲述的就是他们的命运史。主人公所承载的是一种充溢着独创性的思想寄寓，所企及的是一种游刃有余的艺术境地。日本在成为世界超级经济大国的同时，一种新的社会伦理在以“自我”中心的旗帜下逐渐形成，并实际上成为社会的精神主潮。村上春树将其视为现代日本人的一种“精神禁锢”。有意识地参与到与社会文化文本的对话与循环之中，解读现代日本人的精神危机的内涵，这也便是这位作家和《1Q84》所带来的、全新的文化诗学。

日本当代文坛的领军人物村上的创作在持续中、也将在变化中前行，直到自己的终点。建立在这一基础上的村上春树研究也不可能是静态的，它的未来会是什么样子委实不是今天可以揣测出来的。人们寄希望于村上春树、同时也寄希望于村上春树研究，能够不断地为日本、为整个人类提供更为丰富的精神食粮。

第二节 国别文学的研究方法

村上文学的“中国受容”问题，是“村上现象”的一个有机构成，也是村上和日本社会所关注的、“世界怎样解读村上春树”的焦点所在。这不仅在于美国人、英国人和德国人都曾直接面临了这一问题，同时也在于日本人在这条路上已经走出了很远，并且留下了大量后来者必须面对的学术果实。有鉴于此，实证与文献学的研究方法已为选题必须面对的一种规定性存在，舍此便很难进入学人之间的沟通与对话。“从日本近代学术史来看，实证研究一直是一般学者的主要研究方法。这种传统的形成，主要是受中国清代朴学的影响。即使是在现代日本学术界，实证方法仍然占据主要地位。这一学术传统最终使实证不仅成为日本学者的主要研究方法，而且成为普遍的学术价值观。”[①]

依据后现代主义之后、西方思想界出现的后殖民主义理论主张，寻找一个民族的自我文化状态及其在世界多元文化中的地位，无疑是面对文化传播过程的最为重要的工作。“像文学文本这样一个相当惰性的对象通常也被认为从它与读者的注意力、判断、学识和演出相互作用的历史时刻中获得了某种特性。”[②]从这个意义上讲，村上文学在中国有两个十分突出的缺憾：第一，商业炒作几乎取代了学术研究。第二,一元化与断片式解读、甚至是误读倾向明显。这种情形决定了中国的村上研究，既是一个不尽如人意的现实，也是一个可以有所作为的空间。

---

① 张福贵、靳丛林：《中日近现代文学关系比较研究》，吉林大学出版社 1999 年版，第 322 页。

② 罗钢、刘象愚主编：《后殖民主义文化理论》，中国社会科学出版社 1999 年版，第 6 页。

中国的日本文学研究，如果从近代算起，历史至少也该超过了百年。村上春树研究被置于两个民族文化互动的背景屏幕之上，在通往彼岸的路径中，显然有难易浅近之分；何去何从的个中三昧，摆在每一位研究者的面前。从根本上讲，中国的村上研究，无论如何都绕不开发出自己的声音的铁则，东施效颦式的文学传播方式和效应，已为今天的时代所不容。国别文学研究永远是母国的一统天下的通说，应该不再是现代思维方式的成规与终点。笔者不才，问津《村上春树小说艺术研究》这一课题，意在整体鸟瞰村上文学，梳理 30 年历程中的村上小说实绩，对这位作家“个人革命”的世界性文学意义作出全面认定。本书所致力于达到的，便是一种中国人的文化立场与价值观念所框定的学术境界。

如果从 1986 年《日本文学》杂志对村上的关注算起，村上文学的中国之旅迄今也已走过了 20 余年的历程，①仅仅比日本的村上研究起步晚了几年而已。可是，20 世纪 80 年代中期以来，尽管也有几本关于村上的书籍问世，包括《遇见 100% 的村上春树》、《嗨，村上春树》、《相约挪威的森林——村上春树的世界》、《村上春树的世界和他的作品》和《村上春树与后虚无时代》在内②，却大都在编

---

① 《日本文学》系由吉林人民出版社出版发行的中国唯一的日本文学专业杂志。1982 年创刊，当年仅发行两期。1983 年改为季刊，这一年第 2 期即刊出了村上的《街的幻影》、《1980 年超级市场式的生活》、《镜子里的晚霞》等三部短篇小说。译者赖明珠，并附有《编者附记》。这是中国最早的译介村上的文字。该杂志于 1989 年上半年停刊。

② 稻草人编：《遇见 100% 的村上春树》，当代世界出版社 2001 年版。王昕：《村上春树音乐之旅》，南海出版公司 2004 年版。苏静、江江编：《嗨，村上春树》，朝华出版社 2005 年版。雷世文编：《相约挪威的森林——村上春树的世界》，华夏出版社 2005 年版。林少华：《村上春树的世界和他的作品》，宁夏人民出版社 2005 年版。岑朗天：《村上春树与后虚无时代》，新星出版社 2006 年版。

辑或舶来的层面。在中国甚至是中国文化圈内，可以称得上学术著作的中文读物《倾听村上春树——村上春树的艺术世界》、《村上春树论——精读〈海边的卡夫卡〉》和《村上春树——转换中的迷失》，还是美国学者杰·鲁宾和日本学者小森阳一、黑古一夫写的。①

数百篇研究论文也良莠不齐，与作品的流布反差巨大。看不出专业队伍持续性、有规模的投入，很难读到可以和日本学界比肩的独立见解。为数不多的研究层面和意义上的文本，也只是近两三年间才出现在主流期刊上和出版物中，成为一种改善过程中的终端信息。总体说来，中国对村上作品的译介，表现出了过分的热情与躁动；而对理论批评与学术研究却未能做出扎实的努力，与日本的村上研究显然无法相提并论。

村上的作品已经被 30 多个国家、地区译成外文，这在日本以至亚洲当代作家中大概是独一无二的。内中，最大的受众群体除日本外，主要集中于中国大陆、港台地区和韩国。"《挪威的森林》仅在上海译文出版社自 2001 年以来，便已印行 23 次，逾百万册；《海边的卡夫卡》近 3 年来已印行 29 万册；而最新作品《天黑以后》不到一年已印行 6 次达 13 万册。上海迄今刊行村上作品共 31 种，印数超过 250 万册。若加上 2001 年前漓江出版社的印行册数，已逾 300 万册。这在中国出版界堪称传奇性印数。"②一位日本作家如此这般为中国读者所认可，显然村上文学不仅超越了国界，同时也超越了

① [美] 杰·鲁宾著、冯涛译：《倾听村上春树——村上春树的艺术世界》，上海译文出版社 2006 年版。[日] 小森阳一著、秦刚译：《村上春树论——精读〈海边的卡夫卡〉》。[日] 黑古一夫著，秦刚、王海蓝译：《村上春树——转换中的迷失》，中国广播电视出版社 2008 年版。

② 林少华：《村上春树在中国——全球化和本土化进程中的村上春树》，《外国文学评论》2006 年第 3 期，第 39 页。

文化的抵牾。

2008年5至6月间，正在日本学习的一位中国女留学生以中国各地约3000名学生为对象，调查他们对日本著名作家村上春树作品的阅读情况。这些学生中有六成读过村上春树的作品，还有九成的接受访问者能够随口说出《挪威的森林》，可见村上春树这部小说在中国学生中人气甚高。日本学者黑古一夫据此认为：“很难想象会有半数以上的日本学生能够像中国学生那样阅读村上春树的作品，看来这项调查用数据如实地呈现了中国的这波‘村上春树热’。”①

村上其人与他的作品无不具备足够的复杂性，而中国读者为之动情的，却主要是作家作品的“小资”情调与生活方式。“村上春树和他的《挪威的森林》已经成为一种文化符号，一种时髦，一种品味和格调。”②作家的青春失落感在中国的阅读群体中遇到了广泛的知音，而着力揭示的日本社会精神危机的良苦却遭到冷落。可以认为，这是文化传播过程中出现的一种不应有的错位。

为了促销而极尽溢美之词，出版商和学者并肩坐在了一条板凳上。有批评因此指出：“这种生活方式其实在很大程度上是依靠林少华解读、提示出来的。”③在商业化的社会背景之下，译者似乎就是学者的悲哀，误导了村上与中国受众的关系。这不仅表现在匆匆推出小说译文的同时，对日本的村上研究断章取义地文字置换；那些关乎村上认识的学养不足的喋喋不休，尤为令人无法容忍。1928年，戴季陶先生在他的《日本论》中，便曾有过这样的忠告：“我劝中国

---

① 徐晓燕：《中国留学生回国实施问卷调查博士论文研究“村上春树热”》，《日本新华侨报》2009年3月12日。

② 林少华：《村上春树在中国——全球化和本土化进程中的村上春树》，《外国文学评论》2006年第3期，第39页。

③ 王志松：《消费社会转型中的“村上现象”》，《读书》2006年11月号，第69页。

人，从今以后，要切切实实的下一个研究日本的功夫。”[①]这位多少算是懂得日本的中国人，“切切实实”的话虽然讲过了80余年，如今仍然不失警醒的价值。

“如果省略中国不提，就无法讨论村上文学”，这是日本学者藤井省三关于村上与中国关系的一个重要学术见地。村上小说的中文译者，却仅仅依据村上写了中国题材，便莫名其妙地牵强附会，人为地添加某种被美化了的、并不属于村上的中国认识：“从您的小说或从您的小说主人公身上可以感觉出您对中国、中国人的好感，这在某种程度上也是作品深受中国读者喜爱的一个原因。”[②]这种不该由中国的学人发出的声音，不仅有违村上小说的中国形象的实际，而且也是对中国读者的一种亵渎。由于村上的主要作品现均有译本在中国大陆畅销，实际上村上和他的粉丝之间的互动从来就没有停止过。从这个意义上讲，学术介入既承载着对一元化倾向和断片式理解的中国受众的解析义务；同时，也理当触及村上小说的某些本质方面。倘若缺少了中国学术界的声音，对这位有世界影响的日本作家的文本价值的阐释，无疑是不完整的。

出于与题旨相关的诸多考虑，除绪论《“村上现象”的学术思考》外，本书总共设置了10个章节。在第一章《〈且听风吟〉的文本价值》里，论及了处女作的艺术价值及其与村上小说整体的关联性。第二章《“寻羊”与“冒险”的个中三昧》，是以村上的力作《寻羊冒险记》的艺术开拓为中心的探索；小说的平行结构的出现，标志着作家对后现代主义的表现艺术的把握开始走向成熟。同时，

---

① 戴季陶：《日本论》，九州出版社2005年版，第3页。

② 林少华：《为了灵魂的自由》，《北京青年报》2003年1月24日。

讨论了到《舞！舞！舞！》的完成为止，村上整个青春题材创作的得失。第三章给予《挪威的森林》以单列的资格，理由在于迄今为止的村上的小说创作中，还没有出现超越这部作品的文本存在。本章从创作方法的一个例外，学潮时代的社会图解，直子、绿子与女性形象等视角入手，全面论及了《挪威的森林》的经典价值，认为这部作品是西方叙事技巧日本化的一个范例。

第四章《村上春树的中国观》，是关于村上小说艺术的一个重要语境；也是衡量这位世界级作家不可或缺的一把尺子。村上的父亲参加过侵华战争，这或许可以理解为他的小船开往中国的某种宿命式的成因；不过在反战小说创作的文学史意义上，村上却很平庸、甚至是大失水准的。因此，本章就日本的村上研究界讳莫如深的话题，发出了前所未有的声音。年轻时代村上曾经走入过鲁迅的小说世界，对二者的师承关系的考辨，使本章成为藤井省三的《村上春树心底的中国》的补遗。村上小说的中国人形象谱系整体上显示出灰暗的色调，是作家一直以来都对中国和中国人怀有复杂的矛盾心理的产物。

第五章《小说天地中的电影空间》，是关于后现代主义小说家的创作准备和生活积累的相关研究。按照现实主义的理论，村上春树并不是一位创作准备丰足的作家。解读村上与电影的姻缘，可以感知后现代文学背景下的作家素养问题，同作品因素一样出现了许多重大变异。实际的情形是，村上其人小说读得不少，电影却看得更多；在成为职业作家的过程中，他主要是依靠画面来把握语言艺术规律的。意外的是，日本的“村上春树热”，却唯独没有对电影界形成冲击。一贯拒绝日本电影的固执立场，同样导致了电影人对村上的冷落。而靠写小说崛起的村上，后来又回到电影、或者说始终与电影保持着难以割舍的关系，于是成了村上春树的一个研究课题。

第六章《〈发条鸟年代记〉的历史诉求》，探讨了村上小说向世界说明日本的命意所在及其为作家的创作带来的重大改变。首次跳出学生运动狭隘视野的这部3卷本的长篇小说中，在现实的舞台上探索了日本与亚洲的历史冲突，村上在中蒙边境的骸骨中未能找到应该找到的东西，从而使得作家的人文层面大打折扣。与此悖行的是，小说的故事性出现了由单一向综合过渡的特点，讲述魅力也提高到了一个新的水准。

第七章《〈海边的卡夫卡〉的意象世界》中，在对传统的故事框架做了面目全非的改变以后，作品意象的捕捉、诠释与明朗化，成为作品解析的重要领域。同时探讨了《源氏物语》、《雨月物语》和《矿工》的出现所标示的村上小说回归日本的倾向。作家的这一重要转折，归根结底是日本文化的强制力量所致，所以众多的日本读者如鱼得水，倍感欣慰。

第八章《文学史意义的地震灾难讲述》如题目所示，将村上取材于阪神大地震的6个短篇小说及其人物形象，置于地震文学史的框架内加以考辨。认为作品凝聚了从大正到平成文学的诸多历史内涵，为批评界留下了审视的新天地。同时，以此为契机对村上的短篇小说创作进行了全面的清理，指示了作家的体裁认识的个性特点。

第九章《美国情结与村上春树的文学实绩》指出，如果说村上春树迄今为止的全部创作，可以当作日本“后战后”时期的精神史来解读的话，那么村上被界定为一位对美国流行文化完全认同、几近臣服的当代日本作家，显然是名副其实的。村上始终把美国小说作为自己的文学资源，并且以战略的眼光选择了与众不同的开掘方式，把美国小说译介始终作为与创作同步的一种存在，形成了“以译养文”的“特别格式”。历数给村上以影响的众多的美国现代作家，当首推菲茨杰拉德和雷蒙德·卡弗。通过个案研究可以看出，除了技巧领域，两位作家的小说境界与精神追求，一直在深深地感染着村上。

终章《〈1Q84〉(I、II、III) 的里程碑价值》，是关于村上春树的多卷本长篇近作的讨论。本章认为无论是在小说精神还是文学技巧上，这部作品都无疑是村上 30 年功力的集大成者；同时也是村上给自己的花甲之年的一份世界级作家的证词。作品借助国家体制、宗教组织、学潮记忆、文坛堕落、家庭暴力和社会黑幕的现代形态，以及晚婚与婚外恋的时代潮流等现实介质，完成了诸多个性鲜明的人物形象塑造，形成了村上特有的“人学”观与小说模式。

综上所述，本书以 20 余万字的篇幅，完成了对村上春树迄今为止整整 30 年文学活动轮廓的勾勒。在方法论的意义上，除了恪守原作第一的铁则，还将这种连贯性渗透到日本村上研究的百余部专著和上千篇论文中。全面梳理了先行研究的学术范畴、关注重点和疑难所在。依据“无征不信”的中国治学传统，或照本宣科、或明断取舍、或努力发出属于自己的声音。本书中所引一手日文资料，全部由笔者译出，其翔实、完整与可靠，权作是愚钝者的信念。

第一章 《且听风吟》的文本价值

第一节 厨房中诞生的作家

如今已名满天下的村上春树，不仅是日本当代文坛的领军人物，也是一位“世界上名声最大的日本作家”[①]。村上小说创作及其所引发的久盛不衰的“村上现象”，标示着战后日本、乃至整个文明社会的某种革命性的文学变革与走向。

1949 年 1 月 12 日，村上春树出生在京都市的伏见区。

京都有千年古都之称，公元 794 年模仿中国隋唐时代的长安和洛阳而建，是日本文化的摇篮与古代文明的象征。伏见亦即安土桃山文化时期的桃山，曾经是日本战国时代末期封建领主丰臣秀吉的领地，有着“辉煌壮丽的城郭建筑模式”[②]。这位终其一生完成了统一日本大业的人，同时又开创了日本僭越亚洲地域、摆脱中华文化的滥觞。丰臣最终便是在伏见结束了 60 余年的戎马生涯、长眠地下的。

村上的父亲村上千秋是高中日语教师，母亲村上美幸是全职家庭主妇。村上作为这个家庭的长子出生后不久，即举家移居兵库县

---

① [日]栗坪良樹、柘植光彦、今井清人編：『村上春樹スタディーズ（3）・解説』，若草書房 1999 年版，第 301 頁。

② 叶渭渠：《日本文化史》，广西师范大学出版社 2003 年版，第 215 页。

西宫市夙川。“我生在关西，长在关西。父亲是京都的和尚的儿子，母亲是船场商家的女儿，我可以说是地地道道的关西人。”[①]

1955 年春，6 岁的村上入西宫市立香栌园小学就读。“我的家庭虽然是普通的家庭，可是因为父亲酷爱读书，所以除了杂志和漫画以外，容许我在附近的书店购买自己喜欢的书，能这样我就已经很满足了。托父亲的福，我也算是一个读书少年了。”[②]

12 岁上，村上成了芦屋市立精道中学的学生。“我不喜欢学校，也不怎么用功。说白了，我是一个逆反心理很强的学生。关于初中经历的所有印象只留下挨过老师的打……”[③]这种情形，使得村上的中学生活成为一种并不规范的模式，随波逐流，甚至有些平庸色彩。

> 当时，也就是 60 年代初，我的家里订了河出书房的《世界文学全集》和中央公论新社的《世界历史》各一套，每个月书店都会寄过来，我在一本一本地阅读的同时，度过了自己的少年时代。也正是由于这个原因，我的读书范围直到今天始终是外国文学和历史，说这是 3 岁看老也好，最初的因缘也好，生存环境的制约也好，人的喜好大体上也就这样被决定了。[④]

在兵库县神户高中，村上送走了 15 岁至 18 岁的时光。此间，正值日本以 1964 年东京奥运会为标志，实现经济的持续、高速和稳定增长的发端，社会面貌和国民生活发生着日新月异的变化。和许

---

① [日]村上春樹、安西水丸：『村上朝日堂の逆襲』，新潮文庫 1997 年版，第 23 頁。
② [日]村上春樹、安西水丸：『村上朝日堂』，新潮文庫 2001 年版，第 136 頁。
③ [日]村上春樹、安西水丸：『村上朝日堂の逆襲』，第 109 頁。
④ [日]村上春樹、安西水丸：『村上朝日堂』，第 136 頁。

多战后出生的年轻人一样，村上开始沉湎于物质享受，几乎整日玩麻将，交女友，或者在爵士乐酒吧和电影院里消磨时光。同时染上了抽烟、逃课、上课时读小说等习气。[①]等待他的自然是高考落榜的重创。

> 我特别喜欢读书，只要一有时间我就会阅读文学类书籍。就这样我根本不怎么用心学习，可是语文成绩一直不错。关于英语，进入高中开始我便没有接受过任何指导，一直是自己选择读一些廉价的英文读物。接触这些初级读本，我对自己的英文还是很有自信的；可是一到具体的语言知识和语法现象时，我便越过去了，所以英语成绩并不是很好。尽管如此，在我的记忆中也应该是中等偏上的。我现在从事翻译工作，并且出版了大量的作品，那时教我的英语老师如果知道了这件事，一定会感到不可思议的。[②]

就这样，为了报考国立大学，以满足父母的望子成龙的心愿，村上不得不复读一年，在芦屋的图书馆里饱受煎熬。1968 年，村上考入早稻田大学文学部戏剧专业，住在目白元细川藩邸的民营宿舍“和敬寮”。“经营者是臭名昭著的右翼分子，宿舍长是一个陆军中野学校出身的面目可憎的男子。令人不可思议的是，像我这样的人居然没有被赶出来。要知道那个学潮迭起的年代，我也正值血气方刚、激情澎湃的人生阶段。”[③]如果说村上在高中还是基本上不学习的话，

---

① [日]村上春樹：『やがて哀しき外国語』，講談社 1994 年版，第 240—241 頁。
② 同上书，第 215 页。
③ [日]村上春樹、安西水丸：『村上朝日堂の逆襲』，第 44 頁。

大学时代的村上，更沿袭了高中以来养成的根本不用功的习气。读到大三时，22 岁的村上即与大学同学高桥阳子成婚。婚后居住在文京区千石经营床上用品的阳子的父母家里。一边靠岳父接济度日，一边拼命打零工赚钱，村上甚至为此而休学过一年。与村上同龄的夫人阳子于 1972 年毕业，而村上拿到早稻田大学戏剧专业的文凭却足足用去了 7 载光阴，比同期同学晚了 3 年。

成家以后在生存的压力之下，村上被迫改变着生活方式，开始认真思考自己的人生去向。到了在国分寺经营“彼德猫”爵士乐酒吧时，村上也只有 25 岁，而且还是在大学就读期间。店名得于在三鹰居住时养的一只宠物猫，开店资金 500 万日元中，一半是夫妻打零工的共同积累，一半来自银行贷款。“开始也曾想过去就职，便到几家有关系的电视台转了转，可是工作内容都实在是太无聊了，只好作罢。与其选择那样的工作，还不如开个小店，亲自采购、烹饪、为客人服务，自己也得以有规律地认真生活。这样想来，我能做的事就只有开爵士乐酒吧了，因为我喜欢爵士乐，想做一些多少同爵士乐相关的工作。”①

可见，多少有些孤僻、又不愿意接受任何形式约束的个性，导致当时的村上没有像大多数年轻人一样去公司就职，而是主动地确立了个体经营者的职业选择与社会定位。疲惫不堪中经历了许多的痛苦和失望之后，村上的生意开始慢慢地有了起色。在淡淡的忧郁与难得的喘息中，他也便从经营酒吧纯粹是为了维系生存，转向可否为生活平添些许自己向往的内容的思考。其时“彼德猫”爵士乐酒吧已经迁址到文京区的千驮谷附近，而村上本人也已接近而立之年。

---

① ［日］村上春樹、安西水丸：『村上朝日堂』，第 56 頁。

村上春树作为小说家的人生，是从《且听风吟》开始的。

1978 年 4 月 1 日的一个春天的下午，村上躺在明治神宫球场坐席外的草地上，一边喝着冰啤酒，一边欣赏一场职业棒球比赛。他突然感到似乎有什么东西从天宇中飘下，那一刻他决定去写一部小说。“我没有当作家的野心，只是想用心地去写一部小说。当时我脑子里并不太清楚写些什么，只是感觉自己可以去写。而当我真正坐在桌前时，才意识到自己连一支像样的钢笔都没有。于是我到新宿的纪伊国屋书店，买了一本稿纸和一支廉价的钢笔，算是一笔小小的投资。”[①]实际上，在这种突发奇想式的创作冲动和真正意义上的写作实践之间，尽管村上表现了过人的天分和才能，但是一路走来又毕竟是历尽坎坷、艰辛备至。

“酒吧的工作每天都会持续到很晚，当一切在深夜才结束以后，我便一边喝着啤酒，一边坐在厨房的桌子上写小说，一字一句地坚持写到‘今天就到这里吧’的感觉出现为止。”[②]最初的 8 万字左右的初稿，便是这样完成的。可是村上对自己以传统意义上的文体完成的这一稿并不满意，感觉和自己的想象相去甚远。“可能是受了库尔特·冯内古特和理查德·布劳提根的影响，我意识到如何使用日语之于小说创作，是一件非常重要的事情。于是抛弃了已完成的 200 页稿纸，让一切重新开始。”[③]

当漫长的夏季来临的时候，村上才杀青了《且听风吟》的第

---

① [日]村上春樹:『走ることについて語るときに僕の語ること』，文芸春秋 2007 年版，第 46 頁。

② [日]村上春樹:「台所のテーブルから生まれた小説」，『村上春樹全作品 1979—1989』(1)。

③ 「村上春樹この十年（1979—1988)」，『文學界·村上春樹ブック——4 月臨時増刊』(5)，文芸春秋 1991 年 4 月，第 36 頁。

二稿。然而，对稿件的处理却有些茫然。他跑到附近的“明治屋书店”，站在那里查阅了相关的文学杂志，思考着小说的何去何从。当时，较之《文学界》4 万字上下的征稿要求，《群像》的 8 万字左右的容量更加符合村上的情形和所愿。于是，“便将手稿作为征文投至《群像》杂志的新人文学奖项，甚至连底稿都没有留，仿佛它的去留存亡与我并无干系。它就是现在的《且听风吟》”①。

秋高气爽时分，村上已然把当了一回作家的感觉忘得一干二净，回到依然故我的生活现实中，除了填写税金报表和偶尔写几封信以外，每天着意于把自己的生意算盘拨得噼啪作响。所以，在转年春天的一个周日的早上接到《群像》编辑部的电话，被告知《且听风吟》已入围“新人文学奖”的时候，仿佛如天外来鸿、喜不自禁。“撂下电话以后我和阳子外出散步，在千驮谷小学的校门前发现了一只因翅膀受伤而不能飞翔的鸽子。我双手捧着它走到原宿，交给了表参道的派出所。一路上我不时感觉到鸽子在手中颤抖。这个弱小的生命，包括它的体温一直鲜活地留存在掌股之中，至今我仍能感受到。那是一个令人陶醉的暖春的早晨，生机盎然的感觉油然而生。我毫无缘由地预感到自己会成功，而实际上我确实获了奖。”②

1979 年 6 月，村上春树以处女作长篇小说《且听风吟》荣膺当年的“群像新人文学奖”。在奖项众多的日本文坛，这个成就被视为最高文学奖项“芥川奖”的敲门砖。应征该年度新人文学奖的作品总数为 1263 篇，其中小说 1148 篇，评论 115 篇。评选委员会由佐佐木基一、佐多稻子、岛尾敏雄、丸谷才一和吉行淳之介等五位资

① ［日］村上春樹：『走ることについて語るときに僕の語ること』，第 46 頁。
② ［日］村上春樹：「台所のテーブルから生まれた小説」，『村上春樹全作品 1979—1989』（1）。

深的作家、评论家和翻译家组成。村上的《且听风吟》得到了5位评委的一致肯定和好评，成为当时文坛上耐人寻味的现象。如果没有他们的慧眼，不可能想象酒吧厨房中会诞生一位作家，自然也便不会有现今的村上春树。

10年以后，村上在回顾处女作的获奖与自己的文学生涯的关联时，曾这样写道：

> 一些其他杂志社的人也对我说过，倘若当时选择的不是群像而是其他杂志的话，或许不会有今天的结果。从这个意义上讲，我是幸运的。如果没有获奖的话，那以后我大约就不会去写小说；即使去写经历的也一定是和现在不同的过程。[①]

一致看好村上春树和《且听风吟》的5位评委，感受又各不相同。文学评论家佐佐木基一在谈到《且听风吟》入选的主要理由时，认为村上的小说文体轻而不薄，俗而不卑，“如同流行艺术作为现代美术的一种形式得到了认同一样，我以为认可这样的文学存在也未尝不是一件好事”[②]。女作家佐多稻子的评价同样是饶有兴味的：“《且听风吟》我读了两次，第一次便感觉很有意思。为了找到魅力的所在，我又读了第二次，结果趣味仍然不减。这就是作品无须解释的艺术力量。”[③]另一位作家岛尾敏雄则充分肯定了《且听风吟》令人叹为观止的虚无感。[④]小说家吉行淳之介看到了“‘鼠’这个少

---

① [日]村上春樹：「台所のテーブルから生まれた小説」，『村上春樹全作品1979—1989』(1)。
② [日]佐々木基一：「軽くて軽薄ならず」，『群像』(6) 1979年6月，第115頁。
③ [日]佐多稲子：「選評」，『群像』(6) 1979年6月，第116頁。
④ [日]島尾敏雄：「選後感」，『群像』(6) 1979年6月，第117頁。

年实际上是‘我’、也就是作家的分身，而村上能将‘鼠’作为影子形象来处理，这不能不说是一种本事”，并由此认定这是今年文坛的一个重要收获。[①]

历数几位评委的极具见地的认识，无疑当首推丸谷才一。他以《新美国小说的影响》为题，指出：“村上春树的《且听风吟》是在现代美国小说的强烈影响下完成的，作家潜心学习了库尔特·冯内古特和理查德·布劳提根的文风，这种虔诚的态度非常难得，与此同时如果没有过人的才能，也无法从现实主义的传统中摆脱出来臻于这般境地。锐意出新已成为现今日本小说的一般性倾向，在巧妙地依据国外的样板来实践这一过程的意义上，《且听风吟》有理由成为一种值得注意的成果。库尔特·冯内古特的小说让人在欢笑中感受悲伤，留下的最终却是苦涩；而《且听风吟》却能让人始终保持单纯与清爽的欣赏过程。这种带有美国风味的日本式的抒情小说，也许不久将成为这位作家的独创。总之，这位29岁的年轻人，才华横溢，技巧超群。这样的文坛新人的出现，最为重要的是他所带来的文学趣味的变革。”[②]丸谷才一的独特目光包括他的预见能力，无不为其后的村上春树的小说创作实践所一一证实。

初登文坛的村上春树委实是十分幸运的。发表获奖感言时，村上却是低调的。他认为《且听风吟》仅仅是一个开始，假以时间与历练，10年以后自己将会有更多的作为。“迈出学校大门以后就没再写过什么，所以开始动笔的时候相当费劲。菲茨杰拉德的‘要想讲述与别人不同的故事，就要使用与别人不同的语言’虽然是我的创

---

① ［日］吉行淳之介：「一つの収穫」，『群像』（6）1979年6月，第119頁。
② ［日］丸谷才一：「新しいアメリカ小説の影響」，『群像』（6）1979年6月，第118頁。

作信条，但是做起来却不那么简单。也许到了 40 岁会写出像样的东西来吧，我边写边想、直到现在仍然这样以为。得奖虽然是一件让人十分高兴的事情，但我不愿被虚荣所累，因为我已经不再是那样的年龄。”①

获奖使《且听风吟》的精装本的销量超过了 15 万册，此前默默无闻、并不被人知晓的村上在爵士乐酒吧的厨房里一举成名，因此也迅速地引起了文坛与读者的注目。

第二节 风格独具的青春咏叹

村上春树开始创作时，文坛上正在活跃着的是被称为“内向的一代”的黑井千次等一批作家。小田切秀雄认为这些新作家、评论家们的特点是缺乏社会观念，所以习惯于用日常性的语言来谈论社会和战后问题。他是在《满洲事变以后四十年的文学上的问题》一文中，对当时的文坛与创作作出这样的认定的。“这个被称为‘内向的世代’的小说家们，全都表现出抵触和厌恶的情绪。不能不指出，他们的文学的某种性质（把现实抽象化，变成想象性的东西的方法）违背了以往的小说所继承的传统现实主义，或者说违背了规则。”②

“在 20 世纪的文学格局中，基本上形成了‘三足鼎立’之势：传统的现实主义或 19 世纪批判现实主义文学，仍在继续向前发展；以革命浪漫主义或以革命现实主义为原则和方法的无产阶级文学，

---

① ［日］村上春樹：「受賞のことば」，『群像』(6) 1979 年 6 月，第 114 頁。

② ［日］松原新一、矶田光一等著，罗传开等译：《战后日本文学史·年表》，上海译文出版社 1983 年版，第 580 页。

大踏步地走向世界文坛；一种涵盖了诸多流派和思潮的现代主义文学，迅速崛起和扩展。”[①]尽管村上春树从未被视为一位循规蹈矩的作家，实际上他也从未与“内向的一代”为伍，然而却不可能丝毫感受不到当时的文坛气息。至于是否应该以后现代主义小说家来定位，是一个尚未廓清的理论问题。本文无意于这一话题的纠缠，但至少倾向于认为包括《且听风吟》在内的村上的小说文本中，后现代主义小说因素的重要存在是不需要讨论的问题。

对于一个在酒吧厨房中诞生的作家而言，无论村上春树有着怎样的追求，在进入创作状态的过程当中，写什么和怎么写，仍然会成为无可规避的基本命题。当创作的冲动幻化为理性思考的时候，刻意要写一部小说的村上，最终选择的是讲述 1970 年的故事。“我决定写一部小说，两个关键词是‘第一人称’和‘70 年代’。”[②]这显然意味着《且听风吟》的艺术世界在本质上并不是某种海市蜃楼式的存在，村上真正想要做的是将社会、也是自身的一段重要经历艺术化。

对此，日本批评界的一种普遍的观点认为，村上“试图将‘过去的青春’中经历的‘死亡’、‘离别’、‘背叛’等诸多沉重体验，在‘抒情’与‘轻快’的层面重新定位，进而表达出自己不得不在七八十年代的时代风潮与世俗中生存下去的无奈现实，并借此确立了自己的文学品位。所以，对专注于审视自己‘过去的青春’的村上春树而言，大江健三郎提及的‘能动姿态’或者‘提示出一个（生存方式的）典型’的文学追求，其实根本不在他考虑的范围之

① 叶渭渠、唐月梅编著：《20 世纪日本文学史》，青岛出版社 2004 年版，第 2 页。

② ［日］川本三郎：「村上春樹特別インタビュー・“物語”のための冒険」，『文學界』（8）1985 年 8 月，第 35 頁。

内”[①]。指出村上不取传统的挑战社会的艺术表现方式，之于《且听风吟》的文本研究显然是必要的。然而，村上的“被动姿态”是他的个性化生活理解与艺术倾向的结晶，至少在当时他还不具备轻言改变的条件。

《且听风吟》在篇幅上介于中篇与长篇之间，由40个章节构成。按照作家自己的表述，这些场景并不是按时间顺序排布的，而是分别摄取、单独完成、再将它们串联在一起的。所以作品中的许多描写仿佛冥冥中出现一般，有些甚至连作家自己也解释不清。

> 关于这部小说，我自己也有许多不甚了了的地方，总之大抵上是在跟着感觉走的状态下完成的，没有为谋篇布局动过什么脑筋，就是把想写的东西顺其自然地变成文字。如果将这一过程说成是一种毫无思考的存在，似乎有过于夸张之嫌，其实它就是一种类似“自动笔记”那样的东西。从这个意义上讲，《且听风吟》也许有幸运的成分在其间。此前我没有任何写作经验，对小说写法一知半解，所以也管不了那么许多，只求把心里的东西毫无保留的写出来而已。[②]

然而，多少有些混乱的结构中，再清楚不过的却是作品的时间框定。为此，小说的第2章作了特别的处理，整个章节只有一句话：“故事从1970年8月8日开始，结束于18天以后，即同年的8

① [日]黒古一夫：『村上春樹——“喪失”の物語から“転換”の物語へ』，第175—176頁。

② [日]川本三郎：「村上春樹特別インタビュー·“物語”のための冒険」，『文學界』(8) 1985年8月，第38頁。

月 26 日。”

日本学者加藤典洋对这一时间设定，依据文本作了专门的考证，认为小说中首先插入了关于“鼠”的故事，从与没有小指的女孩的相识，到广播电台打电话布达有人为“我”点播歌曲。这个电话通知是 8 月 8 日的事情，同时也是故事开始的时间。歌曲点播节目每周六一次，主持人总共出现了两次。这样，根据作品的时间表，第二次只能是 22 日这个周六。这期节目的播出被安排在我与没有小指的女孩再次会面之后，然而作品明明标示出会面是 27 日的事情，所以 22 日这个周末只能被排除掉，而下一个周六则是 29 日，从 8 日到 29 日应该是 21 天，而不是 18 天。有鉴于此，加藤的结论是“19 天内这个故事是不可能结束的。而计算时间的关键是周六的这个歌曲点播节目”[①]。

无论是意在指责文本的疏漏，还是在批评村上的稚嫩，加藤无征不信的治学态度都是应该首肯的。然而依据笔者的批评立场，其实 18 天也好，21 天也罢，重要的是 1970 年的那个夏天，“我”、“鼠”、和“没有小指的女孩”这样几个形象在作家心中呼之欲出，他们无不是 70 年代的年轻人的缩影。

在讨论《且听风吟》的创作与社会背景、作家的个人经历的关系时，60 年代与 70 年代的“反安保运动”以及 1968 年的“全共斗”学生运动显然都是无可规避的存在。这两次史无前例的群众性政治运动，使得 60 年代的日本社会风云激荡，殆无宁日。

“安保”运动是 1959 年、1960 年为了配合美国的冷战格局的需要，日本准备修改关于《日美安全保障条约》，学生、市民为反对这

① ［日］加藤典洋：『イエローページ・村上春樹』，荒土出版社 2005 年版，第 8 頁。

一决定掀起的声势浩大的全国性的政治运动。1960 年 5 至 6 月，数万名游行群众连续数日包围了国会。由于最终未能使政府就范，作为这一运动的延续，10 年以后一系列的反对安保条约运动相继出现，史称“六〇年安保”和“七〇年安保”。“从旧金山和约（1952）至安保斗争为止，贯穿这一社会能量之中的巨大的思想源泉是民族主义与民主主义的结合。”[①]这一反美的社会思潮在后来的经济高速增长过程中，屈服于日美关系所带来的巨大国家利益而逐渐平息。

“全共斗”是“全国学生共同斗争会议”的简称。1968 年、1969 年，日本学生受到中国的“无产阶级文化大革命”和法国的被称为“巴黎五月革命”的新左翼运动的影响，掀起了一场全国性的学生运动，宗旨在于结成一个反对传统左翼的新左翼势力，以及无党派介入的学生组织。大学校园里被学生们筑起了路障，读书的氛围被“解放”的感觉所取代。对大学现状的质疑，引发了学生们参与政治的激情和狂热，这场运动从日本大学、东京大学开始，迅速波及全国各大学的校园，演变成一个反对大学与国家强权结盟的社会问题。

“包含日本的全共斗在内的西方‘文革’与中国‘文革’的共同点，首先在于它们都是冷战格局中发生的一场反对冷战霸权体系的运动。”[②]如火如荼的学潮把日本带入了一个“政治的季节”，而《且听风吟》所描写的 1970 年夏天，则正是“全共斗”运动走向解体和开始溃败，日本逐渐迎来一个和平稳定的经济发展时期的前夜。被时代所伤害了的年轻的一代，当稚嫩的激情骤然冷却之后，只剩下了背向“体制”的失落和生存的茫然。

---

① [日]丸山真男：『現代日本の革新思想』（上卷），岩波書店 2002 年版，第 13 頁。

② 林少阳：《“文”与日本的现代性·日本后现代主义思潮的社会语境及理论语境》，中央编译出版社 2004 年版，第 241 页。

在这样的社会磨难和生存氛围当中，村上春树度过了自己的青年时代。然而，这些却并不能等同于作品中的现实世界。从生活到艺术的升华过程中，村上在相对规定性里所实践的具象的艺术诉求，才是文本的真正价值所在。日本有学者指出："《且听风吟》通过'鼠'刻画了人际关系的纽带被切断的现状。其实，从学生运动的狂热回归到日常生活时发现自己已'无处可归'，这种情况在70年代并不鲜见，'鼠'的感受并不是一个特例。即使是那些看上去一切都似乎已然过去的人，心灵的创伤实际上却并未抚平。而且不得不维系着言不由衷的生活方式，这种意外和不正常也随处可见。"①实际上，在关于生存现实的思考中，作家首先或者说重点关注的是其中的传统家庭理念的裂变问题。

由于作品讲述的是主人公"我"暑假期间带着学潮后的疲惫，从东京回到故乡神户的故事。倦鸟归巢，家庭应该是"我"最温馨的港湾。作品从第9章开始出现"家"的字样；接着在第20章通过"我"与"没有小指的女孩"的对话，聊到了双方的家庭；最后在第28章写到了"鼠"的家。另一位在日本开爵士乐酒吧的中国人"杰"的家，则压根没有出现过。这样，三位主人公均面临了与家庭的关系，而结论却只有一个，所有的家庭描写，包括幻影般的家庭成员、荡然无存的亲情关系，都不过是一种徒置虚设的、道具式的存在。父母虽然为矫正口讷和饶舌带"我"去看过医生，但那毕竟发生在"我"14岁之前，学潮以后之于"我"仿佛已经是十分遥远的往事。

作品所揭示的是，战后出生的一代人，在经历了10年的政治运动的洗礼之后，不但已然与社会格格不入，而且从根本上放弃了日

---

① ［日］黒古一夫：『村上春樹——"喪失"の物語から"転換"の物語へ』，第27頁。

本家庭观念的传统模式。血缘在家庭构造中的绝对地位已不复存在。“爵士乐酒吧”在作品中频繁出现，成为作品的中心舞台，取代了四位小说人物在“家”淡去之后的空白，这是作家所触摸到的、社会文化演进的新的脉动。

“鼠”是东京大学生物系三年级的学生，也是“我”的老乡、“我”的友人。“没有小指的女孩”是“鼠”曾经的女友。关于这一点，村上在作品中没有直说，而是随着故事情节的发展，通过明信片、关于肯尼迪的话题、女孩打给“我”的道歉电话，以及“我”作为生日礼物送给“鼠”的那张唱片等细节做出了多重暗示，为读者的判断提供了足够的依据。

在面临了社会失落、家庭失落的磨难之后，作为富庶人家子弟的“鼠”，与平民出身、靠在一家唱片店打工维持生存的女孩之间，有着很难跨越的门户障碍。“鼠”有一个开口说话之前总是要把十根手指逐一清点一下的习惯，而女孩一出场便缺少拉钩盟誓的一根小指，“鼠”的炫耀完美和女孩的后天缺憾，也预示了二者关系的某种必然的结局。从抛弃怀孕的女友到整日放浪形骸、沉湎于酒色，从萌生辍学的念头到想入非非、一心想当个小说家，“鼠”的道德范畴不断地面临一系列的危机。在这个人物身上，动乱虽已平息，不安和磨难却仍在继续。

“我”的颓废，较之“鼠”应该属于另外的一种类型。作品对这个人物的塑造，集中投入在了“我”的情感领域之中。“我”曾经和3个女孩有过交往，初恋是高中同学，第二个是一次游行结束后，晚上在新宿地铁车站随意邂逅的女孩。第三个算是真正意义上的恋人，一位在大学图书馆认识的法文专业的女学生，学潮期间彼此相处了8个月，1970年春在校园网球场旁边的树林中自杀身死。这种经历为

“我”平添了动荡岁月中的伤痛，因此也才会对“没有小指的女孩”的际遇十分在意。“我”在与女孩相处过程中，所表现出的克制、理解、同情与关爱，很有一点人文的品位。这是为动荡生活所历练的结果，付出了代价，也多少学会了做人做事。“我”的形象，或可蕴涵了作家对自己的同时代人的青春得失的一种辩证认识。

“《且听风吟》是围绕‘没有小指的女孩’来写的两个故事，一个是‘鼠’、另一个是‘我’和‘没有小指的女孩’的故事，二者是一种并列关系。”[①]“群像新人文学奖”评委之一的吉行淳之介认为“鼠”是“我”的一个影子形象，因此实际上也便是作家的分身。[②]这样看来，如果“鼠”与“我”合二为一，将两个形象一体化，那么便会在本质意义上接近经历过学潮的一代青年，从而成为这个文化群体的一个艺术缩影。

可以认为，酒吧取代了家庭，情爱取代了政治，百无聊赖取代了积极进取，浑浑噩噩取代了轰轰烈烈的作品基调，反映了作家审视社会磨难与人生宿命的冷漠与淡泊的理性特征。从现实的立场理解历史的存在，对昨天的一切不再执着。作品由此所舍弃的关于政治运动的正面描写，所掩饰的赤膊上阵的批判情绪，所回避的无数人的悲欢离合，无不是为了在历史与现实的时空距离中，让一代人在受到社会伤害以后的扭曲的生活方式得到了充分的展示。这样的生活理解和艺术实践，导致村上春树对批评界沿用代际划分的方法，将自己认定为“全共斗一代”作家，是颇有些不以为然的。

---

① ［日］石原千秋：『謎とき村上春樹』，光文社 2007 年版，第 46 頁。
② ［日］吉行淳之介：「一つの収穫」，『群像』（6）1979 年 6 月，第 119 頁。

> 对我们这一代人而言，所谓的“全共斗”也好，“政治动乱”也好，“反主流文化”也好，这些体验都是67年、68年风起云涌学潮所带来的。在我看来，学潮作为60年代的休止符，它并不能涵盖60年代的一切。所以，对将我们这一代人简单地称为“全共斗一代”，我是相当抵触的。虽然我们委实是属于那一时代的，更为重要的是我们同时也经历了地下岩浆从酝酿到爆发的全部过程。总之，“全共斗一代”的出现，包含着诸多复杂的因素，而最根本的原因应该是战后体制和价值观念的破灭。无视这种复杂，对内中的混乱、叛逆和厮杀便很难做出正确的理解。到了1970年，我们则被瞬间地冷冻了起来，可以说《且听风吟》这部小说的价值观是从冷冻状态开始的。[①]

《且听风吟》问世的30余年间，批评界最先出现的关注声音来自文学评论家川本三郎，几乎是在村上获奖的同时，川本即在《两种青春小说——村上春树和立松和平》的视角下，将这位文坛新秀定位为青春小说家，认为他的《且听风吟》是流行的青春小说思潮的新鲜血液。理由是村上的作品主角是商品目录少年和符号少年；在看似轻松、虚无的表象背后，实则隐藏着深深的绝望。[②]

20世纪80年代日本的第一个单行本《村上春树研究读本》的出版介绍中，认为书中搜集的仲田贵志的《我中之“我”与我中之“鼠”》等27篇文学评论，汇聚为“一本以‘鼠’三部曲为中心的集

① ［日］川本三郎：「村上春樹特別インタビュー·“物語”のための冒険」，『文學界』（8）1985年8月，第37頁。

② 参见［日］川本三郎：「二つの“青春小説”——村上春樹と立松和平」，『村上春樹論集成』，若草書房2006年版，第5—23頁。

子，探讨了70年代的青春背景下村上文学中的光和影”[①]。

2007年黑古一夫对自己完成于1989年的《村上春树——失落的世界》一书作了大幅度的修订与补论，推出了又一部力作《村上春树——转换中的“迷失”》，仍然沿袭了旧有的主张：“《且听风吟》可以说正是为了纪念那样的青春而作的墓志铭。”[②]与此同时，还把村上列入了日本近代文学史上的“青春小说”作家谱系中。认为明治23年出现的森鸥外的《舞女》是开先河之作，“青春”是从主人公受到的伤害中捕捉到的。在战后的青春文学里，以主人公的挫折和烦恼为轴心来描绘青春的基本模式也没有改变。野间宏的《阴暗的图画》中，可以明显地看到植根于近代传统的“青春文学”的真实形象。此外，与村上春树同时代的作家立松和平早期的《光雨》等作品中的出场人物，也大抵是由于寻找不到精神归宿而彷徨忧郁的青年。

对此，作家本人实际上恪守的，却是自说自话的立场：

> 60年代给我留下了许多记忆，而写小说时我却被70年代所吸引。对于我们这一代人而言，70年代实际上是对60年代进行“残务整理”的10年。所以与其直接描写60年代，不如去发掘对自己真正有价值的东西，我想有责任感的人都会这样去做的。无论是激情燃烧的60年代，还是风平浪静的70年代，我们都从中学到了很多。我对这一点深信不疑，换句话说就是为此而写小说的。如果把《且听风吟》定位为青春小说的话，它也无疑是一

---

① ［日］高橋丁未子:『鼠の心——村上春樹の研究読本·编辑后记』。

② ［日］黒古一夫:『村上春樹——“喪失”の物語から“転換”の物語へ』，第23頁。

种悖论的青春小说。总之，青春小说不是它的出发点，1970年夏天才是它的关键词，结果在无意识之中却将小说带进了青春题材。写60年代的人太多了，许多重要话题都有人染指。我只想用自己的语言写些什么，表现那些别人没有涉猎过的东西。①

看来，小说创作与作品批评之间，从来就是一种二元的存在。作家的表述对批评界而言，不过是作品研究的一种参照而已。批评界的声音之于作家，姑妄听之的情形也时有发生。

第三节　以语言为中心的创新

"《且听风吟》先是用英文创作，然后译成日文文本的，当然，无论是读译作还是搞翻译，都并不是一位作家诞生所必需的条件。"②专攻英美文学的东京大学教授柴田元幸的这一见解，显然是意在强调关于对《且听风吟》的语言风格的批评，无论是对其影响因素作出怎样的估计和评价，决定性的力量仍然非村上春树的创造精神所莫属。

然而，任何文本一经产生，特别是对那些具有经典意义的文本而言，批评的困难也主要在于外部因素与独创实践之间的复杂关系，包括文本内外的许多剪不断、理还乱的存在。对村上春树而言，在

① [日]川本三郎:「村上春樹特別インタビュー・"物語"のための冒険」,『文學界』(8) 1985年8月，第36頁。

② [日]井上ひさし、小森陽一編:『昭和文学史』(第五卷)，集英社2004年版，第201頁。

创作始初便接受美国作家菲茨杰拉德的小说观，把使用与众不同的语言置于至高无上的位置，理由便是多方面的。如果作一下必要的梳理，至少可以找到下述的语境。

首先，村上春树并不是一个创作准备丰足的作家，甚至连必要的文学积累与写作实践都明显匮乏，自然也较少同小说家圈子的浸润和交流。从这个意义上讲，《且听风吟》的出现是一种偶然，村上的努力归根结底也主要是一场个人的革命。他可以发掘并成为自己的创作助力的，只能是自我范畴的矿藏。作为战后出生的、接受美国文化的营养成长起来的日本人，读美国小说，听爵士乐，喝鸡尾酒，已经不仅仅是一种生活习惯，村上与美国小说在一定程度上完全可以认定为一种骨肉关系。“强调集体的观念对日本整个人与人之间的关系都具有影响。一名团体选手显然比一名歌星更受人赞赏，集体精神比个人抱负更令人钦佩。美国人总强调独创性，而日本人则恰恰相反。”[①]对一位日本作家而言，人的美国化是小说的美国化的前提。坚定地按照美国人的方式走路，让日本人说去吧，这应该是村上与同时代的其他日本作家的重要区别。

理由在于，对世界范畴的现代主义和后现代主义作家的择取，村上恪守的显然是两条原则。第一，唯美国现、当代文学是举，拉美、欧洲的好手也只能退而求其次。第二，借鉴或重复广为人知的小说文本，之于作家无疑是一种莫大的风险。所以村上的美国文学蓝本，从未包括文学巨匠马克·吐温、海明威和福克纳以及战后文学的中坚金斯堡、“垮掉的一代”代表作家凯鲁亚克等众所周知的作家和作品。

---

① [美] 埃德温·赖肖尔著，孟胜德、刘文涛译：《日本人》，上海译文出版社 1980 年版，第 143 页。

其次，由于从小阅读和喜欢外国文学作品，日本文学发生发展的历史未曾真正走进过他的心里。“在我的整个成长时期，从未有过被一位日本作家深深打动的经历。”[①]特别是对日本小说语言的平庸拖沓和魅力不足尤为反感，从而使得决意在小说创作领域一试身手的村上，着手打造属于自己的语言风格并且志在必得，而且基本的取向便是在对峙中远离日本的文学和语言。

《且听风吟》的第一个日文文本由于与村上这样的追求相去甚远，所以数万字的心血被无情地丢进了垃圾桶。于是第二稿才改为先用英文写作、然后再译成日文的模式。“开始时，我竭力真实地去写，结果却不忍卒读。于是我试着用英文重来一遍，再把它翻回日文。我的英文词汇有限，写不了太长的句子，这种情形反倒使我找到了一种节奏，同时实现了语言的洗练和句子的简洁。”[②]

1992 年 11 月，香港学者郑树森在美国东部的小镇普林斯顿采访了当时旅居该地的村上。

> 我年轻时觉得日本文学太沉重、太闷人和令人窒息，所以没念过什么。我说的是一般称为“纯文学”或“严肃文学”的，例如三岛由纪夫和川端康成。对我来说，太辛苦了。当然，他们都是很受尊敬的作家，但并不是我那时候的偶像，因此要阅读的话，就要找别的文学和作家了。在这段时间，我找到的是外国文学，对外国文学反而有一种认同，尤其是冯内果和布罗迪根。他们是我 60 年代的偶像，当然，这和 1968 年及 69 年的

---

① ［日］村上春樹：『若い読者のための短篇小説案内』，第 10 頁。

② 郑树森：《我一向都比较反叛——专访日本小说家村上春树》，（台北）《联合文学》1993 年 1 月，第 96 页。

学生运动有关，是当时反体制文化、地下文化运动的影响。另外，我一向就喜欢外国文学和外国事物，因为很新鲜、很不同，为我开启了一些不同的世界，使我认识到原有世界中不可能存在的事情。①

村上成名以后，日本的研究界对于村上文学的血统里较少日本传统基因的现实耿耿于怀，所以不遗余力地论证夏目漱石以降的日本作家对他的影响。村上本人在自己的第一个 10 年的文学历程结束以后，也一再以朝秦暮楚式的转变予以配合，开始买日本文学的账。“我说的不读或不想读，是指从前。其实我近几年都在大量阅读日本小说。大概是我 40 岁开始时，就专心读日本的小说，是真正开始去认识日本的著名小说家。”②日本的这种学术研究的民族主义的偏执，显然并不仅限于文学范畴；而作为日本小说家的村上的悲哀则在于，这种文化所抹杀的恰恰是他的文人的真实。③

再次，小说创作是作家个人的事情，而文坛毕竟是众人的舞台。村上开始小说创作的 20 世纪 70 年代末，“‘纯文学’这一理念出现

① 郑树森：《我一向都比较反叛——专访日本小说家村上春树》，第 96 页。
② 同上书，第 98 页。
③ 近年来，日本每年都有一些关于夏目漱石和村上春树的研究作品出现，如 [日] 平野芳信的『村上春樹と“最後の夫の死の物語”』等。这一方面的代表著作是『村上春樹、夏目漱石と出会う』，若草書房 2007 年 4 月出版，著者半田淳子。该书从日本的现代主义与后现代主义的视角，把夏目漱石的《我是猫》和村上春树的《寻羊冒险记》、《三四郎》和《挪威的森林》、《从此以后》和《舞！舞！舞！》、《稻草》和《国境以南，太阳以西》、《满韩处处》和《诺门罕的钢铁墓场》进行了比较。讲述 20 世纪的“时空”意识、怯懦的男人和救赎的女人、都市型的“家族”神话、“身体”的东西和“亚洲”的发现等，以证实村上春树与夏目漱石的类似之处。

了决定性的崩溃”[①]。读者对小说语言的接受趋势和审美标准，也不可遏止地转向大众化和世俗化，纯文学语言与大众文学的语言的界限在急遽消失，时代呼唤着那些完全不是传统的写实主义意义上的语言文本的出现。这在客观上暗合了村上立志用“自己的语言”讲述故事的抉择，或者说村上恰好顺应了文坛演进的客观性要求。

“从 70 年代中期，纯文学跌进谷底边缘，日渐丧失内在冲击力和感染力，接受层面缩小，作为纯文学最高象征并用经济手段扶植和提倡文学的‘芥川奖’，尽管有人才、资金、经验和传播手段等优势，然而，优势不是永恒的，从 1976 年到 1986 年上半年，空缺 10 届。获奖与否对致力于艺术理想而无他求的作家来说，并非目的（当然也不排除滥竽充数、沽名钓誉之辈混进其间），但也不应否认获奖至少从一个侧面反映了作家创作引起社会的认知程度。”[②]看来，即使把《且听风吟》看作是日本化了的美语文本，也并不违背村上作为小人物初登文坛的心态与可能找到的出路。

还应说及的是，川端康成的“新感觉”已然成为文坛的历史，他所表现的日本人内心世界的精华已不再炫目；三岛由纪夫也由于对日本天皇制的存续深感危机而剖腹自杀，同时结束了颇具价值的文学生涯；只有大江健三郎走在从边缘到中心的文学之路上，不厌其烦地用西方存在主义摹写日本的事情。文坛昔日的辉煌在渐渐消去，70 年代已没有真正意义上的日本小说的代表人物。村上虽然还不知道自己能否成为一位小说家，自然也谈不到处心积虑去填补这

---

① ［日］柄谷行人语。转引自谢志宇：《20 世纪日本文学史——以小说为中心》，浙江大学出版社 2005 年版，第 287 页。

② 李德纯：《物欲世界的欲化》，《挪威的森林·中文译本序言》，漓江出版社 1989 年版，第 1—2 页。

一空白。既然凡事总要有个开头，全新的语言风格于是成为首选的写作要旨。

从《且听风吟》的问世，到卖掉酒吧、从事专业创作，村上给自己留下了两年的过渡期。此间，他主要是做了两件事，一件是完成了在语言风格和作品倾向上都堪称是《且听风吟》的姊妹篇的第二部小说《1973 年的弹子球》。另外一件是开始持续地进行美国现代小说的翻译工作，而且 30 年间乐此不疲，始终与自己的小说创作保持着同步状态，形成了"以译养文"的特别格式。因此，迄今为止对村上有过影响的美国作家难以数计，这是后话。

考察作家开始创作之前的准备问题，可资凭借的资料表明主要与 3 个人有关。一是 1985 年村上春树在接受《小说新潮》的一次采访时曾提供过下述的佐证："《且听风吟》的题目出自杜鲁门·卡波特的短篇小说《关闭最后一扇门》的结尾处'脑海中一片空白，让心事随风……'得到了一个绝好的题目令我大喜过望，当然我的本意是借此再现卡波特式的苦涩。"[①]二是被誉为美国黑色幽默文学代表人物的库尔特·冯内古特和现代小说家、诗人理查德·布劳提根。"我那时特别喜欢冯内古特和布劳提根，读他们的小说实在是一种享受。我确实是受了他们的影响，但是我的小说何以被指责为翻译文体，我却百思不得其解。"[②]

村上小说语言风格形成的过程中，外来影响十分复杂、当然不止于此。《且听风吟》开篇的第一、第二自然段的原文是这样的：

第一段"不存在十全十美的文章，如同不存在彻头彻尾的绝

---

① 「村上春樹この十年（1979—1988）」,『文學界·村上春樹ブック——4 月臨時増刊』(5)，文芸春秋 1991 年 4 月，第 120 頁。

② 同上书，第 122 页。

望”。第二段“这是大学时代偶然结识的一位作家对我说过的话，但我对其含义的真正理解则是在许久以后——至少可以给我以某种安慰。的确，所谓十全十美的文章是不存在的”。

对此，东京大学的藤井省三教授在《村上春树心底的中国》一书中明确提出：“鲁迅的《野草·希望》写于20年代的中国，村上春树的《且听风吟》完成于70年代的日本，或许正是由于这两部作品的时空差距颇大，喜欢鲁迅的村上才会受到‘绝望之为虚妄，正与希望相同’的名句启发而开始写作的吧。”进而认为，“‘一位偶然认识的作家’可能指的就是鲁迅”。①

藤井省三的专业是中国现代文学，所以对鲁迅相当熟悉，也才能最先敏锐地发出了村上与鲁迅文学关系的一家之言。关于村上春树与鲁迅的小说共性，藤井的基本认识在于，除了在人生感悟的意义上与鲁迅关于希望的思考相通以外，《且听风吟》的文字风格和文本模式，也显然受到了鲁迅散文诗和小说的影响。尽管写作的语种是经过提炼的日语，但句式洁简，分行频仍，多有单句即一段落之处；且语境中隐隐地流淌着抒情的调子。40个章节长短不一，结构上并不追求匀称，很有点像《野草·希望》的子文体。可以认为，村上的这部处女作对鲁迅小说，特别是散文诗的移植和借鉴一说，是很有见地的。

“为了探讨自己怀抱的孤独和失落感之源，村上把目光转向了中国。”②而冯内古特文学的悲观主义使得村上得以于小说创作的始初，便在语言与手法借鉴的双重意义上，站在了东西方的两位巨人的肩膀之上。

---

① ［日］藤井省三：『村上春樹のなかの中国』，第18頁。

② 同上书，第19页。

小森阳一曾就“我”与“没有小指的女孩”关于牛和牛胃里的草的谈话，这样解读道：

> 大部分内容都以这样那样的形式被岔开了，好不容易体味到了对话的语义的时候，往往会忽然跳离了一种谈话的“场”。对这样去写对话，有人认为是作家的理性中有一种冷漠感；也有人说这种有意不完全敞开作品人物心扉的做法，颇为大气且具有都市的气质；还有人说作家将自己置身于一个密闭的无法交流的世界中。不管怎么说，牛胃里的那把草作为一种暗喻，还是能够捕捉到“我”和“没有小指的女孩”的“内心世界”的。无论是什么人，内心都会有悲凉的一面，那样的对话方式也是无可奈何的选择，人的内心世界是语言所无法完全表达出来的，“我”的语言里就蕴含着这样的意味。[①]

《且听风吟》中的“我”，从高中开始就常到“杰”的酒吧去打发时光。“杰”作为“我”和“鼠”的朋友，虽然是中国人，日语却讲得比“我”还棒。作品开篇的第一章，“我”便谈到了作为入侵者在战争结束后死在了中国上海郊外的叔叔。在故事接近尾声的第38章中，为了返回东京参加考试“我”到“杰”的酒吧道别：

“我叔叔是死在中国的。”

“是吗……死了很多人哪。可大家都是兄弟呀。”

这段对话使作品从20世纪70年代的现实中，倏忽之间回到了

---

① [日]小森陽一:「村上春樹『風の歌を聴け』」，[日]栗坪良樹、柘植光彦、今井清人編:『村上春樹スタディーズ(1)』，第45—46頁。

日本战败的1945年。同时预示着作家的孩提时代、家族历史，作为题材在青春祭奠之后进入小说世界的必然性。于是，战争、中国和中国人，便成了《且听风吟》之后可以预期的故事。这些伏笔都是通过极为质朴节俭的口语埋下的，语义含量的丰富性却毋庸置疑。

实际上，“杰”后来成为《且听风吟》、《1973年的弹子球》和《寻羊冒险记》被评论界称之为“青春三部曲”的系列作品中的不可或缺的角色。他的命运曲线在战后中美关系、日美关系、朝鲜战争和越南战争的背景下缓缓向前延伸着。《且听风吟》问世的4年以后，村上便完成了第一本短篇小说集《开往中国的小船》，勾描了“我”小学、大学和28岁时邂逅的3位中国人的形象。这是村上以自身经历为素材的中国人形象的集中打造。[①]那以后，他通过《悉尼的绿色街道》刻画了有半个中国血统的女孩查莉；继之又推出涉猎中日之间历史记忆的长篇文本《发条鸟年代记》和《海边的卡夫卡》；2004年又在另一部长篇《天黑以后》中塑造了一个中国妓女的形象。上述努力，无不是由“杰”的形象所生发的。在循环利用主题和人物的独特性上，与冯内古特式的美国手法如出一辙。

在考察《且听风吟》的文本价值时，同样没有理由忽略的是，小说语言与某些后现代主义文学技巧的结合所平添的文本的艺术魅力。出于情节的需要所进行的表述中，在艺术规律允许的情况下浓缩语言的使用量，有意造成形象理解和人物关系的模糊或悬念，甚至是“迷宫”式的处理，这是作家经常使用的后现代主义的表现手法。即如不去明确交代“没有小指的女孩”与“鼠”的关系，而是在“我”与这

---

① 根据村上本人所言：“我的第一个短篇《开往中国的小船》就是根据小时——在神户的时候——的亲身体验写出来的。”林少华：《为了灵魂的自由》，《北京青年报》2003年1月24日。

个女孩交往的过程中，通过“我”的形象塑造所必需的几个细节来迂回地完成，便可以很好地玩味到作家的狡黠。

人被物化为一个数值或符号，是日本社会的现代性所导致的前卫行为。“1969 年 8 月 15 日至翌年 4 月 3 日之间，我听课 358 次，性交 54 次，吸烟 6921 支。”这组数字符号的另外的功能，首先在于相当精准地交代了“我”与第三个女友交往的时间跨度以及女友自杀的日子。1945 年 8 月 15 日日本在波斯坦公告上无条件签字投降，战败后的第 24 个年头声势浩大的学生运动发生了，“我”的情感领域的磨难也伴随着这场动乱开始了。半年抽掉 6921 支烟，平均每天将近两包。空虚无聊、心事浩茫的生存样态可见一斑。

为了对作品的人物关系作出交代和说明，60 年代初执政的美国第 35 任总统肯尼迪，在小说中先后出现了 4 次。第一次写到了肯尼迪的惨死以及这一事件与其后 15 年间“我”所经历的人生苦涩。第二次出现在“鼠”与一个女人了断关系时，引用的这位美国总统的一句话：“人生下来就是不公平的。”“鼠”显然对“没有小指的女孩”表述过同样的逻辑，所以才导致了女孩喝醉酒时这句话的再现。第三次出现在“我”的“自杀的女友”留下的一张照片背面。1963 年 8 月，照片上的女孩 14 岁，肯尼迪被子弹射穿头颅。第四次是和“我”大谈人生体味时，挂在“鼠”的裸胸前的铜钱形状的肯尼迪头像饰物。可见，在隐喻和象征手法的作用下，肯尼迪与小说倾向之间的联系，呈现的是一种“陌生化”的特征。

头两次肯尼迪的思想出现在日本的年轻人中，应该是对这位 60 年代初的美国总统的影响力的一种肯定。第三次写到了肯尼迪死于枪击，7 年以后照片上的女孩也自杀身亡。一个时代结束了，两个年轻人的恋情也完结了。最后一次在缅怀中出现，算是村上对肯尼迪的一种首肯。在饶有兴味的作品结构中，要完成这样的联想和提炼，实在不是件容易的事情。“虽然我并不认为肯尼迪在政治上有多么优秀，60年代前期他毕竟给人们带来了浓郁的理想色彩和开放的空气，这一点深深地吸引了我。沙滩男孩的音乐就是典型的肯尼迪时代的产物。”①

《且听风吟》作为村上春树的处女作，显然并不是尽善尽美的。然而，一个作家的小说风格，往往是由处女作的特质决定的。村上春树迄今为止的全部创作，都是在这眼清泉中汩汩流出的水脉，其艺术价值的认定也大都离不开这部作品。“为了使文体呈现自己的特色，我经历了无数次的修改，直至完稿后才有了一种如释重负的感觉。我的小说中的箴言警句、不相关的断片等特征，和此前我所读到的日本小说的形式完全不同。”②村上还就这两篇作品表述道：

> 我对最初的这两部小说满怀深情，关于这两部小说中的诸多回忆苦乐参半。许多短篇在收入全集时，我常常会增加些许内容，只有这两部作品维持了原貌。如果改动的话，那将是无止境的，重要的是我压根就不想动。上文提到了，这两部作品有一种不完全性和文如其人的味道，请读者见谅。这是属于我的东西，不管我会走到哪里，它都是属于我的。③

---

① ［日］川本三郎:「村上春樹特別インタビュー·“物語”のための冒険」,『文學界』(8) 1985年8月，第40頁。

② ［日］村上春樹、河合準雄:『村上春樹、河合準雄に会いに行く』，岩波書店1997年版，第67頁。

③ ［日］村上春樹:「台所のテーブルから生まれた小説」,『村上春樹全作品1979—1989』(1)。

在版本学的意义上，村上的作品大致经历了杂志发表、单行本刊行、新旧文库本交替重印和全作品集收藏五种形态。在这一过程中，每经历一次版本的变化，村上大都会对作品内容略作调整，甚至是大幅度的增删，唯独《且听风吟》是个特例。

据山崎真纪子的考证，从杂志到全作品集，出于对文本的规范化的考虑，村上春树总计修订了《且听风吟》的 190 处数字、30 处汉字的假名表记、10 处标点和 14 处格式。[①]关于作品内容也并非一字未易，《且听风吟》最初发表在《群像》杂志时，第 28 章写到了神户，但是并没有“前面临海，后面依山，侧面有座巨大的港口，其实城市却并不大。如果从港口回来，驱车在国道上飞驰，我一般是不吸烟的。因为还没等火柴燃尽，车便驶过了市区”的描写。修改后的这段文字，突兀了神户作为西日本的重要港口城市的特点，为文学表现的规律所必需。“添加内容后，城市的描写变得具体了。单行本、新旧文库本所添加的内容完全相同。”[②]

无论如何，尽可能地保留这块处女地的圣洁，村上的情感是纯真的，也是复杂的。

---

① 参见 [日] 山崎真紀子:『村上春樹の本文改稿研究』，若草書房 2008 年版。

② 同上书，第 59 页。

第二章 “寻羊”与“冒险”的个中三昧

第一节 《1973年的弹子球》的孪生性

1979年处女作《且听风吟》问世之际，村上春树也恰逢而立之年。这位激情不减的作家马不停蹄，继续在爵士乐酒吧的厨房里写下了他的第二部长篇小说《1973年的弹子球》。1980年3月，这部作品发表于《群像》杂志。6月，讲谈社便出版了单行本。

和《且听风吟》一样，《1973年的弹子球》后来也获得了最高文学奖“芥川奖”的提名，但是这两部作品最终都未能获得这个日本文学的大奖。“芥川奖”的评委们盛气凌人，并未把这个初出茅庐的年轻人放在眼里。无可奈何的村上似乎也只能接受这个现实：“如果我获了奖，我就得开始接受采访、约稿，我担心这些会干扰酒吧的工作。”[①]可以认为，对村上春树当时文学界显然并不想、实际上也没有给予过高的评价和充分的认可。

由于村上很快又完成了“青春三部曲”的第3部《寻羊冒险记》，从而使得夹在中间的《1973年的弹子球》的处境微妙，既无法在作品链条上占到更为理想的位置，当时也未能给予批评界足够的解读时

---

① ［日］村上春樹：『走ることについて語るときに僕の語ること』，第48頁。

间。这样一来，“过渡性”遂成为关于这部作品的一种客观定论。[①]不仅如此，关注程度也因之受到了不利影响，导致迄今为止批评界的话语不多。村上面对这样一种文坛反响，采取的也基本上是一种认可的态度：“《1973年的弹子球》是一部过渡性的作品，在三部曲中最弱，读者那里也反响平平，原因在于我写作时的困惑。《且听风吟》发表以后应该怎样继续走下去，实际上它是一篇尝试之作。”[②]

作为小说家，处女作一经引起轰动，则第二部作品的写作通常都会面临两难之境。轻易改变写法，既有的文坛效应会面临丧失的风险。如果因冒险挺进而出现滑坡，则处女作无疑会落到昙花一现的尴尬地步。而连续实现新的突破的可能性，又微乎其微。包括作家自己也基本认可的“过渡性”的概念，严格地说并不是一个规范的文学批评术语，所指也是颇有些含混不清的。有鉴于此，在批评界较少问津的现实中，被忽略掉的艺术领域和创造空间，至少应该在作家的倾向和作品的实际这样的双重意义中提炼和产生。

《且听风吟》的成功，同时为作家的人生带来了新的前景与转机。一种10年以后可以拿出惊世骇俗之作的自信，最终将导致村上告别酒吧经营的人生，走上职业作家之路，显然已事在定中。然而，职业作家的风险，决定了他的生存方式转型不会是轻而易举的。直到1981年卖掉酒吧、移居东京郊县的千叶从事专业创作，村上当时并没有头脑发热、一蹴而就，而是为自己留出了整整两年的时间。此间，他主要做了两件事，一件是译介美国现代文学作品，以战略性的眼光为自己的作家生涯进行必要的铺垫；另外一件便是倾力打造

---

① [日]今井清人：『村上春樹—— OFFの感覚』，星雲社1990年版，第115頁。

② [日]川本三郎：「村上春樹特別インタビュー·“物語”のための冒険」，『文學界』(8) 1985年8月，第59頁。

《1973年的弹子球》，以完善、检验自己的文学素养和艺术表现能力。

作为一个小酒吧的老板，无论如何村上的处境只能是如履薄冰。何况在经营酒吧与专业创作之间，对当时的村上而言，经商的利益分明大于写作。即便是商业思考与文人追求难分伯仲，毕竟前者实在，后者则不免带有几分虚无。总的说来，《1973年的弹子球》的作家倾向与写作实践，虽未能为村上带来意外之喜，倒也不至于砸了他的牌子。忝列于“青春三部曲”之中，大抵还算过得去的结果，最终才导致他孤注一掷去当了职业作家。

《1973年的弹子球》讲述的是这年9月至11月，“我”和“鼠”的两个月的“日常性”生活片断。以隐喻的手法通过一台虚拟的弹子球机，留下了他们在青春失落过后苦苦寻找新的人生之路的艰辛与困惑。战后一代的生活经历与体验沿着时空的轨迹被持续提炼出来，从而形成了探索形象内心世界的颇具特色的写作实践。

作家在艺术地再现自己的社会认识与人生思考的同时，融入了一些处女作中未曾见到的小说因素与现代技巧，虽然还不能说运用得很圆熟，但是在同时代的同类作品中仍可谓韵味独具。1985年在与川本三郎的文学对话中，村上曾谈到这种写法是受美国作家雷蒙德·钱德勒的影响所致：“钱德勒笔下的菲利浦·马隆为寻求线索去见一个人，然后再去见另外一个人，我在写法上确实受了他的影响，因为我十分喜欢这位作家。当两人相遇时，故事便自然就有了下文。《且听风吟》没有故事性，而《1973年的弹子球》是有些许故事性的，并且渐渐地在我脑海中浮现出来，成为自主的力量。”①

登场人物还应包括“杰”、直子、“208”和“209”两个双胞胎女

---

① 「村上春樹この十年（1979—1988）」,『文學界・村上春樹ブック——4月臨時増刊』（5），文芸春秋1991年4月，第40頁。

孩以及“鼠”的女友等。可见，这部作品的主要人物与《且听风吟》殆无二致。而这些人物在两部作品中的区别，则在于其性格与命运的发展变化。换言之，《且听风吟》表现的是这样几个人物1970年的情况，而《1973年的弹子球》表现的则是3年以后他们的精神面貌。在持续地讲述几位主人公故事的过程中，《1973年的弹子球》体现了与处女作之间鲜明的孪生性，或者说是《且听风吟》在作品倾向和艺术表现方面的某种延续，人们于是有理由从姊妹篇的关系对这两部作品加以认定，并在这一基础上去进一步发现创造性的领域。割裂了这层关联，《1973年的弹子球》的人物批评，也便成了断了线的风筝。

“我”大学毕业以后走入了社会，和朋友在涩谷合开了一家效益还算可以的翻译公司。日复一日地为生存而煎熬，换来的却并不是生活的充实与安定感，空虚和无聊依旧形影相随。1973年的日本，正昂首挺进在走向世界经济大国的路上，人均收入超越了1万美金的大关，政府宣称这个国家已经进入了一个“文化时代”。村上的这部作品，作为这一背景下的社会生活的产物，所关注的却是与时代相对峙的某种潜在的生存危机。

恋人直子的死应该是造成“我”的这种现实的成因之一。在直子的形象登场之前，村上小说中还没有通常意义上的日本人名出现。尽管这一形象带有缥缈不定的痕迹，而且在《且听风吟》的人物谱系中并未出现过，但是批评界仍然有人认定，直子形象是学潮时在校园里自杀的“我”的第三个女友的变身：“‘我’在1969年春天，和直子坠入了爱河，1970年直子便自杀了。”[①]《且听风吟》中“我”的第三个女友便是在1969年的春天和“我”相爱并死于次年同一时

---

① ［日］石原千秋：『謎とき村上春樹』，光文社2007年版，第101頁。

节的。《1973年的弹子球》中的直子，还只是一个虚写的人物；直到7年以后，这个人物在《挪威的森林》的小说世界里，才变成了有血有肉的存在。

正因为如此，作品中的双胞胎女孩形象在这部作品中被相对地突兀出来。这对姐妹最多只能算是“我”的同居者，而不是恋人。这在本质上规定了彼此关系的放任和随意的性质，直子的被虚化与超现实的双胞胎女孩被实写，正是表现“我”的人生倒错的艺术理解的必然性要求。《且听风吟》中出现的“没有小指的女孩”，也有一个没有被正面写到的双胞胎妹妹。这种残缺在《1973年的弹子球》中得以续写和展现，其用意也都在于刻画“我”的人性变异。

从对“没有小指的女孩”的人文关爱，到3年以后与“208”、“209”的放浪形骸，“我”大学毕业以后，显然只是发现了生活的“入口”，却没有找到精神的“出口”，“除了换成数值的自尊心，从弹子球机中你几乎一无所得”，这种绝望状态集中地在“我”的人际关系，特别是两性关系中被反映了出来。

“鼠”在大学肄业以后回到故乡神户，与在东京谋生的“我”相距有700公里之遥，彼此在步入社会以后都已开始了新的人生里程。“鼠”的生活也很不如意，好不容易有了一位长自己3岁的恋人，却又“自己把桥烧掉”。这位曾经致使“没有小指的女孩”怀孕、堕胎，最终又恩断义绝的人，3年以后仍然无法在生存的角落里找到自己的情感归宿，与“我”共同品尝着抑郁和无聊的煎熬；茫然地期待“能在哪里找到栖身之地”。

这部作品里的“鼠”，仍然像在《且听风吟》中一样，作为“我”的影子而存在。然而，无论二者怎样借助康德的《纯粹理性批判》的力量，甚至有意选择和双胞胎女孩同居的极端性行为，最终还是于事无补。《1973年的弹子球》凡25章，“我”的故事基本上出现在奇数章，“鼠”的故事则尽量在偶数章讲述。

“我”与“鼠”轮番登场，次序交替上会偶有不同，但彼此却没有正面接触，而是在第12章借助象征着爵士乐酒吧时代的弹子球机，缅怀一个逝去的时代和共同度过的岁月。

这种后现代主义的小说结构在后来的《世界尽头和冷酷仙境》中再一次被使用，而且更趋圆熟与完善。“78台弹子球机，一座往日旧梦——旧得无从记起——的墓场。”“我”不再回首，离墓场远去；“鼠”和女友诀别，离开了这座城市。两个人同时清算了过去，而面对的未来依旧是一片迷茫。

“在‘1970年’度过青春的一代人，其个人成长与国家的发展呈现为一种依附的状态。先后经历了从举步维艰到经济大国的历程，而面对未来则战战兢兢，这种不安突出地表现在他们渴望与他人的联系，这部作品中‘寻找自我’的主题，在这样的社会背景下是可以隐约看到的。”[①]实际上作品主人公“几乎跟谁都成不了什么朋友的，这就是‘我’的20世纪70年代的生活方式”。尽管村上找到了自己作品的主题，而他的主人公却仍要去面临艺术现实中的困境。

《且听风吟》讲述的是1970年，“我”与“鼠”在“杰”的酒吧饮酒度日的那个烦躁的夏天里的故事。酒吧里设置的那台“宇宙飞船”，也是“我”接触弹子球机、直到后来沉迷于游戏机的媒介。在《1973年的弹子球》里，由于“我”在东京谋生，这个遥远的酒吧对“我”而言，已经成为记忆中的港湾，作为一个故事平台的作用实际

---

① [日]黒古一夫：『村上春樹——“喪失”の物語から“転換”の物語へ』，勉誠出版2007年版，第42頁。

上变得不那么重要了，只有“鼠”偶尔还会在这里喝得酩酊大醉，来解释这间酒吧仍然在作品中存在的理由。这也是两部作品的孪生关系所决定的细节的真实。

这时作家的生活现实是仍在经营着酒吧，并且讲述着与酒吧相关的故事。待到一年以后完成青春三部曲的最后一部《寻羊冒险记》时，村上已经进入了专业写作的状态。作品中的爵士乐酒吧淡出的倾向也愈趋明显，“杰”的酒吧老板的形象也只能随之渐渐隐去。

就小说创作而言，这些都是作品中所提供的题材转化的依据，“杰”的形象所承担的艺术使命随着作家放弃酒吧的经营也将面临完结。从这个意义上讲，如果说“鼠”是“我”的分身的话，“杰”也有足够的理由成为村上自身经历的某种写照，亦即“我”的影子。村上小说的讲述技巧，实际上也正是在“我”、“鼠”和“杰”三者之间进行的，这并不是在刻意地标新立异，而是从上述几部作品之间的孪生关系中得出的结论。

《1973年的弹子球》值得注意的另外一种艺术探索，是语言的叙事功能的强化为文本带来的故事性。《且听风吟》之所以没有故事性，除了酒吧厨房的写作条件的客观限制外，主要是对语言的追求几乎压倒了一切。“我想以极为简洁的语言，甚至是到目前为止谁也没有使用过的语言形态付诸小说写作的实践。靠简洁的语言汇聚成简洁的文章，用简洁的文章来表现复杂的现实（后来我在翻译的时候，愈加感到这种尝试与卡弗是相通的）。”①

结果是《且听风吟》作为日本文坛上鲜见的美国味小说虽然受

① [日]村上春樹：「台所のテーブルから生まれた小説」，『村上春樹全作品 1979—1989』(1)。

到好评，但是异质的语言文本本身，同时也留下了明显的跳跃性，甚至在一定程度上伤及了语义的清晰与形象的完整，造成了阅读的困惑。尽管作品问世以后，批评界以宽容的立场面对了这些缺憾，村上还是在《1973 年的弹子球》中，有意作出了矫枉过正式的调整，同时也进一步彰显了自己的语言素养与表述能力。

《1973 年的弹子球》的开篇，作家便在序章《1969—1973 年》中，谈到了人类的自我表现欲望。与《且听风吟》的开篇“不存在十全十美的文章，如同不存在彻头彻尾的绝望”相比，下面所引的这段原文典型地体现了村上的小说行文的改变方式：

> 原因固然不得而知，反正看上去谁都想对一个人或者对整个世界拼命地传达着什么。这使我联想起被一个挨一个塞进纸盒箱里的猴群，我把这样的猴子一只只从纸箱里取出，小心地拍去灰尘，“砰”一声拍打屁股放归草原。它们以后的去向我不知道，肯定在哪里嚼着橡实什么的，然后一只只死掉。这就是命运。

可以看出，后者在总体语言风格上虽依然故我，但文字量的增大带来了句子结构的变化，使得叙述的成分得到了明显的增强。二者的文体均不乏洗练，与习见的日语文本都有距离，后者要明显大一些。类似的改变在人物命运讲述和形象塑造领域中，也有诸多的实际例证。

即如《且听风吟》在交代“我”的第三个女友时写道：“第三个是在图书馆里认识的法语专业的女生，次年春假她在网球场旁边的一处颇有些凄凉的杂木林里自杀了，尸体直到开学才被发现，在风中整整摇摆了两个星期。如今一到黄昏，没有人再走进那片树林。”在《1973 年的弹子球》中，整个序章讲述的基本上是“我”与直子的故事，两个人的恋爱过程完整而细腻。这种改变无论是对于揭示寻找弹子球的象征意义的内涵，还是表现“我”的内心世界的危机的合理性，都是必要而有新意的。与此同时，也为作品的节奏感平添了某种平和与淡定，成为村上小说的文本语言面貌与故事讲述风格的滥觞。

第二节　《寻羊冒险记》的艺术开拓

《寻羊冒险记》是“青春三部曲”的压轴之作，1982 年 8 月发表于《群像》杂志；10 月单行本由讲谈社出版发行，并获得了第四届“野间新人文艺奖”，也因此奠定了村上春树在文坛上的不可动摇的地位。

“对我来说，这部作品在多重意义上都是具有纪念价值的。首先是小说样式发生了相当大的变化。与前两部作品相比，加强了故事的叙述，小说的篇幅也因此增大了。这便使得作品的创作成为一种新的‘冒险’。就个人的情况而言，这也是我作为职业作家的第一部作品。”[①]由于艺术上的诸多探索性的努力，作品出版后不到半年即发行了 10 万册上下。虽然数字并不惊人，但是在 20 世纪 80 年代初纯文学创作处在低谷的背景下，已经堪可说明读者的认可程度。

---

① [日]村上春樹：「新しい出発」，『村上春樹全作品 1979—1989』(2)，講談社 1990 年版。

作为一部本应可以为村上带来更多荣誉和名声的作品，《寻羊冒险记》是日本当代小说走出列岛，率先出现在欧美读者面前的力作；在赢得美国读者的充分肯定这一点上，尤为难能可贵。然而，其最终却由于《挪威的森林》的接踵问世，而未能持续扩大自己在世界范围的影响力，结果引发了学界关于“村上现象”中“森高羊低”与“羊高森低”法则的讨论。[①]内中尤为值得思考的是，关于村上作品的艺术价值的判断，何以出现在这样两部作品之间；或者说《寻羊冒险记》的艺术创造主要体现在哪些小说因素里，可以说是批评界必须回答的问题。

创作这部作品时的村上，由于卖掉了爵士乐酒吧而完成了弃商从文的人生转型，这也给他的生活规律带来了根本性的变化。村上不再像《且听风吟》和《1973年的弹子球》的写作时那样，深更半夜在酒吧的厨房里案牍劳形，开始执行早睡早起的时间表。每天闻鸡起舞，亥时入梦，以坚持跑步作为健康保障的手段，基本上拒绝社会交往。决意给自己两年的时间尽情写作，踌躇满志，实现自己的职业作家之梦。

此间，他一面参与了《早稻田文学》的编辑工作，将处女作《且听风吟》搬上了银幕；一面先后完成了短篇小说集《袋鼠佳日》等的创作，发表了系列随笔《读书生活》。“如果行不通的话，我们还可以再开一家酒吧。我还年轻，我们还有时间重新开始。”[②]这段话是作为职业作家起步时，村上讲给妻子阳子的。而《寻羊冒险记》的创作则给了村上一个结论性的答案：“我已经创造了属于自己的风

---

① 参见［日］藤井省三：『村上春樹のなかの中国』，第127—129頁。

② ［日］村上春樹：『走ることについて語るときに僕の語ること』，第51頁。

格。现在我感到自己可以通过写作来谋生了。”①

1981年秋天村上专程赴北海道，调查羊的生态及其在日本的繁衍史，先是在札幌市政府查阅了相关资料，又去了位于士别的牧场访问了饲养者。为了写小说去外地取材，这是职业作家才会有的方式。对于村上而言，北海道之行的最大收获，是题目和作品中均要出现“羊”已成定论。

回到东京以后，村上立即进入了写作状态，先是完成了和羊看似并无关系的第一章。那以后羊自然走进了作品中，情节的发展呈现出自主性的态势，导致二三十万字的故事一气呵成，成为“青春三部曲”中文字量最大的小说。“迄今为止的两部作品，写作过程中的辛苦虽略有差异，但心情一直是愉快的。很有些像是一种游戏，我把喜欢的断片拼在一起，在脑海中翻动组合，然后将它变成文章。《寻羊冒险记》却完全不同，小说当然是我的创造。与此同时它自身的力量又与我形成激烈的对峙，要求我去完成一种变革。”②

作为“野间新人文艺奖”的主办单位的讲谈社，基本上垄断了村上作品全集的出版。尽管如此，对于《寻羊冒险记》是否应该获奖的问题，秋山骏、上田三四二、大冈信、川村二郎和佐伯章一等五位评委，意见最初也并不统一。

佐伯章一并不反对《寻羊冒险记》的获奖，但同时对另一部参评作品——增田水子的《麦笛》情有独钟。他的二者应同时获奖的主张，差点让村上经历了一次水中捞月。③

秋山坚持认为：“作品的叙事方法挥洒自如、妙趣横生。以寻找

① [日]村上春樹:『走ることについて語るときに僕の語ること』，第51頁。
② [日]村上春樹:「新しい出発」，『村上春樹全作品1979—1989』(2)。
③ [日]佐伯彰一:「不信の時代の騎手」，『群像』(8) 1982年8月，第298頁。

一只具有特异功能的羊为中心构成一个长篇故事，给人一种从未有过的新鲜感。在把握着自己的小说世界时，作者表现了十分稳健的功力。”[①]秋山看中的是羊与作品的结构关系。他所强调的获奖理由中，有一点是值得特别注意的，那就是村上此前的创作中从未出现过的作品故事的新鲜感以及故事讲述的从容性。

实际上，“冒险记”一类的题目在20世纪甚至更早的童话作品中，便曾被文学家们广泛地使用过，落入俗套不仅是小说家的大忌，而且极易遭人误解，甚至是小觑。“无论如何纯文学中出现‘冒险’字样，总会给人以‘挂羊头卖狗肉’的感觉，这大约是我们这样的读者的一种习惯性反应。可是这部作品却反其道而行之，作家卖的是‘羊’肉。”[②]

所以，村上的创造精神，或者说作家在这部作品中铤而走险的关键是“羊”。只有在这个意义上，他才有可能超越传统理念中的童话和寓言，赋予“羊”以无限的象征意义，并作为故事的支撑架构讲述找羊的“人”，从而在“人”与“羊”的现实关系中借助非现实的想象来结构故事。“《寻羊冒险记》表现了精彩而华美的象征，这不只是文体问题，故事的寓言性和小说的构造也一脉相承。”[③]

“日本经济从高速增长时期进入稳定增长时期的转折，对于社会生活、思想意识和文学艺术都产生了复杂而微妙的影响。就文学而言，其影响最突出的体现在这个时期刚刚登上文坛的青年作家身

---

① ［日］秋山駿：「選評」，『群像』(8) 1982年8月，第296頁。

② ［日］川村二郎：「羊をめぐる冒険」，加藤典洋编：『群像日本の作家26——村上春樹』，小学館1997年版，第163頁。

③ ［日］関井光男：「村上春樹論——“羊”はどこへ消えたか」，栗坪良樹、柘植光彦、今井清人編：『村上春樹スタディーズ』(1)，第154頁。

上。”[①]当时的日本文坛上，较村上春树略早崛起的透明文学代表作家村上龙，继1976年以《近乎无限透明的蓝色》摘走了当年的“芥川文学奖”桂冠之后，又在1980年完成了取材于现实生活的长篇小说《寄存柜中的婴儿》，并且抢在村上之前赢得了第三届“野间新人文艺奖”。

“在我写出这部小说的前一年，村上龙完成了力作《寄存柜中的婴儿》，他小说中的潜在的长篇能量深深震撼了我，有一种无可替代的力量，激发了我的创作热情和欲望。处于同时代的跑道上，同行、对手、榜样等综合因素，对于搞创作的人而言是一笔十分宝贵的财富。《寻羊冒险记》就是在这种力量催促下完成的。”[②]显而易见，村上龙不仅以故事的新颖复杂给了村上春树具体的启示，同时也对村上春树如何以简洁畅晓的文风，面对庞大的小说结构提出了挑战。在这两位有“W村上”称谓的作家之间，注定会由此出现某种戏剧性的东西。

“羊”字是汉字的一个偏旁，与“祥”通假，含吉瑞之意。作为六畜之一，这种动物性情温和，与东方游牧狩猎民族相随相伴的历史已不下5000年，留下了许多神秘的传说与古老的故事。然边海之民不知羊味，像日本这样的岛国原本是与羊无缘的。所以，村上在演绎一部关于羊的现代寓言、探讨象征手法的客观依据时，无疑有必要去东方文化中寻找助力。

“在中国北方和蒙古地区，羊进入人的体内并不是什么不可思议的事情，人们把羊进入人体看作是神的恩惠和能量所致。元朝出

---

① 何乃英：《日本当代文学研究》，北京师范大学出版社1997年版，第13页。

② ［日］村上春樹：「新しい出発」，『村上春樹全作品1979—1989』(2)。

版的书上写过，成吉思汗的体内就进入了一只‘背负星星的白羊’。”作品借助“羊博士”之口表述的这段颇有些考据意味的文字，堪可表明村上对后现代主义艺术的理解与处置，所秉承的并不只是技巧至上的原则，同样是在力求有所依凭的前提下进行的。

“羊魂附体”的灵感一经产生，遂成为人物形象塑造的独具匠心的一笔，同时也升华为作品的象征意义的源头。由于这种神话元素具有支配和驾驭世界的万能性，寻找这样一只羊的理由不仅得以成立，由此所发生的过程也才顺理成章。象征手法于是在神话与现实的交融中获得了无限性，在既清晰又朦胧的二元世界里获得了巨大的张力。

关于羊的象征与隐喻的具体所指的问题，一直是这部作品问世以后讨论的焦点。“如果这的确是一部成功的小说，那么成功的原因便在于连我本人也不清楚那只羊到底有何意味。”[①]村上本人的这一表述，不乏对作品的回味效果的自我欣赏；而他不肯交出谜底的更为主要的原因，应该是出于对象征和隐喻这些后现代主义的艺术手段应用的个性理解。

被神话元素和后现代手法所割裂的线性结构中，可以看出“我”、“鼠”和“杰”三个人，仍然作为作品的核心人物或主要配角，从《且听风吟》与《1973年的弹子球》小说世界中，踏上了这次冒险之旅。右翼老大、黑衣秘书、羊博士、羊男和耳朵模特等形象，无不是出于情节发展的需求而粉墨登场的。“鼠”的死是故事的重头戏，意味着“我”的一半已然葬送于现实的残酷之中。如果说《且听风吟》和《1973年的弹子球》先后奠定了村上小说文本的

---

① [日]川本三郎:「村上春樹特別インタビュー・“物語”のための冒険」,『文學界』(8) 1985年8月，第64頁。

语言风格，那么《寻羊冒险记》则成为叙事与故事性有机结合的成功之作。

“我”的寻羊动因，最先来自“鼠”寄自北海道的一张风景照，然后才有黑衣秘书的胁迫之举。因此“我”必须接受冥冥之中的召唤北上找“鼠”，这一情节预示了作品冲突激化的必然性，也才有了学潮结束天各一方 10 年以后，“我”与“鼠”的灵魂在使命的感召下的重逢。“最后一件事是明天 9 点对准挂钟，把钟后面的绿线和绿线、红线和红线接好，然后在半小时之内离开这里。”“鼠”留给“我”的最后的交代，叙述中充满几分真意、几分悲怆，却没有慷慨陈词，也不是激情万丈，从而使故事在自然状态下发出感人的震撼力量。

作品结束之前那位黑衣秘书出现了，坦言开始就知道“鼠”的藏身之处，并把“我”一路送上这次冒险之旅以引诱“鼠”的出现，进而达到借助羊的超级能量落实右翼的邪恶计划。然而，“鼠”以诀别人生的无畏化解了一场可能出现的现实悲剧。当“我”把那张支票交到“杰”的手里的时候，酒吧仍然是“鼠”的灵魂的归宿的交代，把主人公最终带到了现实的环境里，虚幻世界的故事加剧了青春含义的复杂性。

1970 年 11 月 25 日，是三岛由纪夫率领他的“楯之会”成员闯入东京市之谷的自卫队驻地，号召自卫队员发动武装政变未遂后剖腹自杀的日子。这出日本军国主义复活的闹剧，促进了外界对某些接受过良好教育的日本人的本质认识；而三岛甚嚣尘上的法西斯气焰，也从根底上凸显出了日本文化的“暗面”。

村上有意在这里让作品与现实发生某种重合：“抬眼望去，1970 年秋的一切似乎无不凄凄惨惨。就连阳光、青草味以至滴滴的雨声，都令我焦躁不安。”作为这样一种情绪的艺术化，在第一章便写到了死于交通事故的“我”的一位女友的葬礼，她死的时候只有26岁。这一天成了她的忌日，也是上苍对她的生前欲望的唯一关照。“鼠”则死于1978年，他还没有成家，或许因为尸骨荡然无存也没有举行葬礼。

死亡的永恒主题，作为这部文学作品的开头与结尾，显然并不是随意性的安排。在这样的故事情节里，还可以读出的味道是村上春树对三岛由纪夫这位前辈同行的道德文章的仰之弥高的怀念之情。否则不会在一部与三岛毫不相关的小说里，选择这样一个日子来完成自己的祭奠。在“我”的女友青春早逝，和“鼠”的壮怀激烈的场景里，三岛写有“七世报国”的头巾犹在昂扬地晃动。这样看来，村上也便是在借助小说，完成了一次对三岛的精神与魂灵的洗礼。

> 村上春树不断寻找的“羊”，实际上象征着一种观念，亦即20世纪六七十年代之际，把当时的年轻人推向非现实的彼岸的“革命思想”或“自我否定”之类意识的存在。“鼠”被那个时代的大潮所裹挟，从“我”的眼前突然消失后便一再失踪，最后作为亡灵再现。他的死也许正象征着为此而奔赴“死亡”的无数沉默者。①

包括村上春树本人的认识在内，关于作品的第一章似乎游离于“寻羊”的整体结构之外的见解，同样是值得商榷的。有批评指出：“葬礼的次日早晨，回到家中的‘我’，发现一个月之前离婚的前妻

---

① ［日］川本三郎:「村上春樹をめぐる解読」,『文學界』(9) 1982年9月, 第294頁。

趴在厨房的桌子上。她似乎是昨晚来的，和我交谈了几句便话不投机，立刻走了。那以后她再没有出现在故事中，但这并不意味着故事缺乏连续性，她的出现是为了给我的冒险动机以一种推动作用。”[①]

《寻羊冒险记》的故事内容，在完成了对“我”、“鼠”和“杰”的命运交割的同时，出现了超越青春题材、关注近代以来的日本民族的发展历史内涵的新倾向。此前村上在自己的第一个短篇小说《开往中国的小船》中，已经涉猎了近代中日两国的历史关系问题。虽然《寻羊冒险记》的视角完全是内省式的，但是与这以后《发条鸟年代记》等作品中所持续的日本与亚洲大陆的悲剧性对决的探索，无不在同一条延长线上。单一地理解《寻羊冒险记》所隐现的小说精神，显然是低估了作家的复杂。

就艺术层面而言，为了这一探索的真实与可信，作家和他的“羊”双双选择了严格的现实主义之路。1992 年 11 月，村上在美国加州伯克利大学分校的讲演中，曾这样谈到了“羊”在日本近代史上的印痕，包括自己的艺术创造的历史根据：

> 日本几乎所有大型养羊的牧场，都集中在北海道。我在那里亲眼见到了真正的羊，跟羊的饲养者交流，并且在政府部门查阅了关于羊的资料。从而得知日本本土原来并没有羊，而是在明治早期作为一种稀罕的动物进口的。明治政府曾推行过鼓励养羊的政策，如今却几乎被当做一项殆无经济效益的产业而完全放弃了。换句话说，羊在某种程度上成了日本政府不顾

---

① ［日］今井清人:「羊をめぐる冒険——ミメーシスされる“物語”」,『村上春樹——OFF の感覚』，星雲社 1990 年版，第 170 頁。

一切推进现代化进程的一种象征。了解到这些以后，我决定以“羊”为关键词写一部小说。写作中关于羊的这些历史事实，自然会转化为一个主要的情节因素。我称之为“羊男”的那个人物，就无疑是黑暗幽深的历史中浮出的一个存在。当初打算去写一部关于羊的小说时，我对这些事实还一无所知。这也便意味着“羊男”的出现是纯属偶然的。①

村上春树并不是一位历史学家，他从小说家的视角完成的关于日本近代化进程的认识，主要体现在对作品的人物和人物命运的刻画之中。从日俄战争到侵华战争，直至战后美国对日本的占领时期，作品以羊为线索，涉猎了北海道近半个世纪的拓荒史。

日俄战争的“战死者中，有一个人是现在的牧羊人阿伊努的长子。他们都是穿着羊毛军大衣死的”。足见，明治政府的绵羊养殖不是为了农民而是服务于争夺殖民地的战争。1934 年“羊博士制定出日本本土及满洲内蒙古绵羊增殖计划纲要以后，翌年春去满洲进行实地考察。他的沦落即是从那里开始的”。他的“羊魂附体”也是那以后随即在中国发生的事情。1946 年“绵羊牧场被美国占领军作为演习场所接收，羊 62 只”的萧条，使村上就中悟到了一种结论式的东西：

现代日本愚蠢的根源，在于我们在跟其他亚洲民族的接触中什么都没学到。羊的问题也同样如此。日本绵羊养殖的失败，

① [美]ジェイ・ルービン著、畔柳和代訳:『ハルキ・ムラカミと言葉の音楽』，第107—108頁。据杰· 鲁宾所言，这是村上没有公开发表过的英文讲演稿的部分内容，并因此对村上的信任和大度一直抱有感激之情。可以认为，这也是村上谈羊的最为原始的出处。

是因为缺乏关于生存需求的整体思考，仅仅从羊毛羊肉自产自足的观点出发，追求不切实际的高效率。世间一切皆然，如果不是脚踏实地，战败也是理所当然的。①

由羊博士引出的另一位“先生”的形象，在看似隐性的表象中，实际上却成为寻羊主题的现实意义的重要存在。“羊进入狱中一个右翼青年的体内，他出狱后立刻便成了右翼的大头目。后来在中国大陆建立起情报网，搜刮了大量钱财。战后虽被定为甲级战犯，但是又以交出情报网作为交换条件而获释。那个人以后用带回国内的巨额资金，染指了日本战后的政治、经济和信息的阴暗。”

这个逍遥法外的甲级战犯，作为左右战后社会演进力量的存在，是日本文化邪恶的一个缩影。这位“先生”在羊离开了他的身体之后的绝境中，力图重温旧梦的全部努力和挣扎，体现为右翼势力“隐藏着一种巨大的、吞噬个人的、极权主义的‘意志’，其化身就是一只‘背部有星斑的褐色羊’”②。

美国的村上春树研究者杰·鲁宾据此进一步认为：“这一以羊为载体的‘意志’，应该源于这块屡次成为日本侵略的牺牲品的大陆。从甲午战争（1894—1895）开始，经日俄战争（1904—1905）、吞并朝鲜条约（1910），最后直到1931—1945年那场野蛮的侵华战争，还应包括1942—1945年满洲国的傀儡政权。天皇的军队，终极目标是建立‘大东亚共荣圈’。象征如此‘高尚的’暴力，可谓唯有和平

---

① ［日］村上春樹:「羊をめぐる冒険」,『村上春樹全作品1979—1989』(2),第242頁。

② ［美］ジェイ・ルービン著、畔柳和代訳:『ハルキ・ムラカミと言葉の音楽』,第109頁。

的羔羊了。”[①]这样看来，“鼠”的玉石俱焚便不仅仅意味着故事的完结，同时也是作品倾向的极致。

还有一种观点认为，村上春树的这部小说的构思，受到了弗朗西斯·科波拉的电影《地狱启示录》的影响。影片是根据被誉为现代主义文学先驱的约瑟夫·康拉德的名作《黑暗的心》改编的，讲述了一个志在把“文明进步”带到非洲的理想主义者，后来堕落成贪婪的殖民者的经历。“《寻羊冒险记》的高潮部分，显然可以看到‘约瑟夫·康拉德的小说’的登场。村上将《黑暗的心》作为伏线，悄悄地埋在了《寻羊冒险记》的情节之中。作品最后‘我’和‘鼠’的亡灵相会于十二瀑镇，登上石狩川，越过山峰最高处，‘一条河由东向西流去’。这种逆流而上、奔向源头的处理，以及这一章中‘居住在黑暗中的人们’的描写，都是约瑟夫·康拉德的手法。还有，《寻羊冒险记》中的右翼人物形象也充满了《地狱启示录》中卡茨大佐的影子。”[②]

近些年来的中国现代文学研究界，出现了一种被称之为“症候式分析”的文学批评方法。这种心理分析的阅读模式，常常会在面对文学作品的隐性结构时奏效。“蓝棣之从祥子三起三落、买车卖车的故事中找到了一个‘无意识’的故事，在文本中找到了一个潜文本。这一潜文本的内容即祥子被虎妞引诱，继而被强加婚姻，最后走向毁灭和堕落。”[③]从而把文本是对现实社会关系批判的通常认识，带入了潜文本乃现代婚姻启示录的意外发现之中。《寻羊冒险记》的

① [美]ジェイ·ルービン著、畔柳和代訳:『ハルキ·ムラカミと言葉の音楽』，第109頁。

② [日]加藤典洋:「自閉と鎖国——村上春樹『羊をめぐる冒険』」，『村上春樹論集』(1)，若草書房2006年版，第12頁。

③ 蓝棣之:《现代文学经典:症候式分析》，清华大学出版社1998年版，第206页。

文学语言保持着一种开放性结构，也便留下了许多可以自由读解的意义空白。据此似可认定，这部作品是作家的意识与无意识结合的精神活动的结果，就像村上自己也无法解释“羊男”的出现一样。

关于这部作品的外来影响问题，村上自己的解释与批评界却是不尽一致的：

> 《寻羊冒险记》的结构深受侦探小说家雷蒙德·钱德勒的影响。我是他的热心读者，他的一些作品读过多遍。我当时想在自己的新作中，使用他的情节与结构。这意味着小说的主人公首先必须是一个孤独的都市人，而且就要去寻找什么。他将因此陷入一种复杂的情境中，终于如愿以偿时他要么已经毁掉，要么永远地失去了。这显然便是我想采用的钱德勒的方法，有位西海岸的读者已经看出了内中的联系，为了对应钱德勒的《大睡》，把我的小说称为《大羊》。这让我不胜荣幸之至。我并不想在《寻羊冒险记》中去写一个神秘故事。一部神秘小说中，故事的谜底终究会被解开，我想写的谜却没有谜底。小说中的“羊男”，背上有星号的那只羊，以及“鼠”的遭遇，我几乎都找不到可以说的话。我采用了神秘小说的结构，然后以截然不同的成分来充填。[①]

勇于承认自己与雷蒙德·钱德勒的艺术承传关系，表明村上春树并不回避自己小说的大众化追求。与此同时，作为这位美国作家的知音，在将美国硬汉小说日本化的时候，村上恪守的又显然是力求

---

① [美]ジェイ·ルービン著、畔柳和代訳：『ハルキ·ムラカミと言葉の音楽』，第96—97頁。

反映社会的严正艺术立场；并没有走到与解谜小说为伍的游戏文学的地步。这是完全可以为《寻羊冒险记》中的人与羊的现实关系所印证的。

第三节 一个站在世界尽头的舞者

完成了“青春三部曲”以后，村上春树进入了自己作为小说家的第一个休整期。从1982年到1985年的3年的时间里，他都没有再去着手长篇小说的创作，而是有意想缓冲一下。“青春三部曲”的创作，留给了作家一种规律性的疲惫感，每当完成一部长篇以后，写作的辛苦都会导致一种暂时不再想写鸿篇巨制的感觉出现。如释重负的日子里，村上并没有刀枪入库、马放南山，他主要是做了3件之于长篇小说创作而言略显琐碎的事情。

第一，选择赴国外旅行，让生活变得相对悠闲起来。1983年他首先赴雅典跑完了一个全程马拉松比赛。次年夏天，他又携妻赴美，完成了约6个星期的首次文学朝圣，拜会了雷蒙德·卡弗、约翰·欧文以及参观了菲茨杰拉德的母校普林斯顿大学。

旅美归来后，村上把家从千叶迁到了东京西部，在古老和静谧中为自己打造了新的生活营垒。或许也是受到菲氏的影响所致，村上接受了在国外写作是一位作家拿出好作品的理想模式的理念，1986年遂成为他长达9年的旅居海外写作生涯的开始。截止到1994年初《发条鸟年代记》的问世，村上大抵上往返穿梭于日本和异域之间。他先后到过意大利、希腊、伦敦、土耳其、伊朗、伊拉克、德国、奥地利、墨西哥、中国和蒙古等诸多国家，广泛地接触和了解了日本以外的文明。

第二，通过翻译美国小说，强化文学营养的补给。“这个时期我的目标是写短篇和搞翻译，特别是后者。集中翻译我所喜爱的雷蒙德·卡弗和约翰·欧文的作品，使我从中学到了很多东西，对他们充满敬仰之情。能够见到他们，和他们直接交流之于我更是获益匪浅。原来小说是可以这样写的，那里有广阔的世界，无限的水平空间和可以冒险的余地。我必须把它们逐一梳理出来，以仔细地看清自己下一部作品的走向，这些无论如何没有 3 年的时间是不行的。”[①]

此间，村上所译雷蒙德·卡弗的两个短篇小说集《我打电话的场所》和《夜幕下的马哈鱼》分别于 1983 年和 1985 年 6 月成书；1986 年则翻译出版了约翰·欧文的长篇小说《牧熊》。

第三，先后完成了《开往中国的小船》（1983 年 5 月）、《袋鼠佳日》（1983 年 9 月）和《萤，烧仓房及其它》（1984 年 7 月）等自己的三个短篇小说集的结集与出版，这些在“青春三部曲”创作的间隙完成的短制，同样为村上赢得了作家的地位、读者和声誉。

《世界尽头与冷酷仙境》即将杀青的时候，中上健次曾就此与村上春树有过交流。村上当时也曾谈到了自己关于短篇小说创作的理解和认识，首先，“对我而言，一个短篇小说或多或少总会是一部长篇小说的跳板”。其次，“我的感觉是，一个短篇要么可以视为一个长篇的准备，要么就是某种拾遗补缺——将不适合较长篇幅的那些素材写出来的样式”。[②]此外，为了生存，村上不得不写一些随笔和

---

① ［日］村上春樹：「はじめての書き下ろし小説」，『村上春樹全作品 1979—1989』（4）。

② ［美］ジェイ·ルービン著、畔柳和代訳：『ハルキ·ムラカミと言葉の音楽』，第 153—154 頁。

杂感，以满足期刊的连载要求。当然，包括偶尔接受的创作对话和文学访谈。

经过了 3 年的歇息和调整之后，1984 年 8 月村上投入到了他的第 4 部长篇《世界尽头与冷酷仙境》的写作之中。写作总共用去了 5 个月的时间，1985 年 1 月 12 日脱稿，这一天恰好是他 36 岁的生日。

或许是 6 年的创作经历已然给了他作为小说家的足够的成就感和自信力，在这部作品中村上一反常态地放弃了青春题材和表现风格，转而创造性地问津了一个纯属想象的艺术世界，把“存在”和“非存在”交替置于一种平行的状态下加以比照，引发了文坛和读者的另一番滋味与感受。

就在读者对这部作品意犹未尽时，作家已于当年在罗马开始了他的第 5 部长篇的创作，直到作品完成、准备交讲谈社付梓时，连题目都尚未最后定夺。1987 年 4 月，这部代表着村上最高艺术成就的经典之作告竣，这就是名满天下的《挪威的森林》。在鲜花、利益和掌声中，不善应对的村上，仍然在不想失去写作的心态与感觉中徘徊。这年年底，他买了一台打字机，从此结束了在稿纸上爬格子的艰辛，从传统的写作方式中步入了信息时代。

1988 年春，他完成了旅欧期间的第 2 部，也是总计的第 6 部长篇小说《舞！舞！舞！》。这部作品被批评界视为《寻羊冒险记》的续篇，着眼点在于揭除现代社会的病苦。“我过去从未写过像《挪威的森林》这样的作品，写作过程中始终对读者的接受程度心中没底。而写作《舞！舞！舞！》时则完全没有那样的顾虑，只不过不断地把想写的内容铺在纸上而已，而且完全是我自己的风格。作品中的一些人物，已经是在《且听风吟》、《1973 年的弹子球》和《寻羊冒险记》中出现过的老相识了。我乐在其中，也仿佛重新回到了久违的自家的后院。这么单纯的、驾轻就熟的写作乐趣，之于我是少有的事情。”①

屈指数来，如果把《世界尽头与冷酷仙境》排除在外，《舞！舞！舞！》作为第5部长篇小说，实际上成了村上青春题材的收官之作。自1979年以来的10年间，村上春树在这一为自己所熟悉的题材领域笔耕不辍，从未怠慢，尽显脱凡拔俗的写作风格，先后完成了一百数十万字的日文文本。青春经历是村上最为重要的生活积累，作为艺术矿藏几年来可谓已发掘罄尽；面对文坛与读者，持续下去的视觉疲劳和重复接受的后果也将不堪设想。至此，村上春树仿佛像一位站在世界尽头的舞者，面临着迫在眉睫的创作转型。

《世界尽头与冷酷仙境》作为村上第一个10年的小说创作中题材表现方面的一个特例，留下了作家艺术探索的殷勤与甘苦。在成功地把美国式的现代迷茫日本化以后，这部依旧旨在从美国“拿来”的科幻小说叙事技巧的尝试，却未能达到预期的效果。说来内中既有日本读者的接受习惯的龃龉，也不乏作家自身的艺术把握能力和尺度的问题。

这部译成中文后几近30万字的长篇小说计40章，“世界尽头”与“冷酷仙境”均分天下，各自占据了一半的篇幅内容。作品的两条主线交错展开，主人公的双重意识汇聚为完整的“我”。在鲜明的后现代主义小说倾向中，整体结构的新奇成为作品特色最突出的所在。

这种一实一虚、交错推进的方式，村上在《寻羊冒险记》中已经让“我”和“鼠”在一种近似神话与寓言的境界中演练过一次。

① ［日］村上春樹：『遠い太鼓·冬が深まる』，講談社1993年版，第335頁。

这次重构的“世界尽头”，实际上也便是“我”的潜意识世界，其设定在一个城垣环绕的中世纪小镇，看起来很有些像人的大脑的形状，一群独角兽是这里的主宰。

“冷酷仙境”是现实与科幻的结合体，通过“计算士”或“符号士”隐现了20世纪80年代的日本社会，表达了在“我”的意识深处世界已经终结的主题。“这部作品是村上春树对‘和平’、‘富足’年代的艺术概括。尽管其中的科幻部分还略显稚嫩，主观臆断随处可见，但毕竟准确地把握了这个时代的‘虚无主义＝绝望’的样态。”①

《世界尽头与冷酷仙境》问世的当年，即在颇多争议的情况下，获得了第21届“谷崎润一郎奖”。在奖项众多的日本文坛，这个由中央公论社主办的文学奖应该说久负盛名、具备相当的品味。然而，由丹羽文雄、远藤周作、吉行淳之介、丸谷才一和大江健三郎担纲的、可谓阵容不菲的评选委员中，持消极或明确否定态度的人却是多数。在这种状况下村上春树何以能够获此殊荣，这或可有理由成为日本文化探讨的一个课题。而文学研究需要涉猎的，则主要应该是与作品有关的声音。

丹羽文雄道出了主办方不希望轮空的背景，所以认为这部作品的获奖，实际上是退而求其次的产物。②

远藤周作明确反对给一部失败的作品颁奖，并具体指出了三处败笔：

> 第一，故事中的人物尤其是女性形象雷同，既无独立性亦

---

① ［日］黒古一夫：『村上春樹——“喪失”の物語から“転換”の物語へ』，第150頁。

② ［日］丹羽文雄：「今年の感想」，［日］村上竜編：『谷崎潤一郎賞選評・シーク＆ファインド村上春樹』，青銅社1986年版，第224頁。

> 无对比性可言。我无法理解这样的两个故事为什么必须以平行的方式表现出来。第二，村上春树能够吸引读者的“失落感”在这部长篇中完全消失了。原因即在于故事的过分臃肿，使所有的内容都扩散了。如果缺乏吸引读者的东西，便不能视其为真正意义上的小说。第三，“失落感”的缺失，导致了主人公的日常生活描写的冗长。[①]

吉行淳之介还算客气，认为“作品中故事交叉进行的结构虽然非常有趣，但是两个世界的相似的文体却不足取，作品的篇幅也因此给人过长的感觉。总之，我对这部作品的获奖是持消极态度的”[②]。

大江健三郎指出了村上和谷崎之间的美学情趣的某些一致性，感觉自己“像是在读新编的《阴翳礼赞》”[③]。

从不人云亦云的丸谷才一，主张理应获奖的理由在于：“作品以长篇样式描绘出一个优雅的抒情世界，结构上殆无破绽可言是突出的长处。很多作家意识到了必须摆脱现实主义的小说写法，文本实践却给人胡诌八扯之感。村上的这部小说却既脱离了现实主义的窠臼，又在情理之中表现了独特的清新风情。”[④]

无论是赞成还是反对，可以认为上述的见地绝非门外之谈，而是客观真实地反映了这部作品的短长。

---

① [日]遠藤周作：「選評」，[日]村上竜編：『谷崎潤一郎賞選評・シーク＆ファインド村上春樹』，第224—225頁。

② [日]吉行淳之介：「感想」，村上竜編：『谷崎潤一郎賞選評・シーク＆ファインド村上春樹』，第225頁。

③ [日]大江健三郎：「冒険家」，[日]村上竜編：『谷崎潤一郎賞選評・シーク＆ファインド村上春樹』，第227頁。

④ [日]丸谷才一：「何かの始まり」，[日]村上竜編：『谷崎潤一郎賞選評・シーク＆ファインド村上春樹』，第226頁。

《舞！舞！舞！》的题目来自一首老式的布鲁斯节奏的歌曲，同《挪威的森林》一样，反映了村上小说特有的音乐背景。作品故事设定为1983年，实际上描写的却是1988年的事情。主要人物均系“青春三部曲”中的旧面孔，5年的后移使作品步入了“高度资本主义”的实际形态之中，讲述了这些人物延伸至今的生存轨迹，探讨了在这样的社会结构里人的存在与价值危机，是《且听风吟》、《1973年的弹子球》、《寻羊冒险记》，包括《挪威的森林》系列中一个大结局式的存在。

这种特殊性也便决定了作品在内容与形式上的独到之处。主要人物“我”从经历过学潮的大学生、翻译事务所和广告代理店的经营者，到进入一家杂志社工作。因此有机会再访位于札幌的“海豚宾馆”，寻找失踪的女友“喜喜”，从而回到“青春三部曲”特别是《寻羊冒险记》的延长线上。《且听风吟》的空虚无聊，《1973年的弹子球》的埋葬过去，再到《寻羊冒险记》的代价与牺牲，战后一代人的青春历经磨难、沿着这样的轨迹继续向前推进着。

往事如烟，“我”所经历的人和事中，“鼠”的亡魂已然在天国里找到了寄托；“杰”的经营活动也已随着酒吧的3次易址而淡出；“我”在妻子出走，家庭破裂之后，依旧孤独地面对着人欲横流、纸醉金迷的社会现实。新的人际关系不断出现，随即又灰飞烟灭，呈现为一具具白骨。只留下由纪美的存在，算是暗色中的一个亮点。可以认为，青春虽无法挽留，也只能为它画上一个句号；而“我”不停地跳舞的抉择，所隐喻的正是人生是一种持续的挣扎过程的内涵。

“羊男”是受到普遍关注的作品人物，但是几乎所有的评论均未能触及这一人物在这部作品中与“鼠”的关系问题。有评论在谈到“我”必须和“羊男”再会的问题时，认为：“‘羊男’是作为日常与非日常、阳界与阴界、现世与彼岸的媒介物登场的，意在将‘我’与‘寻求过并已到手的东西连接起来’。”[①]关于这一点，在作品中“羊男”是这样表述的：你现在需要我，因为你在困惑，不知道自己在寻找什么。你处于抛弃和被抛弃之间，又不知该走向何方。你失去了很多，那些东西却没有替代者。你因此困惑惶然，觉得自己飘零无寄，事实也是如此。所以只有在这里你才能找到依靠。

可以看出，首先，“羊男”是“我”与“鼠”的关系史所衍生的一种存在。或者说，为了替代“鼠”完成帮助“我”的使命，他的媒介身份才具备了与系列作品内容相吻合的可能。其次，“羊男”对“我”的困境的把握，并非一日之功。失去了共同经历种种人生磨难的基础，也便不会有一切都将从跳舞开始的点化。正是从这个意义上，作品借助一种神奇的艺术方式，为“我”和“鼠”的关系平添了一种苦涩的艺术真实，内中也不乏了断“青春三部曲”的两个主要人物关系的思考。

① ［日］黒古一夫：『村上春樹——“喪失”の物語から“転換”の物語へ』，第 96 頁。

第三章 《挪威的森林》的经典意义

第一节 创作方法的一次革命

米克诺斯岛是希腊基克拉迪群岛中的一个岛屿，岛上的一位英雄被认为是阿波罗神的后代，自古以来一直受到当地人的崇拜。这个小岛也因此而得名，是时下希腊乃至全世界最受欢迎的度假胜地之一。

1986年末，村上春树登上该岛，入住一家连桌子都没有的低档宾馆，并在那里的一间小酒馆里开始长篇小说《挪威的森林》的创作，直至完成了小说的前半部分。翌年春又取道意大利的罗马，在那里完成了作品的后半部分，两部分加在一起费时不足半年。作品文字总量日文印刷符号计36万。这部有史以来最为流行的日本小说，使作家声名鹊起、家喻户晓。其作为村上小说的代表作，甚至超越了日本列岛，以亚洲为主形成了文化传播过程中罕见的“村上春树现象”。

那以后20余年过去了，村上此间相继推出了《发条鸟年代记》、《海边的卡夫卡》等标志着自己的小说艺术走向和水准的力作。可是，历数村上先后30年间创作的小说，人们普遍认为真正称得上经典意义的作品，仍然非《挪威的森林》所莫属。

尽管批评界关于经典的概念尚在争论之中，但是大约没有人能够否定文学创作中经典化过程的存在，对那些不经过建构即可以成为经典的作品也一直不肯买账。然而，批评界似乎一直满足于这样的立场，文学经典在不同时代、不同历史文化语境中的不同命运、意义和价值，是在同读者的对话中不断生成的。截止到2008年，《挪威的森林》在日本包括单行本、文库本在内，发行总量已达到878万部。①而在人气甚旺的中国，2004年时即已高达100万部。②那么，日本及日本以外的读者的认可程度似已无须讨论。可是甚至连一些村上研究的有影响的专著在内，对《挪威的森林》的经典化过程的具体性也始终缺乏应有的解读。与作品的经典价值相比，由认可而掩饰的一种漠然的状态之中，对作品的创作方法的无视便是明显的例证。

"如果说，西欧资产阶级文学是有了发达的现实主义，而后才出现了自然主义的话，那么日本资产阶级文学则是以自然主义为其确立的基础，以现实主义为其补充的。明治维新后，日本虽然出现了坪内逍遥、二叶亭四迷的现实主义，但是由于没有充分的发展条件和机遇，而昙花一现般地成为过去。"③日本自然主义方法的淆杂是众所周知的，其中在欧洲影响颇大的现实主义方法，便一直是一个不可小觑的存在。

关于《挪威的森林》的写作手法和小说类型，曾有过下述几种不同的认定："如果把它看作是一部'手记'，那么作品留下的是我和直子的过去。这种记录意味着对直子的安魂、对自我的抚慰和对

① 「『ノルウェイの森』映画化」，『読売新聞』，2008年7月31日。
② 「中国的"村上春樹熱"·『ノルウェイの森』100万部突発」，『読売新聞』2004年11月22日。
③ 吕元明：《日本文学论释》，东北师范大学出版社1992年版，第206頁。

绿子的赠言。”[①]除了“手记”说之外，三枝和子还把作品置于近代小说的框架内，经过比较认为这是一种“夫妇的心境小说”[②]。

澳大利亚研究者皮特·赫尔布鲁克则将村上的作品分为两大类，一类是以《寻羊冒险记》为代表的科幻小说；另一类是以《挪威的森林》为代表的故事文学，也就是恋爱小说、青春小说。[③]

众说纷纭之中，“恋爱小说”、“成长小说”和“现实主义小说”的评价影响较大。而上述三种说法，其实无不与作家本人的告白相关：

> “百分之百的恋爱小说”是我写的一句广告语，我应该因此对这部作品说声“对不起”。一言以蔽之，这不是一部激进小说、高雅小说、理性小说、后现代主义小说，也不是一部实验小说。这只是一部一般意义上的现实主义小说，所以阅读时不宜生出其他理解。广告语是绞尽脑汁才想出来的，批评界把它作为“恋爱小说”之于我纯系咎由自取。说句老实话，现在我也十分懊恼。无论如何《挪威的森林》都不能说成是一部恋爱小说。恋爱小说的内涵，直到现在我也不清楚。至今我读过的那些小说一大半都是关于爱的，我并不认为描写爱与被爱、抛弃与被抛弃就是恋爱小说，何况《挪威的森林》中也并没有在这方面比别人多写了什么。由于没有真正意义上的恋爱描写，这部作品是不能称之为恋爱小说的。如果非要下个定义，我倒

---

① [日]山根由美恵：『村上春樹“物語”の認識システム』，若草書房2007年版，第133—134頁。

② [日]三枝和子：「『ノルウェイの森』と『たけくらべ』」，[日]栗坪良樹、柘植光彦、今井清人編：『村上春樹スタディーズ』(3)，第158頁。

③ Peter Holbrook, “In Defence of Boredom”, *The Australian*, 6 June 2001, p. 28.

觉得其更加接近于成长小说。作品结局并不轻松，甚至有些沉重，完全超乎我当初的预想，原因概在于此。[①]

村上春树这番话作为作品讲解，写在1991年《村上春树全作品1979—1989》出版之际，其时《挪威的森林》已经问世有四五年的光景，并且为作家带来了超乎想象的荣誉和利益。一般说来，执着于小说艺术创造是作家的天职，而解释或说明作品却完全是读者和批评界的事情。村上基本上是一个低调生活的人，所以对媒体关系和出头露面之类，一向是敬而远之。然而，其关于自己的小说却从来不甘寂寞，甚至一句话都不肯少说，这充分反映了商品化时代日本文人的生存方式的某些特征。

"《挪威的森林》是主人公的青春故事。它是由20岁前后主人公所经历的两部恋爱剧构成的。"[②]作品问世后一个月批评界最先发出的这种声音，显然是对作家的广告语的迎合，而且很快演变为作品批评的一种倾向。"就像'森'是由三个'木'字组成的一样，三角关系是故事的结构中心。首先是高中时代的二男一女我、木月和直子；其次是绿子、我和直子；后来又演变成玲子、我和直子的三角关系。这种组合在作品中清晰可见。一句话，《挪威的森林》是围绕我的几个三角形恋爱关系与纠葛的作品。"[③]甚至在村上对"恋爱小说"作了自我否定的十几年之后，仍有人耿耿于怀，认为"这是一部百分之百的恋爱小说，并不能因为登场人物之间没有真正的爱情

---

① [日]村上春樹：「100パーセント・リアリズムへの挑戦」，『村上春樹全作品1979—1989』(5)，講談社1991年版。

② [日]三浦雅士：「恋人たちの黄昏」，『新潮』(11) 1987年11月，第311頁。

③ [日]川村湊：「『ノルウェイの森』で目覚めて」，『村上春樹をどう読むか』，作品社2006年版，第184頁。

就否定这一点”[①]。

小说类型和艺术价值之间，往往呈现为十分复杂的关系，看来上述批评的视角并未能触及“恋爱小说”讨论的本质。一部文学作品的艺术价值的认定，并不是完全由题材来决定的。《源氏物语》并没有因为描写了男女之情，而导致其文学史地位的丧失或贬值。从根本上说，连“恋爱小说”的概念都不甚了了的村上，不过是在悔恨之余强调《挪威的森林》的价值远在恋爱之外罢了。包括他的“成长小说”的诱导，虽然意在表明自己所关注的是 20 世纪 70 年代日本社会与人的现实，但是作为文学批评术语还是多了一点随意性。《挪威的森林》中的现实主义创作方法的存在方式，村上说了、又委实没有说清楚，很有一点画蛇添足的感觉。加之创作方法本身便是一个艰涩的理论语境，村上的介入雪上加霜，加剧了问题的复杂化。

无论是现代主义还是后现代主义文学，首先都可以视为一种时间概念。作为人类思想和文学精神的精华，它所带来的历史性理论内涵显然是全新的。像村上春树这样的战后出生的作家，是在西方 19 世纪现实主义文学思潮终结、现代主义文学理论登场的背景下开始文学活动的。或者说，村上压根就不具备成为这次转折大潮中的弄潮儿的条件。现代主义的价值观念和审美取向，成为他的主要文学营养和来源，是再正常不过的事情。而现实主义文学实践对他来说，只能是一种陌生的存在，用来支撑自己的小说革命并不是件容易的事情。要而言之，《挪威的森林》的创作方法，是一种被村上改造过的现实主义。这种改造表面上立足于对后现代主义手法的扬弃，

---

① ［日］石原千秋：『謎とき村上春樹』，第 270—272 頁。

本质上却是后现代主义土壤上滋生的转基因产品。

这位十分勤勉的作家8年里仅长篇小说就写了5部，而且大都与现实主义创作方法并无干系。在《挪威的森林》中，作家何以在语言风格与描写方法上去拥抱现实主义，并且依赖这种转变实现了自己最高的文学成就，这显然有理由成为村上小说研究无可规避的话题。或者是通过《挪威的森林》的创作，完成了对现实主义文学的重新认识和实践；或者是在现实主义与后现代主义之间，发现了属于自己的创作方法的新天地；理论批评都应该而且必须指示其具象特征。因为无论是现实主义也好，现代主义也罢，重要的是村上又找到了一种新的方法，并且写了一本经典小说。毕竟歌德有言在先：理论是灰色的，唯生活之树常青。

小说作法与实际体味，从来就不是一个纯粹的理论问题。从这个意义上讲，创作过程中所发生的、至少是作家主观范畴的微妙动态，无疑是值得批评界去关注的："关于这部小说的各类反响中，以故事情节居多；相比之下文体的样态却没有成为话题，这让我颇感意外。"[①]村上的这段表述，可以从一个侧面提醒人们，《挪威的森林》的小说语言较之"青春三部曲"的其他文本，是有了很大变化的。

《且听风吟》完成以后，村上曾反思过作品得失，其中当然包括了语言表现这一范畴。而且实际上的情况是，被废弃的处女作的第一稿，便是用传统意义上的现实主义文体完成的。有鉴于此，《挪威的森林》的文体，不可能是《且听风吟》的那一失败过程的重演；回到最初的文体出发点上的村上，毫无疑问是在尝试着进行某种更

① ［日］村上春樹：「100パーセント・リアリズムへの挑戦」，『村上春樹全作品1979—1989』(5)。

高级的重复。可见，无论是现实主义还是后现代主义的创作方法之于村上都没有成为绝对意义上的羁绊，原因概在于他是一个把使用与众不同的语言，置于小说创作的最高境界的作家。

把19世纪现实主义小说叙述语言的真实性，同20世纪美国新小说语言风格的现代感有机结合，这是村上为《挪威的森林》的文体找到的新的出路。这一见解的理论依据在于："后现代主义文学的不确定性创作原则必然导致其创作方法的多元性。多元性也是后现代主义的基本特征之一。后现代主义小说的这种多元性特征主要体现在后现代主义与现代主义、现实主义和浪漫主义的融会贯通之中。"[①]据此找到实际上的作品依据，同样是易如反掌的事情。

一向为人们所称道的《挪威的森林》的开篇与结尾，便是这种努力的结果。题记"献给许许多多的祭日"是从菲茨杰拉德的《了不起的盖茨比》中借来的，有很高的文本语言艺术的起点。在现代主义的助力中，现实主义表现手法是在十分从容的状态下拉开了作品的序幕："37岁的我端坐在波音747客机上。庞大的机体穿过厚厚的夹雨云层，俯身向汉堡机场落下。11月的冷雨砭人肌肤，为地面涂上了一抹阴郁。身披雨衣的地勤人员、呆呆地垂向地面的候机楼上的旗，以及宝马的广告板，一切的一切，看上去如同佛兰德派抑郁画的背景一般。"

波音747客机率先充斥画面，甲壳虫乐队的背景音乐仿佛自天外飘来，引发了主人公渡边潮水般的回忆，作品自然地回到了遥远的1969年的秋天，真实性由是成为直子与绿子两位女性的典型性的前提。结尾所展示的，经历了这样的磨难的人们，由于找不到自己

---

① 曾艳兵：《西方后现代主义文学研究》，中国社会科学出版社2006年版，第75—76页。

的社会定位与生存价值而茫然失落，发出了“我现在在哪里”的诘问，现实主义文学的力量感人至深。或许在一种艺术世界里恪守真实，是现实主义文学表现方法的永恒价值所在。这与后现代主义文学特别是村上惯用的在现实与想象两个世界中完成小说的方式相左，所以村上委实是在作出一种方向性的改变。

出于对讲述发生在18年前的作品故事的考虑，作家在《挪威的森林》中坚持把细节描写的真实性在文脉中突兀出来。因此才在作品的第一章中，借主人公之口这样表述道：“我拼命抓住这些已然模糊不清、而且仍在不断丧失的记忆残片，敲骨吸髓般地将它作为写作这篇东西的动力。为了信守对直子作出的诺言，我别无选择。”

如果需要考察20世纪六七十年代的日本大学生宿舍，这部作品毫无疑问可以成为一种权威的文字资料版本。作品对“和敬寮”的位置、占地、环境，包括建筑材料和颜色等，都有如实而精细的描写。那个时代学生生活的某些侧面，如升国旗、奏国歌、做广播体操，特别是大学的上课、打工、休闲这三大主体生活板块的情形，也如照片甚至是浮雕般栩栩如生。这些细节的真实，显然既是人物性格和命运的必要铺垫，同时也以缅怀历史面貌的相应文笔，把读者带入了那个已然逝去的年代。

在《挪威的森林》中，作家淡化了后现代小说语言的抽象意义、逻辑成分和晦涩化效果，有意减少了阅读与理解的障碍，以使得往往处在不断联想状态下的读者从心理压力中解脱出来，轻松地跟随故事情节和作品节奏前行。这种后现代主义语境中发出的关于现实主义文本的独到理解，使这部作品实现了一种全新的叙述方式。

直子死后，渡边痛苦到了极点。然而作品在表现主人公的情感特征时，既不取现代主义的模糊与神秘，又完全避开现实主义所禁忌的“直说”，文字上不露一丝痕迹，只是以四个看似与情感寄托并无关系的画面一气呵成，是村上式的现实主义文体的一个颇为经典的注脚：“那以后的3天时间里，我见到电影院的门便进，从早到晚把大凡东京正在上映的影片看了一遍。然后收拾好外出的行囊，提出所有的银行存款，在新宿随便搭上一辆即时发出的特快列车。”

当然，文体作为要素并非小说本身，在力所不逮的作品结构等范畴，《挪威的森林》不可能回到严格意义上的现实主义文学的规范中。即如关于“阿美寮”的描写，尽管村上全力想把它打造成一个典型的生存环境，以便与作品的整体风格接轨；人物塑造上也摒弃了“羊男”和“耳朵模特”式的超现实之径，但还是无法从根本上抹去直子形象的某种虚化味道。作为世外桃源，无论如何也都难以消却西方神秘主义文学作品的痕迹。这正如渡边在离开“阿美寮”之前所感受的那般：“我总觉得自己似乎来到了引力略有差异的一颗行星之上。没错儿，这里的确是另外的一个世界。我这样想着，心里不由生出悲戚。”然而，无论如何这一世界整体上是白描而不是虚构出来的。这正是作品的一种不应忽视的变数。

还需说及的是，写于1983年初的短篇小说《萤》，是《挪威的森林》的前半部的缩影。《萤》的讲述也是倒叙式的，描写了十几年前20岁前后的主人公在东京读大学时的一段情感经历。已经自杀了的高中时代的一位朋友的女友，与主人公偶然邂逅并频繁约会，在她20岁生日的那天两人有了肉体关系。那以后主人公接到了一封来信，得知女友已经患病休学并住进了京都的一家疗养院。室友给了一个装有萤火虫的小瓶，以抚慰主人公的悲伤。主人公在屋顶将萤火虫放生，感受在黑暗中游弋徘徊的那束光泽。显而易见，《挪威的森林》的出场人物和主要情节，都是从《萤》中脱胎、并且基本上是故事原型的一种拓展。所以，有评论指出："我在读《挪威的森林》上卷的前半部分时，强烈地感到似乎就是在读短篇小说《萤》。"①

在短篇中，人物大都是以符号来替代的。无论是"我"、女友、还是高中时代的友人，与"青春三部曲"的"我"、"鼠"和"杰"的命名方式大抵相通。可以认为，《1973 年的弹子球》中的"直子"形象之前，村上小说中还没有通常意义上的日本人名的出现。而在《挪威的森林》里，渡边、直子、绿子、永泽和木月称谓的变异，在一个值得注意的细节上，使村上这部小说的创作，从后现代主义回归到了现实主义表现方法的规范之中。从而表明为了寻求一种全新的现实主义文本，表现与众不同的创意，村上对后现代技巧的刻意收敛。

关于这一论断，新近的资料依据是，出版了村上的多部头长篇近作《1Q84》的新潮社，2010 年夏回顾作家 30 年创作历程时，在同作家的对谈中再一次问及了《挪威的森林》中的人名问题。村上答道："《挪威的森林》是我刻意去写的一部现实主义小说，所以只能给人物起名了。就像我刚才说过的那样，如果没有名字的话，三位主人公是无法同时对话的……给主人公命名，是故事讲述技巧的一大进步，当时我并没有意识到这一点。"②

萤火虫进入小说世界，并非村上的首创。而且着实可以看作是日本传统文学中，为许多作家所钟爱的一种情感寄托方式。与川端

---

① [日]川村湊：「『ノルウェイの森〉で目覚めて」，『村上春樹をどう読むか』，作品社 2006 年版，第 186—187 頁。

② 『特集：村上春樹ロングインタビュー"考える人"』，新潮社 2010 年版，第 22 頁。

康成、野坂昭如、宫本辉，包括宫崎骏的物哀幽玄的美学理想，略显不同的是，村上的萤火虫之恋，更多的在于享受一种真实细腻的描写过程，就中和作品人物一起体味淡淡的、无声的由自然所引发的伤感。

有评论指出："就像作品的题目一样，《挪威的森林》是一部以日本传统的自然主义为基调，又融入了西方爵士乐风格的混合体。这种组合让我们感受到了时代的变迁，作品在告诉人们，日本传统的东西正在发生不以人的意志为转移的变化。"①关于语言描写的真实性问题，自然主义同后现代主义截然对立，而且显然是现实主义的知音，这也正是村上为使《挪威的森林》的文体达于炉火纯青的境地，而找到的新的助力。"就其文学自身而言，现代主义的'反传统'，显示出对传统文学的超越，而这种超越本身又是传统文学演变的自然结果。"②

美国学者杰·鲁宾在自己的村上研究中，这样谈及过《挪威的森林》的经典理由。他认为文学巨匠大江健三郎成功地表现了性爱、死亡和暴力时，村上还是个默默无闻的年轻人。大江的成就，导致了村上的不敢轻易问津爱情题材的现实。而《挪威的森林》的出现，也因此成了村上证实自己的实力，甚至在文学影响方面超越大江的例证。③然而，这位美国教授与此相关的下述见解，却是值得商榷的："《挪威的森林》最了不起的技巧方面的成就，或许正在于村上

① [日]小原真紀子：「ノルウェイの森でつかまえて」，『ユリイカ——総特集：村上春樹を読む』，青土社 2000 年版，第 141 頁。

② 徐曙玉、边国恩等编：《20 世纪西方现代主义文学》，百花文艺出版社 2001 年版，第 7 页。

③ [美]ジェイ·ルービン著、畔柳和代訳：『ハルキ·ムラカミと言葉の音楽』，第 180 頁。

将自传体的日本私小说技巧，创造性地运用在了一部完全虚构的长篇小说之中。”[①]此言的依据，大约是《挪威的森林》的“后记”中，村上曾讲过“这部小说具有浓重的私人性质”的话。

私小说是日本大正时代产生的一种独特的小说样式，为几乎所有的自然主义和现实主义作家所青睐，在当时的文坛上占据了统治地位，对日本现代文学的发展影响至深。问题在于，一般认为：“私小说的‘如实写来’，即是鸥外所说的‘不作综合贯穿’。所谓写实主义从属于图画上方的空间，所以私小说家们即使使用了同一个术语，其内容也是完全不同的。同样的事情，也可以用来说明‘私’这一词语。实际上，私小说的‘私’是在现象学意义上被加上了引号的。”[②]

而且，《挪威的森林》的“私人性质”说，也是有具体所指的。“《世界尽头和冷酷仙境》是自传性质的小说，菲茨杰拉德的《夜色温柔》和《了不起的盖茨比》对我来说是私人性质的小说，在这个意义上，这部作品也属于私人性质的小说。”[③]村上小心地回避了“私小说”的概念，而采用了“私人性质”的说法，不仅在于事实上大正以来真正给予他影响的日本作家几乎没有，更为重要的是，村上自创作伊始便是从否定传统的日文文本模式出发的，无论如何私小说，包括其叙事方式在内的诸多技巧，都不应该被排除在这样的立场之外。

至于私小说怎样影响了其他的日本作家，毕竟不宜和村上春树混为一谈。在没有找到可资凭借的资料根据的情况下，把村上春树

---

① [美]ジェイ·ルービン著、畔柳和代訳：『ハルキ·ムラカミと言葉の音楽』，第183頁。
② [日]柄谷行人：『日本现代文学の起源』，講談社1988年版，第225—226頁。
③ [日]村上春樹：『ノルウェイの森（下）·あとがき』，講談社1987年版。

与私小说的关系理解为一种理所当然的存在，是有违于《挪威的森林》这部经典的文体实际的。

回到关于创作方法的话题上来。东边日出西边雨，道是无晴却有晴。尽管这场革命表现了村上小说作法的多方面的过人才华，甚至是为他赢得了很难超越的荣耀，然而生不逢时，现实主义的创作实践可以铸成历史的一页，却无法变为村上的终生所爱。“《挪威的森林》本来是想写成一部清爽可人的小说，计划在 250 页稿纸左右。可动笔后却无法停下来，结果写成了近千页。作品完成以后，我的现实主义技巧已然穷尽，所以不会再去写第二部这样的长篇小说了。”①

寥寥数语，留给人们的却是无尽的思考。

第二节　学潮时代的社会图解

《挪威的森林》的开头便是飞机降落在汉堡机场，37 岁的主人公渡边在机舱内开始讲述自己的故事。那是 1987 年的事情，当时的交通手段正在从陆地转向天空。从东京到圣弗朗西斯科的国际航线，是战后的 1954 年开通的。1965 年始日本人出国不再受到限制，到了 1970 年出国的人数便翻了 5 倍之多。支撑这种生活方式变化的，是日本经济的高速增长，国民生产总值列世界第二位令日本人引以为荣。②

这段文字所表述的时代变迁与作品写作之间的关联，具体而

① 『特集：村上春樹ロングインタビュー“考える人”』，新潮社 2010 年版，第 22 頁。
② [日]半田淳子：『村上春樹、夏目漱石と出会う』，若草書房 2007 年版，第 71 頁。

准确。作为学术思考的产物，同时又在方法论的意义上提示了作品解读的路径。

《且听风吟》的时间设定为1970年夏，与《挪威的森林》的截止时间所差无几。只是较之处女作，后者的时间跨度是六七十年代相衔接的两年，而不再仅仅是18天而已。这样看来，给人物活动以足够的时间和空间，是《挪威的森林》经典化的基础投入。1969年是当代以学生运动为主体的“政治季节”的尾声，1970年以后日本则逐渐迎来了一个稳定的经济发展时期。对一个社会而言，这是动乱与盛世的转折点；对几个作为在读大学生的男女主人公来说，也正是开掘他们的内心世界的最为理想的时段。正是在这个意义上，《挪威的森林》的作品倾向显然是《且听风吟》的延续与深化。或者说，无论是就这部作品的思想还是艺术价值而言，都可以理解为作家对自己此前同一题材创作的“不完全性”的一种改变。

虽然开篇是主人公渡边对1969年秋天的记忆，实际上作品结构却陆续镶入了当年年初以来的相关内容。同其后20年间的社会生活因素，也并非毫无瓜葛，而是点点滴滴地出现在人物性格的塑造之中。有评论在分析《挪威的森林》赢得众多读者青睐的原因时，便曾指出过这一点：“作品是以70年代为舞台的故事，但是它的登场人物却完全是生活在1985年以后的，唯此才会为许多读者所接受。所以，这是一部名副其实的80年代后期时代和社会所孕育出来的小说。”①

---

① [日]黒古一夫：『村上春樹——“喪失”の物語から“転換”の物語へ』，勉誠出版2007年版，第126頁。

"挪威的森林"，并不是"挪威真实存在的森林"之意，而是特指"挪威产的木制家具"[①]。西方爵士乐曲《挪威的森林》，是以金属弦的印度民间乐器西塔琴和原声吉他配器来演奏的经典叙事曲目。甲壳虫乐队又译为披头士乐队，歌词内容是一个遭受爱情挫折的男孩在失去女孩踪影的房间里醒来，所感受到的如同置身森林般的清冷与寂寞。

"甲壳虫乐队"在美国的摇滚乐坛一统天下之后，又潮水般地涌入日本。20 世纪 60 年代这支乐队曾在东京的日本武道馆举行了 5 次大规模的演唱会，为了应付来自日本和世界各地的疯狂歌迷，有 3.5 万名警察被动用。在小说已经完稿，题目却尚待敲定的犹豫中，村上最终接受了妻子的提议，将这首曲名作为小说的题目，这种时代与人，亦即社会文化的强制力量的背景，是不应忽略的。

"渡边的大学时代是 1969 年，日本大学入学率已经超过了 20%，可是这批学生却不是最早的精英。菲茨杰拉德的《了不起的盖茨比》也好，福克纳的《八月之光》也好，渡边读的全部都是译作。相反，同样是西洋文化，明治时代的精英们并不是以日语为媒介，而是靠直接阅读原文来接受的。不读原著，从翻译的作品中学习美国文化，自然会发生一些形变。渡边所看到的并不是美国本身，而是战后日本所神往的、仿造的美国。"[②]日本近代以降的国际化进程本身，同时也潜伏着种种民族的精神危机。到了战后出生的一代长大成人之际，这种危机终于以学生运动和安保运动的形式爆发，也便不能不为作品主人公的命运留下某种特有的创痕。

---

① [日]小西慶太：『村上春樹を聴く——ムラカミワールドの旋律』，阪急コミュニケーションズ 2007 年版，第 117 頁。

② [日]半田淳子：『村上春樹、夏目漱石と出会う』，第 83—84 頁。

一边打工一边读大学，基本上是战后日本大学生的普遍生存模式。渡边打工的唱片店地点在新宿，晚上他可以从店面的窗口领略物欲横流的都市景观。“我怅怅地望着窗外穿行不息的人流，或一家老小，或对对情侣，或醉鬼，或无赖；还有穿超短裙的青春女郎，留嬉皮士胡子的男人，夜总会的女招待，以及其他莫名其妙的各色人等。”色情影院通宵营业，隔壁的成人玩具店生意兴隆；马路对面的游戏厅里，附近一家餐馆的厨师正在玩投币游戏以打发时间；几个酩酊大醉的公司职员，在调戏打公共电话的漂亮女孩；每隔 15 分钟便会有救护车或警车的怪叫声传来。没有人能说清这纷纭杂陈的场面到底意味着什么，社会文化的演进已成为一种不可思议的存在。

被视为象牙之塔的大学校园也已今非昔比，呼唤改革的学子们每天吵吵闹闹，弄得所有人的神经都绷得紧紧的。“宿舍院内也闹了几场纠纷。一伙自立派系的人把安全帽和铁棍藏在宿舍里，同管理主任豢养的体育会派系短兵相接，结果是两人受伤，6 人被逐出宿舍。”不仅偌大的校园无法放下一张平静的书桌，对于消极地面对学潮的渡边这样的大学生而言，退出宿舍也成了迫在眉睫的现实。渡边在吉祥寺一带租到的新居，在某种意义上正是动乱在逐渐逼迫大批学生出局，从而削弱甚或是部分放弃了学校教育的责任使然。内中寄托的春季里有望与直子朝夕相守的梦幻尽管不乏感人之处，从根本上讲却是求知渐渐从主导地位偏离、从悠闲到躁动已成为大学生活本质的写照。

绿子的家在大冢附近。渡边第一次赴约时，走过的便是一条面目寻常的大街。两侧的商店全部是旧建筑，看不到一丝兴旺的景象，不但屋里很暗，有的连招牌上的字都已斑驳。从建筑物的样式和古旧程度，不难看出战时这一带未曾遭到空袭，所以这些民房才得以保持原样。那些重建或修补过的，反倒显得比老房子还要不顺眼。这条街的萧条景象，显然无法和新宿、涩谷的繁华相提并论。

绿子的父母在被经济发展脚步所遗弃的落后地区经营着书店，最后双双死于脑瘤。在中产阶级意识尚未出现的20世纪六七十年代之交，绿子的这样的家庭背景同直子、渡边不过伯仲之间。在他们的下面，是社会地位卑微的“敢死队”。渡边不时把他的言行作为笑柄讲给大家，特别是直子，很难排除对这位室友出身的小视，因为这样做并不违背日本人的行为规范。在他们的上面，是鹤立鸡群、不可一世的永泽。“财富和家族的承继与社会地位息息相关，这在日本社会尤为显著。作为私立医院院长的儿子，在东京大学法学部毕业后顺利地进入外交部，永泽的经历显然是有代表性的。”①

《挪威的森林》在作品人物的个性化处理时，是从生活所提供的现实依据出发的。虽然大学生活把来自不同阶层的年轻人聚到了一起，这些活生生的个体中却分明蕴含了个人的、家庭的和社会文化的复杂因素。这种情形导致了日常生活包括重大事件发生时，作品男女主人公的不同反应方式。作为亲身经历过那次学潮的作家，村上在如实地勾描人物的形象特征时，不仅表现了准确的人物观察、深厚的生活积累和深邃的社会思考；同样重要的是，这一次他执意留下的是20世纪六七十年代之交的日本社会档案和一群属于那一时代的年轻人的喜怒哀乐。为了这一抉择，他有意没有驾轻就熟、过多地去炫耀后现代主义文学技巧。

---

① ［日］半田淳子：『村上春樹、夏目漱石と出会う』，第87頁。

从夜不归宿在新宿的DUG酒吧狂饮，到酒后在情人旅馆里尝试交换女孩睡觉；从喜欢穿一身黑衣服的怪异，到“不希望别人理解自己”的偏执；作品的男女主人公放浪形骸，唯我独尊，找不到一种力量把分崩离析的烦恼维系在一起。直子说：“我的问题全部是精神方面的。”绿子说：“人生就是饼干罐”，喜欢的不喜欢的都得接受。渡边说：“至少现在什么都不需要思考。”永泽说：“不公平的社会也才会大有用武之地。”作品有多少人物，便会生成多少人生感触；并把生存的种种无聊装置在大学生活的模式里。

生活无情地扭曲了接受良好教育的一代人的思维方式与行为方式，不管你是来自哪一个社会阶层，有着怎样的成长背景，最终无不是在不健全的生存状态中吞下余味绵长的苦果。木月把橡胶软管接在N360车的排气管上，用塑料布封好窗缝，然后发动引擎。不知他到底花了多长时间才死去。直子在盛夏的酷暑之中返回阿美寮，“把过去的东西全部处理掉，也好获得新生”，去见天国里的木月。那位十分可爱却没有名字、只留下绰号的“敢死队”，最后留给渡边一只萤火虫后，便连同他所钟爱的地理学，从人们的眼前消失。

“死亡并非生存的对立存在，就潜伏在人的生存之中。”尽管“无论是怎样的哲理、真诚、坚韧和柔情，也无法排遣这种悲哀”，然而“我们唯一可以做到的，便是就中领悟某种哲理后挣脱出来。任何哲理在接踵而来的意外与悲哀面前，却又是那样的软弱无力”。这是作品借渡边之口所表述的，作家对于死亡主题的探索和认识。作为情节中自然流露出来的观念形态，村上的生死观似乎深得日本读者的青睐。究其原因，大约在于这是日本文化传统中的无常意识的一种现代释义，应该算作是岛国文明里的新东西。

实际上，关于生死的这句格言，在作品印刷时之所以作了黑体字的特殊处理，原因在于作家不想在自己的认识中，掩饰源自德国现代小说的里程碑《魔山》的启示。在这部作品的主人公塞塔姆布里尼看来“死是生的一部分，也是它的附属物”。显而易见，托马斯·曼率先超越了生死对立传统的观念，村上春树作为后继者在思考方法与艺术形态上殆无二致。

除了死的极端之外，存活者的代价竟也是那样的沉重。渡边尽管偶有官能享乐的放浪，但毕竟算是意识和情趣还大抵过得去的一类青年。他在直子与绿子之间寻求情爱，因此可以看作是浑浑噩噩的生存现实中的亮点。用玲子的话说：“这并非什么罪过，不过是大千世界里司空见惯的事情而已。”

对这些年轻人的人生而言，这种片段往往最具回忆价值，甚至可以成为永远不会忘却的存在。这样，村上避开了“全共斗”题材习见的表现方式，如实地记叙了学潮背景下的几位大学生的日常生活。在全力将诸多的社会内容融入爱情关系加以表现的同时，赢得了文本驾驭的独特性、人物刻画的深刻性以及恋爱小说的时代性。“文学的确不是社会进程的一种简单的反映，而是全部历史的精华、节略和概要。”[①]

《挪威的森林》先后在第3、4、8章中，数度谈到了英国现代小说家约瑟夫·康拉德。关于这位以《吉姆爷》和《黑暗的心》名垂青史的作家，村上本人并没有明确谈及过具体的影响问题，批评界迄今为止也未见到相关话题。不过在几次提及康拉德时，作品曾借永泽之口表述了同巴尔扎克、但丁和狄更斯一样，上述几位“都不能说是有当代感的作家”的理念。永泽在谈到读书选择时又讲了下面

---

① ［美］雷·韦勒克、奥·沃伦著，刘象愚、邢培明、陈圣生、李哲明译：《文学理论》，三联书店1984年版，第94页。

的话："如果读的东西和别人雷同，那么思考方式也只能如此。"

这样看来，村上对康拉德的关注，应该是这位作家的与众不同之处。作为有意识地赋予小说以音乐特质，并较早进行创作尝试与理论表述的作家，康拉德的关于小说必须追求雕塑的柔性、绘画的色彩和音乐的神奇的倡导，不仅影响了其后的赫胥黎、罗曼·罗兰，而且将整个西方现代文学带入到了小说音乐化的轨道上。谙熟爵士、酷爱音乐，不仅是村上作为小说家的过人之处，同时也是现代与后现代主义文学的一个重要表现领域。从这个意义上说，康拉德是村上的前辈，而且完全有理由成为村上的知音，这种推论应该不是牵强附会。所幸的是，《挪威的森林》的文本，作为村上的音乐素养的一次全方位的展示，是可以为上述的逻辑提供原始依凭的。

姑且从作品的开头说起，小说的音乐化在很大程度上取决于结构的音乐化。渡边被《挪威的森林》带回到往事的回忆中，18 年前的历史徐徐再现。音乐作为美学存在与村上文学的融合方式，被提到了明显的位置上。乐曲不仅成为文学的背景，同时也进入了文学的结构之中，影响和制约着人物的情感特征。如果就作品所表现的时代内容而言，至少应该是 19 年的时间跨度。可见，18 年这一时间概念的确立，是以渡边与女主人公直子的关系推算出来的。二者之间的悲欢离合，是作家情感和作品笔墨的集中投向。

直子在阿美寮疗养期间，始终是在音乐的陪伴下度过的，这也是玲子作为曾经的钢琴教师出现在作品的理由之一。比尔·伊文思的钢琴曲曾伴着她在月光下入梦，巴赫的组曲是她烛光里品味葡萄美酒时的佐料。《米歇尔》曾带她在细雨霏霏、无边无际的草原上徜徉。只有在倾听《挪威的森林》的时候，直子才会把 100 日元的硬币投进玲子的招财猫储蓄盒。

许多音乐作品中习见的主题变奏法，演绎为《挪威的森林》结构上的艺术形态。先是作为主题在渡边那里以简单的形式出现，继之在直子身上引申拓展，使内涵得以深化。最终又通过渡边与玲子为直子举行的音乐葬礼，使得文学与音乐在一致性上完成了整合。文字与旋律的互动而产生的想象特征，借助直子的命运起伏和《挪威的森林》悲凉的主调，凝聚为一种小说与音乐的和谐，形成了畅晓明快的节奏感和震撼力。

叙事文体中的语音，同音乐的声响之间，原本便有一种天然的血缘关系。词语在本质上是音响与意义的复合体，索绪尔因此认为正是这种组合构建了叙事文体。小说家可以依据情节的需要，急剧地转换场景，调整人物关系，把作品的情感表现推向高潮。《挪威的森林》结尾处出人意料的大规模声响介入，在这个意义上显然是合情入理的。直子生前曾一再表示，每每听到这首曲子，总是悲哀不已。说不清为什么，竟像是自己在茂密的森林中迷了路一样："一个人形影相吊，林中又黑又冷，又没有人来救助。所以这支曲子只要我不点，她是不会弹的。"

就情感的诉求而言，"8月底参加完直子凄凉的葬礼返回东京"，渡边便沿着西日本海岸徒步旅行了一个月，排遣直子的死所带来的悲哀。所以，玲子也决心离开阿美寮回到现实生活中的时候，两个最终并没有被这一伤害所击倒的人，为离去的直子再次举行了旨在"把那场悲凉的葬礼干干净净地忘掉"的音乐祭奠。

51首经典曲目汇成了雄浑奔放、直冲天外的交响乐章。亨利·曼奇尼的《心上人》轻盈舒展，甲壳虫的《太阳从这里升起》温情脉脉，德彪西的《月光》流畅委婉，巴卡拉克的《结婚之歌》幸福感人。第50首玲子弹了《挪威的森林》，音乐的主题变奏原本可以在这里戛然而止的；在极尽作品主题的揭示的同时，为了缓解这一作品曲调的感伤，规避人物性格的矛盾性，巴赫赋格曲才有资格作为第51首来结尾。“村上春树的小说风格，可以称之为‘听觉文体、听觉文学’，这样来称呼《挪威的森林》是再恰当不过了。”[①]

第三节 直子、绿子与女性群像

《挪威的森林》精心刻画了直子、绿子、玲子和初美等几位颇具个性的女性。女性形象的鲜活与柔美，是这部小说的艺术品位的重要标志，也是赢得读者特别是女性读者拥戴的理由之一。

作品问世以后，渴望严肃地探讨爱情及生活的女性读者，很快形成了被称之为“挪威一族”的文化群体。作品中渡边和绿子约会的新宿的爵士乐酒吧DUG，成为她们拿着《挪威的森林》、成群结队聚会的场所。其中包括十几岁的女孩和五六十岁的女性。[②]“离开读者的阅读和再创造活动，或者说在读者不买账的情况下，无论怎样强力推行意识形态和诗学观念，文学经典是无法成立和流行起来的。”[③]深谙此道的村上，作品问世5年以后在美国的普林斯顿大学的一次讲演中，仍被这样的情形所感染，以至不由地慨然道：“较之

① [日]小泉浩一郎:「村上春樹のスタイル——『ねじまき鳥クロニクル』を中心に」，『国文學·解釈と教材の研究』1995年3月号，第29頁。

② [日]上野千鶴子、小倉千加子、富岡多恵子:『男流文学論』，筑摩書房1997年版，第272頁。

③ 童庆炳、陶东风主编:《文学经典的建构、解构和重构》，北京大学出版社2007年版，第87页。

那种需要复杂的阐释和解读的东西，我更乐于写作可以如此这般真正地感动读者的作品。”①

> 作品问世不久评论界便开始介入，并在那以后的10年间积累了许多成果。这部作品中所描写的或者说并未去描写的“恋爱”的“关系性”，是这些评论的轴心。对《挪威的森林》中所描写的“恋爱”，无论是共鸣的声音还是否定的意见，离开了男女之间的“关系性”这一本质，这部作品的评论是十分困难的。②

这段概括从《挪威的森林》研究的文本实际中，提炼出特定时间段里恋爱话题被普遍关注的情形及重点，显然是不无价值的。

触及日本批评界普遍关注的两性关系的本质，便无法规避女权主义在日本的复杂话题。

女权主义是要求废除两性差别、谋求女性解放的思潮的总称，这一术语在日本的最早用例出现在20世纪70年代的女性杂志上。③作为拥有古老的东方文明的岛国，自古以来日本便始终是不折不扣的男权主义社会。明治中期开始的“废娼运动”、“妇女选举”，开始主张妇女作为社会的一员，应该拥有与男子同等的权利。大正以降，

---

① [美]ジェイ・ルービン著、畔柳和代訳：『ハルキ・ムラカミと言葉の音楽』，第196頁。

② [日]島村輝：「ノルウェイの森」，『村上春樹作品研究事典（增補版）』，鼎書房2007年版，第160頁。

③ 具有代表性的『女・エロス』杂志作为日本女性解放运动的舆论阵地，于1973年11月创刊。创刊号定价为600日元，在当时价格不菲。初版印刷了4400册，由于深受好评，后来又增印至2万册。至1982年停刊时总计发行了17期。

工人运动促进了女性解放运动的前行。就世界范畴而言，直至20世纪60年代为止，思想史界将其视为第一次妇女解放运动。进入70年代，随着妇女解放运动的深入开展，日本迎来了第二次女权主义的大潮。随着第三产业的迅速扩大和高学历化，大批女性走向社会，由“职业主妇”变成了“兼业主妇”。因此，除了否定关于家庭分工的传统观念以外，这次运动还对两性差异和女性修行等概念进行了重新定义，张扬了女性对性行为的选择权利。

作为女主人公之一的直子形象的首次出现，并不是在《挪威的森林》之中。《且听风吟》的主人公“我”，曾和三个女孩有过交往。最后一位真正意义上的恋人，是在大学图书馆里认识的法文专业的女孩，两人学潮期间相处了8个月以后，女孩在校园外网球场旁边的树林中自杀身亡。作品曾这样描写道：“从1969年8月15日到第二年的4月3日，我上课258次，性交54次，吸烟6921支。”批评界据此指出：“228日间性交54次，平均每4天一次，大都应该是以第三个女友为对象。他们的交往中，只要见面必定会发生肉体关系，而这个没有名字的女友，就是《挪威的森林》中的直子。”①

继处女作之后问世的《1973年的弹子球》中，这个女孩作为“我”的恋人再次出现，这时她才有了直子的名字。“我的恋人直子死了”的事实，是作为“我”的回忆出现在作品中的。接下来，村上在短篇小说《萤》中，又一次写到了这位女孩，尽管没有使用“直子”这一称谓，但女孩的命运曲线却成为《挪威的森林》作品情节的雏形。可以认为，直子是一个长期存活在作家脑海与写作实践

---

① ［日］清水良典：『MURAKAMI 竜と春樹の時代』，幻冬舎2008年版，第146—147頁。

中的女性形象。在经历了不断地思考、改变与升华之后，作家才在《挪威的森林》中全面完成了对这一形象的最终刻画。

《且听风吟》里的20岁出头的直子的性行为中，明显地渗透着女权主义的文化影响。作为未婚的女大学生，把与男同学的性关系作为交往的题中应有之义，这样的理念无疑是现代的，甚至是时尚的。

20世纪70年代的男性世界，淫秽照片与电影在西方已完全公开化了，当时去海外旅行的日本男性，将这些东西作为礼物带回日本，向同事和友人炫耀。曾经在霓虹灯下的昏暗中流通的成人用品，如今成了商品招摇过市。时尚宾馆、私家轿车以及大学的单人宿舍等为性开放提供了比比皆是的便利，也是导致这一风气泛滥的客观成因。

《且听风吟》的第23章中，曾有过这样的表述："第三个同我睡觉的女孩，认为我的阳物是'你存在的理由'。"这种调侃，包括了她的死于芳龄，还可以看出60年代风靡日本的美国"嬉皮士"的文化痕迹。女大学生的性开放程度已可见一斑，直子不过是置身其中的一个存在罢了。

进入《挪威的森林》的世界以后，这一形象的最大变化，是以主体性的方式把与渡边的关系，调整到情感体验的单一模式之中。直子主动与渡边的做爱只是在20岁生日那天有过一次，这也是她一生中唯一的一次真正意义上的性经历。那以后，与渡边的肉体关系之门被直子主动地、单方面地关闭了。

从处女作中的那个追求时尚、我行我素的女孩，演变成为包括对做爱的理解在内的渐趋成熟的时代女性，这无疑是直子的一种人性的进化。整个情节的发展过程中，尽管渡边仍然作为作品的男主人公出现，但是直子形象内涵的改变，无疑对渡边，包括二者的关系，形成了一种约束力量。直子不再是一种附属性的存在，彼此平等成为渡边必须面对的现实。

从若即若离的相处，到直子住进疗养院以后的天各一方，再到渡边去阿美寮的两次探望，直子自杀之前的情节，都是以这一女性形象塑造的需要为中心加以安排的。渡边也正是在作品的这种规定性中游弋，并逐步寻觅到自己的存活方式的。渡边对直子的依依不舍，与永泽对初美的盛气凌人，形成了鲜明的对照。无论是渡边的温和面目，还是永泽的冷酷之相，男主人公的个性特征，同时也是对两性关系的本质性理解的产物。村上并不是靠性描写来支撑自己的小说的作家，然而在性描写为艺术表现所必需的时候，他又是并无露骨与否的顾忌的。几乎是在《挪威的森林》问世的同时，日本三大报刊之一的《每日新闻》便辟出专栏，讨论了作品中的性描写问题，认为“这种描写方式改变了当时的风俗”①。

把握直子形象的最大难点，莫过于病态与非病态行为界限的模糊。或者说在这部现实主义小说里，直子形象的塑造方法，集中体现了村上小说的后现代性。那口深不可测、仿佛装进了世间所有黑暗的井，便以其特有的象征意义，预示了直子命运的某种必然走向。作品所描写的 20 世纪六七十年代之交，日本的社会生活现实中，并不存在直子入住的、可以自由活动的精神疗养院。“被称为‘阿美寮’的设施，就像是《寻羊冒险记》中的北海道的山庄，或者是《世界尽头与冷酷仙境》中的森林里幽静的街道，它们都是二元世界空间里的存在。”②

① 「村上春樹のセックス描写」，『毎日新聞・夕刊』1987 年 10 月 30 日。
② ［日］清水良典：『MURAKAMI 竜と春樹の時代』，第 139 頁。

高中时代的直子，便有了青梅竹马、两小无猜的男友木月。如果不是木月 17 岁时便自杀身亡，也许不会有渡边与直子的故事发生。木月的死为直子留下了巨大的精神创痛，同时也使这位女孩的情感生活出现了空白。这种打击导致直子无力自拔，以致忧郁成疾，只好住进疗养院以疗救自己的心理障碍。但是，如果把直子看作是精神分裂症患者，显然是缺乏根据的。理由在于自杀之前住进精神病专门医院时，病情恶化的直子仍然把阿美寮作为告别人世的最终场所，至死都无法忘却渡边曾两次来这里的美好回忆。

“这部小说有内闭和恋爱两条主线。我和直子的关系在内闭的主线上。作为对内闭世界的摆脱，便是我和绿子展开的恋情。”①这种“内闭”说就批评文字的特点而言，在日本学术界并不鲜见。然而，把心理学的术语移用在形象辨析中，往往会出现相去甚远的情形，因为直子的情感之门从未向渡边关闭过。直子的“自闭”充其量可以作为人物的性格特征来讨论，把它视为“主线”不但偏离了作品的实际，而且意味着放弃了对直子形象蕴含的复杂性的开凿，让作家的艺术寄托与诉求处于一种尴尬的境地。“村上春树的这部恋爱小说，精神与肉体的合一并不是最终的归宿，在这一点上和近代文学是有差异的。”②

关于直子与渡边之间是否存在真爱的问题，换言之，直子能否从木月之死的阴影里走出来，村上原本已经让自己的艺术笔触接近了微妙之境，给了读者以宽泛的理解空间。直子的死表明了她最终无法超越木月来接受渡边，但这并不意味着她把与渡边之间的关系

① ［日］加藤典洋：『イエローページ・村上春樹』，荒土出版社 2005 年版，第 116 頁。
② ［日］三枝和子：「『ノルウェイの森』と『たけくらべ』」，［日］栗坪良樹、柘植光彦、今井清人編：『村上春樹スタディーズ』(3)，第 156—157 頁。

视为可有可无甚至是形同虚设的恋爱游戏。“可以认为，‘我’对绿子的爱，是迫使直子自杀的动因”[①]，这种认识只是涉及了问题的一个方面，显然是不完整的。在得知绿子的存在以后，直子仍然对渡边柔肠百转，尽一个恋人的义务；她的出局使渡边、绿子和自身的三角关系不复存在，只把与绿子之爱留给渡边，也完全可以理解为至高境界的一种爱恋与祈愿。

村上春树在完成了这部作品的写作之后，出于种种考虑否认自己在作品中写了真正的爱情，以恪守《挪威的森林》并不是一部恋爱小说的立场，这是作为大师级作家不该出现的低级失误。然而，作品一经产生见仁见智无疑会成为必然，作家自身也好，批评界的声音也罢，都不可能成为高居于作品之上的存在。

“《挪威的森林》可以说是一个‘我’同绿子的爱情故事。到目前为止，或者肯定直子和绿子是一种对峙关系；或者认为她们就是一个人物的两副面孔；却从未有人把绿子视为凌驾于直子之上的存在。但是，对于‘我’来讲，直子和绿子绝对不是等价的，就像结尾描述的那样，只有绿子才是‘我’的命运女神，而且无可替代。”[②]较之直子，先行研究中对绿子的讨论委实是并不充分的。然而，任何力图区分直子与绿子的爱情之于渡边的价值的努力，都注定是徒劳的。这从学术界对于作品未予明确交代的渡边与绿子的结局的推断中，便可以找到无可辩驳的答案。

“故事的开头，如果是 37 岁的‘我’独自去德国，人们不禁会

---

① 参见［日］加藤弘一:「異象の森を歩く——村上春樹論」,『群像』(11) 1989 年 11 月，第 201—202 頁。

② ［日］山根由美恵:『村上春樹“物語”の認識システム』，若草書房 2007 年版，第 148 頁。

问及‘绿子到哪里去了’的问题，这也便意味着‘我’最终并没有和绿子走到一起。”[①]另一种大抵相通的意见，从渡边与绿子的结局已成为作品的悬念的视角，这样认为：“如果‘我’娶了绿子，也势必一直沉浸在对直子的回忆中。选择绿子不仅会导致‘我’的心境势必如此，而且在 37 岁时再去写一部关于直子的手记也不太可能。一直在过着独身生活，这也是‘我’面对死去的直子的最佳选择方式。”[②]这两位女性形象的不同个性，演绎出作品爱情的两种类型；对男主人公渡边而言，都有理由成为他的命运女神。对受众与批评界来说，虽然可以比较的余地很大，却往往找不到能够衡量轻重的那杆秤。

绿子形象是以村上春树的妻子村上阳子为原型塑造的。村上本人曾坦率地认可了这一事实，原始的资料根据可以找到两个：其一是出自作家与美国学者杰·鲁宾的私人信件[③]；其二是见诸学术研究著作《男流文学论》之中[④]。尽管绿子的父亲在大冢经营一家书店，是经营床上用品的阳子的父亲的摹写；绿子是就读于贵族女校的唯一的穷学生，也是取自阳子的经历；然而，村上并未因此放弃赋予这一形象以其他特征的努力，绿子形象的艺术化仍然表现为一种虚构的本质。

首先，绿子的出现是作品情节发展的必然需求。当直子为治病

① 参见［日］黒古一夫：『村上春樹——ザ・ロスト・ワールド』，第三書館 1993 年版。
② ［日］木股知史：「手記としての『ノルウェイの森』」，『日本文学研究論文集成・46』，若草書房 1998 年版，第 174 頁。
③ 2001 年 11 月 27 日书。参见［美］ジェイ・ルービン著、畔柳和代訳：『ハルキ・ムラカミと言葉の音楽』，第 443 頁注释。
④ ［日］上野千鶴子、小倉千加子、富岡多恵子：『男流文学論』，筑摩書房 1997 年版，第 265 頁。

而远离了渡边以后，柏拉图式的、纯粹的精神恋爱已不再有可能成为这个年轻人的唯一。除了与永泽偶尔去新宿找女孩寻欢之外，渡边把一个固定的女友的适时出现视为情理之中的事情。他后来向直子坦言了与绿子的关系，表明这样做在渡边的道德范畴里并不违规。

不仅如此，无论是先来的直子还是迟到的绿子，也都不大会、甚至是不应该在意这一点；至少自明治时代以来，日本的男人和女人们都会认同这样的习俗。而且，除了岛国文化的强制力量以外，西方特别是美国的两性关系的现代理念，成为渡边形象特征中的一种外力。从这个意义上讲，绿子才肩负着丰富与完善渡边的个性的使命，作为低年级的学生出现在“戏剧史 II”的课堂上的。

其次，作为花样年华的女大学生，绿子此前如果没有男朋友反倒是不可思议的。而且，在与渡边接触的过程中，绿子与原男友也一直藕断丝连、直到心中的天平完全倒向了渡边以后，才结束了脚踏两只船的历史。

这样看来，关于爱的纯洁性的理解与努力，不应视为与绿子的形象特征相关的因素。“如果净挑喜欢的吃，剩下的就会是不喜欢的，遇到麻烦时我总会这样想：先设法应付过去，下面的就好办了，人生就是饼干罐。”绿子与贵族学校里家境富庶的同学保持着明显的距离；上大学以后对身边涌动的“学潮”毫无兴趣；对小街上邻里的火灾麻木不仁，在浓烟与烈焰的威胁中抽烟、喝酒、弹吉他，甚至唱着歌和渡边有了第一次接吻。男女之情也好，生活方式也罢，她大抵上选择的是一种自我中心的随俗立场：“我所求的只是容许我任性，百分之百地任性。”

再次，并不富裕的家庭背景下，从小为生存而操劳的素质与能力，成为绿子与同时代女性的重要区别。像刚刚迎着春光蹦跳到世界上来的一只小动物，绿子不仅生性乐天、充满活力，而且性格坚强、简洁泼辣。按照时尚的说法，是一个地道的“阳光女孩”。由于缺少家庭的温暖与关爱，母亲死的时候绿子甚至没有流过一滴眼泪。而父亲临终之前，她却拉着渡边去医院精心照料、以尽孝道。在表现了性格中善良质朴的一面的同时，也把渡边置于良知的荧屏上、隐现了独到的智慧特征。

与同样家境平平、却命运坎坷的直子相比，绿子毕竟是幸运的。为这种宿命所决定的外向与张扬，同直子的内向与柔弱形成鲜明的对照。绿子因言语的粗俗而失去了原来的男友，又以喝完酒买单时不肯践行“A A 制”的大度，让渡边刮目相看。作为一个并不完善、甚至可以说较少淑女风范的知识女性，绿子这一形象因真实而动人，因透明而久存，也因此成为渡边一厢情愿的爱情归宿。

玲子 38 岁，在年龄上是《挪威的森林》年轻的女性群体中一个不合时宜的存在。也正是由于这个原因，决定了她的性格特征的两个主要方面：

第一，玲子的人生观中，有迥然于直子与绿子的正统性。这位原本是靠音乐安身立命的女性心地善良又命运多舛，被一个同性恋少女毁了家庭和事业。在面临人生坎坷的时候，她为孩子和丈夫考虑毅然选择了牺牲自己。又在阿美寮里一住便是 7 年，把帮助别人恢复健康视为自己的存在价值，也因此不但与直子相遇，而且成为患难之交。她讨厌新干线和如同活棺材般的电车，直到 25 岁结婚时还是与男人从未有过性经历的处女，这样的生活方式与巨变中的社会现实格格不入。玲子其人为作品音乐化须臾不可缺少的人物，不是这般年龄不可能有对流行音乐的专业把握程度；从生活到艺术，真实性同样成为这一人物的根基，舍此这一从战后日本的历史中一步步走来的女性的形象便会失真。

第二，“在‘我’的潜意识中，直子与玲子是重叠为一体的，所以二者也是一种‘分身’的关系，这在作品的结尾处看得很清楚。”① 直子死后，玲子选择了回归社会去求得新生。她首先做了两件事情，作为对这种转型的交割，然后消失在了作品的视线之外。一件是同渡边一起重新举办了一次音乐葬礼，以告慰直子的在天之灵；另外一件是一个晚上同渡边 4 次做爱。“那是个温暖、亲切的场景。在分享他们各自对直子的私密记忆当中，两人都倍感舒畅。但是他们的性爱，却令人感到不安，在道德上也似乎很是有些问题。”②

以村上的才思，无论是在情节安排还是细节处理的意义上，玲子的所为都不存在信手拈来的可能。在日语中“4”的读音与“死”相同，所以做爱的次数可以理解为是对死者直子的暗示。如此说来，玲子的肉体被渡边视为直子的替代，并且在不断反复中叠印出死的现实。

可以作出的另外一种理解是，作品描写的是 37 岁时渡边对直子的回忆，如果直子一直活着，那么经历了 16 年的风雨之后，自然成为中年女性。这样，同渡边做爱时的玲子 38 岁，长渡边半年的直子如果活着，于今也应该是 38 岁。现实与回忆之间可能出现的倒错或恍惚，便可以取代超现实的分身说了。村上春树在塑造这位女性形象时，实在是用心良苦；玲子形象的意味深长，堪可成为女性群像中值得赞赏的一笔。

① ［日］酒井英行：「“分身”たちの呼応」，［日］柘植光彦編：『国文學解釈と鑑賞別冊・村上春樹テーマ・装置・キャラクター』，至文堂 2008 年版，第 106 頁。

② ［美］ジェイ・ルービン著、畔柳和代訳：『ハルキ・ムラカミと言葉の音楽』，第 190 頁。

初美是永泽的女友，虽然长相并不十分出色，却有着直子与绿子所不具备的、与男性交往的成熟与可人。她以敏锐的目光，看到了永泽家境和自身条件的优秀，并为得到这一切锲而不舍。应该说，这是一个对爱情心气很高、又不乏手段的女性。最终却水中望月，被永泽抛弃后随便地嫁给了一个平庸男人，婚后两年便割断手腕上的动脉在痛苦中死去。初美的悲剧无疑是永泽一手造成的。尽管对永泽从未间断地寻花问柳，初美视而不见、甚至从未作出任何方式的干预。然而，所有的退让都无改于作了外交官的永泽在社会文化的土壤里吮吸的自信与狂放，初美是学潮时代的日本社会现实中，男权主义仍处于强势的一面镜子。

第四章　村上春树的中国观

第一节　曾经走近鲁迅的世界

村上与鲁迅的关系，在他的创作活动的伊始即已现出端倪。这一见解是日本学者藤井三在他的《村上春树与中国》中最先提出的。

1978 年 4 月，村上开始处女作长篇小说《且听风吟》的创作，小说写了 4 个月。1979 年即获得“群像新人文学奖”。作品简洁明快、抑郁沧桑、极具象征的“特别格式”，迅速地赢得了文坛和读者；也基本上奠定了村上的小说文体风格。

“不存在十全十美的文章，如同不存在彻头彻尾的绝望。”作品开篇即展示的充满哲理的叙事，很容易使读者在欣赏的同时，联想起“绝望之为虚妄，正与希望相同”的鲁迅散文《野草·希望》中的那句名言；包括小说《故乡》中的“希望本无所谓有，无所谓无的。这正如地上的路；其实地上本没有路，走的人多了也便成了路”的经典表述。

除了在人生感悟的意义上与鲁迅关于希望的思考相通以外，《且听风吟》的文字风格和文本模式，也显然受到了鲁迅散文诗和小说的影响。尽管写作的语种是经过提炼与处理的日语，但用语讲究，句式洁简，分行频仍，多有单句即一段落之处；且语境中夹有鲜明的抒情特征。从第 1 章到第 40 章，长短不一，结构上并不追求匀称，很有点像《野草·希望》的子文体。应该说，村上的这部处女作对鲁迅小说、特别是散文诗的移植和借鉴是显而易见的，同时也是不拘一格的。

说到鲁迅对村上小说创作的影响程度，委实是一个很难廓清的复杂话题。村上一生除了美国的现代小说大家，中国的鲁迅、俄国的陀思妥耶夫斯基和契诃夫、英国的奥威尔等日本以外的诸多现代小说大师，都给予过村上有益的文学营养。村上不但常把他们放在心上，而且往往会在不经意之间，在自己的作品中流露出这样的印痕。

然而，高处不胜寒，接受巨匠的影响绝不是件容易的事情，授受者至少必须具备相应的条件。以鲁迅小说的文字风格为例，即便是排除掉日文与中文两种文字的差异，试图模仿者不绝于中日现代文坛。而实际上的情形却是，不要说日本作家，就算是中国本土的文人和学者，形似者或可有之，神似者殆无一人。也许村上的《且听风吟》，经历过从英文到日文的置换过程，才有可能完成这种尝试的吧。

正因为如此，藤井省三对作品主人公在开篇自述的“这是我在大学时代偶然结识的一位作家对我说的话”提出了这样的设问：“这段话是否在暗示我们那位作家是鲁迅的可能性很大呢？”①人们之所以这样提出问题和认识问题，显然不能排除关于下述两个方面的思考：

首先，初出茅庐的村上十分清楚地意识到，“想要叙述与别人不同的故事，就要使用与别人不同的语言”②；因此创作伊始便把对小

① ［日］藤井省三：『村上春樹のなかの中国』，第 18 頁。
② ［日］村上春樹：『走ることについて語るときに僕の語ること』，第 35 頁。

说语言风格的追求摆在十分重要的位置上。由于村上并不属于那类创作准备丰足的作家，甚至连自己也很难说清为什么会突然写起小说来。所以，记忆中的鲁迅的文学文本，特别是散文诗的语言境界，不仅足以令村上为之倾倒；而且之于当时的村上，甚至可以认为是力所能及的选择。

其次，鲁迅小说语言炉火纯青的境地，特别是洗练的风格中所蕴含的沧桑感，在20世纪二三十年代日本鲁迅译介和研究的影响背景下，不仅为当代日本的广大读者所熟悉和尊重；大约也更加符合70年代日本社会现实中的小角色村上的心境与口味。刚刚经历过“全共斗”运动洗礼的村上[①]，在经营个体酒吧的煎熬中，也是不难找到与社会对峙的立场与感受的。

由《且听风吟》所引发的村上与鲁迅的关系，后来在村上自己的读书体验中得到了印证：

> 当时，也就是60年代前期，我的家里订了河出书房的《世界文学全集》和中央公论社的《世界历史》各一册，每个月书店都会给我们寄过来，我在一本一本地阅读的同时，度过了少年时光。也正是由于这个原因，我的读书范畴直到今天始终是外国文学，说这是三岁看老也好，最初的因缘也好，环境影响也好，人的喜好大体上也就这样地被决定了。[②]

① “全国学生共同斗争会议”简称。指1968—1969年日本学生受中国“文化大革命”及法国巴黎被称为“五月革命”的新左翼运动影响而兴起的一场全国性学生运动。

② ［日］村上春樹：「本の話（3）つけで本を買うことについて」，『村上朝日堂』，第136—137頁。

于是，人们从村上的生活经历中可以得知，这位日本作家最初对鲁迅的了解还是少年时代的事情。这套由河出书房出版的《世界文学全集》在第 47 卷中有竹内好编译的《鲁迅·茅盾诗文精选集》，其中鲁迅的作品收录了《狂人日记》、《铸剑》、《阿 Q 正传》，同时还有散文诗集《野草》。

村上读过鲁迅的根据还在于其 1982 年末发表的短篇《无望的王国》[①]，4 年以后这个短篇收入小说集《袋鼠佳日》之中。主人公“Q 氏”是日本中产阶级的一个缩影，不管命名时出于什么样的考虑，肯定与“阿 Q”相关显然是无须讨论的事情。[②]

10 年以后，中国香港学者郑树森采访了以访问学者身份客居美国普林斯顿大学的村上春树。下面是与本文话题相关的部分采访内容：

问：那么中国文学可有什么涉猎？

答：主要都是些经典名著。零星念过一些。没有什么系统。

问：能不能提几个名字？

答：现在记得的小说家就是鲁迅。

问：现代名家还有哪几位？

答：记不清了。再说，在日本要买译本不是那么容易。很多中国文学译本都算是较专门的书。[③]

---

① 篇名为笔者所译。村上春树原作题目为“駄目になった王国”，同一作品赖明珠的译本为“没落的王国”，林少华的译本为“完蛋了的王国”。

② ［日］村上春樹：『走ることについて語るときに僕の語ること』，第 222—223 頁。

③ 郑树森：《我一向都比较反叛——专访日本小说家村上春树》，（台北）《联合文学》1993 年 1 月号，第 40 页。

当时的村上，还利用讲学的机会完成了《为年轻读者的短篇小说导读》。作为作家的文学批评成果，解读了五六十年代“新第三代”日本作家吉行淳之介、小岛信夫、安冈章太郎、庄野润三和丸谷才一等人的短篇小说。其中包括长谷川次郎的《阿久正话》，入选理由是“阿久正是受《阿Q正传》的启发而使用的名字”①。村上不仅注意到了作家本人的这一表白，而且为此重读了鲁迅的《阿Q正传》，并且在解读中指出“鲁迅生动地塑造了阿Q这样的极为麻木的灵魂，通过这个形象体现出鲁迅自身的苦闷和悲伤”②。可见，已然人到中年的村上，对鲁迅的尊重、偏爱和共鸣依旧，并不能理解为即兴式的。

2006年3月底在日本举行的《世界怎样解读村上春树》的国际学术研讨会上，有学者在谈到日本接受中国文化的时段性特征问题时，认为：“明治维新以后，出现了全面欧化的日本文学。但是，在20世纪初的30年间中国文学和欧美文学都起了十分重要的作用。”③这一与通常的文学史表述不尽一致的见解是耐人寻味的。事实上，不仅古代日本接受中国文化的传统力量，不会因以清算中国文化影响为重要特征之一的近代的社会转型戛然而止；而且，日本自20世纪20年代初开始介绍鲁迅，30年代后期则步入系统地研读鲁迅的阶段。这种努力在60年代青春理想破灭的日本年轻一代身上回归，应该说并不仅仅是村上对鲁迅的倾倒使然，而是整整一代人中间所生发的一种文化现象。

---

① [日]長谷川四郎:《作者のノート》,『長谷川四郎全集』第三卷，晶文社1976年版，第271頁。

② [日]村上春樹：『若い読者のための短編小説案内』，第204頁。

③ [日]柴田元幸、沼野充義、藤井省三、四方田犬彦編：『世界は村上春樹をどう読むか』，文芸春秋2006年版，第5頁。

鲁迅文学的传播，实际上经历了一个众所周知的日本化过程。20 世纪 40 年代中后期产生并影响战后五六十年代日本知识分子精神的“竹内鲁迅”的客观性，至今在日本知识界也是普遍认同的事情。[①]问题在于，对鲁迅及其文学的认可，无论是对日本人还是村上而言，都并不意味着、也不可能等同于对中国和中国人的认可。

上述资料可以印证，鲁迅情结是村上春树的文学观的有机组成；在接受作为民族作家鲁迅笔下的中国人的过程中，对村上的中国观必然会产生一定的影响。然而，从对古代中国的顶礼膜拜，到对近现代中国的蔑视欺辱，再到对当代中国的矛盾心态，这种日本人的中国观的总体特征，在村上身上又显然找不到某种本质上的改变。

对这位战后出生的作家而言，中国和中日关系的历史，在时间上也好，在空间上也罢，都没有理由一定要成为某种必然的存在。而当生存与创作的需要出现时，他可以调动必要的生活积累，却没有属于自己的精神库存。所以，在必须寻求支撑、向自己的民族索取时，他的中国观在本质上只能是日本社会文化的定型产品。无论社会的通则正确与否，在看取外国、面对“外人”时，一般情况下日本人都会这么做，也只能这么做。这既是日本文化强制力量的结果，也是这位出色的日本作家的弱点。“我们既应该承认文学的自主性，也应该承认它和现实——自然、人类、社会——之间意味深长的联系。”[②]从这个意义上讲，考察与辨析这种成分时只能求本溯源、慎终追远，放大或是缩小，都只会导致失真的结果。

① 参见孙玉石：《东瀛文撷序言·有熏风自远方吹来》，吉林大学出版社 2003 年版，第 5 页。

② [美] 雷纳·韦勒克著、杨自伍译：《近代文学批评史》（第 4 卷），上海译文出版社 1997 年版，第 544 页。

事实上，评论界也已经注意到，作为新作“《且听风吟》是翻译小说的文体，村上自己也承认是受了库尔特·冯内古特的较深影响”[①]，足见作家接受外来影响的复杂性。只是这同鲁迅与村上的话题距离较大，容不赘述。

第二节 中国人形象谱系探微

村上春树小说中的中国人形象塑造，集中反映了作家“对中国经久不衰的兴趣”[②]，是研究和判断村上春树中国观的主体所在，也是最为重要的依凭。尽管形象大于思想，为这种判断平添了诸多不定性因素，然而形象处理所蕴含的作品倾向，总体上仍然是可以把握的。

从《且听风吟》开始，村上接连完成了《1973年的弹子球》和《寻羊冒险记》等3部可以称之为奠基之作的长篇小说。这些并非中国题材的作品中，均出现了中国人“杰”的形象。概括地说，这一形象有如下几个特点：首先“杰”并不是这3部作品的主要人物，相反主人公都是第一人称的“我”。在《且听风吟》中，“杰”是位于“我”、“鼠”和“没有小指的女孩”之后的一个存在；在《1973年的弹子球》中，“杰”的形象并不比双胞胎女孩泼墨更多；在《寻羊冒险记》中，羊男、长着漂亮耳朵的女友与作品整体的关系，也比“杰”更为紧密。

---

① 李德纯：《日本后现代广义代表作家村上春树》，《中华读书报·世界图书·语丛》2001年9月26日，第17版。

② [美]ジェイ·ルービン著、畔柳和代訳：『ハルキ·ムラカミと言葉の音楽』，第76頁。

这样看来，认定“杰”不过是一个道具式的形象是恰如其分的。努力地去写日本人的村上，往往习惯于用中国人作陪衬，或者说在一种下意识的比较中完成日本人的形象塑造，也是可以为作品本身所证实的。这样也便自然在小说中留下了作家对中国和中国人的认识。

其次，“杰”在上述 3 部作品中是以一个连贯的形象先后出现的，身份也一直没有变化，是一位酒吧老板兼调酒师。“我”生于 1949 年 12 月 24 日，“鼠”早“我”一年出生，而“杰”则生于 1928 年，在年龄上是“我”和“鼠”的父辈知音，这个人物所承载的是“九一八”事变到二战结束、直至战后日本成为超级经济大国的历史行程。从这个意义上讲，“杰”又是“我”的形象特征的不可或缺的存在，这个中国人的参照意义和价值是显而易见的。

再次，“杰”和“我”的交往背景，亘历了战后美国军事占领、朝鲜战争和越南战争；交往内容还涉及了日本的侵华战争和明治政府的大陆计划。由此可见，“杰”作为中国人道具形象的存在，聚焦于战后一代日本人的历史思考，或者说主要是为表现“我”的中国意识服务的。

“杰”选择了远离祖国的滞日生活方式，连名字也是在战后美军基地工作时美国兵给起的。“杰”战败前出现在日本的情节，被村上有意地模糊了；而他在战后一直为驻日美国军队服务的事实却被突兀出来。作为日语讲得比“我”还俏皮的中国人，实际上说他已然是半个日本人也不为过。“杰”的战争观集中体现在当他从“我”嘴里听到“我的叔叔是在中国死的”时候所作的反应和表态：“死了很多人哪。但大家都是兄弟呀。”作为生活在战后日本社会底层的“外人”，作家给了他对战争会带给人类戕害的基本的人道认识，此外便是连慨然也带着日本式的暧昧。尽管如此，也只有这样的中国人才有可能生活在日本人中间，甚至成为“我”的朋友。

《开往中国的小船》是迄今为止的村上全部创作中，唯一的中国题材的短篇小说。最初发表在文艺杂志《海》上。1983 年和其后出现的 6 个短篇一起被收入第一本同名短篇小说集中。1990 年收入《村上春树作品全集 1979—1989》(III)。作品中共有 3 个中国人形象出现，分别是“我”小学时代的中国老师、大学时代一起打工的中国女孩和 28 岁时遇见的中学时代的中国籍同学。可以认为，这是村上以自身经历为素材的中国人形象的集中打造。①

村上的中国题材小说，委实是这位日本作家的文学理念与价值标准的一种再现。这种认识的根据在于作家从师生关系、男女之情和友人交往中，所表述的日本式的怪异而伤感的情绪体验，以及无法掩饰的中日两个民族的文化迥异与必然冲突。

日本人的中国认识，不可能摆脱近代以来中日两国民族的历史而孤立存在；村上的家庭背景，同样决定了这位作家的中国思考的必然性。由于小学时玩棒球撞出过脑震荡，“当时我想到了死，而且不知道为什么，死使我想起了中国人”。②村上在一次接受采访中披露：“战前父亲是京都大学的学生，前途原本一片光明，没有想到上学期间却应征去了中国战场。”③另据带有明显的自传体性质的成名作品《且听风吟》内容，主人公“我”也曾这样表述道：“我总共有三个叔

① 根据村上本人所言：“我的第一个短篇《去中国的小船》就是根据小时——在神户的时候——的亲身体验写出来的。”林少华：《为了灵魂的自由》，《北京青年报》2003 年 1 月 24 日。

② [日]村上春樹：「中国行きのスロウ・ボート」,『村上春樹全作品 1979—1989』(3)，第 13 頁。

③ [日]イアン・ブルマ著、石井信平訳：『イアン・ブルマの日本探訪——村上春樹からヒロシマまで』，阪急コミュニケーションズ 1998 年版，第 92—93 頁。

叔，其中一个死于上海郊区——在战败的第三天踩响了自己埋下的地雷。”村上的父亲虽然战后从中国战场回到了日本，而自己的“兄弟”的灵魂却永远地留在了中国。这样的推断，应该既是村上的“父辈”的生活实际，又符合村上本人的中国认识的小说实际。

1996 年 12 月 23 日的《纽约》杂志上，刊登了荷兰记者伊安·布鲁玛的《村上春树访谈录》。当布鲁玛问及村上有没有向父亲询问过在中国参战的经历时，村上明确地回答说没有，也不想问。“因为父亲的悲伤也是我心中的垒块。父亲一生没有走出这种伤痛，这也是我始终没有要孩子的原因。”不过，“小时候我曾听父亲谈起过一次他在中国的经历，但具体的内容已经记不清了，大抵是父亲在中国的亲眼所见，或许就是他做过的事情。总而言之，我记得父亲在讲述时充满相当悲伤的情绪”。①

这种特殊经历，导致中国之于村上不仅仅是他的国家历史的一部分；他的家族经历的一部分，也是他的人生理解的一部分。他的小船开往中国，既是他作为日本当代作家的宿命使然，也是他的人生之路上无法绕开的芥蒂。所以，起航的同时便载满了苦涩；一路风浪自然也是预料之中。

正是由于这样一块文化屏幕的存在，才会带给“我”与中国人接触过程中的种种不愉快；《开往中国的小船》中的中国形象勾描的灰暗色调；对监考老师的民族自尊的反感和抵触；把漂亮的中国女孩莫名其妙地送上了开往相反方向列车的失误；答应替作为推销员的中国同学推销图书却又偏偏爽约。凡此种种，无不可以看出作家的情感矛盾笼罩在“我”与中国人之间，复杂而又难于理顺。

---

① ［日］イアン·ブルマ著、石井信平訳:『イアン·ブルマの日本探訪——村上春樹からヒロシマまで』，第 92—93 頁。

因此在最后一个小故事中，“我”甚至道出“关于中国人说些什么呢？……即使现在，我仍然想不出任何可以说的话”[①]。

归根结底，从小说文本中可以认定，村上的中国认识最终并没有走向某种极端。“我们两国之间既有相似之处，又有不同之处，既有能够相互沟通的地方，又有无法相互沟通的地方。”“但我相信只要努力，我们一定能友好相处。为此，我们必须先互相尊敬。这是第一步。”[②]这段出自中国监考老师之口的、让村上20年以后都无法忘记的话，或可理解为作家日本式文化立场的一份温和的宣言。而且，它和作品结尾处“我”坐在港口的石阶上，“等待空漠的水平线上迟早会出现的去中国的小船。我遥想中国都市灿然生辉的屋顶，遥想那绿接天际的草原”的文学浪漫是遥相呼应的。[③]

调整和改变这样的文化心态是如此的艰难，以至于作家在接下来的文学努力中不得不寄希望于童话和象征。于是出现了《悉尼的绿色街道》中的女孩查莉，但已经只有一半中国血统了。

村上笔下的另外两个中国人的形象，出现在2004年9月创作的长篇小说《天黑以后》：一个是19岁的中国妓女“郭冬莉”；另一个是只有寥寥几笔的、带有黑社会性质的中国“鸡头”。这是作家的中国形象系列的新开掘，作品通过发生在情人旅馆的暴力事件，在对中国妓女的不幸遭遇予以同情的同时，以主要的笔墨通过白川形象再现了日本社会的现代邪恶。

“现代派文学的难以确定性在阅读过程中转化为使读者为难的

① [美]ジェイ·ルービン著、畔柳和代訳：『ハルキ·ムラカミと言葉の音楽』，第259頁。

② [日]村上春樹：「中国行きのスロウ·ボート」，『村上春樹全作品1979—1989』(3)，第18頁。

③ 同上书，第39页。

不确定性或飘忽性，这个现象与观察微观世界粒子运动时的‘测不准’现象极为相似，几乎可以说是同一规律在文学与物理学领域的不同形态的表现。”[①]日本的批评界对《天黑以后》的话语不多，意见也不尽一致。究其原因大约有两个：一是对滞日中国妓女问题的敏感；二是作品中现实与虚幻的关系也委实难以把握。写什么和怎么写是作家的事情，可是作品一经产生便成为一种客观存在，只剩下了任人评说一条路。

与此相关的另一个问题是，尽管时下滞留日本的中国人中，不但有非法滞留者，而且参与暴力、贩毒和卖淫等犯罪行为的人，在近200万滞日外国人中比例也不低，从而成为加剧日本社会犯罪问题的一个令人头疼的存在。可是，《天黑以后》在揭示这一社会问题、透视出对“郭冬莉”的同情倾向中，却分明带有日本式同时也是村上式的鄙琐。

这样说的原因有三：第一，作品所揭示的这个悲剧的起因，首先在于她是一个中国的非法偷渡者。和大和民族一样，中华民族并不是一个没有弱点的民族，拿别人的毛病说事也未尝不可。问题在于，作家的责任在于揭除病苦，引起疗救的注意。没有人要求村上在表现偷渡这样的国际社会所面临的共同难题时，一定要开出中国人咎由自取而且于事无补的处方。对于村上这样的有着非凡影响力的大作家而言，如果审视社会犯罪问题的层面，流连忘返于千方百计为日本人开脱，内中又不乏中国人在给日本人添麻烦的宣泄，这样的人文品位显然是很难令人恭维的。

---

① 《文艺理论研究编辑部》选编：《新方法论与文学探索》，湖南文艺出版社1985年版，第93页。

第二，来到日本以后，生存的现实迫使郭冬莉选择了出卖肉体的生存方式，并把在日本的中国黑社会组织作为自己的保护伞。一错再错，是村上所提供的人物性格内涵。它既是生活真实的一种艺术再现，同时也势必是作品倾向所决定的存在。买春的白川打了卖春的中国女孩，保护郭冬莉的中国黑社会又在事后打了白川，村上编出的这个以恶治恶的故事，借此也把滞日中国人卖淫演绎成为一个有组织、有规模的日本社会的暴力事件的源泉。这样的中国认识与当代中日关系的本质，无疑是背道而驰的。

第三，努力学习中文、正准备去中国留学的玛丽，是体现作家同情心的代表人物。“那个流着血的裸体女孩楚楚动人，她似乎走进了我的心里”的剖白，充溢着感人至深的人文精神。然而，这位日本女性的善良之举中，也同样表现了尽管你是一个非法滞留者，尽管你的卖身选择和日本人毫无干系，尽管你的悲剧是日本人所为，但是危难之中帮你解决问题的也是日本人的文化逻辑。

无论如何，“郭冬莉”仍然只是一个穿针引线的人物。关于作品主要人物之一爱丽的虚幻存在，显然不只是现代派文学技巧的要求。作家所追求的艺术效果中，应该包括面对人欲横流、邪恶猖獗的人生现实，躲避和脱逃都是不足取的警醒之意。所以爱丽在作品的结尾处一定要醒来，因为白川者流不会理会你是中国人还是日本人，不过是下一次黑暗还没有那么快到来而已。

综上所述，迄今为止村上在他的6部小说中，塑造了“杰”、监考老师、女大学生、中学同学、混血儿、妓女和鸡头等六七个中国人物形象。与全部作品中的人物形象系列相比，只占有很小的比例。尽管这些中国形象作为日本社会中的普通人，与村上的人物塑造原则保持着一致性；但是由于大都不是主要人物的限制，也便无法在作品内容和倾向的平台上有更多的作为，艺术感染力也十分有限。

在近代以来的日本作家谱系中，“夏目漱石作汉诗，芥川龙之介已经不会作汉诗了，不过可以轻松地把汉诗朗读下来。中村真一郎就要克服读汉诗的困难了。到了1945年前后出生的作家，除了少数例外，几乎都不会读汉文书籍了”①。村上不但不属于那类与汉文化有某种传承关系的日本作家，甚至连中文都不懂。他的灵魂是日本的，思想却徘徊在西方，主要是美国。他对中国的了解毕竟是间接的、实用性的和有限的，而且主要来自生活在日本的中国人。“中国对我而言不是想写而刻意去想象，‘中国’是我人生中重要的‘记号’。”②作家的中国形象塑造，正是这种心理影响和艺术投射的产物。

1998年8月台湾《中国时报》东京特派记者采访了村上春树。当被问道“您在《发条鸟年代记》中曾经写中国的事情，还在《寻羊冒险记》中写一个酒吧老板，有人说您的小说对中国、中国人有很特殊的描写，甚至认为‘中国’是您创作的原点，您对这种说法看法如何”时，村上回答道：“我是神户人，那里有不少中国人，我的同班同学中有中国人，我生活的周围一直有中国人，‘中国人’对我而言是很自然的。”③

没有根据表明，村上的这种经历导致了他对中国人的好感，作家本人的这段中性的表述，同样是不温不火。所以无论是海峡两岸的媒体人士，还是村上小说的中文译者，都没有理由仅仅依据村上写了中国题材，便人为地添加某种被美化了的、并不属于村上的中

---

① ［日］加藤周一：『日本文学史序説』（下），筑摩書房2007年版，第282頁。
② 洪金珠：《村上春树的灵魂里住着中国印记》，《中国时报》1998年8月5日。
③ 同上。

国认识，甚至把它归结为村上作品深受中国读者喜爱的一个原因。①这样做不仅有违村上小说的中国形象的实际，而且也是对中国读者的一种亵渎。

杰·鲁宾这样认为："村上一直以来都对中国和中国人怀有一种复杂的矛盾心理。"②这才是读懂了村上小说的人道出的语境，可惜他却是一位美国人。

第三节　战争认识与文化局限

《托尼瀑谷》、《发条鸟年代记》和《海边的卡夫卡》，类别上并不是东亚史或20世纪战争题材的小说。在《托尼瀑谷》中托尼和中国毫无关系，有关系的是他的父亲省三郎；《发条鸟年代记》中诺门罕战役的描写文字容量不小，总体上却是通过一只猫的丢失所引发的现实故事；《海边的卡夫卡》作品结构的两条平行线中，也仅有一条和日本侵华战争有关。但是，这3部作品中都出现了经历过侵华战争的日本人形象，持续着村上关于战争的思考和历史规律的认识，自然也便有理由成为作家的中国观的有机构成。

对上述3部作品的创作，如果沿着这样的思路加以考察，至少有两个问题是清晰可辨的。一是关于历史和现实关系的思考，村上肯定地认为两者之间是无法割断的。而且，在相当程度上历史会影

---

① 参见林少华："从您的小说或从您的小说主人公身上可以感觉出您对中国、中国人的好感，这在某种程度上也是作品深受中国读者喜爱的一个原因。"(《为了灵魂的自由》，《北京青年报》2003年1月24日)。

② [美]ジェイ·ルービン著、畔柳和代訳：『ハルキ·ムラカミと言葉の音楽』，第77頁。

响到并制约着战后日本人的生活现实。这也是作家在累计百万字上下的篇幅中持续进行探索的动因。二是通过对这一日本社会现存危机的关注，村上刻意要发出自己的声音，以标示像他这样一位作家的创作活动应有的品位。对于上述作品的解读，只有把准这一脉搏，才有可能对村上的战争认识给出准确的定位。

《托尼瀑谷》中的省三郎，得名于《论语·学而》的“吾日三省吾身”，可是这一人物的生存轨迹却不啻是对“三省”的反讽。战争中在上海的醉生梦死，表明他是“集体无意识”的昭和文化的牺牲品。他的儿子姓瀑谷，却取了一个美国名字托尼，分明是战后日美关系背景的一种提示。托尼继承了乃父的衣钵，对 20 世纪 60 年代的日本学生运动麻木不仁。父子二人都属于那种浑浑噩噩、不配有更好命运的形象。作家的情感倾斜就中自然可见一斑。如果说日本在二战时期与亚洲的对决是悲剧性的，那么战后投靠美国的结果招致的同样不尽如人意。这既可以理解为父与子的形象逻辑的本质联系，也可以看出作家在理性上否定侵华战争和战后日美关系的基本态度。

1996 年 2 月 23 日在东京第 47 届“读卖文学奖”的颁奖仪式上，评委大江健三郎朗读了《发条鸟年代记》第 2 部第 4 节中，间宫中尉在蒙古的一口井底参透生死的描述①，这位日本的第 2 位诺贝尔文

① 根据作品的描述，战后侥幸活下来的间宫中尉在与作品主人公冈田亨的长谈中，曾这样剖白：“我的真正意义上的人生，或许早已结束在外蒙沙漠那口深井里了。”他对自己的这段人生历史，还作了如下的反思：“我想说的是，我和你一样都是普通的青年，我从未想过去当一名军人，我的愿望是做一名教师。”日本的村上春树研究者浦澄彬在《走进村上春树——作品的舞台和暴力的阴影》一书中，则依据村上春树的父亲战后的任教经历，认为其人可以视为间宫中尉的原型（日文原名『村上春樹を歩く——作品の舞台と暴力の影』，彩流社 2000 年版，第 17 頁）。

学奖得主，认为这段描写“与众多读者的希望产生了共鸣”[①]。这也可以看作是作品问世以后，日本文学界和受众对村上作品战争描写的认可程度。2005年10月，在接受《朝日新闻》的一次采访中村上也曾这样谈道：“对于我来讲，无论是中日还是日本在东南亚发动的战争，都可以成为一个题目。越是了解才越是知道，日本这个国家组织是非常可怕的，我认为有一些超时代的东西汇集在那里，作为小说家应该从中寻求解放。”[②]

村上是在9年多大抵旅居海外的过程中完成《发条鸟年代记》的。在美国看日本，对作品的完成而言，无疑是摆脱日本文化限制的一种难得的机遇。出于作品战争描写的真实性的考虑，1994年6月他还利用两周时间对地处中蒙边界的诺门罕进行了实地勘察。这是他迄今为止唯一的一次中国行，足见对作品的完成用力甚勤。作品中除了山本被俄蒙军人活活扒皮致死的恐怖而又残酷的描写之外，还借滨野之口对南京大屠杀的某些细节作了披露：“在南京那一带干的坏事可不得了。我们的部队也干了，把几十人推下井去，再从上面扔几颗手榴弹。还有的勾当都说不出口。”[③]可以认为，这些努力已将村上的战争认识推到了自我能力的极致。

尽管如此，作品的思想深度、文化内涵、客观反响与作者的自我剖白之间，仍然不能、也无法认定为一种等号关系。诺门罕战役是1939年在中蒙边境发生的、日本挑起的一场针对苏联和蒙古的不宣

---

① [美]ジェイ·ルービン著、畔柳和代訳：『ハルキ·ムラカミと言葉の音楽』，第282頁。

② [日]由里幸子：「村上春樹が語る（下）揺れ動く村上春樹世界と若者と」，『朝日新聞·夕刊』2005年10月4日第2版。

③ [日]村上春樹：「ねじまき鳥クロニクル·1」，『村上春樹全作品1990—2000』(4)，講談社1990年版，第257—258頁。

而战的军事冲突，也是日本军部“北进”计划的一次失败尝试，约有两万日本士兵在那次战役中丧生。按照村上的解释，日本既然可以发动诺门罕战役、挑起太平洋战争，这种暴力抉择今后也可能在这个封闭性国家体制内发生，所以他才会致力于一种文学“解放”。

然而，除了战役中日本军人的凄惨遭遇，无论是从作品的局部还是整体的形象意义上，都完全看不出村上主观解释和说明的那种艺术内涵。包括那些教养良好的读者在内，要了解诺门罕战役的本质依靠小说根本无法做到，显然只能去借助二战史籍。而且，没有丝毫理由认为，《发条鸟年代记》的活扒人皮比大冈升平的《野火》中菲律宾战场上的日军人吃人的残忍格调更高，原因概在于这两部作品所反映的都是战争带给日本军人或者说日本人的伤害。日本发动的这场侵略亚洲的战争中，受到最大伤害的首先并不是日本而是以中国为首的亚洲诸国的逻辑被颠倒了。

战后60余年过去了，代表着当代日本文学走向的村上春树关于战争的思考，尽管平添了种种新的努力与投入，但是仍然无力从根本上摆脱民族主义的文化立场。除了日本自身在战争中究竟吃了哪些亏，村上在中蒙边界的古战场上并没有找到应该找到的东西。

《发条鸟年代记》是多部头的鸿篇巨制，第一部完成于1992年10月；第二部完成于1994年2月；第三部完成于1995年8月。几乎就在作品完成并问世的同时，日本学界中有人提出了应该纠正和疗救战后日本的“人格分裂”的主张，认为日本应该首先哀悼死于二战的日本军魂，然后再向两千万亚洲死者谢罪。[①]这是一种在战争反省问题上，值得注意的新兴文化国家主义动向。也许不能说村上

① ［日］加藤典洋：『敗戦後論』，筑摩書房2005年版，第59—60頁。

的战争观与这种主张是保持同一步调的；但是，也不能认为村上与这样的文化顽劣毫不搭界。

《海边的卡夫卡》是一部呼声甚高，又颇多争议的作品。借助日本传统宗教“神道教”仪式的“祓禊”启示[①]，村上以对普世性论题的探索进一步丰富了自己的历史认识，确立了与传统文学的表现方式之间的断裂与转换。这主要表现在对作品主人公少年卡夫卡和“关联性”人物中田的塑造上。中田是一个因战争而失去记忆的人，并且在这种状态下杀了卡夫卡的父亲；相反离家出走的卡夫卡并没有杀人，却在梦醒时发现了沾在自己身上的血迹；然后通过报纸得知了父亲被害的消息。作家借此表达了对历史投影的超现实的独特理解方式，推出了一种以记忆为中心的隐喻手法和象征语境。作品问世后迅速赢得了日本读者的拥戴，销量一跃而居畅销小说之首。

逆这种潮流而动的另外的情形，则是持激烈的批评态度的东京大学教授小森阳一的介入。这位知名的文艺批评家在自己的代表著作《村上春树论——精读〈海边的卡夫卡〉》中尖锐地指出：作品问世前后正是新旧世纪的交替之际，日本国民中弥漫着如何面对 20 世纪日本发动的侵略战争的思考。村上此时推出了中田这样一个失去了战争记忆的形象，是一种逃避责任、迎合大众的“媚俗”立场使然。[②]小森还认为《海边的卡夫卡》中隐含着一些特别容易被读者简单接受的药方，村上实际上在提供一种“疗愈”小说，意在化解国民的紧张心理与躁动状态。应该说小森的批评对村上的这部作品而

---

① 所谓“祓禊”系指祓秽而行禊，是古代祭祀仪式上除灾求福的必修课。参见叶渭渠：《日本文化史》，广西师范大学出版社 2003 年版，第 28 页。

② [日]小森阳一在中国社会科学院文学研究所的演讲词，2005 年 3 月 31 日。转引自魏大海：《村上春树小说的异质特色——解读〈海边的卡夫卡〉》，《外国文学评论》2005 年第 3 期，第 98 页。

言，几乎是致命的。

中田这一形象的出现，特别是他所标榜的或许是我杀的人、但我却没有记忆的荒唐逻辑，包括这一逻辑的终点上出现的虚幻的精神慰藉，可以视为村上关于战争思考的最新层面。对于小森入木三分的批评，至今尚未见到包括作家本人和学术界的正面反响。然而中田记忆的暧昧性是作家战争认识陷于困顿的进行时版本，这一点是毋庸置疑的。

村上至今尚无直面侵华战争或二战题材的创作实践。包括《托尼瀑谷》、《发条鸟年代记》和《海边的卡夫卡》在内的战争描写无不是间接的；加之种种现代小说手段的助力，致使作家的战争观在隐喻和指涉中变得扑朔迷离，而且这种效果在一定意义上，或可认为是作家的有意为之。

“村上跃居世界级畅销作家之列，这件事作为当今日本屈指可数的美谈之一在社会中流行和消费。”[①]这种处境迫使村上这样的日本作家既难于规避战争话题，又无从找到理性的文化反省能力。“《海边的卡夫卡》是在某种难以割裂的历史语境下被阅读和阐释的，反映了强烈的自我中心主义宿命观。”[②]或许，由于作品主人公田村卡夫卡只有 15 岁，人们由是可以期待村上春树会同他的主人公一起成长变化。

关于村上春树的创作动态，当时曾出现在日本《每日新闻》的独家采访中。据透露，自 2006 年的圣诞节开始，村上一直在埋头一部长篇小说的创作。一年半过去了，写作仍在持续之中。这将是一

① [日]小森阳一著、秦刚译：《村上春树论——精读〈海边的卡夫卡〉》中文版序言，第 7 页。

② 同上书，第 3 页。

部在篇幅上超过《发条鸟年代记》的、迄今为止村上的文字量最大的作品。这个信息，后来被 2009 年和 2010 年先后出版的多卷本长篇小说《1Q84》（I、II、III）所完全证实。

“我的宿命是从使用第一人称写小说，慢慢过渡到使用第三人称。”[①]除了叙事角度的改变之外，新作的背景主要是冷战结束后的世界认识。村上认为 1995 年阪神大地震发生不久，日本社会随即面临了地铁沙林毒气事件；特别是 2001 年“9 · 11”事件出现在美国以后，整个人类陷入混沌的状况已日趋鲜明。“现在我感到最为恐怖的是‘精神禁锢’的蔓延。而很多人认为这样的禁锢是必要的，甚至失去它将会难以承受。奥姆真理教虽然是个极端的例子，可是它所设置的许多栅栏却可以将人的精神包围起来，稍不留神便难以走出这样的迷宫。”[②]村上明确地表示，自己的文学“是一定要与这种精神禁锢抗衡的。虽然精神的世界把握起来很难，但是好的故事情节可以令人的心胸变得宽广起来，而这样的人们是不会走进死胡同里去的”[③]。

上述信息所布达的作家对于人类现存精神危机的关注，无论就其广度还是深度而言，之于村上的整体创作无不呈现出明显的递进态势，无疑也标示了村上文学的新的追求。可以认为，从“都市小说家”到“国民作家”，村上在逐步地、有意识地执着于从美国作家菲茨杰拉德那里学到的对小说的“高远志向”。

而中国的文学批评界尤为关注的是，进入 20 世纪 90 年代以来，

---

① [日] 村上春樹：「僕にとっての“世界文学”そして“世界”」，『毎日新聞 · 朝刊』2008 年 5 月 12 日。

② 同上。

③ 同上。

一直在调整审视生活的目光、致力于小说的深刻性的村上，可否就中完成对近代以来日本人对中日文化冲突的民族立场的超越，引领中日两个民族近邻关系的现代理解。理由在于，无论如何中国认识都毕竟是这位作家已经面对、而且将继续面对的一个十分重大的课题。不仅如此，村上春树的中国观及其在小说中的体现，也无疑是衡量村上小说精神品位不可或缺的标尺。

第五章　小说天地中的电影空间

第一节　少年乐趣与银幕岁月

关于村上与电影的关系问题，大约出于涉及两个艺术门类的原因，日本电影史学界对这一“中间地带”，在长时间里一直未能给予太多的关注；村上名声大噪以后，这一领域才作为向纵深开掘的结果，逐渐开始显示出来。

考察村上作为小说家的创作经历，可以发现他对于电影的学习、欣赏和体验，系始于50年代后期的少年时代的事情；而且大约有10年左右相对集中的时间。在文化娱乐生活尚且单调的时代，当时去电影院一睹经典影片或流行的屏幕文化，不仅是村上、同时也是那一代人的生活方式的有机部分，经历过这样行为熏陶的人或许终生都不会改变那份执着。“杜鲁门·卡波特在自己的一篇小说中把电影比喻为宗教仪式，我对此也深有同感。黑暗中一个人孤零零地面对银幕，有一种把自己的灵魂暂时搁置进去的感觉。在接二连三地去电影院的时间里，逐渐意识到了这种感觉对于人生的重要性。这就是所谓的‘电影中毒’。”①

---

① [日]村上春樹、安西水丸：「映画館について」，『村上朝日堂逆襲』，新潮社1989年版，第29頁。

> 过去，遥远的过去，银河的尽头，看电影是一种准日常性的行为，对我来说甚至是一种盛大的节日，那种企盼之情始终是高亢的。小学时代，我的父母经常带我去电影院，那时电视还没有普及，许多节目只能在电影院上映，却无法成为能够和电影比肩的话题，不过是一些粗制滥造的东西而已。彩色电视尚未出现，黑白电视的音质粗糙，画面很小，而且常常会受梅雨天气和飞过上空的飞机的影响。总之，电视还没有在我们文化和娱乐生活中占得主导地位，只有电影才是王者，而它的领地电影院则独领风骚。①

当时只有六七岁的村上，每月会有两个周日和父母一起去神户或西宫的影院，看完电影后再找个小店吃顿饭。村上的父亲喜欢美国西部片和战争题材的影片，快乐的村上最初接触到的也大都是这类电影。如今仍然记得的片名虽已寥寥无几，但那些电影却永远成为孩提记忆中的风景或空气，已经不可能被独立地分离出来。

到了中学二三年级的时候，村上开始和身边的朋友、有时也独自一人经常光顾电影院。上了高中以后，在电影院里同心仪的女孩子一边看电影、一边卿卿我我，开始成为村上青少年人生的乐事。课余时间里他也经常和自己的后辈友人，后来成为导演的大森一树一起，在神户的“大映”、“大洋”和“元映”等大众影院，看遍了20世纪60年代的影片。

1968年4月，村上考入早稻田大学第一文学部戏剧专业。应该说，这样的归宿与村上从小喜欢电影并不表现为某种必然的联系。在

① [日]村上春樹、川本三郎：『映画をめぐる冒険·まえがき』，講談社1985年版，第3頁。

电影院里流逝的岁月，同时也是导致村上成绩平平的一个成因。在复读一年之后，村上只能退而求其次，选择了剧本创作专业就读。结果无意之间竟最终成就了小说家村上，同时也圆了村上与电影的旧梦。

进入大学以后，依旧泡在电影院里，之于村上不再是业余爱好、而已成为名正言顺的选择。“电影专业虽然开了一门用英语教学的课程《艾森施泰因的蒙太奇论》，但学生们普遍认为只接受理论是不会真正懂得电影的，加上如果不预习，上课会很吃力，所以干脆就放弃了。上午便开始逃课，跑到电影院去看电影，是那时候唯一可做的事情。逃课看电影对电影专业的学生来讲，倒也算是一种正业，所以并没有人因此受到责备。”①

当时正是美国新电影和黑社会题材影片的全盛时期，所以村上将这类片子尽收囊中、殆无遗漏。一年下来，大抵能看 200 部左右的电影。一部影片反复看的经历，也时有出现。囊中羞涩的时候，便去早稻田大学的戏剧博物馆，一边遍翻馆存的、旧电影杂志上的剧本，一边在脑海中把剧本拍摄成想象中的电影，并且乐此不疲，在这样的节奏中送走了 3 年的时光。当整个日本处于反安保与学生运动的“政治季节”的时候，村上经历的却是一种反其道而行之的“电影岁月”。

1970 年村上在读大三时与同学阳子成婚，生存的压力急剧地将电影和电影院挤出了日常生活。在打工赚钱的间隙里偶尔走进电影院，村上蓦然发现周边座位上的面孔都很年轻，这种场合已不再属于自己的失落感油然而生，于是回家买了彩电和录像机，选择了在沙发上一边喝冰啤酒一边看录像带的模式，物是人非，电影依旧在

---

① ［日］村上春樹、安西水丸:「ビリー・ワイルダーの“サンセット”大通り」,『村上朝日堂』，第 90 頁。

看，只是已经没了少年时代的纯情。

村上大学时代在对电影的关注中，于美国影片用力尤勤。其次是欧洲诸国，还有澳大利亚；日本影片也涉猎了一些，给予肯定的几乎没有。在那以后出现的村上小说中，经常可以看到有关电影的话题，也大抵是美欧的，和日本并无干系。《早稻田》校刊上发表的《问题只有一个，那就是没有交流——68 年电影观感》，是村上在校期间留下的关于电影批评的唯一的文字。1975 年 3 月的毕业论文题目是《美国电影中的旅行思想》。

执着于电影剧作家梦想的村上春树，1979 年以长篇小说《且听风吟》获"群像"新人文学奖，从而作为小说家登上文坛。无论是阴差阳错，还是天遂人愿，村上命运的起伏，当时的批评界是没有可能注意到的。事实上，生存方式的择取，之于任何人的一生都不可能是一厢情愿的事情。只有当主、客观因素的复杂转化过程完成之后，某种结果才会出现在从偶然到必然之中。

村上在早稻田大学 7 年才修完学业。和同期的妻子阳子相比，整整多用了 3 年的时间。当他在国分寺用一半是打工赚来的钱、一半是银行贷款经营"彼得猫"爵士乐酒吧的时候，无论是剧本作家还是小说家，之于他都是一种缥缈无望的存在。个体经营者的职业选择，堪可表明当时的村上，业已退到了设法维持生存的人生底线上。在这个意义上讲，大学生活的终结，同时也便意味着这位年轻人的电影剧作家之梦的破灭。

面对生活现实的残酷，村上放弃与电影结缘也并非没有聊可自慰的理由。"我喜欢电影，想当一名剧作家，所以才会进入戏剧专业的。可是无论是电影还是戏剧，都是一种协同作业，在学习电影的过程中，我发现这不是自己所向往的工作方式，于是便放弃了。”[①]在作为小说家成名后的一次采访中，当被问及是否有过肩扛摄像机的经历的时候，村上明确否定了这一点。“因为我并不向往任何的合作方式，只想一个人写剧本，关于拍摄电影其实在写毕业论文的时候，我便已经完全放弃了。”[②]

就性格特点而言，村上也显然属于那类缺乏协调能力的人，遇事往往会一个人躲在角落里，不喜欢、也不善于面对麻烦，而是习惯于默默地承受自然出现的结局，从容地面对生活中的是是非非，进行力所能及的自我调整。这种性格使村上最终选择以写作为业，将小说视为一种容器，生活中遇到的种种触动，往往都会通过这种容器而不是他者释放出去。[③]然而，无论如何这些都是走上小说创作之路以后的事情。而在去写小说之前，村上首先面临的是电影剧作家之梦的渐去渐远。

或许是酒吧生意的日渐起色，或许是曾经的理想难于泯灭，村上开始在酒吧经营的缝隙中去追寻写作之梦。每天晚上客人离去之后，他坚持在酒吧的厨房中写上一两个小时，这种突发奇想的写作冲动，是当时的生存条件下力所能及的作为，在本质上体现为村上不甘现状、与命运抗争的一种尝试。他选择的不再是剧本创作，生活允许他游弋的只有与剧本毗邻的小说空间了。靠写小说一鸣惊人的村上，后来又回到电影，或者说始终与电影保持着难以割舍的关系，也便只能从小说家的立场来解读和认定了。

---

① 参见『五木寛之·風との対談集』，ブロンズ新社 1986 年版。

② 参见［日］高取英：「村上春樹インタビュー·幻想のアメリカ少年は中産階級の友がすきだった」，『宝島』1981 年 11 月。

③ 参见［日］村上春樹：『走ることについて語るとき僕の語ること』。

无论如何，村上春树都并不是一位创作准备丰足的作家。解读村上与电影的因缘，可以感知后现代文学背景下的作家素养问题，同作品因素一样出现了许多重大变异。曾经拒绝对日本小说的接受与承继，完全依靠学习美国现代小说打造自我的村上，事实上也曾经借助现代电影，特别是美国影片的艺术介质，滋养了自己的作家人生，这既是村上小说建构的主要来源之一，也是理论研究需及时作出调整、加以关注的全新领域和作家个案。

如果说 30 年来，村上一边创作，一边翻译美国现代小说，走的是一条“以译养文”的路径；那么，“以影养文”则可以看作是这位作家的创作准备期的重要积累。“电影鉴赏对于村上来讲是为了写作的极为重要的修行，即便是后来放弃了当一名剧本作家，关于电影村上也一定要写些什么，表现些什么，电影对于村上来讲始终是丰富的印象源泉。”①

在小说创作的初期，亦即 1979 年《且听风吟》问世以后，村上次年便发表了影评《父子间的代沟》，解读了皮特导演的作品《年轻的一代》。那以后，他发出的关于电影的声音，同小说一样一发而不可收。1980 年至 1982 年期间，村上在权威专业杂志《电影旬刊》和《太阳》上，发表了近 20 篇电影评论及随笔，成为一位新晋的电影评论家。同期正是小说《1973 年的弹子球》和《寻羊冒险记》的创作阶段。由此可以推断卖掉酒吧、成为职业作家的同时，村上曾有过既写小说又当电影评论家的两栖所想。

1985 年 6 月，村上的长篇小说《世界的尽头与冷酷的仙境》问世；这年年底，他与评论家川本三郎合作的《关于电影的冒险》，由

① ［日］明里千章：『村上春樹の映画記号学』，若草書房 2008 年版，第 24 頁。

讲谈社出版发行。这本电影评论集汇集了两位作者对264部现代电影的艺术评介，其中由村上独自完成的为154部，是村上多年来的电影积累的集大成者，同时也是感受村上与电影的重要资料。

2007年底，村上被授予第一届早稻田大学“坪内逍遥奖”。这位已名满天下的作家，欣然出席了颁奖典礼并在获奖致辞中如是谈道：

> 纪念坪内博士的戏剧博物馆，被简称为“演博”，那是我的学生时代常常流连忘返的地方。当时那里总是静悄悄的，基本上没有人问津。正在学习戏剧的我很想写剧本，所以陆陆续续地读完了“演博”收藏的全部旧剧本，然后在我的脑海中想象着拍成电影，简直像白日做梦一样。因为没钱看电影只能蹲在“演博”里，这段经历使我日后的小说家生涯受益匪浅。所以贫穷有时也是一件好事，但一直这样则不免会让人感到窒息。[①]

学术界有观点认为：“村上经常把早稻田大学的经历挂在嘴边，认为鲜有回味之处可言。可是，‘演博’的剧本阅读让他明白了电影的本质，同时也认识到自己的性格局限，结果这位放弃了电影剧本创作的青年最终成为一位小说家。对于村上来讲，自我摸索、自我发现，从而找到了真正属于自己的方向，这才是大学的意义所在。”[②]内中尽管不乏可取之处，然而，机械的甚至是宿命的偏颇，同时也使得这种理解的理性意义，在相当程度上被减弱和模糊了。其原因在于：

首先，村上最终成为小说家，并不是放弃了电影剧本写作的某

---

① 『早稲田ウィークリー』（第1143号）2007年11月29日。

② ［日］明里千章：『村上春樹の映画記号学』，第41頁。

种必然性的体现。非此即彼的逻辑会掩饰掉这位作家身上很多重要东西。如果村上确认自己有一天可以成为知名作家，便大可不必从经营爵士乐酒吧开始。向命运的安排发起挑战，才是村上人生的拐点。否则，那时拮据到连退路都无力找到的村上，不过是一只可怜的燕雀而已，鸿鹄之志岂不成了无本之木。

其次，“演博”的积累尽管不是纯粹的文学意义上的，但毕竟是一种与文学大抵相通的存在，无论如何都不应仅仅解释为村上放弃电影的探索。换言之，既无阅读量又无写作实践的村上，问津小说创作时，对电影剧本的了解和掌控无疑是他的本钱之一，舍此也便从根本上失却了成为小说家的可能。

综上所述，村上与电影之间的关系总体上可以分为四个不同时期，而且可以分别勾勒出较为清晰的轮廓：一、生活在关西期间的少年时代；二、早稻田大学的学生时代；三、初登文坛之际，小说创作与电影鉴赏并行的时代；四、小说天地中的电影空间时代。

可见，电影因素作为村上小说中的重要存在，有足够的理由成为理论研究的一个相关话题。这位先学电影、后练文学的人，30 年来始终在自己的小说天地里留有足够的电影空间，并且因此形成了作为小说家的又一鲜明的个性特征。

第二节　电影实践的两难之境

从最早的书面作品《古事记》算起，日本文学的历史已经有一千数百年之久。而现代电影作为一门新兴艺术、以独立形式出现的历程，不过是百十年间的事情。尽管如此，文学经典从语言进入画面，却发现了张扬与丰富自己的新的空间和在能力上远胜于自己的传播途径。电影艺术家则把站在文学家的肩膀上作为自身发展的一条捷径，由文学名著改编的影片于是成为电影史的重要一页。

“作为一种新兴媒体，既有排斥传统事物的一面，同时也会滑入传统的文化脉络的怀抱，发现并争夺传统文化的欣赏者。”[①]文学与电影的结缘，带来的是相得益彰的艺术效果。二者的这种关系即便是商品化已成娱乐主潮的时下，也并未发生本质上的改变。

日本电影百余年来，包括森鸥外的《雁》、夏目漱石的《我是猫》、芥川龙之介的《罗生门》、川端康成的《伊豆的舞女》、井上靖的《敦煌》、三岛由纪夫的《金阁寺》和大江健三郎的《饲育》在内，被搬上银幕的20世纪经典文学作品难以计数。总体上说，在小说名著与经典影片之间，作家们所采取的大都是一种超然的立场，以示对电影艺术规律的理解与尊重。然而，我写我的小说，你拍你的电影，却并不是作家与导演关系的唯一模式。特别是对那些谙熟电影艺术的作家而言，与导演的艺术理解与个性追求的不同而导致的不和谐，甚至是冲突，在世界电影史上同样不胜枚举。

与这些前辈的文学大师相比，尽管村上并未斩钉截铁地宣称过：“电影与文学应尽早一刀两断，井水不犯河水。”[②]然而，恪守自己的小说艺术天地，殆无兴趣去问津甚至是拒绝电影合作的介入，村上这样的立场几经周折，已经成为众所周知的事情。村上文学与电影艺术之间，很是有些剪不断、理还乱的意味，并非三言两语所能穷尽。

先行研究成果中，一种有代表性的观点认为：

---

① [日]四方田犬彦著、王众一译:《日本电影100年》,三联书店2006年版,第23—24页。

② 参见[苏]安德烈·塔可夫斯基:《雕刻时光》，人民文学出版社2003年版，第8页。

20世纪的文学家们与电影的关系，从谷崎润一郎到菲茨杰拉德，都试图通过电影找到灵感，使自己的创作方法前卫化。村上春树却与众不同，在同时代的作家中对拍摄电影始终是一位消极者。他不像谷崎润一郎那样宣称自己酷爱电影；也不像泉镜花那样是一位伟大的原作提供者；更不是三岛由纪夫式的自恋的演员；或村上龙式的缺少演技的导演；村上春树仅仅是一位喜欢电影的小说家。最近，他的名字意外地被与大江健三郎[①]连在了一起。初登文坛便单纯地同意自己的作品被拍成电影，而且基本上是4年以后转为坚定的拒绝，并且持续地回避着与同时代的日本电影人的接触，二人何其相似乃尔。[②]

最初被拍成电影的是村上的处女作《且听风吟》。“从对一切进行反抗转到全面否定”，始终是战后日本电影的热门题材和青春电影所探讨的重要母题。[③]几乎是在这部长篇获奖的同时，文学界即在《两种青春小说——村上春树和立松和平》的视角下，将这位文坛新秀定位为青春小说家，认为他的《且听风吟》是流行的青春小说思潮的新鲜血液。[④]文学界的上述反应和评价，成为电影界关注这部作品的背景与理由。

在这个意义上，村上的出现无疑是电影界的一种福音，《且听

① 大江健三郎的作品被拍成电影的计有4部，分别是：『われらの時代』(1959)，导演：藏原惟繕；『偽大学生』（1960），导演：增村保造；『飼育』（1961），导演：大島渚；『静かな生活』（1995），导演：伊丹十三。

② [日]柴田元幸、沼野充義、藤井省三、四方田犬彦：『世界は村上春樹をどう読むか』，第139頁。

③ 岩崎昶：《日本电影史》，中国电影出版社1981年版，第272页。

④ 参见[日]川本三郎：『村上春樹論集成』，若草書房2006年版，第5—24頁。

风吟》遂作为青春片的新的希望而列入了拍摄计划，制作班底也均由清一色的新锐组成。职业导演大森一树与村上年龄相仿，制片人佐佐木史郎是这一行业的新兵，画外音的执笔者四方田犬彦也是战后出生的一代。可以认为，电影界促成这部影片诞生的条件虽已具备，但稚嫩的危机也是先天性的。由小林薰主演的这部电影最终并没有受到好评。导演大森从此诀别了青春题材。村上春树的第一次"触电"便铩羽而归，留给这位极具潜质的作家的是黯然神伤。

1981年12月19日，影片在日本公映。密切跟踪影片《且听风吟》的评论界，在电影公映以后的月余时间里，便迅速作出了反应。尽管可以听到一些肯定的声音，但整体的否定倾向却是十分明显的。一种有代表性的观点认为："对含着银钥匙登上文坛的村上，观众的期待应该比对他同时期的作家更加多一些。电影所表现的，仅仅是年轻一代的表象和微妙的时代氛围，而其中应该奏响的充满喜悦与痛苦的心灵之音，直到最后也没有听到。因此它是一部完全失败的作品。"①

应该说，《且听风吟》率先被拍成电影，反映出村上在小说天地里获得成功以后，对电影的留恋与回报。尽管村上是诚挚的，甚至在心态上有些急切；然而，由于并未因此失去对协同作业方式的防范心理，在这个意义上大森一树无疑是导演的最佳人选。而且，大森对这部作品并不缺乏无论是文学还是电影意义上的感悟能力。在将文学名著改编为电影时，也有自己独到的理解。"我并不只是想把好的小说拍成电影，相反我想把留有充裕空间的、可以通过画面表现出来的小说拍成电影。"②可是，文学家和电影艺术家的合作是一

---

① [日]寺脇研：「日本映画·『風の歌を聞け』」，『キネマ旬報』1982年1月下旬号。

② [日]大森一樹：「完成した小説·これから完成する映画」，『ユリイカ総特集·村上春樹の世界』，青土社1989年版，第54頁。

种极为复杂的过程，而且最终决定影视作品命运的，归根结底是导演对两种不同艺术的领悟与把握能力。

村上与大森之间，在这一点上毕竟显示了不同的素质。影片中村上执着的西海岸白人爵士乐，变成了大森偏爱的自由爵士乐，反映出二者对背景音乐的理解上的区别。在对待20世纪六七十年代的学生政治运动的立场与态度上，大森的激情四射与村上实际上的距离感之间也明显不同。

影片结尾的电影化处理，吸纳与综合了村上的另一部小说《1973年的弹子球》的细节，画面推出了手指健全和缺少小指的双胞胎女孩，寓意暧昧。这是大森的创造，却不能说是村上的《且听风吟》的本意。或许是出于资金的考虑，影片的色彩、演员的化妆、服饰与道具等电影因素，不但没有超前的意识与气度，即便按照当时的总体水准来衡量，也委实是面目平平。

尽管大森因此失去了一次声名远播的机遇，村上也并未能从电影中获取小说中得不到的东西。然而，对这位昔日的兵库县芦屋市精道中学的校友，村上还是旧情依依。“大森君今年的计划全泡汤了，一副失魂落魄的样子。有消息说，他和长谷川和彦两人在哪家杂志上搞了个十分伤感的对谈。[①]前面说过他人并不坏，应该写封信鼓励他一下，若能有《招工信息》给他最好不过了。”[②]

继《且听风吟》之后，1982年搬上银幕的《袭击面包屋》和1983年的《遇见100%女孩》都是由山川直人执导的作品。山川小村上8岁，是村上小说的粉丝，作为导演业绩平平，他所完成的这

① ［日］长谷川和彦，1946年生于东广岛市，1976年完成《青春的杀人者》引起强烈反响，被称为“30岁的新锐导演”。1979年以后逐渐从影坛淡出。

② ［日］村上春樹、安西水丸：「大森一樹について」，『村上朝日堂』，第59頁。

两部低成本制作的16毫米的小电影，布达的完全是一种忠实甚至是喜欢原作的情绪，然而同样没有为村上小说带来任何应有的反响。

1988年，野村惠一拿到了《泥土中她的小狗》的拍摄权，影片名为《森林的另侧》。[①]这是村上20世纪与不见经传的年轻导演的最终的合作，同时也意味着没有商业因素与巨额预算的历史时期，村上与电影关系的结束。所以，这一年当略有些名气的导演原田真人提出拍摄《挪威的森林》时，却遭到了村上的断然拒绝。[②]“即使是史丹利·古布里克想要把我的作品拍成电影，我也不会答应。”[③]古布里克是美国现代影坛的重量级导演，他的《奇爱博士》和《闪灵》等无不是电影史上的经典之作。连这位影坛大师的账都不想买，反映了当时的村上之于将自己的小说改编成电影，已由伤感转而为深度失望的立场。

直至历经了16年以后，一个例外才终于出现，这便是根据村上同名小说改编的电影《托尼瀑谷》于2004年的问世。导演市川隼不仅有很高的知名度，艺术风格也广受好评，他以真诚与实力最终感化了村上。影片由同样是实力派的演员尾形一成和宫泽理惠分别担任男女主角；背景音乐出自大家坂本龙一之手；旁白西岛秀俊也并非等闲之辈。影片在恪守简洁明快的原作风格的基础上发掘了电影艺术手法特有的冲击力，一举荣膺了卢卡诺影展的评审团特别奖、影评人费比西奖及青年评审奖三个奖项。

---

① ［日］野村惠一，1946年生于京都，《森林的另侧》是他的处女作；执导的作品另有《夏日少年》（1991）、《好莱坞》（1998）、《二人日和》（2005）和新作《小津的秋天》（2007）。

② ［日］原田真人，1949年生于静冈县，代表作品《狗神》、《涉谷24小时》。

③ ［日］柴田元幸、沼野充義、藤井省三、四方田犬彦：『世界は村上春樹をどう読むか』，第144—145頁。

2008 年 9 月 19 日市川在日常工作结束后猝死，他留下的这部电影不仅成为从影一生的标志性作品，而且是迄今为止村上小说与电影关系中的唯一的亮点。

短篇小说《托尼瀑谷》最初的创意，来自村上在美国购得的一件印有相同字样的 T 恤衫。“托尼瀑谷当然是一个虚构的人物，即便如此他仍然是我的朋友，我的邻居，我想我会在什么时候写一个关于他的故事。”[①]村上实际完成的是一种人生孤独与苦涩的表述。电影在再现这一主题时，除了多种艺术手段的调动之外，主要是充分运用了画面的特殊视觉效果，突兀了象征手法的电影化模式，在触及了小说意蕴的同时，也体现了与小说的区别。

第一个画面是小托尼蹲在海边，用沙子堆起了一条小船。画外音讲述的则是他的父亲省三郎赴中国参战的经历，把观众自然带进了关于《开往中国的小船》的多重联想之中。“如果省略中国不提，就无法讨论村上文学。”[②]电影欣赏中忽略这样的艺术处理，也无异于丢失了与主题相关的重要的东西。

灰暗是整部影片色彩的主调，这在小说中是难以表现的。托尼的妻子死于车祸的时候，小说中这样描写道：“一辆强闯黄色信号的大型卡车从侧面以全速撞上了她驾驶的蓝色雷诺的车头——她甚至没来得及感觉到什么。”[③]电影的处理则是驾车现场的画面完全消失、屏幕顿然变成空白、急促的刹车声响不绝于耳，这样的效果同样是仅仅依赖文字描写无法达到的。

---

① ［日］村上春樹:「自作を語る·新たなる胎動」,『村上春樹全作品 1979—1989』(8)，講談社 1991 年版，第 12 頁。

② ［日］藤井省三:『村上春樹のなかの中国』，第 3 頁。

③ ［日］村上春樹:『村上春樹全作品 1979—1989』(8)，第 241 頁。

而在车祸发生之前，小说为托尼规劝妻子约束自己的时装购买欲并因此导致了妻子意外死亡很是花了些文字。电影中仅用了几个简约的、彼此联系的画面，并以珠帘状的装饰物的突然散落的视觉冲击，预示了女主人公厄运的无可逆转。

“宫泽理会饰演了《托尼瀑谷》的女主角，她冷艳的美貌如同易碎的玻璃，是一种缥缈的存在，让人感到世事无常。”[①]影片《托尼瀑谷》是成功的，尽管这种成功并不是那样的显赫，但毕竟使得村上与电影艺术之间的关系在几近绝望中维系下去。

于是，2007 年美国出现了一部与村上小说《神的孩子都跳舞》同名的电影，导演是罗伯特·罗格威尔，村上以编剧的身份介入了该片的制作，昔日的中国影后陈冲出演了该片的女主角。影片保留了小说原作的某些基本情节，虽未在日本公开上映，但同样引起了评论界的注意。

2008 年 7 月底日本的主流媒体相继披露，发行量达 870 万册、已被 36 个国家译介的村上春树的代表作《挪威的森林》即将被搬上银幕。该片将由法国导演陈英雄执导[②]，计划将在 2010 年年末推出[③]，

---

① ［日］鈴村和成：「宮沢りえはなぜ泣けなかったのか」，柘植光彦編：『国文學解釈と鑑賞別冊・村上春樹・テーマ・装置・キャラクター』，至文堂 2008 年版，第 29 頁。

② 当今国际影坛上一位引人注目的越南裔法国导演。20 世纪 90 年代和世纪之交分别以《青木瓜之味》、《三轮车夫》和《夏天的滋味》获法国戛纳电影节“金摄影机奖”；恺撒电影节最佳外语片；奥斯卡“最佳外语片”提名。上述三部作品为陈英雄带来了独特的风格，在东西电影之间找到了自己的位置。

③ 「『ノルウェイの森』映画化」，『読売新聞』2008 年 7 月 31 日。另据日本网络媒体近期的披露：由陈英雄出任导演和编剧，英国知名音乐人强尼·格林伍德担纲音乐制作的这部影片，2009 年 2 月，以日本为舞台已经开始在早稻田大学、兵库县神河町的砥峰高原、峰山高原等地进行拍摄，协同拍摄的是富士电视台，预计 2010 年 12 月在全国东宝影院公映。演员阵容主要由 80 后出生的一代新秀组成：松山研一饰演渡边、菊地凛子饰演直子、水原希子饰演小林绿、高良健吾饰演木月、玉山铁二饰演永泽、雾岛利嘉饰演玲子。

这将是村上的长篇小说首次被改编成电影。如此说来，被改编成电影的村上的小说总计应为 7 部，分别为《且听风吟》(1981)、《袭击面包屋》(1982)、《遇见百分之百女孩》(1983)、《森林的对面》(1988)、《托尼瀑谷》(2004)、《神的孩子都跳舞》(2007) 和《挪威的森林》(2010)。

关于电影《挪威的森林》，作家和导演均可谓用心良苦，然结果却应了中国的那句老话：人算不如天算。1987 年《挪威的森林》小说问世，7 年以后导演读到了这部作品。这以后又过了 10 年，陈英雄专程赴日面见村上春树，2008 年双方决定由陈英雄执导拍摄这部影片。实际上影片于 2009 年开拍，一年多以后的 2010 年 12 月 11 日在日本公映。这样，从小说到电影，《挪威的森林》走过了 20 余年的漫长旅程。作家和导演的双人舞却不如各自的独舞，舆论的主流是电影不如小说。

然而，作为电影艺术作品，至少是在下述两种意义上，值得引起人们的注意。如今已名满天下的村上春树，对由自己的文学改编的电影，一直面露难色。由于深谙小说电影化的不确定性，他甚至怀有一种很难改变的不信任情绪。他曾借用已故的杜鲁门·卡波特的感触，这样表述道："不知道会不会有人能够在尽量忠实原作的基础上，重新将《蒂芙尼的早餐》拍成电影。"话里话外不难看出村上对自己的作品被拍成电影的寄语和原则。

在多少有些莫衷一是的复杂面前，村上最终的选择是超越日本地域，将自己小说的电影化盯在了世界性的层面上。选择一位非日本的亚裔法国导演执导自己的代表作，显而易见正是这样一种心态的折中产物。日本的导演中，找不到自己重要作品的执导人选；西方的大导演即便胜任，却不符合东方作家的口味。陈英雄既为世界一流的电影导演，又有亚洲的血统，《挪威的森林》因此非他莫属，而况这是一个谁也不会少给钱的时代。

> 《草原的光辉》[1]确实是一部好电影，我真的很喜欢。可是我在写《挪威的森林》的时候，并没有刻意地将其作为参照。无论如何电影与小说的节奏是不同的。我在看这部电影之前，无数次地阅读了剧本，情节已经了如指掌了，可是在真正看电影的时候，却没有任何奇怪的感觉，它留给我的印象是彻头彻尾的成功之作，这是不可思议的事情。关于《挪威的森林》，不管谁来执导，我都不愿将它拍成电影，它还是以文本的形式存在比较好。[2]

20 世纪 80 年代由村上小说改编的三部水平不高的电影的出现，表明风靡日本文坛的“村上现象”意外地没有对电影界形成冲击。一贯拒绝日本电影的固执立场，导致了日本电影人对村上的冷落。这种不正常还表现为，近 20 年来日本影坛在电影意识、摄制手段和改编品位、市场能力等领域有口皆碑的黑泽清、青山真治、北野武、三池崇史和佐藤真等大导演，包括一些名气不小的制片人根本无视村上的存在，甚至于任肥水流进外人田。

为村上拍摄了第一部电影的大森一树，在反思这一过程时便曾讲过：

---

① 《草原的光辉》是 20 世纪 60 年代初的美国青春题材的影片，由获奥斯卡终身成就奖的伊利亚·卡赞执导，著名演员娜塔莉·伍德出演女主角，艺术上广受好评。

② ［日］明里千章：『村上春樹の映画記号学』，第 103 頁。

《挪威的森林》是一部好小说，所以没有必要再拍成电影。而试图将《挪威的森林》拍成电影的制片人，我不知道他们是怎么考虑的。他们想要怎么做，能够表现出什么。完美的小说是不适合拍成电影的，电影化是小说中的很多内容将被略去的一种过程，所以看过完美的小说后再看由它改编的电影，注定会觉得无聊。在《挪威的森林》与《寻羊冒险记》之间，我认为后者更适于被拍成电影。①

村上与电影之间的个案，堪可为文学界与电影界提供诸多有益的思考。然而，必须说及的是，如果从文学与电影的视角谈及村上春树，那么作家与电影界的这种僵化的现实关系，并不是问题的全部。事实上，不间断地从电影中摄取营养以滋润自己的小说艺术，复又为电影艺术的发展提供新鲜血液，特别是创作方法的现代启示，这才是村上小说与电影艺术关系的真谛，同时也是关于这一话题的实际情形和完整思考。

第三节　游弋于文字与画面的宿命

关于村上小说与电影的关系，文学批评界与电影评论界最终达成惊人的共识。人们普遍感悟到了这位作家在用小说来制作画面，每个因素都同时属于电影，村上文学的根源是在电影中产生的。

---

① [日]大森一樹：「完成した小説・これから完成する映画」，『ユリイカ総特集・村上春樹の世界』，青土社 1989 年 6 月 25 日，第 54 頁。

“《且听风吟》本身就是一部为电影而写作的小说。40个小章节看上去很像电影的片段。我强烈地意识到，村上的风格类似此前法国‘新浪潮’的代表人物之一尚卢·高达的《男性·女性》①。喜欢小说的村上，在进行创作的时候也许会受到电影的影响吧。”②在拍摄《且听风吟》的8年以后，大森一树对此仍记忆犹新。不仅是电影导演，文学批评界同样认为：“《且听风吟》由两部分组成，第1章是真正的小说部分，第2章以后便是缝拼的粘贴画一样的蒙太奇小说部分。”③

1981年，讲谈社出版了一本文学对谈集《走，不要跑》，这是日本当代文坛上“W村上”之间的一次重要交流。在谈到文学与电影的关系时，村上春树对村上龙说：“时下既有的小说创作体系已经瓦解了，意识到这一点以后，我将手头的一些碎片收集起来，试图做点什么。”面对村上龙的“可以将碎片变成一幅画”的回应，村上春树又谈道：“我打算将它们做成电影。我一直想写剧本，也看了很多剧本和电影。所以我的小说章节频仍的情况居多，而且并不是按照小说发展顺序写出来的。用电影术语来说，就是将单独拍摄的场景剪接在一起，对内容有所增减以后；再像洗扑克牌一样重新调整顺序。别人都是想好了再做，可是我却做不到。”④

这年年底前后，村上同活跃在文坛上的另一位作家立松和平，再一次专门就电影问题强化了自己的上述认识：“我原本想当一名剧作家，可是由于性格原因很难同别人合作，所以只能放弃。可是我

---

① 尚卢·高达，1930年出生于法国，著名电影导演，代表作《疯狂的皮埃罗》(1965年)。

② [日]大森一樹：「完成した小説·これから完成する映画」，『ユリイカ総特集·村上春樹の世界』，青土社1989年版，第52—53頁。

③ [日]明里千章：『村上春樹の映画記号学』，第6頁。

④ 参见村上春樹、村上龍：『ウォークドントラン』，講談社1981年版。

真的很喜欢电影，电影在很多方面影响了我的小说创作，就中我也会使用很多电影表现手法。"[1]这样，作家实际上也在反复的理解和表述中，印证了自己的小说中电影空间的存在。

电影《且听风吟》中，主人公"我"在东京的一所大学读书。另一个人物"鼠"作为"我"的影子，则没有去东京，而是留在了关西学院大学。这并不是小说《且听风吟》的情节，而是大森一树在拍电影的时候改编的。大森的动机之一，是关西学院大学所在地兵库县西宫市，是高中时代两个人经常一起看电影的地方。像这种电影的记忆在文学世界中的移植，可以说是村上小说的一个特征。

西宫的电影院留给了村上最初的、这种地方像是有两个世界存在的印象。在村上看来，一个是黑暗中解读电影的现实世界；另一个是屏幕上有声有色的虚幻艺术世界；而"我"则是两个世界的连接点。他后来的多部重要作品结构，大都在现实与非现实的两个世界里完成，西宫的影院应该是灵感产生的地方。

不仅如此，在选择去早稻田大学就读之前，关西学院大学英语专业已经录取了村上。1968 年 2 月 28 日的《神户新闻·晚报》第 6 版上，刊登了兵库县当地高考录取名单，其中确实有村上春树的名字。村上最终放弃这所学校、决定进京读书的理由，是由于英语专业绝大部分都是女生，加上自己男生也仅有两名。舍近求远及其所带来的人生变迁，导致村上无法轻易忘却关西的这所大学，把小说人物"鼠"留在那里读书，意味着作家在艺术世界里的一种演绎和创造，所以与大森改编的议案一拍即合。而"鼠"

---

① 立松平和、村上春樹：「原作者対談·映画ってなんだ·立松平和、村上春樹」，『平凡パンチ』（第 2 期）1981 年 11 月。

在《1973年弹子球中》最终退学，也同样是村上与关西学院大学无缘的一种隐喻。

村上小说中的电影空间，是一个硕大的、无处不在的现实；小说与电影两种因素的影响与互动，同样表现为诸多样态与不同模式。村上小说风格的形成，与这种情形便有着十分密切的关系。在创作手法的意义上，村上作品思考的随意性，与电影的即兴演绎是相通的；章法的跳跃性，显然是电影场景切换的小说化结果；而故事连续性的减弱，又可以在一定程度上为画面的多重化提供助力。诸如此类，村上无不是在电影艺术与表现方式中不断地有所发现、有所借鉴，以服务于自己的小说创作的。

《寻羊冒险记》的第7章的第1节，题目是《在电影院中结束移动，前往海豚宾馆》。在札幌的咖啡店里，“耳朵模特”提出想看一场电影，于是“我”和她走进了距咖啡店最近的一家电影院，看了警匪片和恐怖片，小说同时完成了从东京到北海道的场景变更，所以电影院是一个非常重要的场所。这一章在结束时又写道：整理好行李后我们发生了性关系，接着两人又去了电影院。电影中的男女和现实中的男女一样，在发生着性关系。电影院是一个容易引发人们性行为的场所，在黑暗的非日常空间里，札幌之行同样可以理解为另一个世界中的经历。

在《挪威的森林》中，也有类似的处理方式。即如，在第7章的结尾处，写到了两个人关于色情电影的讨论。绿子喜欢色情影院的理由，是屏幕上出现色情场面时，影院里就会出现观众咽唾液的咕噜声。而由电影介质所引发的，却是渡边对现实生活中的女性肉体的记忆，其中也包括恋人直子在内。可以认为，借助电影打造与完善小说空间，这是村上小说中现实与虚构相互作用关系的非常重要的个案。

此外，短篇小说《盲柳与睡美人》最初刊登在《文学界》1983年12月号上。10余年以后，这本杂志上又出现了同名小说的修改本；这一次，村上删去了初版的近一半的内容。最终收录到作品集中的时候，村上采取的是对“新作”与“旧作”一视同仁的方针。修改本中，村上将小说中涉猎的电影《里奥格兰德》改为《要塞风云》，两部影片都是约翰·韦恩主演的西部片，与《黄色蝴蝶结》一起并称“骑兵三部曲”，内容也大抵相同。这两部电影在《世界尽头与冷酷仙境》中也出现过，这表明无论是对小说还是电影，村上的挚爱都是由衷的。

据日本学术界的检索统计，村上小说无一例外均触及了电影或与电影相关的介质。其中，《且听风吟》为15次；《挪威的森林》为28次；《舞！舞！舞！》达110次；全部作品的总量当在500次上下。电影院是村上小说中的重要场所，人物形象大多喜欢去电影院或在自己的居所里看电影。即如《挪威的森林》中写到玲子看了影片《卡萨布兰卡》；《海边的卡夫卡》中出现了迪斯尼电影《白雪公主》；小说中出现的比喻，也往往受到电影的影响而所指明确，即如哈特菲尔德是我喜欢外国作家的化身，等等。

此外，《天黑以后》开篇的艺术处理中，好莱坞影片《肮脏的巴黎》和《银翼杀手》中鸟瞰手法的痕迹十分清晰，作家在这部作品中甚至把依靠焦距来调整的人与都市接触的画面，用文字有条不紊地表现了出来。《海边的卡夫卡》第4章的构思中，女教师带领孩子们上山采蘑菇的情节，即源自澳大利亚影片《郊游》。《寻羊冒险记》中海豚宾馆电梯里不可思议的插曲，《列克辛顿的幽灵》中屋檐下的晚会，也无不受到了美国影片《鬼店》的启迪。[①]

还需说及的是，1993 年 10 月轰动美国的《浮世男女》，作为一部当代题材的影片，表现了地震灾难发生前意味绵长的日常生活。这部影片便是导演罗伯特·奥特曼以知名作家卡弗的 10 余篇短篇小说为素材创作的。当时客居美国的村上，以卡弗作品的日文译者的身份，曾参加了这部影片的试映会。[②]奥特曼精选卡弗小说中的简单片断，通过对家庭、性和死等几个人生范畴的关注，把小丑、女招待、飞行员、巡警和爵士歌手等小人物嵌入了一幅全景式连环画中，用隐喻的手法企及了电影艺术的复杂化。这对 6 年以后执笔《神的孩子都跳舞》的村上的影响是不言而喻的，甚至在一定意义上框定了作品日常性的艺术风格。主要的不同点在于，电影的情节都是与地震无关的独立存在，而村上作品中的 6 个故事无不与地震的发生息息相关。

上文已经言及，20 世纪 80 年代后期源自日本的“村上现象”在日本的电影界殆无波澜，然而在日本以外，特别是东亚，则完全是另外的情形。“关于电影，香港人不但接受了村上，而且影响深远。‘台北的书，香港的电影’，委实表现出了这两个都市不同的个性。”[③]香港的电影界欣赏村上的小说艺术世界，并且在电影艺术领域大胆地加以表现。这种借鉴，集中体现在这一时期问世的王家卫和关锦鹏的作品中，只是在时间上要较日本晚了 10 年上下。

王家卫于 1994 年拍摄了电影《重庆森林》。在将商业思考作为

---

① [日]柴田元幸、沼野充義、藤井省三、四方田犬彦：『世界は村上春樹をどう読むか』，第 141—142 頁。

② [日]加藤典洋：『イエローページ(2)村上春樹』，荒土出版社 2004 年版，第 106 頁。

③ [日]藤井省三：『村上春樹のなかの中国』，第 137—138 頁。

创作意图的重要因素的同时，通过这部作品构建了清晰完整的电影符号体系，表现了一种现代电影的主观化时空特征，完成了一系列创造性的技术突破。作品问世以后，风靡中国、日本乃至全球，成为其时香港电影的最强音。村上的现代小说技巧，有力地支撑了这位导演的创造性劳动。

> “重庆森林”这座大楼确实存在，原本是香港九龙半岛最古老的大厦，现在这里几乎都是印度人开的店铺和非洲人廉价租用的住房。人物的台词，让人强烈地感受到了村上早期的《且听风吟》等作品的影响。年轻单身男子孤独的自白；对 24 小时便利商店商品的青睐；对数字的偏爱与独到的运用；无法实现的爱以及对于被遗忘的时光的追忆等。如果把《重庆森林》直译为日文，则应为『重慶の森』，明显地来自《挪威的森林》(『ノルウェイの森』)。这部作品所提示的世界主义与怀旧情绪，与村上的小说一起成为亚洲后现代所诞生的两大常数。①

作为 20 世纪 70 年代后期出现在香港电影界的新秀，关锦鹏则在 2000 年执导了电影《有时跳舞》，不但在艺术成就上堪可与《重庆森林》比肩，而且同样受到了村上小说原作的直接影响。作品描写了来自中国大陆和香港、台湾地区以及来自日本几个不同地区的人，因为疫情的发生被隔离在香港的一个小岛上的故事。日本演员大泽隆夫饰演了名为春树的日本作家，导演关锦鹏也并不讳言：“这

---

① ［日］柴田元幸、沼野充義、藤井省三、四方田犬彦：『世界は村上春樹をどう読むか』，第 146—147 頁。

一角色的独白感觉已经非常村上春树。既然有些东西在感觉上摆脱不掉，倒不如直接承认好了。”[①]关氏以婉约细腻的电影风格见长，他对村上小说的电影化实践，影响所及显然不仅仅限于香港的艺术片制作，同时也是村上文学超越国界和小说样式，与异域的电影艺术结缘的典型模式。

村上小说的诸多后现代因素，高频率地出现在香港的电影艺术世界中、甚至成了时下的某种标志性存在。要不要做一分钟的朋友，能不能爱你一万年。5 月 1 日过 25 岁生日，吃了 30 个凤梨罐头，然后一个晚上看了两部粤语片，吃了 4 份沙拉，所有的记忆都是潮湿的，等等。“《重庆森林》抄袭村上小说的‘情调’和‘腔调’，到底是不同媒体，还有点‘新意’。”[②]作为亚文化现象的一种存在，香港导演们的借鉴是否过了头又当别论，村上的小说影响和渗透到了现代电影艺术领域，从而为文学与电影的关系平添了新的篇章。

不仅如此，人们从电影艺术可以疾迅地对现实生活作出反应的特点中，是可以领悟到港人对村上小说的“小资情调”的接受与认可的。

日本有学者在考察了村上小说留在中国台湾、香港地区和大陆的足迹之后，曾得出过下述的结论：

> 我认为在华语圈产生的“村上春树现象”，有四个法则：第一是“顺时针法则”。依照“台湾—香港—上海—北京”的次序

① 《瘟疫蔓延时舞！舞！舞！》，《明报》2000 年 2 月 13 日。转引[日]自藤井省三：『村上春樹のなかの中国』，第 132 頁。

② 钟伟民：《矫情》，《苹果日报》2004 年 12 月 26 日。转引[日]自藤井省三：『村上春樹のなかの中国』，第 135 頁。

展开的。第二是“经济成长趋缓法则”。村上现象出现在台湾和香港是在20世纪80年代后期，而出现在上海和北京则是90年代后期，基本上都处于高度经济成长率几乎减半之际。第三是“后民主化运动法则”。起因是80年代末的政治改革所带来的倦怠和挫折感。第四是“森高羊低”的法则。华语圈更加认可《挪威的森林》，在欧美国家却是《寻羊冒险记》更受好评。不过这两部作品在香港却受到同样的礼遇，“森羊双高”实属华语圈的一个例外。①

如果认可“经济增长趋缓法则”，那么北京、上海乃至整个内地，在对村上文学的接受过程中，村上小说的一元化倾向和断片式的择取，香港的影响便有理由成为“小资”风潮的近因。

---

① 藤井省三：『村上春樹のなかの中国』，第3—4頁。

第六章 《发条鸟年代记》的历史诉求

第一节 关于说明日本的命意

1991 年 1 月，村上作为驻校作家接受了美国普林斯顿大学为期一年的邀请。然而，未料这一去竟在美国待了 4 年半之久。加上此前在欧洲的滞留，这位一边周游世界、一边写作的日本作家，截至 1995 年回到日本为止，实际上滞留海外的时间已达 8 年以上。这样的经历，之于村上的国际化素养，作用无疑是多方面的，而且归根结底会在创作中得以体现。除了对欧美文明的总体了解与感受，旅欧旅美期间出现的某些生活触动对作家的艺术思考造成的直接影响尤为值得注目。《发条鸟年代记》的问世，便透视出这样的关联性。

滞留普林斯顿大学，使村上得以避开在日本无法排遣的、《挪威的森林》所带来的声名所累，体味着按照自己的写作计划生活所带来的悠然之乐。1992 年 10 月，长篇小说《国境以南，太阳以西》由讲谈社出版发行，便可以视为此次旅美生活的最初的收获。自 1990 年以来，村上步入了小说创作的一个低产期。除感伤而又优美的短篇小说《托尼瀑谷》之外，《食人猫》、《小型绿兽》等作品都与神来之笔无缘。《国境以南，太阳以西》的文字量不是很大，描写的是人到中年的主人公所经历的生活危机，释放的是一种失败者的感受。

在《舞！舞！舞！》作为青春题材的帷幕落下以后，《国境以南，太阳以西》实际上是循着青春的足迹，向前又推进了一步。由于艺术上未能出现突破性的效果，之于村上小说谱系的意义不是很大，或可看作是作家在创作《发条鸟年代记》之前的一次预演。

1991 年 1 月 17 日，“海湾战争”爆发。这一天正是村上赴美国驻日使馆领取签证的日子。村上意识到尽管美国本土成为战场的几率很小，但却不能排除遭受恐怖袭击的可能性。事实上 10 年以后发生的“9·11”事件，便使得当时笼罩美国的不安与恐惧变成了现实。这种关于战争的不祥之感，横亘于村上美国之行的始终。

战争同时也引发了美国人日益高涨的反日情绪，舆论普遍认为如果没有中东地区的石油供给，日本的繁荣将成为南柯一梦。美国为了保住这条经济命脉而流血牺牲，日本却无动于衷、坐享其成。无论如何日本只在经济上提供支援的做法，是让世人难以理解的。高喊着买下整条华尔街的日本人，并没有因为有钱而受到这个世界、包括美国盟友的尊敬。

这种情绪在“珍珠港事件纪念日”达到顶点，1991 年 12 月 7 日成为地地道道的“反日日”。普林斯顿大学原本是一个与暴力无缘的场所，周围的空气却也充满了火药味，成为一个让日本人无法外出的所在。这大大地刺痛了一整天只能和妻子待在家里的村上。

我出生于战后，和第二次世界大战毫无关系，可那里的氛围完全不容许我这样讲话。我深感作为日本人，或多或少必须承担历史的责任。我想，如果生活在日本，这样的感受是不会出现的，至少不会有针扎一般的触痛。换句话说，在悼念 50 年前那场历史事件中的亡灵时，我无法说出“和我无关”一类的话。[①]

说明日本、让世界更多地懂得和理解日本，于是成为这位日本作家的社会责任感的新的立脚点，这与作家本人当时身在大洋彼岸也是不无关联的。“让美国人民——世界人民——理解我作为一个日本作家在想些什么，我的这种感觉越来越强烈了。对我来说，这是一个巨大的改变。”[②]

对村上和他的这部《发条鸟年代记》而言，这些都是不应忽略的创作动因。

原因在于我们没有以适当的方式，作为国家将文化模式的内涵和走向展示给世界。日本和日本人似乎并没有强烈地意识到，对这种现实的漠然所带来的危机感。至少在我看来是这样的，也因此而黯然神伤。原本打算逃离日本，作为个体自由自在地在国外生活。可是真正出来以后面对整个世界时，寻求作为日本人的方式的欲望却愈加强烈起来。越是远离日本，越是不得不接近日本，将自我置于与日本的同一性中。舍此将无法向他人说明自己，这是一种十分复杂的自我矛盾。[③]

在寻求“说明日本”的小说途径的意义上，村上走进了通常在

① [日]村上春樹：「ねじまき鳥クロニクル・1・解題」，『村上春樹全作品1990—2000』(4)，第562—563頁。

② [美]ジェイ・ルービン著、畔柳和代訳：『ハルキ・ムラカミと言葉の音楽』，第246—247頁。

③ [日]村上春樹：「ねじまき鳥クロニクル・1・解題」，『村上春樹全作品1990—2000』(4)，第561—562頁。

日本作家看来的一个十分棘手的领域，并最终选择了对历史特别是对战争的关注。

普林斯顿大学的图书馆里，村上沉浸在同小说创作相关的历史类图书中，并且渐渐地发现了相对完整的诺门罕战役的史料。在小学时代，村上曾经不经意地看到过一本画册，上面画着的飞机和坦克是这位少年从未见过的，注释里写明了那是在诺门罕战场上使用的兵器，从那时起这个带有异国韵味的地名，便留在了村上的记忆里。如今已人到中年的村上如获至宝，将这些书籍全部借阅，如饥似渴地读了起来。从参战士兵的回忆到历史学家的考据，不一而足。

"我决意将这场战役作为小说的一个纵线来写。读书把我带到了 1939 年的蒙古草原上，我听见了隆隆的炮火声，感到了战场的风沙。"[①]村上抓住了这一或许有些不可思议的机缘，"让 1939 年蒙古、满洲国边境的那场战役，就这样不合时宜地出现在了东京的现实故事中"[②]。一并带入作品之中的，当然也包括了对正在熊熊燃起战火的海湾战争的现实思考，以及对第二次世界大战中日本不宣而战，偷袭美国在南太平洋的军事基地珍珠港的历史记忆。这些正是美国生活带给村上的一种看取日本的全新角度和独特感受。

《发条鸟年代记》作为鸿篇巨制，由第一部《贼喜鹊》、第二部《预言鸟》和第三部《捕鸟人》构成，日文印刷符号近 80 万字，在村上的作品中居文字量之首。其中，第一部、第二部先后于 1992 年 10 月至 1993 年 8 月连载于杂志《新潮》；同时于 1994 年春由新潮社出版发行。就在读书界意犹未尽的时候，作家又大致自 1993 年末

---

① [日]村上春樹:「ねじまき鳥クロニクル・1・解題」,『村上春樹全作品 1990—2000』(4), 第 557 頁。

② 同上书，第 563 页。

始，用了约一年的时间杀青了第三部，并于1995年8月由新潮社出版发行。这样，村上总共耗时3年多的时间，才最终让世人看到了这部作品的全貌，投入和消耗之大也是空前的。

《发条鸟年代记》当年即被授予声望极高的第47届“读卖文学奖”。这个创立于1949年的奖项，曾先后接受过大冈升平、三岛由纪夫、安部公房和大江健三郎等杰出的当代作家。[①]1997年美国出版了这部作品的英文译本，译者杰·鲁宾也因此荣膺了第14届“野间文艺翻译奖”。这位村上春树的研究者在获奖感言中指出：“《发条鸟年代记》是村上第一部正面涉猎日本军队在亚洲大陆的暴虐罪行的小说。作为战后出生的作家，我以为这是村上在对同代及下一代人讲述战争之于血肉之躯的恐怖。”[②]

诺门罕战役作为作品的纵线，成为村上的既定方针；现实的东京故事于是成为叙事的主体，构筑成作品中的那条横线。这种坐标式的十字结构，通常并不为热衷于平行结构的村上所取。表现历史的编年性质和纵深感的艺术需求，决定了《发条鸟年代记》的结构方法。以战争描写取代一直热衷的虚无世界，成为村上为这部作品所作的新的艺术改变。

关于作品的题目，“发条鸟”的象征意义，存在于有如时光的发条拧动的鸣叫声中，没有人见过它的样态，世界却因这种存在而永恒地运动着。“如果让‘年代记’成为篇名的话，作品便应该以时间

---

① [日]大冈升平的中篇小说《野火》，1951年获第3届“读卖文学奖”；三岛由纪夫的长篇小说《金阁寺》，1956年获第8届“读卖文学奖”；安部公房的长篇小说《砂女》，1962年第14届“读卖文学奖”；大江健三郎的长篇小说《倾听“雨树”的女人们》，1982年获第34届“读卖文学奖”。

② [美]ジェイ·ルービン：「村上春樹『ねじまき鳥クロニクル』の翻訳に対して」，『群像』（12）2003年10月，第356頁。

为纵轴，像历史本身一样。总而言之，我并没有根据小说内容决定题目，相反是由题目中的一个词来决定小说内容的。实际上，这部作品也的确充溢着相当浓厚的历史韵味。”①

寻找精神出路，一直是村上作品主人公的执着追求和诸多作品的生命力所在。唯此，当创作冲动出现的时候，作家常常是在一个短篇中先行写就，意犹未尽时再投入到一部长篇中完成。1980 年村上推出了他的第一个短篇小说《城市，无影的墙壁》；5 年以后，这个短篇成为长篇小说《世界尽头与冷酷仙境》特别是“世界尽头”描写的雏形。写于 1983 年的短篇小说《萤》，4 年以后则成为经典之作《挪威的森林》上半部的基本内容。这种情形在《发条鸟年代记》的创作中再次出现，从短篇到长篇的过程与《挪威的森林》如出一辙。

那还是1986年1月，杂志《新潮》上刊登了村上的一个短篇《发条鸟和星期二的女人们》，讲述的是失业后的“我”妻子离家出走，在家煮面的时候接到了一个奇怪的女人的电话，外出寻妻的过程中又遇到了另外一个女孩。“我”与三个女人的故事都是在星期二发生的，小说也因此而得名。几年以后村上意识到了留在这个短篇中的缺憾，打算将其扩展为一部连载短篇或长篇小说。1992 年创作《发条鸟年代记》的时候，《发条鸟和星期二的女人们》的上述情节，几乎是完整地被再次使用，成为长篇故事的基本框架。所不同的是，在短篇中妻子的职业是造型设计师，到了长篇中则成为一本生活杂志的编辑。

从“星期二”到“年代记”，出走的妻子脚踏的是历史的途程，村上也为此而思考了数年之久。“我感到短篇小说是长篇小说甚至是鸿篇巨制的种子，播种几年以后便会有收获的。从这个意义上讲，短

① [日]村上春樹：「ねじまき鳥クロニクル・1・解題」，『村上春樹全作品 1990—2000』(4)，第 552 頁。

篇小说的创作之于我是非常重要的。”[①]关于短篇小说《发条鸟和星期二的女人们》和长篇小说《发条鸟年代记》的关系问题，有批评指出：长篇并未简单地回到短篇的结局，“而是透过这个短篇进入了一个入口被开启的未知的广阔世界，其中形形色色的因素环环相扣”[②]。

作品讲述的是男主人公冈田亨，寻找离家出走的妻子久美子的故事，时代背景设定在20世纪80年代中期。女主人公以妻子的身份出现，这在村上的作品中还是第一次。为了寻找现实与历史的接轨方式，村上不得不以一个接一个的故事，支撑起庞大的小说构架，形成复杂的人物关系。这正如作家在作品第三部中，借男主人公冈田亨之口所表述的：“一切就像圆环般联在一起，那圆环的中心是战前的满洲，是中国大陆，是昭和14年的诺门罕战争。无法理解的是，我和久美子何以会卷入那场历史的因缘中。那些都是很久以前发生的事情，当时我们尚未出生。”

《发条鸟年代记》中久美子这一形象的意义，主要在于揭示现实邪恶；这种作用又是在与历史的联系中体现出来的。久美子与冈田亨之间，演绎的是夫妻之间的性压抑所导致的一桩失败婚姻。丈夫最终从困惑中走出，追寻妻子的行踪，捍卫自我的尊严和家庭的完整，使这个故事成为男主人公积极面对生存危机的性格舞台。与绵谷升的故事，既是她的性格扭曲、家庭破裂的一种深远而畸形的背景存在，同时也自然地引出了战后日本政治的黑暗。

绵谷升的伯父是“九一八”事变的罪魁石原莞尔的忠实追随者，

---

① ［日］インタビュー 村上春樹、柴田元幸：「山羊さんの郵便みたいに迷路化した世界の中で——小説の可能性」，『ユリイカ Eureka』(8)，青土社 1989 年版，第 12 頁。

② ［日］沼野充義：「村上春樹は世界の“いま”に立ち向かう——『ねじまき鳥クロニクル』を読み解く」，『文學界』(7) 1994 年 7 月，第 157 頁。

"曾经在陆军参谋总部服务，担任过技师，和满洲国与诺门罕战争有关"。战后把议员的位置留给了自己的侄子，作为接班人的绵谷升不但完成了两代人之间的政治交替，而且成为集现实邪恶于一身的新型恶棍。本田曾为久美子的不幸婚姻牵线搭桥，间宫在本田死后持续着战争历史的讲述，作品的经线与纬线交错出现，丝丝入扣。关于久美子的几个故事，就这样层次分明地镶嵌在作品的结构之中，集中体现了村上小说的故事性由单一向综合过渡的特点，又在连环的效果中把讲述魅力提高到了一个新的层面上。

第二节 中蒙边境上的寻觅者

沿着《发条鸟年代记》的历史纵线结构，人在美国的村上潜心描写着诺门罕战役。这种努力的重要的意义在于，"首次跳出学生运动狭隘视野的这本小说中，村上探索了日本与亚洲大陆悲剧性的碰撞"[①]。

实际上，作家在自己的作品中接触二战的话题，并不是自《发条鸟年代记》始。1979 年创作的处女作《且听风吟》中，主人公"我"便谈到过战争结束后死在了中国上海郊外的叔叔。一年以后，又借短篇小说《开往中国的小船》，涉猎了近代中日两国的历史关系问题。1982 年，则在青春三部曲的《寻羊冒险记》中，指出明治政府的绵羊养殖政策并不是为了农民，而是服务于争夺殖民地的战争。"羊博士制定出日本本土及满洲内蒙古绵羊增殖计划纲要以后，翌年春去满洲进行实地考察。他的沦落即是从那里开始的"，笔锋直指近

---

① [美]ジェイ·ルービン著、畔柳和代訳:『ハルキ·ムラカミと言葉の音楽』,第108頁。

代日本的“大陆计划”的本质。

可以认为，尽管村上的这些关于战争认识的笔墨是琐碎的和零散的，但毕竟是近年来的日本文坛所不多见的，而且多少有些逆潮流而动。一般说来，二战题材通常是日本“后战后”作家们极力回避的领域。在这个意义上，诺门罕战役的描写以艺术表现的规模与完整性，再次突破了村上战争语境的既定格式。

作品的第一部和第二部完成以后，村上应《马可·波罗》杂志之邀，于1994年6月赴诺门罕战役遗址进行了实地考察，在中国和蒙古滞留了两个星期。面对日本现代历史的荒唐的一页，村上心灵深处经历了一次前所未有的洗礼和震动。

> 看上去原本坡度徐缓的绿色山丘，或许是因为苏军的集中炮击，形状已彻底改变，植被体无完肤，触目皆是砂土。8月后半苏蒙联军的大举进攻，形成了一场血肉横飞的围歼战，激战的痕迹在斜坡上完整地残留了下来。密密麻麻满地都是弹片、弹壳和空罐头盒，还有没有爆炸的废炮弹。我站在那里，久久不能开口。尽管是55年前的战争了，仍好像刚刚过去几年一样，原封不动地散乱在我的脚下，只是没有尸体和血流。①

这是迄今为止村上唯一的一次中国之行，途经了东北的大连、长春和哈尔滨等主要城市。在《发条鸟年代记》的写作压力之下，除了出现在第三部《捕鸟人》中的今长春市动植物公园之外，连当年“伪满洲国”的皇帝寝宫都没去看上一眼。“就这样，在新泽西州

---

① [日]村上春樹:『辺境·近境』，新潮社2008年版，第180頁。

普林斯顿大学寂静的图书馆和长春驶往哈尔滨嘈杂的列车这两个相距遥远的场所，我作为日本人持续感受着大抵相同的不快。那么，我们将去哪里呢？”①

作品的战争描写，主要集中在第一部《贼喜鹊》中的间宫中尉的两次长谈中。赴诺门罕实地考察归来后完成的第三部《捕鸟人》中，作家又让间宫作了第3次讲述，对人物命运在日本战败前后的轨迹作出了清楚的交割。同时也不排除诺门罕之行的收获，最终促成了补写的原因。

日本战败前的动物屠杀，战败后西伯利亚战俘生活的惨不忍睹，由是按照年代记的格式要求，自然地成为战争表现的有机部分。村上的写作习惯一般是在故事完成以后，如果认为有必要才会去进行实地勘察，以印证作品艺术真实的合理性，这次反常也意味着第三部在整个作品中的意义尤其值得关注。

普林斯顿大学图书馆为村上提供的关于诺门罕战役的藏书，数量虽不算很大，但有些毕竟在日本已经不大容易看到。②这些资料

---

① [日]村上春樹：『辺境·近境』，第140—141頁。

② 据统计，村上春树所参考的该图书馆藏书总计11本，分别为：1.『ノモンハン美談録』，忠霊顕彰会，新京満州図書株式会社，昭和十七年（1942）。2. ア·ベ·ボロジェイキン著，林克也、太田多耕訳：『ノモンハン空戦記·ソ連空将の回想』，弘文堂，昭和三十九年(1964)。3. 御田重宝：『ノモンハン戦·人間の記録·壊滅篇』，現代史出版会，昭和五十二年（1977）。4. 小沢親光：『ノモンハン戦記』，新人物往来社，昭和四十九年（1974）。5. 伊藤桂一：『静かなノモンハン》，講談社，昭和六十一年（1986）。6. 武藤富男：『私と満州国』，文芸春秋，昭和六十三年（1988）。7. 寺田近雄：『日本軍用語集』，立風書房，平成四年（1992）。8. アルヴィン·D·クックス著，岩崎俊夫、吉本晋一郎訳：『ノモンハン 上·下——草原の日ソ戦——1939』，朝日新聞社，平成元年（1989）。9. 児島襄：『満州帝国 I·II·III』，文芸春秋，昭和五十八年（1983）。10. 越沢明：『満州国の首都計画　東京の現在と未来を問う』，日本経済評論社，昭和六十三年（1988）。11. AMY KNIGHT, *BERIA*: *Stalin's First Lieutenant*, PRINCETON UNIVERSITY PRESS, 1993.

对村上的战争描写究竟起到了哪些作用，村上资料择取的方式何在，从资料到小说的过程中又发生了怎样的改变，诸如此类的问题也一直为研究界所关注。“这些参考书和‘诺门罕的故事’应该没有直接的关系，而只是用来理解和把握‘满洲国’时代背景。”①

意识到这一点的日本学者，依据的是村上参考过的《诺门罕美谈录》、《静静的诺门罕》和《诺门罕战记》等3本纪实性书籍，所以才与小说相比照作了较为细致的考据，并且得出了下述的结论：

第一，由堀江真砂夫、杉谷登和波田勇二郎组成的侦察小队，“在冷彻肌肤的河水中，抵抗着湍急的河流，游到了60米以外的对岸，成功地建立了一条渡河网”。为了不被河水冲走，三人在水中用人体支撑着这张网。《诺门罕美谈录》中日军在夜间渡过哈尔哈河的这一细节，在小说中表述为：“如果水势稍减，运兵车、装甲车和坦克便可以顺利通过。由于板桥在水中，飞机侦察也难以发现。于是我们抓着绳索过河。山本先过，确认没有外蒙军巡逻队之后，我们接着过去。水凉得几乎使下肢失去感觉。”

第二，“我费了很大的力气调查过，为什么苏联坦克可以轻易渡河”，后来得知在水面下“架了铁桥”。这是伊藤桂一在《静静的诺门罕》中的一段话。可以看出村上的“绳子”源于《诺门罕美谈录》；“板桥”借自《静静的诺门罕》。然而，“铁桥”尚且说得过去，坦克是不可能从板桥上过河的，这是村上犯下的一个常识性错误。

第三，在《诺门罕美谈录》中，有一个“红心井”的故事。说的是“陆军上等兵山崎营藏看到战友们口干舌燥，便在洼地里挖掘

① [日]川村湊：「『ねじまき鳥クロニクル』の分析現代史としての物語——ノモンハン事変をめぐって」，『国文學·解釈と教材の研究』第40卷4号，1995年3月，第59頁。

了 4 个小时，终于艰难地挖出了水源”。战争中士兵缺水的情况屡屡出现，因此间宫中尉的井底经历的素材也是大量的。

第四，山本率领间宫在外蒙境内从事间谍活动的原型与出处不详，上述 3 本书中均未能找到对应性记载。但是，在日俄战争中，接受了炸毁俄军铁桥的秘密指令的横川省三和冲祯介二人，伪装成喇嘛僧混入敌军内部，成功地完成了任务以后从容赴死。“间宫中尉的长谈”和这段广为人知的史实重复之处很多，想必村上写作时对故事也是知晓的。

第五，在《满洲国首都计划》一书中，有“1945 年苏联入侵、计划失败以后，将动物园中的野兽全部毒死”的记载。牧野正已的《南岭》和佐藤昌的《满洲国造园史》，也均印证了这一说法。而《发条鸟年代记》的第三部，是以战败前满洲国首都的动物园“枪杀”猛兽的场景展开的，这只是村上的虚构而已。

有鉴于此，潜入蒙古境内从事间谍活动而被活活扒皮的山本，被敌军扔到井底得以经历参透生死的间宫，指挥杀死叛逃的满洲军官学校学生的中尉以及在西伯利亚与间宫狭路相逢的苏联军官鲍里斯，才会成为村上的战争故事中最主要的内容。在村上看来，历史就是个故事，文学应该有自己的切入点。他要写的是自己理解和想象的诺门罕战役。任何一部非纪实性的文学作品，都是艺术虚构的产物。《发条鸟年代记》，特别是其中的战争描写，也是如此。“村上不愿意描述历史事实，而是将太平洋战争当作日本年轻一代共同分享的心理现象加以探究，尽管这一代（就像冈田一样）没有亲历的经验。”[①]也正是在这个意义上，蒙古刀、井、棒球棍和德国制瓦尔

① ［美］ジェイ・ルービン：「村上春樹『ねじまき鳥クロニクル』の翻訳に対して」，『群像』(12) 2003 年 10 月，第 263—264 頁。

萨 PPK 手枪，作为揭示战争的残酷性和人类的无助感的道具，为说明故事的主旨起到了特殊的效果。

小说以白描的手法把山本被活活扒皮的过程，完整地展示了出来。这样的血腥场面，在反映第二次世界大战的作品中是罕见的。村上的用意至少体现在两个方面。一个是作为高级间谍，山本在执行任务之前已经将生死置之度外，所以才能在极度的痛苦中死不开口，以生命的代价保住了军事秘密。作为军人，山本接受了命运的安排，实际上事已至此，也并不存在抉择的余地。另一个在于蒙古刀并不是军用品，在为军事利益所驱动时，骑马文化的本质同样会发生扭曲，屠宰牲畜的习俗演化成为面对人类的极刑。而且无论是施虐者还是受虐者，彼此的仇视都不会轻易消失。所以才会有当时目睹惨状的间宫，后来在西伯利亚向鲍里斯复仇的枪声，刀与枪的故事也因此被十分巧妙地联系了起来。

棒球是日本的国球。然而，当战败已成定局、骚乱发生时，棒球棍在特殊条件下同样会成为杀人武器。8 个满洲军官学校的中国学生因拒绝接受“新京”保卫战的任务而叛逃，主要策划者、棒球队里穿 4 号队服的击球手，用棒球棍打死了两名日本教官。被抓以后日本军人同样用这根棒球棍把他送进了地狱。这个中国人一息尚存时，还死死地拉住身旁的日本兽医同时栽入坑中。间宫和 4 号击球手，显然都具有自己的仇恨理由和报复方式。

战后的日常生活中，这种暴力传统在冈田亨身上显现出来。在面对大约是婚后生活的第三者的无名男子时，被棒球棍击倒和用棒球棍复仇同样成为他的宿命。不仅如此，无名男子还进入他的梦境重演了扒皮的一幕，手里握着的也是形似的蒙古刀，与山本不同的只是这一次是自我作践而已。冈田由是就中悟出了“我逃不了，也不该逃”的人生哲理。

“井”是为村上所习用的一种意象媒介。从处女作《且听风吟》开始，无论是《1973年的弹子球》还是《挪威的森林》中都曾反复出现过。“以井为主要舞台的新作《发条鸟年代记》，之于村上可谓集‘井’之大成的长篇小说。这部作品中，就像从井底向上仰视一般，充满了许多谜一样的痕迹。村上自身的改变通过井集中地体现了出来。”[①]“井”的意象几乎贯穿于作品的始终，在对人物命运作出种种暗示的同时，成为超越时空的一种存在。

冈田亨曾数度下到院子里的枯井中，以寻求摆脱生存困境的道路。现实生活中的井，同时也通向虚幻世界，是男主人公拯救妻子的特别通道。一应的坎坷与迷茫，信念与绝望，无不可以寻找到释放的慰藉。“荒无人烟的蒙古草原上，间宫中尉被幽禁在一口深井的井底。除了前往‘那一侧——死亡世界’之外，似乎已无路可走。成为希望所在的唯有本田伍长‘你不会死在中国’的那句预言。这种无路可走的窘境，与被各种怪事所困扰的冈田亨的现状，也完全相同。”[②]两口井默默地说明着历史与现实的异同，无论是在死而后生的诺门罕，还是在危机四伏的世田谷，这口井大约都是省略不得的。

扒皮鲍里斯几经沉浮，成了西伯利亚战犯收容所的君王。他使用的德国手枪是多瑙河战役后，从俘虏的纳粹党卫军中校手中缴获的。枪的道具作用，除明示了二战中法西斯同盟的崩溃，现在又拿

---

① [日]鈴村和成:「井戸＝村上春樹」,『国文學·解釈と教材の研究』(10)1996年8月，第35頁。

② [日]黒古一夫:『村上春樹——“喪失”の物語から“転換”の物語へ』，第205—206頁。

来应对日本战俘间宫的暗杀。鲍里斯以替自己的恶行保密作为交换条件，容许对面的间宫在办公室里打他两枪。间宫虽然带着未能射中的遗憾返回了日本，最终还是让这个魔鬼的真面目大白于天下。对被蓄意掩饰的诺门罕战争的罪行和后果，村上在这个细节中完成了无情的揭示。

杀死鲍里斯是与之势不两立的间宫的唯一抉择，手枪无力索命的情节设置，成为作家对无数人无辜丧生的嘲讽与质疑。这或可便是村上在中蒙边境上的文学发现。这种发现的文学价值，是毋庸置疑的；为两万日本亡魂而写作的初衷，同样是清清楚楚的。

第三节 音容倦怠的发条鸟

在以出色的艺术手法把读者带进了自己的故事世界的同时，村上也放弃了关于战争题材写作的一些相对规定性以及作为历史思考必须涉及的因素。之于一位真正意义上的作家而言，过分地强调和依赖故事，同样会带来艺术上的负面效果。特别是当作家的文化立场和价值取向存在局限时，作品的战争认识也便会打上折扣，这并不是艺术功力可以取代的缺憾。

诺门罕战役或称哈拉哈河战役，是中蒙边境上发生的一场军事冲突，交战的日本和苏联双方分别代表“满洲国”和“蒙古国”。时间是1939年5月至9月，历时135天，史称5月的交火为“第一次诺门罕事件”，9月的交火为“第二次诺门罕事件”。事件由地域比邻的伪满洲国与蒙古国的边境领土纠纷所引发，日本率先挑起事端，最终形成一场不宣而战的人类军事史上最早的大规模立体战争，日苏双方均投入了自己的精锐部队和杰出将领。这场局部战争，被视为日本陆军史上最为惨痛的一次失败；在付出了近两万条士兵的生命代价以后，日本以对现存满蒙边界的默许签字认输。

据日本史学界的考证，日军在第二次诺门罕事件中的损失为：

> 战死者 7696 人、战伤者 8647 人、生死不明者 1021 人，共计 17364 人。损耗率 28.7%，尤其是第 23 师团，出动 15147 人当中，死伤 10646 人，其损耗率达 73.3%。第一线之连队长级的军官几乎全部战死或自杀，成立停战协定之后，负起战败、撤退责任的 3 个部队长自杀。植田军司令官以下的关东军干部和参谋次长等军中央的负责人，多受到被编入预备役的处分。但硬拖关东军导致惨败的实际上的负责人服部、辻二人，虽然离了职，不久却就任参谋本部的作战课长和兵站班长，并指导了亚洲太平洋战争的作战。①

还应说及的是，诺门罕战役及其结局并不是一个孤立的存在。"关东军曾欲投入所有兵力予以反击，惟于 9 月 3 日爆发第二次世界大战，世界局势大为转变，大本营虽命令关东军停止攻击，同时不允许关东军欲在诺门罕战场收容死尸的申请。"②

尽管在规模空前的第二次世界大战中不见经传，诺门罕战役之于日本的国家命运的关系却不能小视。以陆地进攻夺取苏联的西伯利亚直至贝加尔湖一带，是战争发生的当时日本"北进"战略的实

---

① ［日］江口圭一著、陈鹏仁译：《中日十五年战争小史》，台北：幼狮文化事业有限公司 1985 年版，第 197—198 页。

② 同上书，第 197—198 页。

质；诺门罕惨败所显示的苏联军事实力，在一定程度上迫使日本不得不作出调整，转而执行“南进”战略。日本挥师东南亚，不仅改变了整个二战战场的兵力部署格局，而且直接导致了两年以后在南太平洋上因奇袭珍珠港与美国结怨，最终遭到原子弹的袭击、在波斯坦公告上无条件签字投降。事情到了这种地步，日本付出的生命代价已不再是两万，而是两百万了。村上在面对诺门罕战役发出“太日本式了，太日本人了”的慨叹时①，这些史实同样会在他的心头缠绕。

有批评指出：“《发条鸟年代记》持续了那个直到今天仍然在日本激起强烈反响的争论，亦即官方对日本曾给亚洲其他民族带来的罪行，是否予以公开承认的问题。”②对于自己作为战后出生的作家，究竟该以怎样的方式、在怎样的程度上去揭示“家丑”，村上原本是进退维谷的。旅美写作为村上提供了刻意介入的助力，笃定为了向世界说明日本必须去写诺门罕。

与此同时，村上也便面临了自己在这条路上，究竟可以走出多远的检验。原因在于，这一题材的表现虽然是作家本人的事情，但是也必然会受到日本社会文化的强制力量的制约。“在集团志向性很强的社会里，很少有人按照个人的信条设计人生。如果不这样做，个人生活的安全性会很高；而这样做的话，牺牲就会很大。”③

战后的德国人以赎罪开始了国家精神的重建，而日本人却至今徘徊在是否应该作出深刻的战争反省的浅滩，看不到几个走得出来

---

① ［日］村上春樹：『辺境・近境』，第139頁。

② ［美］ジェイ・ルービン著、畔柳和代訳：『ハルキ・ムラカミと言葉の音楽』，第258頁。

③ ［日］加藤周一：『日本文学史序説』（下），第519—520頁。

的身影。《发条鸟年代记》问世以后，人们有理由认为，这其中应该包括村上春树在内，包括他笔下的诺门罕战争描写在内。

按照村上的解释，日本既然可以打一场愚蠢的诺门罕战争，那么这种暴力今后仍可能在这个封闭的国家体制内发生，所以他才会致力于一种暴露文学的实践。或许山本一行 4 人在哈拉哈河畔的出现，可以理解为日本挑起事端、导致战争发生的一种并不明了的交代；或许蒙古刀被用来活扒人皮、棒球棍可以击人致死，无不在讲述战争之于血肉之躯的残酷与恐怖；或许枯井中的无助感，联系着军人间宫和平民冈田的生存境遇，不失为揭示战争苦难及其现实影响的出色的一笔，然而，回避了诺门罕战役是日本在侵略中国的过程中又对苏联发起的一场军事试探和挑衅，一应的战争苦难的描写只能成为无本之木。如同日本成为二战中唯一的“原爆”受害者一样，使用原子武器的美国在今天固然应该受到谴责，但迫使美国做出极端行为的日本，同样必须作出责无旁贷的深刻反省。对日本包括战后出生的日本人而言，战争认识的任何努力，都只能恪守“日本为了自己的国家利益所发动的这场侵略亚洲的战争中，受到最大伤害的首先并不是日本，而是以中国为首的亚洲诸国”的正确逻辑与出发点，否则只能是狂人谶语，遭到整个文明人类的嘲笑，甚至导致后殖民时代的新的文化冲突。

要求他人接受一个仅仅与日本利益相关联的战争故事，这样的思考方式似乎只有日本人才会有。只有脱离了日本的文化立场，才有可能写出真正的战争小说。相信对目前的村上而言，难在后者而不是前者。

在青春题材的小说创作终结以后，村上进入了一个转型期并作出了种种适应性的调整。日本的批评界有人在《海边的卡夫卡》问世以后，意识到村上的战争描写，“诉诸大众共有的社会性集体记忆，在片刻间唤起读者记忆之后，随即将其作为无可奈何之举予以宽许，甚至最终将记忆本身消解一空，这就是小说《海边的卡夫卡》文本策略的一个基本结构”①。类似的问题，实际上10年前便在《发条鸟年代记》中隐现了。看来，村上的文学转型在为自己的创作平添了诸多的小说新意的同时，也留下了需要研究界加以关注的偏离。“日本人拒绝承认日本是中国反日运动的教父，拒绝承认中国人都有权利憎恨所有那些日本对华政策所主张的东西，我不知道这是日本人缺乏敏锐的辨别力呢，还是缺乏幽默感。”②

战后日本文学的历史上，曾出现过一批不乏责任感的作家，留下了1945年日本帝国主义惨败后的文学实绩，这便是名满天下的“战后派”。野间宏的《阴暗的图画》、椎名麟三的《深夜的酒宴》、梅崎春生的《樱岛》、岛尾敏雄的《未完的一章》、大冈升平的《野火》和安部公房的《墙壁》等，无不与时代潮流及读者需求保持着同步状态，反映出文学介入社会重大思想课题的传统，陪伴一代人走过了战争思考的最初的路程。如果不是朝鲜战争的爆发，改变了日本社会文化演进的方式，“战后派”的文学创作与生命力，或可不至于在短短几年之间便人去楼空，为文坛留下不尽如人意的断裂。

对于战争的残酷性的揭示，包括战争给日本人自身带来的种种戕害的批判，是战后派的作家们致力于达到的艺术境界。战后派文学的局限，从根本上说在于面对侵略战争的起因与责任时的卑弱。

---

① [日]小森阳一著、秦刚译：《村上春树论——精读〈海边的卡夫卡〉》中文版序言，第8页。

② 林语堂：《中国人》，学林出版社2001年版，第387页。

保留天皇制成为战后美国对日统治政策的重要一环，尽管天皇不再是“神”，却仍然是美国人眼里神圣的“人”。这也同时意味着当时的文学不但很难接近战争认识的本质，甚至在有限的艺术表现范畴之内无论怎样挣扎都无济于事。

战后派旗手之一的大冈升平，曾在成名作《俘虏记》中，借“我”之口这样写道：“我已经不相信日本会胜利了。我憎恨把祖国引入这种绝望之战的军部，可是在这之前，我既然没有作出任何可以阻止他们的努力，事到如今也便觉得没有权利去抗议他们给予我的命运了。”把战争责任推给军部而省略天皇的存在，这种暧昧或许便是那一代日本反战作家内心的苦衷所致吧。

《野火》是以日本战败前的菲律宾战场为舞台的大冈升平的代表作。作品以对日本军人吃人肉细节的发掘，完成了战争条件下对人性与人道的非同寻常的渴念，特别是人类在逆境中的悲哀与堕落的告发。“他的战争题材小说的世界性反响，在于他以出色的艺术语言，入木三分地讲述了一个自戕民族的精神阵痛。他是为日本而写的，却不仅仅属于日本；他的反战小说未能完全步入人们所希冀的模式，但毕竟是成功的。”①

人类总要进步，文学总要更新。村上的这部《发条鸟年代记》，比大冈升平的《野火》晚了40余年。人们据此有理由要求，村上理当在自己的小说艺术中，表现出对文学前辈有所超越的战争认识。《野火》的历史画面相对单一，小说气氛沉滞凝重，勾勒的是日本军队兵败如山倒的惨状，表现的是战争带给日本军人或者说日本人的不幸。“把自己渲染成‘受害者’，这是日本战后文化中模糊、淡化、

① 尚侠：《大冈升平和他的小说》，《大冈升平小说集·代译序》（上卷），作家出版社1998年版，第3页。

否认侵略意识的一种重要方式。在这部作品中，这种意识同样非常明显。”[①]《发条鸟年代记》在历史与现实的坐标中，讲述了一连串彼此关联的故事，结构活脱，可读性强。总体艺术感觉的迥异，反映了师承司汤达的大冈与唯美国现代小说是举的村上之间，文学精神与来源的时代性差别。

《野火》在写到田村吃人肉时，重点在于刻画人物的超常的心理活动。因饥饿而引起的幻觉，假托狂人之口的谵妄，人类理性与本能的绞杀，均得到了淋漓尽致的表现。《发条鸟年代记》中的山本在被活活扒皮时死去活来，惨不忍睹。在作家平心静气地写实手法的背后，潜藏着对这位日本人的坚韧与无畏的敬意。间谍山本的厄运保住了军事机密，也使间宫中尉幸免一死。就中寄托的同情尽管大胆了些，之于一位日本作家毕竟是可以理解的。问题在于无论是就细节表现，还是就与题旨关联的意义而言，人们都没有丝毫理由认为《发条鸟年代记》的活扒人皮，比《野火》中人吃人的残忍格调更高。原因概在于，这两部作品所反映的都是战争带给日本军人或者说日本人的伤害。而迟来的村上的发条鸟，最多只是飞抵了菲律宾的山谷，并未显示出超越的身姿便声嘶力竭了。

《发条鸟年代记》中出现的中国人和苏联人形象，或许可以理解为村上的战争认识，在时隔近半个世纪之后出现的些许进步，这是需要批评界给予肯定的小说实况。

同样是战败之前，组织“新京”保卫战的关东军显然要胜驻菲

---

① 刘炳范：《战后日本文化与战争认知研究》，中国社会科学出版社 2003 年版，第 357 页。

律宾的日本军队一筹。伪满洲国军官学校的几个学生在动物园惨遭杀害的情景，表明村上已经超出了仅仅是日本人因战争而受害的狭隘，拓展了战争批判的范畴。尽管这几个中国青年作为未来的“满洲”军人，尚且不免带有几分同根相煎、“大家都是兄弟呀”的味道。无论如何，扒皮鲍里斯也是个匮乏人性的丑恶形象。战争的结束也把他带进了惴惴不安的惶恐之中，否则便不会以生命的冒险为代价，给间宫提供报仇的机会。姑且不论作家的情感倾向，包括这一形象的准确与否，战争之于恶魔也并不是没有忧虑的游戏，这样的理解和认识毕竟是可取的。

“15 日正午，收音机播出‘天皇终战诏书’。7 天以前，长崎市被一颗原子弹炸成废墟。几天以后‘满洲国’将作为虚幻的国家淹没于历史的流沙之中。”这段话是村上为《发条鸟年代记》的历史与战争，勾勒出的大致轮廓。在看似中性表述中，村上在“天皇终战诏书”与“满洲国”消亡之间，提到了日本长崎遭受到美国的原子弹攻击的事件。显然，这个问题对村上来说不能不写，哪怕是写上一句也好，因为日本在战争中吃的这个最大的亏，是堪可与天皇诏书发表、伪满洲国始末相提并论的重大事件，这也便是村上小说文脉的底蕴所在。

这位作家似乎忽略了长崎被炸的 3 天以前，广岛先行遭到过一次惨烈程度更甚的原子武器的袭击。连续挨了两颗原子弹，这是日本大势已去却拒不接受波斯坦公告的无条件投降条款的必然结果。略去广岛的史实，日本“本土决战”、“一亿玉碎”的文化顽劣，也便同时被略去了。换一个角度理解，即便村上真的认为正视广岛的先例，断不会有长崎的灾难，也还是不免要批评日本，无益于日本一直坚持的自己是唯一遭受原子弹攻击的民族的不公平感。

无独有偶，1990年，大江健三郎和一个电视摄制组曾一起赴韩国访问著名诗人金芝河，谈话的题目是“世界记着广岛吗？”金芝河是大江的老朋友，为营救被韩国军政权迫害的这位诗人，大江当年曾奔走呼号，甚至退出国际笔会日本分会以示抗议。“但现在，金芝河却向大江发出严肃的批评：这个电视节目的题目错了。毋宁说，应该问的是：‘世界记着南京大屠杀的30万人吗？’‘记着战争中牺牲的一千万亚洲人吗？’……大江端正地坐在金芝河面前，认真地接受了他的批判。后来，他不仅让电视清楚地放映这一场面，而且，还记录在自己的文章里。灵魂和人格，都是社会和历史的产物，而非抽象的存在。”①

第二次世界大战是人类历史上的一次空前灾难。先后有61个国家和地区、20亿以上的人口卷入其中，1亿以上的人口命断黄泉，财产损失不计其数。日本作为涂炭亚洲的罪魁祸首，作恶多端，罄竹难书。求得亚洲及整个文明人类对这段历史的宽恕，这本来是今天的日本人可以做到的事情。然而，战后文学的历史表明，从大冈升平到村上春树，都还并不是可以企及这样的品位的作家。

在中国，近年来有学者甚至从根本上否定了日本现代文学中的战争题材创作，认为日本从未有过反战文学。“从全面侵华战争前夕一直到战败为止的十来年间，整个日本文坛全面军国主义化，先前反战的‘无产阶级作家’也大都‘转向’（变节叛变）了。反战文学、抵抗文学几乎绝迹，连被我国学者视为‘反战’、‘抵抗’的几

① 王中忱：《越界与想象——20世纪中国、日本文学比较研究论集》，中国社会科学出版社2001年版，第218页。

个日本作家，实际上也没有‘反战’。对于法西斯侵略国而言，真正的‘反战文学’，应该是战争中的反战文学。不能以战前或战后发表的某些作品为据，断定日本有反战文学并予以过高评价。”[①]作为一种学术见解，合适与否当然可以继续讨论下去。但毋庸讳言的是，日本现代文人的战争认识与文学创作正随着时间的推移，愈加引起人们的反感与小视。

看来，即便是身在美国，人的文化立场也并不是可以轻易改变的。村上在中蒙边境上，并没有寻找到他真正应该找到的东西。

---

① 王向远：《“笔部队”和侵华战争》，昆仑出版社 2005 年版，第 260 页。

第七章 《海边的卡夫卡》的意象世界

第一节 走向小说艺术的深处

2001年，捷克设立了自己唯一的年度国际文学奖项“弗朗茨·卡夫卡文学奖”，在当时的世界文坛上并没有引起过多的瞩目。2004年奥地利女作家耶利内克在摘取了这一桂冠之后，随即成为同年的诺贝尔文学奖获奖作家；次年英国戏剧家哈罗德·品特复制了耶利内克的辉煌。两年之间的两位诺贝尔文学奖得主，均要先去领略布拉格旧市政大厅风貌的现实，使得人们对“弗朗茨·卡夫卡文学奖”不得不刮目相看。

弗朗茨·卡夫卡是20世纪的文学巨匠，西方现代文学的诸多流派中都可以看到他的《审判》、《在流放地》和《城堡》的影响痕迹。他不仅被萨特、加缪尊为师长，而且堪可同但丁、莎士比亚和歌德的文学地位比肩。少年时代的村上便读过《城堡》，为作品的真实而又虚幻的世界所打动，那以后弗朗茨·卡夫卡一直在村上所喜欢的欧美作家的名单之中。

在《发条鸟年代记》问世7年以后，2002年9月村上完成了又一部长篇小说《海边的卡夫卡》。4年以后的2006年10月30日，村上春树满面春风地来到了金色的布拉格，作为“弗朗茨·卡夫卡文学奖”的第6位得主，似乎也在同时完成一次诺贝尔文学奖的获奖彩排。这是该奖项首次青睐一位亚洲作家，也是村上所获得的日本以外的最大文学奖项之一。

到《海边的卡夫卡》问世为止，村上春树的小说创作历程达20余个年头，年届53岁的村上已不再年轻。由于村上的创作活动尚处在持续进行的过程当中，因此，尽管存在着不同分期方法，批评界通常还是将他此前的创作大抵分为两个阶段予以认定：第一个阶段是《且听风吟》到《舞！舞！舞！》，亦即1979年到1989年的整整10年。第二个阶段是《国境以南，太阳以西》到《天黑以后》，亦即从20世纪90年代至21世纪初的10多年间。

概括地说，从“青春小说家”到“国民作家”的转型，成为这种分期的依据；也在总体上符合村上的成长过程与创作经历的实际。“1979年登上文坛始初的10年，对村上而言是最幸福的10年。作家和读者可以呼吸同样的空气，在同一地平线上生存。可是在第二个10年里，村上已被誉为日本的‘国民作家’，作品走向世界的脚步大大超越了大江健三郎和三岛由纪夫，成为‘世界上名声最大的日本作家’。这种变化导致村上开始远离媒体与读者，并一直保持着这种立场。”①

需要说及的是，“国民作家”纯系日本式的表述方式。虽然近代文学史上夏目漱石、司马辽太郎、吉川英治等人，都先后接受过这种美誉，而且也获得了日本国民的认可；然而这一概念绝非严格意义上的文学批评用语，在日本的学术界也从未获得过广泛认同。鉴于所指基本清楚，才作为先行研究中的既存事实出现在了这里。国

---

① [日]栗坪良樹、柘植光彦、今井清人主编：『村上春樹スタディーズ』(3)，第301頁。

内有学者指出："在民众被高度'国民化'的时代，作家不可避免地被'国民化'，于是成其为'国民作家'。'国民'的内在规定性、话语行为主体与这种内在规定性之间保持怎样的关系，决定着话语行为的基本内容。"[①]

青春经历是村上最为重要的生活积累，在完成了以青春缺憾为主的艺术开掘、留下了伤感与慨叹以后，村上的转型主要表现为对现存社会精神危机的关注与再现。此间先后完成的鸿篇巨制《发条鸟年代记》（第1、2、3部）、短篇小说集《神的孩子都跳舞》和纪实文学《地下》与《约定的场所》，包括《海边的卡夫卡》在内，无不是作家走向小说艺术深处的实绩所在。

> 从《寻羊冒险记》开始我就在尝试各种不同的创作方法。《世界尽头与冷酷仙境》是以观念性来推进小说的；《挪威的森林》则完全以写实的方法拓展话题；总之是手法各不相同。今后的出路在于把故事本身复合化，那种通过一个故事来结构一部作品的做法似乎是行不通了，也就是说小说创作需要把几个故事有层次地结为一体，这种改变就是你刚才说的综合小说。[②]

20世纪的美国小说批评理论中，有一种不同小说具有不同标准，绝对不能用衡量托尔斯泰的标准来衡量雨果的主张。在一些批评家看来，无论什么标准，关键是如何才能把一个故事讲得最好。[③]举凡

① 董炳月：《"国民作家"的立场》，三联书店2006年版，第238页。

② 「村上春樹ロングインタビュー：海辺のカフカを語る」,『文學界』(57) 2003年4月，第41頁。

③ 参见申丹、韩加明、王丽亚：《英美小说叙事理论研究》，北京大学出版社2006年版，第187页。

读过《海边的卡夫卡》的人，对这部作品大都会有“易读难懂”的感受。“理解《世界尽头与冷酷仙境》这样的作品需要时间，相比之下《寻羊冒险记》立刻就可以接受，《挪威的森林》也可以在瞬间完成，而《发条鸟年代记》则需要大量时间。”[①]按照这样的推断，较之与《发条鸟年代记》，《海边的卡夫卡》仍有过之而无不及。如果解读的方式不能作出适应性改变，便只能在村上的琐碎故事和意象迷宫里绕来绕去了。

“文学的真正特性在于它包含了两个交流语境：一是处于文本之外、现实生活之中，牵扯到作者与读者的交流语境；其中作者担任信息发送者，读者则担任信息接受者。另一是处于文本这一虚构世界之内，由叙述者（发话者）和受述者（受话者）构成的交流语境。”[②]依照这种后现代的文学理解，人们完全可以从《海边的卡夫卡》中提炼出一个离家出走的15岁少年的现实故事和一个失却记忆的老人中田的历史故事。或者说，在两个题旨相关的故事中，少年的故事揭示的是现存的人类精神危机，老人的故事触及的则是历史因素在其中的作用。如此说来，探讨历史因素的存在与作用，则成为村上关注现实的一个重要渠道。

这种努力，在村上小说的创作伊始便已开始；至《发条鸟年代记》愈加明显；《海边的卡夫卡》中则体现为全新的方式。由于小说构成因素中大量意象的出现，传统的故事框架因受到冲击已面目全非，对意象的捕捉、诠释与明朗化，同时也便有理由成为作品批评的重要环节。

---

① ［日］村上春樹、河合準雄：『村上春樹、河合準雄に会いに行く』，第76—77頁。

② 申丹：《叙事学与小说文体学研究》，北京大学出版社1998年版，第124页。

《海边的卡夫卡》作为一部长篇小说的篇名，本身就是一个充满意象的话语，这主要体现在下述的四个方面：

第一，如果用日语中的“当用汉字”来表示，“カフカ”应为汉语的“可·不可”，对于借助汉字作为语言表记的日本人而言，肯定接否定的暧昧意味是显而易见的，这在一定程度上已经预示了作品意象的复杂性。

第二，篇名的一半取自“弗朗茨·卡夫卡”的名字，内中不乏对这位文学大师的敬意；另一半以“海”为核心词，表明故事发生在并非欧洲大陆的日本；强调作品的日本文学属性之意也隐含其中。

第三，卡夫卡在捷克语中是乌鸦的意思，这种鸟类对日本人而言司空见惯，文化理解也与东方的其他民族略有不同，更为接近西方人的意识。既不把它当成吉祥鸟，也没有见到乌鸦便会产生不吉利的预兆。关于这种鸟类与小说世界的关联，也完全可能因欣赏角度的不同而各取所需。

第四，篇名出自作品中的一首同名歌词与一幅同名油画，歌词是受到油画的启发由女主人公佐伯完成的，油画的构图是一个站在海边的少年目视远方，那是她曾经的恋人，一个孤苦的魂灵，眼里饱含着迷一样的纵深感。歌与画的晦涩与象征倾向十分鲜明，双双具有太多的暗示。

《海边的卡夫卡》的基本结构，由描写卡夫卡的奇数章和中田的偶数章搭建而成。对村上的长篇小说创作而言，是并无新意的旧套。作品之所以成为《世界尽头与冷酷仙境》的平行结构的再现，与村上在创作之初打算让这两部作品成为姊妹篇不无关系。[①]尽管如此，

---

① ［日］村上春樹編集長：『少年カフカ』，新潮社 2003 年版，第 31 頁。

作家当然不会平庸到去选择某种低级的重复。《世界尽头与冷酷仙境》的科幻色彩浓重，而现实描写始终是《海边的卡夫卡》的主要笔墨所在。

15 岁的少年田村，给自己起了一个“卡夫卡”的名字，以此取代父母的命名的同时，暗藏了他和父母关系的危机。卡夫卡为寻求自我，离家出走去了高松；杀人后的中田亡命天涯，甲村图书馆和四国的森林成为来自东京的一老一少的舞台。“作品中有这样的描写，名为乌鸦的少年对主人公说，‘你应该成为这个世界上最坚强的 15 岁少年’。这不是在写一个普通少年，而是通过少年的目光来看日本、写日本。我由此认为这是一个很特别的主人公。”[①]

少年是日本的未来，也是人类的未来。告别了青春小说创作的村上春树，把对少年问题的关注，迅速提到了自己的创作日程之中。一向将大学殿堂视为作品舞台的村上，这一次略过了高中校园，直接把目标锁定在中学生群体，同样也是不无原因的。

高中校园一直是战后日本青春小说的主要舞台。20 世纪 70 年代中期以来，高中的升学率始终在 90% 以上，距成年只有一步之遥的 17 岁，于是成为一个重要的年龄标志和走向青春的代名词。村上龙的《69》是 17 岁的主人公阿健讲述的故事。1961 年大江健三郎发表了小说《17 岁》，1971 年第一位偶像歌手南沙织演唱了歌曲《17 岁》。当时是“青春”话语还没有褪色的年代。“象征少年的年龄到了 90 年代变成了 14 岁。它已经不只是罗曼蒂克，而是威胁到了成人社会，潜藏着不稳定的危险和说不清的心态。”[②]少年人格的可塑

① ［日］河合隼雄：「境界体験を物語る——村上春樹『海辺のカフカ』を読む」，『新潮』(99) 2002 年 12 月，第 236 頁。

② ［日］清水良典：『MURAKAMI 竜と春樹の時代』，幻冬舎 2008 年版，第 230 頁。

性，在获得了更大的时空的同时，也具备了新增的不定性，甚至是可怕性因素，成为令人担忧的社会问题。

1997 年 5 月，经历了阪神大地震后的神户，连续发生了以儿童为目标的凶杀案，被媒体称之为“酒鬼蔷薇事件”。遇害的小学生的头颅被割下并置于学校门口，死者口中还塞有一纸声明，惨不忍睹的程度绝不亚于侦探小说和漫画情节，而凶手竟然是一个在初中就读的 14 岁少年。这一事件的结果是凶手并没有受到实质性处罚，8 年以后获释，犯罪动机也未能公诸世人。

尽管村上本人并未谈及与认可《海边的卡夫卡》的创作与“酒鬼蔷薇事件”的直接关联，批评界仍然有人认为，中田被打的地方叫“木碗山”，“酒鬼蔷薇事件”的发生地点叫“坦克山”，这应该不是偶然的巧合。“作品主题的渊源有两个，一个是神户少年杀人事件；另一个是继《神的孩子都跳舞》之后，村上的小说世界中‘逐渐出现的父亲的影子’。”①这样的见解是不无道理的。

尽管如此，田村卡夫卡这一少年形象，实际体现的却是村上对社会少年问题异常冷峻的目光。一个素不相识的女孩因自己的娃娃丢失而哭泣，一位长者以娃娃的口气每天给小女孩写一封信，3 周以后小女孩不再悲伤。了解到弗朗茨·卡夫卡在柏林的这一真实经历的村上认为：“小女孩从丢失了娃娃的无秩序，进入了一个没有娃娃的新秩序之中，我以为这是一个非常棒的轶话，感觉自己也可以做这样的事情。”②

---

① [日] 加藤典洋：「心の闇の冥界“リンボ”めぐり——『海辺のカフカ』」，『村上春樹·イエローページ』(2)，荒土出版社 2004 年版，第 171 頁。

② 「村上春樹ロングインタビュー：海辺のカフカを語る」,『文學界』(57)2003 年 4 月，第 33 頁。

卡夫卡偷了家里的钱毅然出走，诅咒父亲死无葬身之地，与意象中的母亲包括姐姐交媾，直至以闯入异界的方式告别生存的现实，这些主要的性格特征与行为方式中，不但毫无可以同情与怜悯之处，而且绝不是一般意义上的15岁的少年所为。面对少年的可塑性，作家在心理年龄的稚嫩与行为的成人化之间，显然更偏重于对后者的认定与刻画。所以，虽不乏人文关爱，这部作品总体的情感特征仍然可以归属为一种冷色调。

在卡夫卡的心灵深处，还存在着一个“被称作乌鸦的少年”。作品在序章中便写到了这个少年梦幻般的存在。这个意象可以理解为卡夫卡的灵魂主宰或保护神，同时也是卡夫卡成人化行为方式的载体。在去高松的长途汽车上与樱相遇，两人在探讨“我们从哪里来，到哪里去”这样的问题是否有意义时，作品中重复三次写了“我点头”，而且第三次使用的是黑体字，便是有意与序章的交代作出呼应的。卡夫卡的判断与乌鸦少年的判断在同时进行，卡夫卡的认可也便是乌鸦少年的认可。把离家出走后的卡夫卡带到力所不及的地方，是乌鸦少年的存在理由；在回到现实世界的卡夫卡茫然于生存意义的探索之际，关于听风和看画的导向是乌鸦少年的使命所在。

村上本人对父子之情从来都是敬而远之，讳莫如深。父子关系的隔阂与病态，甚至成为作家婚后多年也没有要孩子的理由之一。作品中明确地写到了父子关系的对峙，田村浩一对卡夫卡咬牙切齿的诅咒；以及4岁时家庭离散，母亲带着姐姐离开时甚至都没有和他拥抱的情形。卡夫卡是在没有父母之爱和孤独无助的家庭环境中，长到15岁并离家出走的。虽然作品结尾以主人公最终回到现实世界作为归宿，实际上也意味着对这位少年的未来寄托了谨慎的希冀，然而，如果可以作一个比较，结论应该是很明确的。《海边的卡夫卡》中的这种悲观的情绪，并不亚于村上此前的创作中对青春岁月的感伤。

还需谈及的是，作家的这种认识并不是随意性的。在一部作品的相关思考成熟以后，需要表现自己的主观倾向与思想认识时，村上的习惯一向是孤注一掷的。“虽然此前我去过几次高松，但是没有任何印象。为了写小说我在脑海中随意想象出一个场景，然后为了确认它是否存在才去四国的。”①

可以认为，包括作品人物和情节发展在内，虚构和想象从来都是村上小说创作的至宝。实地勘察可以解决作品环境的真实性问题，人物性格的发展却只能依赖于艺术的创造性。从这个意义上讲，中田如果不是作家心中久已存在的形象，也便毫无理由与一个离家出走的少年在四国邂逅，而且成为少年主人公形象塑造的须臾不可或缺的角色。

中田是卡夫卡的父辈，也因此可以进入“父亲的影子”的行列之中。当然，较之在二战中赴中国参战的村上的父亲，在年龄上要略小一些。当村上的父亲可以去扛枪打仗的时候，中田还是一名9岁的小学生。为了让中田的人生与那场战争发生某种必然的联系，作品安排了在1944年11月7日日本决定进行“莱特战役”这一天，女教师和远征菲律宾的丈夫梦里做爱后意外来了月经，由于自己丢弃的卫生巾被无意间发现、竟然殴打中田致残的情节。与此相关的是，作品中还出现了这样的描写：“琼尼·沃克用指尖对着中田的前胸。‘砰！’他说，‘这就是人类历史的脊柱。’”从而作为受害者，把中田的一生推到了战争灾难的延长线上。

---

① ［日］村上春樹編集長：『少年カフカ』，第25頁。

因为丧失记忆，中田甚至连自己的名字都不认识。战后三个兄弟中两个弟弟飞黄腾达，只有中田沦为政府的救济对象苦度残生，没有家庭，没有工作，成为日本老龄化社会群体中的一类可怜兮兮的存在。由于莫名其妙地具有了与猫交流的能力，替饲养这种宠物的人家寻找走失的猫以获取几个赏钱，成为他唯一的营生。无法融入现代社会的中田，只好去做了猫的知音。

这样一个战后遗留下来的残疾老人，与作为现实生活的直接损毁者的卡夫卡少年之间，原本存有一个难以逾越的时空。让他们走到一起的力量有两个，一个是社会结构意义上的代际关系，另一个是中田与猫的特殊情结。历史和现实因中田的宿命而结缘，中田则通过猫与卡夫卡相遇，作品情节发展的两条主线就这样出现了交叉与起伏。显而易见，超现实的意象作为技巧而获取了非同凡响的作用与价值，舍此中田便绝不会在小说的艺术世界里有丝毫的作为。

作品的主要情节之一，是田村卡夫卡在高松突然丧失了意识，一个人站在公园里，浑身上下沾满了血迹。第二天从报纸上得知，同一时刻自己的父亲在东京的家中遇害。而当时的中田，恰好手刃了中野私宅的一个名为琼尼·沃克的虐猫者，身上却一滴血迹也没有。琼尼·沃克是否就是卡夫卡的父亲田村浩一，村上把又一个答案留在了作品模糊的意象之中，并让中田昏睡过后在一片原野上醒来，找个理由去了高松。杀死父亲对卡夫卡而言，不过是一种意识中的使命而已，并没有成为现实行为的可能，否则离家出走的故事便完全会是另外的内容。

中田为保护猫而杀人，以人与人之间的暴力方式去扼制人对动物的暴行，这种疯狂及其所产生的移花接木的效果，符合这一人物的性格逻辑，或者说是他的个性特征的重要一面。与此同时，他无疑又是一个作家意志的践行者。理由在于中田个人的暴力行为并不是偶然的，或单一的存在，而是作为战时受害经历的一种延续，体现为历史与现实关系的某种必然性。

中田形象的另一个突出特征，表现在与佐伯的关系中。这位被学潮和动乱毁了一生的女性，在即将离开人世的时候，把销毁日记的麻烦甩给了这个毫无文化素养可言的老人。这意味着在杀死了琼尼·沃克、完成了卡夫卡的意识使命之后，中田又严格地按照卡夫卡的母亲的嘱托，把她的人生记录和苦楚付之一炬。

中田在高松的这把火，能否烧尽现存人类那些不愿记忆、不想梳理的存在另当别论，作家的药方开得确是明明白白，那便是面对历史烦恼的时候，忘却作为解脱的方式也是最好的疗愈。

向自己的读者群倾诉存在于小说世界的价值观，一直是村上致力于追求的境界。甚至不惜像一些前辈作家那样，总是努力地给大众一种息息相通的印象。即便是村上真的想借助小说悬壶济世，其实也大可不必摆出这样一副谄媚之态。客观存在终究是不以人的意志为转移的，无论是怎样的历史也都不能例外。作者也罢，读者也罢，都不应该自欺欺人。

7 世纪前后传入日本的中国加冠习俗，已演变成为现今日本的成人节。于是，1 月 15 日这一天，年届 20 的青年男女都要去践行这样一种人生礼仪。

关于《海边的卡夫卡》的意象内涵及其所带来的认识价值与社会影响，有批评指出，这个 15 岁的少年主人公离家出走的现实磨难与异界经历，很有些日本的“成人仪式”所蕴含的关于人生的复杂感怀。或者说作家意在带着他的读者，一同经历一次特殊的加入仪式。因为不仅卡夫卡少年需要这样的体验，整体意义上的现代日本人也同样如此。“富庶给现今的人带来了不可一世的生存态度，以为自己的意志同命运的走向总是一致的。实际上往往事与愿违，经历一次异界体验后再返回现实就会发生改变，并且能够更好地生存。现代人林林总总的经历，无不是加入仪式的故事。”①

如果说作品的立意和批评家的观点确实是相通的，那么主张日本民族完成一次异界的精神洗礼，以自己的方式同生存现实相抗衡。这种寄托于意象之中的文化精神里，除了极端特征与偏执倾向，不乏无法说清的诸多相对主义的内涵。“东亚人和西方人基本上都是用二元论来看待世界的，但有个重大的区别。在西方，是以善与恶来区分的，两者相互间进行着生死搏斗；在东亚，则把白天和黑夜、男人和女人、光明和黑暗划分为阳与阴，亦即作为相互交替和平衡、互为补充的力量，没有严格的好坏之分，却有一种和谐和力量的均衡感。”②在那片天荒地老的四国森林中，可以给人重新生活的力量源自哪里，如果不是佐伯的虚无、也不是中田的暴力，那便唯有少年卡夫卡的成长。

第二节 回归日本的文学改变

凭借美国风味的日本式抒情小说，村上闯出了属于自己的天地。这在本质上首先表现为一种背离日本的过程，从小说语言到文本模

---

① ［日］河合隼雄：「境界体験を物語る——村上春樹『海辺のカフカ』を読む」，『新潮』（99）2002 年 12 月，第 242 頁。

② ［美］埃德温·赖肖尔著，孟胜德、刘文涛译：《日本人》，上海译文出版社 1980 年版，第 147 页。

式，包括形象的称谓、作品的道具、环境与习俗等小说因素，无不呈现为反传统的、脱日本化的趋势。

在这条路上走了10年，功成名就之后，在其第二个阶段的文学创作实践中，对日本的重新理解成为村上思想感情和精神世界的一次重要经历。“写完《发条鸟年代记》以后，不知为什么，我日甚一日地特别想‘应该赶紧回到日本’。既没有什么特别思念的东西，也不是一种文化意义上的回归，只是觉得作为小说家，我应该待的地方还是日本。”①

精神上未曾离开过日本，自然也就不存在回归的问题。出道以来一直在以美国小说为尊者的村上，面临的是一种相当复杂的心理状态。对于一个多年在日本与外界之间闯荡、以寻求小说艺术真谛的游子而言，文化立场与情感变化的动因不可能是单一的或突发性的。而且，所有曾经发生的文化摩擦与对撞，最终都将在作品中清晰地显示出来。面对《海边的卡夫卡》的艺术世界时，人们便不乏这样地提出问题、认识问题的依据和理由。

除了已经融入到血液里的美国影响，村上作品中习惯性出现的美国文明的描写，在《海边的卡夫卡》中已然呈现出淡化的趋势。如果以之与经典之作如《挪威的森林》加以比较，则可以看出男主人公渡边喜欢的作家中，杜鲁门·卡波特、约翰·厄普代克、司各特·菲茨杰拉德和雷蒙德·钱德勒，无一不是美国现代作家，即便去读巴尔扎克、但丁、狄更斯，甚至是约瑟夫·康拉德，也绝不问津日本的高桥和巳、三岛由纪夫和大江健三郎。

对日本传统文学的冷漠，在本质上体现为对现行社会的一种抵

---

① ［日］村上春樹、河合準雄：『村上春樹、河合準雄に会いに行く』，第37—38頁。

抗。“日本的古典，和毁灭了的城市完全一样。从前人们在那里饮酒赏菊。把它吸收到今天的文艺中来，倒也不是为了别的，只因古典毕竟有它的独特之处，无非如此而已。”不仅太宰治作如是观，连川端康成也慨叹过：“使研究古典成为我们极大的喜悦和前进的力量，这个日子恐怕还是很遥远的吧。”[①]

而在《海边的卡夫卡》中，这种远离日本文学的现状，却被村上大幅度地改变了。从平安时代紫式部的《源氏物语》、18 世纪后半叶上田秋成的《雨月物语》，到 20 世纪初夏目漱石的《矿工》、《虞美人草》、《三四郎》和《心》等悉数亮相，这是《海边的卡夫卡》之前从未有过的事情。不仅如此，“悲剧之父”埃斯库罗斯、“戏剧艺术的荷马”索福克勒斯和“心理戏剧的鼻祖”欧里庇得斯等三位古希腊悲剧艺术的代表人物，也作为艺术的原型出现并受到推崇。此外，文艺复兴的大师莎士比亚、俄罗斯文学巨匠托尔斯泰，甚至包括中古阿拉伯文学名著《一千零一夜》也都依据作品内容表现的需要有所涉猎。

除了文化立场与文学思考的变化导致这种情形的发生之外，作品还触及了作家的人生经历和生存现实。应该说，这是两个一并需要加以讨论的话题。

第一，30 岁开始写小说时，村上显然是缺乏必要的创作准备的。接下来 10 年青春题材的案牍劳形，文坛的市场化要求也未能留给他太多的读书时间；如果不是一边翻译一边学习，恐怕美国现代文学也断不会成为如今的掌中之物。40 岁上，亦即进入创作的第二

---

① ［日］吉田精一著、齐干译：《现代日本文学史》，上海人民出版社 1976 年版，第 146—147 页。

阶段以后，村上才具备了休养生息的条件和可能，也正是在这一时期，他开始大量阅读日本及美国以外的文学作品。客居美国的数年间，普林斯顿大学还为他提供过品味日本现代文学的讲坛。《海边的卡夫卡》中出现的日本文学信息，首先应该是这样的营养补给的结果，这也同时意味着，美国文学已不再是村上小说唯一的源头。

第二，文学创作需要不断地更新，日本文学、世界文学的诸多领域，无疑可以成为具有开垦价值的土地。特别是对村上这样一位代表日本走向世界的作家而言，长期匮乏日本文学传统的承继，无异于丢失了重要的东西；而尽数家珍则会被视为顺理成章的事情，甚至由于“村上文本”的新鲜感而收获意外的市场效果。作为一种刻意的改变，这种努力不仅可以达到使美国文化、美国文学相对化的效果，而且也着实成为村上丰富与完善自己的新的路径。

《海边的卡夫卡》在第23章中便借大岛之口，表述了对《源氏物语》的小说精神的择取及其与主人公卡夫卡和佐伯形象塑造的思想源泉之间的关系。“平安时代，至少那时人们的内心世界里，认为人在某种场合可以生而化灵，在空间游弋并能实现自己的心愿。”作品还进一步描写道：“紫式部生活的时代，所谓活灵既是怪异现象，同时又是贴近自然的一种心态。”在涉猎光源氏的情人六条御息所致死正室葵上的情节时，“最有意味的是，六条御息所丝毫没有察觉到自身已化为活灵，噩梦醒来以后，才发现长长的黑发上沾有陌生的气味而不知所措，那是诅咒葵上时所焚线香味儿。在浑然不觉之中，她已跨越时空，穿过深层意识隧道，去了葵上的寝宫。后来六条御息所知道那是自己无意识的所为，遂出于对业障深重的惶恐而削发为尼”。

1994年旅居美国的村上春树，与同为普林斯顿大学客座教授的日本心理学家河合隼雄对话时，便涉及了《源氏物语》中的超自然性与现实关系的话题。对话双方在关于“活灵”的讨论中，就并不存在的虚构魅力是否强于现实的艺术规律问题取得了重要共识。在村上看来：“《源氏物语》具有把一个时代的风貌突兀出来的魅力，那是虚构做不到的。”①中田杀了人却可以了无血迹；田村卡夫卡没有杀人，却浑身沾满了鲜血。《海边的卡夫卡》中的这一意象，应否看作是对《源氏物语》的“活灵”说的借鉴，暂且可以不必勉强定论；但一部古典和一部现代文学之间竟会产生异曲同工之妙，毕竟是明明白白的事情。

而且，村上也是不乏时代意识与取舍思辨的，人类心理学科的最新进展，始终在他的视野之中。所以，作品中大岛才会对卡夫卡说：“所谓的怪异世界，不过是人类的内心黑暗的一种存在。19 世纪弗洛伊德和荣格的出现，使我们的深层意识中出现了分析之光。”

“《源氏物语》的思想与艺术价值是举世公认的。它从人的精神史的角度描写日本贵族社会的矛盾及其没落。它的探索人的隐微心理的写实手法具有开创性。但是，它的创作目的、创作手法乃至思想内容所表现的儒家思想影响也是显而易见的。”②除儒家思想以外，《源氏物语》的思想渊源主要是佛教。或者说，这部经典同时也是“日本化”了的佛教主张的艺术再现。“佛教的作用表现为两个方面，一方面期待现世的佛教仪式的魔幻效果，另一方面祈愿彼岸的救济可能。前者反映了摄关时代的宫廷社会承继前代的风俗化与制度化特征，后者则明显映衬出被归入《往生要集》的净土信仰的影响。”③

这些佛家的理念，之于《海边的卡夫卡》的离家出走、逃避现

① [日]村上春樹、河合準雄：『村上春樹、河合準雄に会いに行く』，第 130 頁。
② 王家骅：《儒家思想与日本文化》，浙江人民出版社 1990 年版，第 370—371 页。
③ [日]加藤周一：『日本文学史序説』(上)，第 242 頁。

实、忘却记忆的“疗愈”诉求，也无不具有师长般的资格与地位。可以看出，宗教思想在村上春树和他的小说里，实际上同样是一种无形的存在。

在现实与虚无两个不同世界中塑造人物，是村上小说的一个突出特点，而且通常是借助奇数章和偶数章的形式表现出来。自《且听风吟》和《1973年弹子球》这两部带有孪生性质的作品完成以后，这种模式便在长篇作品中出现了，而且始终没有舍弃。《寻羊冒险记》的虚幻场所是一座位于北海道的别墅；《挪威的森林》中的“阿美寮”疗养院完全是一种超现实的存在；《发条鸟年代记》的“208室”同样可以归属为一种梦境。

这些作品中的虚无世界，无不是作家依据后现代主义的文学想象或意识流动完成的。到了《海边的卡夫卡》，则实现了与日本儒家传统意识和佛教思想的接轨，《源氏物语》中的彼岸世界成为这种创作方法的依凭与归宿。这在村上迄今为止的全部创作中，有理由成为值得注意的重要动向。

为了营造《海边的卡夫卡》中的“异界”，背景设定在战国时期、由上田秋成在江户后期完成的《雨月物语》，也出现在了作品之中。这部作品是依据中国明清白话小说创作的，在日本被习惯地称为“翻案小说”。能够体味和贴近上田秋成，表明村上回归日本的步伐相当快捷。“当时的社会已经开始为停滞和鄙俗的气氛所笼罩。在这样的社会里，倔强的性格是行不通的。因此，他就由倔强而变得乖僻了。《雨月物语》就是秋成背离这个庸俗的社会，沉醉于幻想世界中而写的。”①

---

① [日]西乡信纲著、佩珊译：《日本文学史》，人民文学出版社1978年版，第213页。

在关于武家文化的表述里，除了儒家主张的做人之道以外，核心思想仍然是作品中超自然的异常。《菊花之约》是《雨月物语》中的一个短篇，那位武士的魂灵，成为村上探讨为信义、亲情和友情牺牲性命，化烟成仙的价值天平。“连中上健次等先生在创作中，也都是将《雨月物语》作为典范来对待的，原因在于其更多地考虑了故事意识。我以为较之故事的生动性，现实与非现实的接点至关重要。那是日本近代或明治以前的世界。”①

没有资料表明，村上有过宗教徒意义上的任何实践行为。“我父亲是一个虔诚的佛教徒，我则完全没有任何的宗教信仰。”②无论是对现实的厌倦，还是对彼岸的祈祷，村上都不是作为佛教信徒来传经布道。他请出日本古代文学中的佛教思想，从根本上说是在为自己的这部后现代主义小说文本平添几分殷实感。关于现代日本人与宗教的微妙关系，一位文化随笔作家曾这样调侃道：“看到报纸上卖墓地的广告，常有句‘不问宗教’，就是说，信神信鬼信上帝都走到一起来了，阴间地府全球化，说到底就是什么也不信。”③

与日本的古典文学相比，村上对近代文学的情感要相对复杂一些。总的来说，他既没有站在完全否定的立场上，又并不认为有哪部作品可以成为自己创作的蓝本。《海边的卡夫卡》中唯一出现的近代作家是夏目漱石，并且涉及了这位近代文学大师的《虞美人草》、《矿工》、《三四郎》和《心》等 4 部作品。志贺直哉、谷崎润一郎只是提到了名字而已。即便是对近代文学史上的大家，村上也完全不

① [日]河合隼雄：「境界体験を物語る——村上春樹『海辺のカフカ』を読む」，『新潮』(99) 2002 年 12 月，第 13 頁。
② 洪金珠：《村上春树的灵魂里住着中国印记》，《中国时报》1998 年 8 月 5 日。
③ 李长声：《浮世物语》，上海书店出版社 2007 年版，第 138 页。

是顶礼膜拜的模样。

《我是猫》是夏目漱石的处女作，作品借助猫的眼睛观察人世，以讽刺的笔调抨击了资产阶级的庸俗、虚荣和丑恶。猫常常以嘲笑的口吻谈起它所见到的人和事，在日本近代文学史上，还没有人能够像夏目漱石那样，如此出色地驾驭过这样的表现方法。《海边的卡夫卡》中，村上不但塑造了可以和猫进行语言交流的中田形象，而且把猫作为推进情节发展的主要道具来对待。如果说夏目漱石时代的猫想了解人和表现人，而村上春树时代的人却只能去了解猫和表现猫。

夏目漱石的猫能通过人类语言了解人，村上春树的猫却需要人能听懂猫的语言并表现猫。纵使两只猫呈现着如此不同的与人类关系的轨迹，读过夏目的村上对内中的成因却始终未置一词。这意味着作家本人，包括迄今为止的批评界，至少尚未能意识到文学史意义上的两只猫的形象的承继关系。

在大多数的文学史版本中，口碑平平甚至被忽略不计的《矿工》，成了《海边的卡夫卡》关注夏目漱石的焦点所在，这是很让人意外的。

《矿工》讲述了一个在东京读书、离家出走的学生，因为偶然原因在一个铜矿做工，历尽劳动的艰辛与沉重后重返外面的世界的故事。关于《矿工》的评价，是由田村卡夫卡借助乌鸦少年的帮助来完成的。也就是说，让一个离家出走的少年来批评自己的近代意义上的前辈形象，是村上的既定方针和卡夫卡形象塑造的必要参照。以当代作家的自信，挑战近百年前的相关题材，这似乎也无可厚非。问题在于，如果从《海边的卡夫卡》写作的关联性要求出发，《我是猫》与《矿工》委实都有入围的理由，然而二者之于夏目漱石小说的价值显然并不相同，一篇是成名之作，另一篇则名不见经传。

对《我是猫》的回避和对《矿工》的非难，不仅是对夏目漱石这位近代日本最大的作家有失尊重的问题，同时又从根本上反映了回归日本文学的途程之于村上并不是一帆风顺的。多年以来对日本文学的叛逆立场和思维惯性，在遇到具体的作家作品时，还是会或多或少地起着作用，以至于走向某种偏执。

"三四郎在故事中成长，遇见困难时总会认真思考，争取跨越过去。是这样吧？而《矿工》的主人公则截然不同，面对现实只是看个没完没了，原封不动地接受而已。"村上对夏目作品的上述认识，导致了他因对《矿工》的主人公活得十分被动、所以既不肯接受又饶有兴趣的矛盾心理。"夏目漱石没有全力张扬自我意识，他的主人公便只能在黑暗中徘徊，怎么进去又怎么出来了，这也可以看作是作家的一种草率的责任感吧。后来漱石虽然努力地做出了改变，可是无论是《矿工》，还是《虞美人草》，这种对自我的责任感仍然没有描写到位，也正是在这个意义上我喜欢《矿工》。"[①]

如果说把卡夫卡式的自我意识推向极致，是村上这一代作家可以达到的境界；那么夏目漱石的小说缺憾，则意味着近代文学显然需要等待时代前行的脚步。同样离家出走的两位主人公，在自我意识的层面和性格特点上有所不同，这是小说家的艺术表现能力的差别，同时也是客观世界的局限性所致。归根结底，问题还是在于卡夫卡的现代自我可以在怎样的程度上感动读者，而对前人的突破似乎是找不到更多的话可说。

---

① 「村上春樹ロングインタビュー: 海辺のカフカを語る」,『文學界』(57) 2003年4月，第26頁。

《海边的卡夫卡》把少年主人公带到山谷中的村落里，又让他按照佐伯“请你出去”的教示，从这个死者世界回到现实之中的努力，引来了批评界颇多的非议与责难。村上又自然有他这样做的道理，因为无论如何他不想让少年主人公毫无反抗地接受现实世界的噩梦。“年龄在15岁，意味着心在希望与绝望之间碰撞，世界在现时性与虚拟性之间游弋，身体在跳跃与沉实之间徘徊。我们既接受热切的祝福，又接受凶狠的诅咒。田村卡夫卡君不过是以极端的形式，将我们15岁时实际体验和经历过的事情作为故事承揽下来。”①

或许当文学史中下一个离家出走少年出现的时候，人们对从《矿工》到《海边的卡夫卡》的形象认识，会有更为准确同时也是更为公正的理解。

与日本文学遗产并行存在于《海边的卡夫卡》之中的，是《圣经》与希腊悲剧。对一向充斥于村上小说中的美国文学而言，俄狄浦斯情结毕竟有些遥远。然而，就作品的实际而言，欧洲文明不但登堂入室，而且大得青眼，进入了主题的框架之中，甚至并不亚于《源氏物语》的日本宗教思想的现代进程。

村上曾这样解释过自己的这种文学改变：

> 《圣经》和古希腊神话是西方文化的两大主流。在古希腊神话世界里，此界与彼界是分开的，而且界限十分清楚。思想或存在的方式如果不发生根本性的改变，是不能到另一个世界去的。日本则与古希腊完全不同，可以自然地往返于两界之间，

① [日]村上春树著、林少华译：《海边的卡夫卡·中文版序言》，上海译文出版社2003年版，第2页。

根据需要作出抉择。这种差异是耐人寻味的。①

作品实际中，俄狄浦斯情结并未被原封不动地加以使用，作家刻意作出的几处变动中，不仅留下了日本人与希腊人的神话观的区别，也把这部作品的倾向按照作家的创作意图作了调整，从而与希腊悲剧的不是人选择命运而是命运选择人的哲学理念产生了离异。留下的是卡夫卡的“只要人没有在命运的漩涡里失去自我，一切抗争就不是毫无意义”的逻辑。

俄狄浦斯是希腊神话中忒拜的国王，是国王拉伊奥斯和王后约卡斯塔的儿子，他杀死了自己的父亲并娶了自己的母亲。在俄狄浦斯的故事中，这个预言是以神谕的形式出现的，俄狄浦斯并不知情。而《海边的卡夫卡》中，杀死父亲，同母亲和姐姐交媾，是卡夫卡的父亲三番五次向他发出的诅咒，简直就是一字一字地砸进了少年的头脑之中。看上去颇具互文性的两个预言，因发出的对象不同而有了质的改变，神话特质在村上笔下被削弱了，人取代神的条件和可能却并没有得到合理的说明。

不仅如此，俄狄浦斯未能摆脱噩运，最终刺穿了自己的双眼，是符合希腊悲剧精神的。卡夫卡在知情的情况下去执着地实践父亲的诅咒，站在希腊悲剧的立场上是无法理解的。“至少，它们不能提供充足的理由说明俄狄浦斯情结，即儿童生活中俄狄浦斯悲剧的旧调重弹。正是那个赋予这个悲剧深刻而可怕含义的东西，那个使观众胆战心惊的东西将不复存在。”②

---

① 「村上春樹ロングインタビュー：海辺のカフカを語る」，第13—14頁。

② [苏]M. M. 巴赫金著、汪浩译：《弗洛伊德主义评述》，辽宁人民出版社1987年版，第123页。

弗洛伊德曾经把对俄狄浦斯神话的阐释，作为精神分析学的理论基础。这位犹太学者告别他的心理学世界的时候，村上尚未来到世间。60 余年过去了，由村上讲述的已不再是欧洲、而是日本的故事，是属于自己的希腊神话。较之经久不衰的古代神话精神，《海边的卡夫卡》的现代改变或许是乏味的；在神话中淘得为现实所必需的故事，村上的创造精神又是堪可令人首肯的。理由在于，“一方面是在无意识中走向意识的世界；另一方面是意识到自己的使命却在无意识中行动。这部小说就是在这两种对比中出色完成的”[①]。

第三节　作品评介的文化摩擦

2002 年 9 月，长篇小说《海边的卡夫卡》由新潮社出版发行。同期还建立了出版网页以配合作品的发行，为作家与读者提供一种便捷的沟通渠道。村上的艺术创造与出版社的发行助力，使这部作品也迅速进入了畅销书的行列，为寂寥的文坛又带来了一次生机，同时也引发了新一轮的村上小说热潮。据《朝日新闻》2003 年年底的统计，“《海边的卡夫卡》上下两卷共热销 58 万部”[②]。这是近年来日本文学作品销量中的一个颇为可观的数字。

《海边的卡夫卡》也很快吸引了日本以外、主要是欧美发达国家

---

① [日] 河合隼雄：「境界体験を物語る——村上春樹『海辺のカフカ』を読む」，『新潮』(99) 2002 年 12 月，第 237 頁。

② [日] 小森陽一：『村上春樹論——『海辺のカフカ』を精読する』，平凡社 2006 年版，第 9 頁。

读者的目光，成为当代日本文学走向世界的标志性作品。2005年初，美国译本发行一个月以后，即出现在《纽约时报》畅销书排行榜里，并于当年年底入选该报“2005年十佳图书”之列。《海边的卡夫卡》在海外的畅销，反映出村上所关注的日本社会精神危机的世界性意义。除了《寻羊冒险记》、《挪威的森林》以外，村上小说中还没有哪一部作品在文坛反映，尤其是海外影响力方面可以与这部作品比肩。

纵观《海边的卡夫卡》的批评文字，有两种倾向是值得注意的。第一，围绕这部作品批评界出现了两种对立意见，形成了不同的营垒，推出了各自的代表人物，学术探讨的深度和广度也均突破了当代文学批评的既有窠臼。与此同时，也有力地吸引了相关学科的目光，一批心理学者的介入也为批评范式注入了意料之外的成分。第二，随着讨论的不断深入，批评触角逐渐超越了小说本身。不同的学术见解中彰显出批评家们各自的政治立场与文化背景。

《海边的卡夫卡》实际上引发了关于社会文化的一场讨论与争执，在一部小说的流行现象之中，吸引和充填了明显的政治因素与非文学意图，这在当代的文学批评史上也是并不多见的。

持肯定意见的批评者不在少数，内中大致包括下述两种情形。一种是一般意义上的评论，总体上持肯定的立场且没有提出什么批评意见；另一种是刻意对《海边的卡夫卡》作出艺术与社会价值方面的较高定位。第一种意见中类似：“这是一部关于记忆的哲学冒险的故事，读了让人亢奋。”① “《海边的卡夫卡》是一部给人以幸福和充实感的小说。”②评论者还将村上春树与夏目漱石的作品作了比较，

① ［日］関川夏央：「書評」，『朝日新聞·夕刊』2002年9月26日。
② ［日］福田和也：「書評」，『週刊新潮』2002年9月26日。

认为夏目所描写的是胜利者的自责，而村上的视点则是离家出走的败北者。同时，还注意到“佐伯、甲村家的长子和田村浩一之间的三角关系，显然是在近亲相奸被禁的基础上完成的”[①]。

持否定意见的批评者，最初是在《周刊新潮》杂志上出现的。2002年10月18日开始的3周时间里，这本期刊连续刊登了关于《海边的卡夫卡》的评论。首先登场的川本三郎认为：“小说中人物的特权意识时隐时现令人生厌，而且这部作品中没有可以成为核心的东西。”第二周刊登的一篇化名“虫”的评论认为：“与读者的互动形式也是相当粗糙的。”最后一周收尾的齐藤美奈子认为：“为了迎合粉丝们的意愿，村上在自己的习惯世界中，保守地完成了这部作品。”

接下来不断有评论指出：“我不认为俄狄浦斯情结对作品构成有什么好处，对作品中没有一个正面描写的成人形象我感到不满。”[②]“主人公以‘脱离社会的生存方式’最后竟能迷途知返、回归现实的写法，是缺乏说服力的。”[③]“《海边的卡夫卡》是一部让读者特别是青年读者不去积极与时代的‘恶意与暴力’抗争，反而纵容他们去‘自我欺骗’的小说。”[④]

关于《海边的卡夫卡》的较有分量的研究，集中体现在意见相左的加藤典洋和小森阳一身上。“无论是小森还是加藤，都是现今村上文学研究的中坚；二者对《海边的卡夫卡》的不同评价，同时也

---

① ［日］福田和也：「現実的なもの、具体的なもの——村上春樹『海辺のカフカ』について」，『文學界』(56) 2002年11月，第200—208頁。

② ［日］坪内祐三：「書評」，『朝日新聞·朝刊』2002年10月16日。

③ ［日］宮台真司：「書評」，『朝日新聞·朝刊』2002年10月16日。

④ ［日］黒古一夫：『村上春樹——“喪失”の物語から“転換”の物語へ』，第244頁。

表明了这部小说的多重所指。”①

加藤典洋是早稻田大学教授。作为批评家，除社会学领域外，其成果集中在村上春树研究中。他本人先后完成了两部《村上春树论集》，同时还把 31 名学者召集在旗下，编著了两本《村上春树黄皮书》。从而确立了自己在村上春树研究领域的一席之地。加藤的关于《海边的卡夫卡》主要观点来自《村上春树论集 2》中的《〈海边的卡夫卡〉和“换喻的世界”》;《村上春树黄皮书·2》中的《〈海边的卡夫卡〉——心灵暗处的冥冥世界》。总体上认为《海边的卡夫卡》是一部“将当今日本社会中的困惑、恐惧与不安准确地传递给世界”的不朽之作。②概括起来，加藤典洋的主要建树可细数如下：

第一，这是一部打破传统文本论的小说。在‘虚构语言’理念的驱使下，作者注重的是作品外部普遍存在的现实，直接回避了人物对这种现实的判断和表述。从而在语言文字的符号意义与内容之间，寻求某种非对应性的效果，致力于将虚幻变成现实。在这个意义上，这部作品讲述了“失去现实的唯一性的多重人格的少年，复又回归现实之中的故事”③。

第二，就作品少年主人公的形象发出了一家之言，认为这个多重人格的少年，首先是作为田村浩一的儿子的“田村少年”，这是形象意义的基本所在。其次，是少年的人格守护神“乌鸦少年”，这是形象意义的背景所在。在“乌鸦少年”的保护下重生的“田村卡夫

① [日]田中励儀:「海辺のカフカ」，村上春樹研究会编:『村上春樹作品研究事典（増補版)』，鼎書房 2007 年版，第 257 頁。

② 『日本経済新聞』2006 年 1 月 5 日。

③ [日]加藤典洋:「『海辺のカフカ』と“換喩的な世界”」，『村上春樹論集』(2)，第 307 頁。

卡”，则是少年形象的综合所在。无论是否亲手杀害了自己的父亲，都是少年形象的无意识行为。如果他放弃了自我意志，也便意味着回到了曾经被别人抛弃的过去。加藤把这种形象分析方法，归结为一种“人的存在理论”[①]。

关于《海边的卡夫卡》的诸多评论中，还应说及的是以河合隼雄为代表的心理学界的介入。河合在《讲述异界经历的故事——解读村上春树的〈海边的卡夫卡〉》一文中，盛赞“这是一部非常伟大的物语小说”[②]，从精神分析学的角度，对作品的形象内涵作出了一些颇有新意的理解，从而把作品看成是少年主人公和全体日本人的“成人仪式”。在河合以后，木部则雄又发表了《〈海边的卡夫卡〉的精神分析》[③]；横山博发表了《〈海边的卡夫卡〉中的近亲相奸和解离性人格障碍》[④]；田中雅氏发表了《内部和外部的重叠选择》[⑤]。上述批评以各自的心理学视角，汇聚为一道关于这部作品的独特的风景线。

小森阳一在历时两年完成的十数万言的《村上春树论——精读〈海边的卡夫卡〉》一书中，依据西方的叙事理论，以严谨的文本解读的小说阐释方法，揭示了村上的话语结构中所隐含的病态的故事

① [日]加藤典洋:「心の闇の冥界“リンボ”めぐり——『海辺のカフカ』」,『村上春樹·イエローページ』(2)，第180頁。

② [日]河合隼雄:「境界体験を物語る——村上春樹『海辺のカフカ』を読む」,『新潮』(99) 2002年12月，第234頁。

③ [日]木部則雄:「精神分析的解題による『海辺のカフカ』」,『白百合女子大学研究紀要』(39) 2003年12月，第103-123頁。

④ [日]横山博:「村上春樹『海辺のカフカ』における近親相奸と解離」,『甲南大学紀要·文学編』(132) 2004年3月，第175—195頁。

⑤ 参见[日]田中雅史:「内部と外部を重ねる選択——村上春樹『海辺のカフカ』に見られる自己愛的イメージと退行的倫理」,『甲南大学紀要·文学編』(143) 2006年3月，第21—71頁。

策略，从而全面地否定了这部作品。小森的主要观点是：

第一，这并不仅仅是一部单纯描写一个15岁少年成长经历的作品，在某种含义上，它已经构成了一个关于战后日本国家历史的影射和寓言。“田中这一出场人物的设定，使‘战争’与战后日本的历史总体在小说《海边的卡夫卡》中成为‘空壳’，成为从‘战争’到战败、直至战后日本社会的‘一本书也没有的图书馆’。”①从而以“无奈之举”的话语体系，表达了“拒认历史、否定历史、割断记忆的不寻常的恶意”②。村上的“媚俗”在于满足“一种在日本已经社会化和大众化的无意识的欲望，以及一个作家与此相迎合的具有危险性的文学转向”③。

小森还特别指出，作品是在某种难以割裂的历史语境下被阅读和阐释的，强烈的自我中心主义宿命观也未能受到冲击。

第二，他认为河合隼雄与加藤典洋对村上春树的支持与肯定，是流行文学现象中文学、政治、医学诸领域的一种合谋。20世纪90年代中期，村上与河合就“物语对人的疗愈”曾两度对话，小森认为那以后村上“更加有意识地将小说写作沿着深层介入读者心理的方向作出了调整”④。河合于2002年后出任日本文化厅长官，并在4年的任期里强化性疏导义务教育中个人与国家的一体关系，导演了国家意识形态在日本教育领域的重新复归。

看似折中的加藤典洋曾在战后50年之际发表《败战后论》，主张为了向整个亚洲的战争被害者表示哀悼和谢罪，日本人需要先哀

---

① 参见[日]小森陽一：『村上春樹論——「海辺のカフカ」を精読する』。
② 同上。
③ 同上。
④ 同上。

悼日本自己的战死者，以张扬日本的“国民主体”。这样，小森便借作家作品的评论，披露了文化立场迥异的知识分子的对峙。

有人认为，小森的批评“增加了对正义的支持”[①]；也有人认为：“村上本意是不描写战争的，反倒唤醒了读者的想象力，只好被迫对历史认识负责，这是一种‘新读者生成论’。”[②]

---

① 参见［日］深津謙一郎：「『書評』：小森陽一著『村上春樹論』」，『日本文学』(12) 2006 年 12 月。

② 参见［日］橋本勝也：「具体的な指触り」，『群像』(62) 2007 年 6 月，第 150—167 頁。

第八章　文学史意义的地震灾难讲述

第一节　感受《神的孩子都跳舞》

地震灾害对人类的重创，无疑是整体意义上的。日本则以地震重灾区广为人知，3 级以上的晃动每天都在发生。

1995 年 1 月 17 日（星期二）5 时 46 分，日本兵库县淡路岛北部发生了 7.3 级强烈地震，这场灾难在日本被称为“关西大地震”或“阪神淡路大地震”，是继 1923 年 9 月 1 日（星期六）11 时 58 分在东京发生的“关东大地震”之后，70 余年间地震对日本最严重的侵袭。

截至 2005 年 12 月 22 日，地震计导致 6434 人死亡，43792 人受伤，损坏和损毁房屋 249180 栋。灾难给日本人民造成的极大的心理伤害，显然是无法用数字来统计的。十多年过去了，尽管震中神户经过重建已成为西日本最具魅力的都市之一，然而“黑色地带”的惨状，却依然残存在日本国民的心中。

1999 年 8 月至 12 月，亦即阪神大地震发生的 4 年以后，村上春树在《新潮》杂志上以《地震之后》的总标题，先后发表了《UFO 降落在钏路》、《有熨斗的风景》、《神的孩子都跳舞》、《泰国之旅》和《青蛙君救东京》等 5 个题材既统一又各自独立的短篇小说，主要讲述了阪神大地震发生 1 个月后，不同地域发生的故事。2000 年 2 月，更以其中的第 3 个短篇为题，出版了短篇小说集《神的孩子都跳舞》，并且在结集时添加了同期完成而在连载过程中却未曾出现的第 6 个短篇《蜂蜜派》。

村上春树的地震题材短篇小说问世以后，日本的文学批评界作出了迅速的反应。2000 年 3 月 *Eureka* 杂志即在《解读村上春树》特别增刊上发表了明治大学教授堀江敏幸的《已经无法和神通电话》。至 2008 年 3 月《东洋大学人间科学综合研究所纪要》第 8 期上田边章的《杰克·伦敦的〈篝火〉与村上春树的〈有熨斗的风景〉》为止，已有 20 篇上下的学术成果发表。其中尚未包括此间出版的专著对《神的孩子都跳舞》的研究。如加藤典洋的《村上春树的黄皮书·2》，2004 年由荒地出版社出版推出，其中第 4 章便是《地震和父亲的身影——〈神的孩子都跳舞〉》；黑古一夫的《村上春树——转换中的“迷失”》，2007 年由勉诚出版社出版发行，其中第 10 章第 3 节便是《阪神大地震与〈神的孩子都跳舞〉》，等等；这一过程目前仍在持续之中。

2002 年，上海世纪出版集团即译介发行了这个短篇集（题为《神的孩子全跳舞》，译者林少华）。几乎是同时，由哈佛大学的学者杰·鲁宾完成的英译单行本《地震之后》也在美国发行了。“9·11”事件之后的美国的读者，普遍评价村上春树的这部作品是“来自恐怖之后的文学”[①]。然而，中国读者那里却反响平平。迄今为止的中国文学批评界，甚至对作为小说家的村上春树的地震灾难的理解和讲述方式，并未给予过认真的解读。从而使得村上春树地震题材的文学价值与艺术内涵，以及这些作品之于日本人灾后生活的现实意义，一直受到不应有的忽略。

自古以来，日本便是一个饱受地震灾难之苦的国家，文学家们

---

① ［日］村上春樹：『村上春樹全作品 1990—2000·解題』(3)，講談社 2003 年版，第 275 頁。

当然不会无视这一题材的创作。从鸭长明的《方丈记》开始，元历二年的震灾便已然进入了文学家的视野。[①]久远的话题无须赘述，翻开近代以来日本文学的历史，可以发现地震、特别是毁灭性震灾所引发的文学反馈，不但是构建文学史内容的重要因素，而且在一定程度上决定着其发生发展的轨迹。

> 明治以来的日本文学，如果大体上可以分为近代文学和现代文学两个部分的话，我以为关东大地震就是它的分水岭。震灾使明治以后文明开化的中心东京灰飞烟灭，同时导致了繁花似锦的大正文坛一片凋零。地震前后大正文坛固有的氛围发生了根本性的逆转，印刷机构基本被毁，从《白桦》发端，多数刊物停刊，出版社被迫纷纷解体。支撑大正文学的社会基础整体瓦解了，毫无疑问对文人的打击也是前所未有的。[②]

关东大地震以后，最先关注并表现地震灾难的并不是新闻记者，而是作家谷崎润一郎。当时谷崎亲历了箱根被毁灭的一幕，劫后余生的 4 天以后即移居大阪避难并发表了纪实性文字《箱根的毁灭与生还的奇迹》。十几天以后，坪内逍遥在《东京朝日新闻》上发表了《大震灾有感》。接着，里见弴、菊池宽等有影响力的作家也先后有文章发出。[③]被《读卖新闻》称为“震火中诞生的第一个

---

① [日]山田潤治：「『神の子どもたちはみな踊る』村上春樹——“よのつねならぬ”小説」，『文學界』（5）2000 年 5 月，第 262 頁。

② [日]浦西和彦：「関東大震災と文学」，『國文學：解釈と教材の研究 34（4）』1989 年 3 月，第 94—96 頁。

③ [日]里見：「珠は砕けず」，『時事新報』1923 年 9 月 28 日。[日]菊池：「災後雑感」，「中央公論・特集・前古未曾有の大震・大火惨害記録」1923 年 10 月号。

单行本”的《实地踏查：大震大火的东京》的出现，则是震后20余天的事情了。①

尽管如此，由于小山内熏、室生犀星、江口涣和金子洋文等大批知名作家纷纷迁出东京，整架文学机器其时在灾难的重击下已处于半瘫痪状态。佐藤春夫在谈及震灾过后次年的文学状况时，便曾尖锐指出：“久负盛名的菊池、芥川和久米，现在不但写作的量锐减，质也大不如从前。而且这种情形，绝不止于他们三位，里见、宇野、葛西、谷崎、久保田、志贺等大多数的作家无不如此。诸君都处于半停产状态。”②

日本迄今没有一部地震文学史，学术界一直也不肯使用“地震文学”的评论概念。佐藤春夫的所见，应该是这种现实形成的原因之一。

这一时期留下的与地震相关的作品，往往直面地震灾难的真实感受，实际上完成的是大地的颤抖过程、人类的恐惧与悲鸣、生命和财产瞬间消失的血腥文字记录。不仅如此，“这种惨状不应该让新闻记者用随意性的文字来记述，而文学语言的表现能力无疑要远胜于新闻语言。如果作家中没有人用精准的文字来勾描地震画面，我以为这是生机盎然的文坛的一种耻辱”③。

可见，是当时的文坛理念与美学主张，导致了传统的地震题材创作基本上是一种纪实文学的现实。而诸多作家的消极面对或不在状态，也正是噩梦的不堪回首和执笔者无力自拔的双重压力的必然

---

① 『読売新聞』1923年9月29日。

② ［日］佐藤春夫：『千載一遇の秋』(4)。转引自槌田満文：「関東大震災と文学者——地震ショックと罹災体験の記録」，『武蔵野女子大学紀要』(总第27期)1992年，第81頁。

③ ［日］浦西和彦：「関東大震災と文学」，『國文學：解釈と教材の研究34（4)》1989年3月，第94—96頁。

结果。

关东大地震的天灾发生不久，东京又发生了屠杀朝鲜人事件、“甘粕事件”和“龟户事件”等一系列人为的灾难[①]，无数的死难者未能唤回人们的良知和对生命的尊重，自然灾害演变为接踵而至的社会事件，致使饱受震灾的东京雪上加霜。“在此我们也该想起1920年代后半期的‘圆本热’是以关东大地震期间对朝鲜人大开杀戒的东京为中心展开的。当时是以会不会说‘日语’去识别屠杀对象的。”[②]然而，当时日本国家主义甚嚣尘上的国情以及这一背景之下知识界的暧昧立场，决定了文学界无力对这些事件作出更多的回应。而且迄今为止，也主要是进入了日本近代思想史、日本近现代史学者的视野。

不仅如此，70余年之后的文学界对阪神大地震的关注方式本身，也颇多值得商榷之处，这主要表现为作家们对侦探小说、恐怖小说和科幻小说创作的商业化思考和追求。“以神户震灾为题材的小说，在《神的孩子都跳舞》之前便出现过，然而大都在‘文学’之外，笹健二的《黎明的噩梦》便是其一。这部作品1997年出版并获第8届‘鲇川哲也’奖。小说的最大特点是对震中神户的‘死’的描写，突兀了数千人在地震中丧失生命的场面，并且把这种场面与密室杀

---

① 关东大地震发生以后，东京谣言四起，一片混乱。军警当局诬指社会主义者和滞日朝鲜侨民纵火、投毒，授意右翼团体自警团恣意刑讯、屠杀。被害滞日朝鲜人达2613人，旅日华侨也有近200人失踪；9月4日南葛工会领导人川合义虎等被捕，在龟户警察署惨遭杀害；16日著名社会活动家大杉荣夫妇被宪兵大尉甘粕正彦杀害。日本军警当局借震灾闹人祸，致使当时的东京成为“人间地狱”的代名词。

② [日]小森阳一著，陈多友译：《日本近代国语批判》，吉林人民出版社2003年版，第298—299页。

人的暴力联系在一起，实际上是一部以地震为背景的侦探小说。”[①]

有鉴于此，村上春树显然没有可能成为地震小说题材创作的始作俑者，抑或是最后的斗士。没有资料表明，村上春树在进入地震题材小说创作之前，对日本的地震与文学的历史进行过怎样程度的考察；然而，同样无法给出的结论是，村上春树的地震题材小说创作是空旷原野上发出唯一的呐喊。

从阪神大地震的发生到《神的孩子都跳舞》的完成，其间有将近4年的时间。而况这期间地震灾难的凄惨景象不时在眼前萦绕，应该有一种力量堪可使得村上把这种创作冲动暂时搁置起来。而且这个并不亚于阪神大地震的精神存在，不仅占据着他的思考，与地震题材写作之间也势必有着无法割舍的联系。

实际上的情形是，阪神大地震发生的两个月以后，1995年3月20日东京又遭受了日本有史以来最严重的恐怖袭击。在早间交通高峰时段，奥姆真理教恐怖组织成员在地铁中释放沙林毒气，将5000人置于致命气体的包围之中。沙林的毒性是氰化物气体的20倍，医院对于如此大规模的紧急情况缺乏准备，也拿不出有效的应对措施。这次恐怖事件导致12人死亡，3000多人受伤，许多人至今依然受到毒气事件带来的后遗症的影响。

历史常常会有惊人的相似。当这样的情形横亘在一位真正意义上的日本作家面前的时候，村上春树的选择当然不会是简单的重复。这样说的理由在于，阪神大地震发生时村上正在美国马萨诸塞州东北部的学园都市剑桥蛰居，他通过电视画面目睹了震后在烈焰中煎熬的神户的惨状。3月临时返回日本之际，偏偏又逢东京地铁沙林毒

---

① ［日］大塚英志：『サブカルチャー文学論』，朝日新聞社2007年版，第461頁。

气事件的发生。村上春树的思考在激变与升华，从自然的灾难到对人类精神危机的关注，被迅速提升到这位作家的日程上来。村上春树不但没有在震灾面前倒下，反而在回到日本以后将手中的笔握得更紧了。在接连出现的天灾和人祸之间，村上能动地将二者联系起来加以认识，而且对后者的关注丝毫不亚于前者。这也是这位作家有别于他的先行者们的地方。

沙林毒气事件发生的次年，村上总计采访受害者 62 位，平均每 5 天一位；并在事件发生两周年之际，杀青了以东京地铁沙林毒气事件为题材的长篇纪实文学《地下》，由讲谈社出版发行；1998 年意犹未尽的村上，接着完成了《地下》的续集《约定的场所》，由文艺春秋社出版发行。

《地下》的问世，成为村上春树从流行小说家向国民作家转变的重要标志。从日常生活题材向社会重大事件的过渡，显然不应该仅仅理解为村上小说文本的一种外化体现，同时也是内在本质的某种变革与演进。这种情形，不但成为背景与铺垫，并且决定与影响着这部作品的总体倾向，包括讲述方式与艺术处理的若干环节。

作家本人在作品问世几年以后，曾这样诠释道：

> 泡沫经济崩溃以后，巨大的地震摧毁了城市，宗教团体的惨绝人寰的杀戮行为，使得辉煌一时的战后神话，伴随着巨大的声响次第倒塌。应该去哪里寻求新的价值，无疑只能寄希望"我们"自身。我们必须继续讲述自己的故事，并且小心翼翼地保留和张扬'伦理道德'。这就是我想要写的东西，当然不是随便聊聊而已，我大体上就是以这种心境进行小说创作的。如果没有《地下》，我也许便不会有这么强烈的感受。因此《地下》

> 对我来说是一个路碑，而《神的孩子都跳舞》则是超越这个路碑后迈出的新的一步。[①]

显而易见，《神的孩子都跳舞》在日本近现代文学的历史上，不应该被视为一个孤立的甚或是平庸的存在，它凝聚了从大正到平成文学的诸多变迁与历史内涵，为批评界留下了审视的新天地。与此同时，由于它承载了作家对人生意义的集中思考，不乏艺术表现领域里的个性化与创造精神，委实有理由成为解读小说家村上创作历程的重要环节。

第二节　灾难认识与形象意蕴

村上春树 1997 年 5 月回到故乡神户时，阪神大地震和东京地铁沙林毒气事件都已过去两年略余。“我独自走在从西宫到神户的路上，一边在震后的暗影中默默地、持续地思考着这个选题。‘地铁沙林毒气事件究竟意味着什么’，或者反过来讲‘阪神大地震究竟意味着什么’。显而易见，这两个事件并不是孤立存在的；如果回答了其中一个问题，另一个问题肯定便会迎刃而解。”[②]

《地震之后》虽然是以连载的形式在《新潮》上发表，但是为了防止在创作过程中出现情感的中断或思绪的不集中，不习惯连载方式的村上，实际上一鼓作气完成了除《蜂蜜派》之外的 5 个短篇。

---

① ［日］村上春樹：『村上春樹全作品 1990—2000・解題』(3)，第 275 頁。

② ［日］村上春樹：『辺境・近境』，第 239—240 頁。

从 1999 年 7 月起，他大体上用了将近两个月的时间，先后塑造了《UFO 降落在钏路》中的小村、《有熨斗的风景》中的顺子、《神的孩子都跳舞》中的善也、《泰国之旅》中的皋月和《青蛙君救东京》中的片桐等 5 个主人公形象。只有最后一个短篇《蜂蜜派》的主人公淳平，是 2000 年初为《神的孩子都跳舞》为名的短篇集的发行而增补的。

“村上春树的短篇集《神的孩子都跳舞》的出版，是作家 2000 年的出发点；同时也是 20 世纪末的最后的作品。”①以阪神大地震为背景，6 位小说的主人公被作家以电影艺术的平行蒙太奇手法同时推出，并且留下了 1995 年 2 月各自的命运轨迹。在这些轨迹的延长线上，是一个月以后东京地铁沙林毒气事件的发生。上述形象在日本近代以降的地震小说的人物谱系中，不仅是有血有肉的，而且是独一无二的。在村上春树的小说人物的长廊里，既是似曾相识的新面孔，又是特定环境中的“这一个”。

最先出场的小村，是东京秋叶原一间老字号音响器材商店的营销员。妻子在地震发生的 5 天以后离家出走，日常的家庭生活实际上因此而崩溃。绝望中的小村来到北海道的钏路市，听说了在目睹飞碟的降落的一个星期以后，抛下丈夫和孩子一去不返的佐伯太太的事情，UFO 的降落给人们带来的是对生活的重新审视。这是村上提供的自然或其他灾害的突发，给人类社会的基本结构家庭带来的不安和蜕变的第一幅画面。

第二个故事借茨城县鹿岛滩海边深夜的一堆燃烧的篝火，摇曳出

① ［日］鈴村和成：「村上作品の最近の黙示録的語調について」，『ユリイカ·総特集·村上春樹を読む』2000 年 3 月，第 50 頁。

从东京来到这里落脚的顺子的人生。关注的是她平淡的生活中空虚、失落和绝望的情绪，如何因地震的发生而聚合、起伏与激化，最终由于找不到归宿致使顺子成为实际上的一具“空壳”。这一切，都被作家了然无痕地镶嵌在来自神户的画家三宅的有熨斗的风景画中。

善也所标示的第三个视角，是地震与宗教关系的理解。这个“神的孩子”的出现只能用天意来解释，由于从小和母亲相依为命，长大以后仍然不知道谁是自己的生身父亲。地震发生以后，母亲作为志愿者去了神户，每天为劫后余生的人们分发生活必需品；而在东京的一家出版社工作的善也为寻找生父，却来到一个黑暗中的棒球场翩翩起舞。生父的悬念使善也的人生不能不与宗教若即若离，他的寻找人生意义的自我救赎神差鬼使，意味深长。

故事之四关注的是因无法忍受丈夫的酗酒与外遇而离婚的中年女医生皋月，地震以后在曼谷参加学术会议时，燃起长达 30 年之久的、曾经被继父凌辱的仇恨之火，诅咒他在地震中痛苦不堪地死去的报复心态。伤害使人类互相仇视，震灾纳入了因果报应的纠缠之中。泰国女巫的善良说教，应该同时是作家开出的一剂疗救药方。

第五个故事是一则寓言，邪恶的蚯蚓企图用比阪神惨剧更甚的地震毁灭东京，并把 15 万条生命投入地狱。片桐在梦境中目睹了善良的青蛙以遍体鳞伤的代价战胜蚯蚓，使东京避免了一场劫难。显然是在象征艺术的画面中，发出的对人类生存现实的某种警示和预测。

最后登场的淳平是位小说家，青梅竹马的小夜子嫁给了好友高枧，在并不如意的婚后生活中做了母亲。地震给了一往情深的淳平超越自我的力量，他最终毅然接纳了小夜子母女。这正如作品所描述的那样：“那场巨大而致命的灾难使他的生活发生了静静的，然而不是来自脚下的变化。”

上述形象构成了“20世纪90年代中期日本人的一幅阴郁的全景图”①。小村的生活变迁，被置于北海道的钏路市；顺子的舞台是关东东北部的一片海滩；善也的寻找生父、青蛙君的拯救计划、淳平的人生感悟都发生在东京都内；皋月则走出了日本列岛，在地处东南亚的曼谷经历了一次灵魂的洗礼。人物的场景，全部被设定在远离阪神大地震震中的神户。这显然意味着村上春树的地震灾难讲述，重点在于关注震灾对于整个日本人生活的波及与重创。

震中神户数千人丧生、数万人伤残的悲剧在作品中几乎看不到正面描写，艺术上简约到了极致。而这样的事件对活下来的人们意味着什么，在地震发生以后、下一次灾难来临之前却得到了全力的突现。再现了物我一体的自然观，如何铸就了日本文化的“无常观”与强烈的危机感，并由此构成了灾后日本人日常生活的一条条特殊的纹理。“这六部作品中无论是哪一部描写的都是阪神大地震发生后，人们内心世界发生的变化。”②

对于村上春树这种独特的地震灾难讲述方式，日本学术界的反应不尽一致，应该说这也是很自然的事情。只是那种有干涉作家写作自由之嫌的意见，无疑是需要商榷的。“作家所关注的焦点，集中在震灾的非直接受害者对该事件的接受方式上。总之，村上春树虽然以《地震之后》这一标题，明示了‘阪神淡路大地震’之后的事情这一表现范畴，但却并没有直面那些受灾者，对震灾进行正面描写，而是采取了挖掘那些既非居住在灾区、也非直接受灾人群的一

① [美]ジェイ・ルービン著、畔柳和代訳:『ハルキ・ムラカミと言葉の音楽』,第308頁。

② [日]河合恒:「村上春樹『神の子どもたちはみな踊る』論——世界と共振する“踊り”」,『國學院雜誌』(6) 2006年6月，第15—26頁。

般人心理的‘偏离’式的方法，来展现地震所带来的‘暴力’问题。村上春树的‘局限性’，正在于他所采取的这种‘偏离’式方法的不彻底性上。”[①]

写什么与怎么写是作家的权利的评论理念，是鲁迅先生所处的时代即已形成的共识。作家所能够做到的，不过是“揭出病苦，引起疗救的注意”[②]。如果认为小说创作必须像医生一样为社会开出药方，否则便武断地认为“村上春树的文学及其创作方法由‘超然’到‘参与’，只不过是一次半途而废的转型而已”[③]，无疑只能将其视为一种违背文学批评的常识与规律的一种存在。理由在于“把人们本来熟悉的、司空见惯的东西植入一个新的、陌生的环境中来考察，进而使人们得到一种不同寻常的、新的感受”[④]，这也是什克洛夫斯基的“反常化”理论的核心内容。

小村、顺子、善也、皋月、片桐和淳平与村上小说形象谱系中的“我”、“鼠”一样，都是一些来去匆匆的普通人，也便是形象批评意义上的“村上式的小人物”。按照日本的习俗，这些人物的姓名是缺乏完整性的。小村无名，顺子无姓，善也、皋月、片桐和淳平的名字，也完全可以理解为一种称谓的代号。“就像开篇时引用的《疯狂的皮埃罗》中的对白‘那些无名的亡灵叫人不寒而栗’一样，电影没有使用真正意义上的名字。可是如果以‘佐藤’、‘铃木’、‘中村’随意给115个亡魂命名的话，实际上也便无异于没有名字。而《神的孩子都跳舞》中的六个短篇的主人公命名的恣意性，正是

---

① [日]黒古一夫:『村上春樹——“喪失”の物語から“転換”の物語へ』,第232頁。
② 鲁迅:《南腔北调集·我怎么做起小说来》，人民文学出版社1980年版。
③ [日]黒古一夫:『村上春樹——“喪失”の物語から“転換”の物語へ』,第232頁。
④ 董学文编:《西方文学理论史》，北京大学出版社2005年版，第267页。

这六个平凡故事的艺术创作的投影，以此去意会阪神大地震中的大量死者，这就是村上使用的表述方式。”①

“铃村和成在评论《UFO降落在钏路》时指出，人们已经熟悉了村上小说中的妻子或女朋友失踪的故事情节，在小说的开头便出现了。像这样的开头在村上的小说中可以找到很多，同样的方法被重复使用，我们只能认为这是村上在刻意地墨守成规。”②这也是一种关于作品情节的误读倾向。

实际上，村上的艺术良苦或者说讲述方式的现代性，自始至终隐含在平静与凝重之中，勾描的是一种与大灾之后人们的寻常生活场景十分吻合的画面。然而，女主人公们离家出走的动因既不相同，艺术寄托也自然会相去甚远。如果没有阪神地震的发生，小村妻子的突发性行为便会失去客观依凭，只有在这个意义上，这个形象才会具备重复别人的可能。而作家“刻意”为之的细节描写则是，一动不动地在电视机前度过了5天时光以后，她从神户的地震画面中走出家庭并决定从此不再回来。

《地震之后》作为最初的总标题，同时也是对小说艺术的相对规定性的提示。当无聊、空虚的生存现实受到地震的触动而爆发时，感受危机、揭示危机、战胜危机由是成为作家关注人类生存与发展的重大主题。“在我看来，1995年年初发生的这两件大事，改变了战后日本历史的潮流，或者说表明了日本历史的强烈转换。这两个事件都充分的说明，我们所生存的世界事实上早已经不是那么坚实和安全。”③

---

① ［日］風丸良彦：『村上春樹短編再読』，みすず書房2007年版，第173—174頁。

② ［日］平野芳信：「村上春樹連作短篇集『神の子どもたちはみな踊る』論繰り返しに身を委ねて」，『山口国文』(第28期) 2005年3月，第16頁。

③ ［日］村上春樹：『村上春樹全作品1990—2000・解題』(3)，第269頁。

这样看来，作家所讲述的6个故事中，小村和顺子、三宅是不幸的；善也在黑暗中徘徊；从皋月开始，宽容他人的亮色出现了；接下来青蛙君拯救了东京；最后是淳平决定向小夜子求婚，并且运用了童话的结尾方法，和世界达成了某种和解。作品以一条上扬的曲线，在抑郁的现实画面中表现了积极向上的艺术倾向。

"我的小说，基本上是一个疑问以别一形式变成另一个相同的疑问。"[①]揭示人类精神危机并试图给出战胜危机的答案，之于村上而言不啻是一场炼狱。村上春树的地震灾难讲述，意在为那些所幸并没有遭受肉体伤害的人们扫清心灵的巨大暗影。所以作品的开篇便引用了《恶魔》中的对话"发生了发生的事情"、"非常无情、非常残酷"和电影《狂人皮埃罗》中的对白"那些无名的亡灵叫人不寒而栗"。尽管是站在了陀思妥耶夫斯基和戈达尔的肩膀上，村上还是无法绕开神与自然的关系的难点，回答究竟是大自然的规律、还是冥冥之中同时存有其他力量在操持着生灵的命运。

"宗教之于现代日本人，正处在无宗教的混乱和在无意识状态下走向邪教的两个极端上。"[②]正是在这个意义上，善也承载着作家思考的艰辛与形象塑造的特色。

可以认为，从《地震之后》到《神的孩子都跳舞》，除了文学性的考虑以外，主要动因是为善也打开探索宗教思想的大门。其实，这种努力和探索在村上的小说创作中，并不是自善也开始的。《寻羊冒险记》中的具有超凡能力的"先生"，《舞！舞！舞！》中的"雪"

① [日]村上春樹：『村上春樹全作品1990—2000・解題』(3)，第273頁。

② [日]中条省平：「仮性文藝時評（30)：経済の失速で自信喪失に陥り、"癒し"を希求する日本人。竹下節子『カルトか宗教か』は、そこにつけこむカルトの罠を暴く。こうした精神風土と、村上春樹の『神の子どもたちはみな踊る』の関係」,『論座』(60)，朝日新聞社2000年版，第300頁。

以及《发条鸟年代记》中的加纳马尔塔和克雷塔姐妹，都是有算命或预言本事的半仙之体。“这部小说并不是针对新宗教的恐怖事件的批判。作家试图在这个‘神’的概念业已淡化的现代社会中，摸索出关于神的正确思考方法。”①

善也是终生未婚的母亲年轻时浪漫的结果。母亲的恋人是个精通避孕的妇产科医生，作为专家他的避孕措施无可挑剔，可是善也还是不可思议地出现了。生父拒不承认善也是自己的孩子，母亲因此离这个男人而去并且让这个小生命来到世间，作为神的使者长到了 25 岁。

善也与宗教的关系是日本人的宗教信仰的一个缩影，既非漠然，亦非虔诚，微妙而模糊。神祇曾走入并主宰过他童年的生活，13 岁上初谙世事以后，父亲从未出现的绝情与冷酷，使他不仅对神的存在产生了怀疑，而且向“人无不是神的孩子”的宗教理念发出了挑战，结果导致他彻底抛弃了自己的宗教信仰。这意味着在基本的生存理念方面，他不但背离了因走投无路而皈依宗教的母亲，而且也远离了作为配角出现的、最先将他定位为“天上那位的孩子”的田端。自打 17 岁时从母亲那里得知自己的出生背景以后，寻找生父之于善也不过是迟早迟晚的事情而已。

善也在地震以后去了却自己的这桩心愿，应该说并不是人物性格发展的必然逻辑。作家的偶然设定里至少包括了下述的两层寓意：

第一，没有耳垂等于少了半只耳朵的看似父亲的人，不但在肉体上是不完整的，在道德领域也无疑是有缺陷的。诀别了作为神的

① ［日］村上靖彦：「行為の論理——村上春樹『神様の子どもたちはみな踊る』と物語の現象学」，『日本大学国際関係学部研究年報』(29) 2008 年，第 10 頁。

父亲，奔向并不完美的生身之父，这样的不幸又不仅出现在善也身上。岛尾7岁时，父亲与小姨子私奔；顺子因为父女关系不睦而远走他乡；皋月少女时代遭到过继父的侮辱；片桐替父母照顾弟弟妹妹，是长兄又是代理父亲；沙罗的父亲高枧因为外遇而抛妻弃子。尽管生存是硬道理，然而出现在《神的孩子都跳舞》中的6位父亲，显然无不是加剧人生的苦楚与复杂的存在。有学者也据此认为："透过心灵的裂痕，我们可以看到以'父亲的影子'为主题的新发现。"①

第二，有意识地在地震发生之后诠释宿命意识，不但可以将艺术的触觉延伸到人类心灵的隐秘之处，而且可以借此为善也的操行提供可能的暗示。善也跟着看似父亲的人走入一个没有人的气息的梦境，随着那人的脚步声的消失而在棒球场上翩翩起舞，最后从拦路的铁丝网的窟窿中找到了归路。现实是如此残酷，并不如意又必须面对，去吞咽善恶转换的伦理观念。舞动在本质上是一种发泄，是与命运的抗衡，是走投无路时对于人本位的皈依。在不停地舞动过程中，善也感到了自然与世界律动的和谐统一，作为生命体器官的感觉失而复得，他挣扎着接受了漆黑而又有些荒诞的现实，对生命意义的求索也因此而完成。

"这个棒球场形似母亲的子宫，善也追随父亲的路径就像通过产道一样，所以实际上是回到了自己最初的胎育的场所，最终以他对神的不满而结尾。"②这是日本学术界对《神的孩子都跳舞》的一段饶有特点的文字。看来，人们的文学感悟方式虽不尽相同，对形象

---

① [日]加藤典洋：『イエローページ（2）村上春樹』，第117頁。

② 同上书，第124页。

意蕴的体味还是颇有共鸣的。由“父亲的影子”联想到“母亲的子宫”，或许这也正是村上的本意。

第三节　短篇小说的风格问题

1993年10月轰动美国的*Short Cuts*（中文译名《浮世男女》），作为一部当代题材的影片，表现了地震发生前意味绵长的日常生活。这部影片便是导演罗伯特·奥特曼以卡弗的10余个短篇小说为素材创作的。当时客居美国的村上，以卡弗作品的日文译者的身份，曾参加了这部影片的试映会。①

奥特曼精选卡弗小说中的简单片断，通过对家庭、性和死等几个人生范畴的关注，把小丑、女招待、飞行员、巡警和爵士歌手等小人物嵌入了一幅全景式连环画中，用隐喻的手法企及了电影艺术的复杂化。这对6年以后执笔《神的孩子都跳舞》的村上的影响是不言而喻的，甚至在一定意义上框定了作品日常性的艺术风格。所不同的是，电影的情节都是与地震无关的独立存在，而村上作品中的6个故事无不与地震的发生息息相关。

首先受到批评界普遍关注的是作品的叙事角度。“《神的孩子都跳舞》中，村上完全改变了自己的文本方式。此前作家一直采用的是强调叙事者的存在、张扬叙事者的语气和好恶的第一人称讲述方式，而在这部作品中，村上创造了一个属于第三人称的世界，他在叙事者和登场人物之间进行叙述转换，并且设定了明确的距离和差

---

①［日］加藤典洋：『イエローページ（2）村上春樹』，第106頁。

异，以强化作品的客观性。”①

从处女作《且听风吟》开始，到《神的孩子都跳舞》的发表为止，村上业已走过了20年的文学道路，迄今为止的作品总量中的大部分文字，都是在这一过程中完成的。在叙事角度和叙事风格之间，他竭力恪守第一人称的讲述方式，记叙着属于“我”的故事，描绘着艺术现实里的人间。读者也很容易在这样的叙事方法中融入自己的意识，和作品中的“我”共同着悲欢。

例外的情况，只有《海狮》、《僵尸》和《托尼瀑谷》等为数不多的作品。即便是这些作品，阅读时所独有的与小说内容的距离感，也同通常意义上的第三人称小说相去甚远。

导致《神的孩子都跳舞》以第三人称叙事的成因，首先是题材本身的要求，要通过各自成篇的6个故事集中体现震灾后的人类精神的现存危机，第一人称的容量就不够大了。特别是像《泰国之旅》、《青蛙君救东京》这样的故事，不使用第三人称甚至会无法完成。与此同时，在用去一年时间，把对沙林毒气事件采访者的录音变成纪实文学《地下》的过程中，村上感受到了被采访者声音的多样性和彼此之间的不可替代性。意识到随着题材的变化和艺术表现的需求，对叙事角度进行必要调整不仅是必需的，而且也正是艺术创造的一块沃土。

可以认为，总体上是一种日益增长的对于日本社会的责任感，改变了村上习惯性的讲述方式，最终导致了村上小说的艺术手法和写作风格的变化。“《发条鸟年代记》发出的多种叙事声音，显示出

---

① [日]福田和也：「“正しい”という事、あるいは神の子どもたちは“新しい結末”を喜ぶことができるか？——村上春樹『神の子どもたちはみな踊る』論」,『文學界』(54) 2000年7月，第194頁。

村上努力克服第一人称叙事在处理重大历史题材时视角过于狭窄的弊病；而《地震之后》则代表了一种朝着更大程度的客观性转向的决定性姿态。”①

象征作为一种艺术表现方法经常出现在村上的作品中，用来通过特定的具体形象，表现与之相近或相似的概念、思想和感情。讲述地震灾难的《神的孩子都跳舞》也是如此。所不同的是，这部作品对这一手法的理解与驾驭，愈加显示了村上运用裕如的能力与脱凡拔俗的境界。

作品中几个故事的情节和框架，作家事先均没有周密的计划，而是想好了一个开头的场面便信笔写下去，意在给象征的手法留下足够的寓意空间。《青蛙君救东京》中，正是由于采取了这样的处理方式，青蛙的思想感情才会在交流中，与片桐表现出惊人的一致性；并且同片桐一起在想象的激战中战胜蚯蚓、拯救东京。在自然规律和人间现实之间，象征艺术的魅力得到了充分的展示。

熊类在整部作品中先后出现了 3 次，每一次的寓意也都令人匪夷所思。《UFO 降落在钏路》中，岛尾为了防止熊的突然袭击，一边摇着铃铛，一边和男友在森林中做爱。《泰国之旅》中，尼米特把从挪威的前主人那里听到的北极熊交配的故事讲给皋月听，这是第二次写到熊。《蜜蜂派》中，淳平讲给沙罗的童话故事里面也出现了熊，是为第三次。村上并没有去过泰国，“《泰国之旅》中的北极熊的故事是我去挪威的时候，从一位作家那里听到的。当时我便很在意这个故事，一直想着在哪里用一下”②。

---

① ［美］ジェイ・ルービン著、畔柳和代訳：『ハルキ・ムラカミと言葉の音楽』，第 308 頁。

② ［日］村上春樹：『村上春樹全作品 1990—2000・解題』（3），第 274 頁。

足见，熊的细节出现在短篇作品中，之于村上也并不是信手拈来。第一次出现的熊，应该是人类生存的环境并不安宁的某种提示，而且灾难往往会出现在最意外的时候。第二次出现的熊，通过北极熊的孤独影射人类生存的现实，给出的是一条心灵的交流与沟通的出路；同时也是皋月形象塑造的一个必要的细节。第三次出现的两只熊，经历生存冲突而最终达成和解，这种归宿作为童话式的结尾，同时也是主人公淳平的性格逻辑的谐音。

除了青蛙、熊等动物以外，箱子等日用品也往往会成为作家象征手段所关注的对象。小村去钏路时，同事让他顺便捎的便是一个箱子。作品没有明示箱子里装的究竟是什么，但种种小说因素表明，箱子和箱中之物大约便是人生和空虚感的同义语。电视中的地震影像导致 4 岁的小沙罗晚上噩梦不断，地震爷爷折断关节、再把她塞进一个小箱子里。箱子成为说明地震对成人男女包括幼小者的精神戕害的象征性道具。

被用来表现《神的孩子都跳舞》中的象征手法的还应包括石头、梦境和蛇。即如泰国之旅中的寓意，在于使皋月懂得是那个男人把自己的心变成了石头，所以一定要把石头扔掉才能够重生的道理，等等。创作实践使村上春树悟出了“当象征性变得非常重要的时候，我通常会采取这种方法。但是，如果事先想好怎样写的话，象征的自由空间将受到限制。所以真正意义上的象征，应该在写作过程中自然产生”[①]。

---

① ［日］村上春樹：『村上春樹全作品 1990—2000・解題』(3)，第 271 頁。

第九章　美国情结与村上小说实绩

第一节　美国小说的日本化之路

村上神话与美国文化、文学的关系，作为一个重要话题近年来受到学术界的广泛关注。21世纪以来，日本已先后有千石英世的《村上春树与美国》（1991）、浦澄彬的《走向村上春树》（2000）、吉田春生的《村上春树和美国》（2001）、三浦雅士的《村上春树和柴田元幸的又一个美国》（2003）和坪内祐三的《美国——村上春树和江藤淳的归还》（2007）等几本专论问世；美国则有杰·鲁宾的《倾听村上春树》（2006）等作家评传推出。上述学术成果在为国内相关领域的研究提供可资凭借的参照的同时，也留下了关于这一话题的并未穷尽的空间。

战败后的日本，在美国单方面占领的严酷现实面前，除去保留和发展了传统的集团志向型文化模式，政治、社会制度和国民生活的变化均可谓天翻地覆。为了从过去的“枢轴国”转而成为“同盟国”，心存芥蒂的日本在文化形式上不敢有丝毫的意气用事。“在日本人看来，这种政策是从严酷的战败现实中排出屈辱的象征，促使他们实行新的国策，而他们能够如此接受，恰在于特异文化所形成的特异性格。”[①]

---

① [美]鲁思·本尼迪克特著，吕万和、熊达云等译：《菊与刀》，商务印书馆2002年版，第207页。

依附美国是战后日本国家意识的一种基本走向，也是日本国民性的一个重要方面。“美国的绝对影响，波及政治、经济、军事、情报、学问、大众文化的几乎所有领域。在如此宽泛的领域里，日本依存于特定的外国，这种事在一九四五年以前是没有的。”①

出生在1949年的村上，来到世间呼吸的便是美国军事占领下的特殊空气。直到30岁上成为小说家，可谓一直是喝着经过日本过滤的美国文化的奶长大的。以大学时代为重要标志，村上接受的美国教育和影响首先是一种社会文化的土壤使然。主动接受也好，潜移默化也罢，对美国文化、文学的亲近感，之于他都是不难理解的事情。

这使他与许多前辈作家出现了明显的区别。无论是夏目漱石还是森鸥外，也无论是去英国还是德国，他们的学习西方都是一种“走出去”的过程，目的在于借助西方之长，发现和构建世界独一无二的日本。而村上则有所不同，他不需要走出日本，美国文化就自己来到了这个岛上。他不需要在美国文化同日本传统文化之间作出抉择，他的国家已经替他完成了这份作业。作为族群的一员，他没有可能否定“日本”二字。作为意识形态的形成，他同样没有可能否定“美国”二字。作为小说家，他的作品的人格化层面，也只能在二元的存在中去寻找。

还在《且听风吟》获群像新人奖时，丸谷才一便预见道：“这种以日本式抒情写成的美国味小说，不久可能成为这个作家的独创。”②在美国味的小说里表现日本式的情感，这是村上小说的境界与追求。对一位当代日本小说家而言，这样的抉择中也无疑包括了对美国文

① [日]加藤周一：『日本文学史序説』(下)，第505—506頁。
② [日]丸谷才一：「新しいアメリカ小説の影響」,『群像』(34)1979年6月,第118頁。

化、文学的崇拜有加的意识盲区。“第二次世界大战后的美国文学评论的繁荣并非空谷来风，它是伴随世界上一个超级大国的形成，在各个领域显示它的姿态的组成部分。”[①]至少可以理解为，村上创作伊始的动机和底气，是致力于使自己的创作向美国小说看齐，并为此而挑战人生、挑战自我的。

较之距自己最近的另一位文学大师、1994年诺贝尔文学奖得主大江健三郎，村上走的是自己的路。这主要体现在大江深受以但丁、巴尔克、艾略特和萨特为代表的西方文化的影响，开拓了战后日本小说的新领域。而村上尽管也喜欢司汤达、托尔斯泰，尤其是陀思妥耶夫斯基，然而对菲茨杰拉德、雷蒙德·卡弗、雷蒙德·钱德勒等现代美国流行小说家却可以用倾倒来形容。他把大江式的西方影响聚焦为美国，真心诚意地创造一种美国化的日本小说。村上因此失去了大江文学的纯粹性，被评论界贴上了流行的国际版本的标签。

作为日本当代作家，对美国文化、文学的情有独钟，又势必导致村上的顾此失彼、远离日本文学传统的倾向。除了在表现日本人内心世界的精华上，与1968年日本第一位诺贝尔文学奖得主川端康成有异曲同工之外，村上春树甚至从来不曾成为川端的读者。川端的艺妓、茶道和禅的虚无所构成的美丽的日本，显然也无法同爵士乐、洋酒和都市的失落感同日而语。“在我的整个成长期，从未有过被一位日本作家深深打动的经验。”[②]作家本人的这段表述，至少是完全符合他的第一个10年的创作里程的实际情形的。

20世纪七八十年代，日本文坛即出现了关于后现代主义文学的

---

① 孟庆枢、王宗杰、刘研：《中国比较文学十论》，吉林文史出版社2005年版，第10页。
② ［日］村上春樹：『若い読者のための短編小説案内』，第10頁。

讨论热潮，并且超越了少数学者和批评家的范畴，几乎演绎为一个大众话题。本文无意于村上的创作到底应否归属后现代主义文学的理论官司之中，然而这又委实是一个与村上春树的美国情结息息相关的背景。此间，已逐渐发展成为世界经济大国的日本，对美国后现代文化的输入需求愈趋强烈，日本国民对美国的生活方式的适应能力在迅速提升，这既是社会文化演进的不争的事实；也是导致村上小说的美国味备受青睐的动因。换言之，主观能动与客观需求的良性循环状态，给村上带来了好运。

村上小说的美国味的浓烈和日本文化因素的有意淡出，是显而易见的。只有洋服，而没有和服；只有三明治，而没有生鱼片；只有鸡尾酒，而没有清酒；只有爵士音乐，而没有日本演歌。日本人喜欢接受这样的村上，是因为喜欢其中的美国味；外国人喜欢接受这样的村上，是因为在品尝日本味的同时，不必为过多的陌生化而烦恼。随便翻开《挪威的森林》的哪一页，“我每天扫 1 次地，3 天擦 1 次窗，1 周晒 1 次被”和“头发长而又俗不可耐的女孩儿，我知道的不下 250 个”等数字符号比比皆是。小说文本的国际化，是作家的创作素养的国际化的必然产物。在极为宽泛的美国影响的意义上，作为现代美国小说支柱的性和暴力描写，仍然有理由成为考察村上小说外来影响的重要存在。

性是后现代主义文学所关注的中心，离开色情和肉欲便会枯萎的文学悲哀不仅是美国的，也是世界性的。村上小说的性描写，在日本当代文坛上既达不到不忍卒读的程度，也不至归属于俗不可耐的一类。然而，健康与否之类的简单的批评逻辑，又显然会造成解读的简单化。《挪威的森林》也好，《世界尽头与冷酷仙境》也罢，无不是意在表现非传统意义上的两性关系，主要特点是完全摆脱了社会文化强制力量的束缚，使性变为一种单一的、本能的需求。随之而来的便是村上性爱处理的随意、飘忽、荒诞和性爱价值的非理性的意义消解。在这样的意义上，情爱这一亘古不变的主题，被村上推回到了文明的原点上。没了悲喜，只有失落，价值思考的惯性荡然无存，这也正是引领现时代生活方式的内力所在。

尽管这样的创作态度，并不能完全取代日本人在情感表达方面的微妙与婉转；而且村上也委实保留了许多类似《挪威的森林》中的不失为圣洁感的艺术天地："我们从晾衣台上久久地观看着光闪闪的房脊、烟和红脑袋蜻蜓，心情不由变得温煦、亲密起来，而在无意中想以某种形式将其存留下来，于是我们接了吻，就是这种类型的吻。"以纯文学作家自诩的大江健三郎认为村上的作品未能"超越对于年轻人生活风尚的影响。无法在更宽广的意义上以对日本现状与未来的表现引起知识分子读者的兴趣"①，其中也无疑包含了对村上小说的性描写的评价。

暴力是美国现代文学的暗影，也是社会和人的精神危机的某种集中体现。从国家暴力到家庭恐怖，从青面的鬼到血腥的人，无不在美国文学的统辖之下，甚至连文学本身也变成了某种暴力形态。和许多规矩本分的现代日本人一样，村上的天性里很难看出野蛮的基因；即使是 20 世纪 60 年代学生运动的血泊里，实际上也并没有他的冲动与奉献。然而，60 余年前结束的、惨绝人寰的第二次世界大战的暴力史；奥姆真理教和 1995 年的东京地铁沙林毒气事件，给宁静的日本带来的骚乱，之于小说家村上却可以成为另当别论的存在。

90 年代中期的 3 年间村上在美国完成的巨作《发条鸟年代记》，

① 参见"A Novelist's Lament"，*The New York Times*，1986 年 11 月 23 日。

如果说是对现代日本的暴力史的某种集中思考的话；那么，接下来回到日本全力投入的《地下》的写作，则完全是对战后日本的暴力现实的勾描。因为反对暴力才去表现暴力，应该说是符合村上的写作立场的。当然，东方的日本毕竟有着与西方的美国完全不同的文化与国情。因此《发条鸟年代记》中的活剥人皮、《地下》中无视生命的肆虐，包括《海边的卡夫卡》中人类虐猫的描写，这些原本可以发掘出可观的文学意义与价值的细节，村上的处理却总是不尽如人意。无论是反暴力的人文精神还是艺术上的总体效果，透视出的总是骨子里的日本味而不是形式上的美国味。

日本的批评界有学者因此指出："在《海边的卡夫卡》这部小说的内部，琼尼·沃克即田村浩一，也就是卡夫卡少年的父亲，成为集合了一切罪恶的象征性人物。由此，个体的杀人行为或杀猫行为，与'战争'及大屠杀等，一并作为同等的行为被连接起来，构建了一个将其全部处理为'无奈之举'的话语体系。"①

村上小说是一个语言的世界，也是一个音乐的世界。音乐，特别是美国的爵士乐，在村上的人生中占据了某种特殊位置，在他的小说中也同样如此。这也是村上春树作为当代最有影响的日本小说家的艺术个性的所在。

"彼德猫"爵士乐酒吧这个名字，并不是经营者村上的随意性产物。就对音乐的熟悉和爱好而言，村上不仅在当代日本，即便是在现今世界的作家中，也是罕见的。在成为作家之前的那些不堪回首的年代里，从大门、披头士到鲍勃迪伦，一直是他生命过程的一部分。7年经营史上的6000多张唱片收藏，使他对古典、民谣和摇

① ［日］小森陽一：『村上春樹論——「海辺のカフカ」を精読する』，第116頁。

滚谙熟于心，尤其是对爵士乐几乎接近了专业的程度；并且始终是村上小说的一种无法剥离的背景存在，同时也成就了他的小说创作独树一帜的现代因素和音乐节奏。有鉴于此，《挪威的森林》、《舞！舞！舞！》、《萤》、《世界尽头与冷酷仙境》和《1973年的弹子球》等小说题目，都是直接向音乐艺术借取的便不足为奇了。

猫王、海滨男孩、罗德和丁·盖格尔斯乐队、查尔斯、迈克·杰克逊、海顿、罗西尼等著名歌人、乐队和作曲家，在村上的小说世界里无不受到礼遇，也自然是顺理成章的事情。国内的音乐界有学者指出："鲍勃迪伦站在世界末日的角度上注视现实的目光，与此时的村上完全融合。他的音乐精神影响了村上，并且被村上用在作品不可言传的部分，显露出60年代式的对生命的追求和失落。"[①]在村上的小说文本中，是很容易感受到《随风而逝》、《暴风雨》的调子与《且听风吟》、《世界尽头与冷酷仙境》的共鸣的。

美国哈佛大学学者杰·鲁宾在谈及当代文学的叙事风格时也认为："卡弗采取的是一种严格的客观主义叙事，村上则乐于引进一个更加主观的调子。"[②]音乐作为小说叙事功能的有机组成，在那些难于以语言表达的情感空间里，被村上恰当地引入并赋予互为替代和节奏控制的双重功能，这正是村上的主观性叙述的具体体现。

"对我来说音乐始终是极其宝贵的东西。"[③]耐人寻味的是，村上所抒发的日本之情，往往是在"逃离日本"的状态下完成的。他在成名以后频频赴国外写作；去得最多、滞留时间最长的当然是美国。

---

① 陈岭：《论村上春树的音乐情结》，《扬州教育学院学报》（2）2003年6月。

② [美]ジェイ·ルービン著、畔柳和代訳：『ハルキ·ムラカミと言葉の音楽』，第91頁。

③ 参见[日]栗坪良樹、柘植光彦、今井清人編：『村上春樹スタディーズ』(1)。

站在美国看日本，站在美国看自己，不但成为村上小说创作活动的一个突出特点，而且也委实为他的小说精神平添了自创性的声响和色彩。在美国这样一个多民族的国家中，村上悟出了一位真正意义上的作家，必须努力跳出单一语言、单一民族和单一文化的制限，才可能拥有一种能够为更广大范围的人群所接受的写作风格。实际上这样的修行，已使得村上在现代主义和后现代主义的小说素养方面，并不在20世纪二三十年代以来的杰出的美国作家之下。不仅如此，在文本的语言风格、故事的讲述技巧和作品的结构方法等领域，村上还找到和发现了属于自己的领地。

村上小说艺术的“个人革命”，首先是在语言领域内发生的，作为文学的第一要素，语言的美国味是小说的美国味的前提。英语的表达方式的取向，首先是对日语的叛离和改造，同时也是村上的日语文本的个性化的得天独厚之处。

青春题材的创作中，主题和人物都带有明显的连贯性，失落和感伤的调子与人物的情感相伴相随，无论是“我”、“鼠”还是“直子”概莫能外。随着村上创作里程的前移，故事的讲述也由单一性向复杂性和综合性过渡，以不断强化作品的艺术魅力。

在循环利用主题的独特性上，既有冯内古特式的美国味，又独具村上式的小说意境。以现实与虚幻的两个世界结构作品，纵横捭阖的象征和意象等现代主义表现方法，成为支撑村上作品迭出、风格迥异的主要手段。虚幻世界为小说艺术带来的新的天地，对美国现代文学而言应该说并不新鲜，村上从《寻羊冒险记》开始的学习实践，在一个较高的起点上陆续完成的更新与创造，使得《世界尽头与冷酷仙境》等作品，不但让西方文坛刮目相看，而且确实已然完成了一种艺术上的超越。

从现在起回溯到十几年前，关于美国现代文学，除了专门的研究者之外，真正去解读的作家可以说几乎没有。然而，接受美国文化强烈影响的人却很多，包括村上和他同时代的作家。原因是战后出生、特别是经历过全共斗的人，好坏与否姑且不论，都别无选择地接受了美国文化的熏染。即如村上龙的《接近无限透明的蓝》、官内胜典的《零度光的偏移》，以及中上健次的一些随笔，都可以看出十足的美国味道。[①]

对村上而言，他的美国情结又并非是一成不变的存在。在与日本文化的本质相碰撞时，索取的纯粹性与处理的灵活性总是难解难分，成为日本人行为方式的特性所在。靠着学习美国成名成家以后，村上在自己创作的第二个 10 年开始回归日本，这集中表现在作品中美国因素的淡出和日本文学传统的浮现。从对《源氏物语》、《雨月物语》到《虞美人草》的文学营养的汲取中，堪可表明村上先“外”后“内”的别一成长路径。这样的转型，显然意味着除了进入到骨子里的东西之外美国文学已然被相对化的现实。

第二节 “以译养文”的特别格式

如果说村上春树迄今为止的全部创作，可以当作日本“后战后”时期的精神史来解读的话，那么村上被视为一位对美国流行文化完全认同、几近臣服的当代日本作家，显然是名副其实的。[②]这样，下

① [日]横尾和博：『村上春樹 × 九〇年代』，第三書館 1994 年版，第 161 頁。

② 参见[日]川本三郎：「“物語”のための冒険」，『文學界』（39）1985 年 8 月号。

述的两个相关的语境，也便有理由成为需要讨论的内容。其一，接受美国文化的影响，在战后的日本人包括作家中，呈现为一种较为普遍的情形，而村上春树的超越群雄、独占鳌头的理由何在。其二，村上的美国情结的具体存在方式，在怎样的程度上成就了村上小说文本的个性化特征。

在这个意义上，人们有理由关注的是，村上春树的小说家的光芒，几乎完全掩盖了他作为翻译家的实绩。特别是日本以外的村上的受众或者说不懂日文的读者，由于无法具体感受村上从英文到日文的文本转化的魅力，翻译家村上不过一直是个空泛的概念而已。

事实上，这也是与村上的美国情结相关的一个重要问题。假如村上不写小说，依靠翻译安身立命也完全不是想入非非。这样提出问题和认识问题的理由在于，村上的文学创作与小说翻译，在步入文坛以来经历的是一种同步的过程。在以文学创作打造了“村上神话”的同时，村上也留下了美国现代小说翻译不凡的业绩。尽管前者的影响力要远远大于后者，但是无论如何后者都不能认定为一种可有可无的存在。有鉴于此，把村上的文学翻译工作理解为单纯的商业行为，不仅仅是对村上认识的一种以偏概全，而且似乎也缺乏对世界当代文学演进规律的领悟。

村上 1979 年以处女作长篇小说《且听风吟》登上文坛，性情多少有些孤僻、不愿意受到任何形式约束的个性，导致当时的村上没有像大多数年轻人一样去公司就职，而是在国分寺开了一个叫“彼德猫”爵士音乐酒吧，确立了个体经营者的职业选择与社会定位。从成名到专业从事小说创作，村上给自己留了近两年的准备时间。此间，他一边经营酒吧，一边从事长篇小说《1973 年的弹子球》的创作；同时着手的，还有美国作家菲茨杰拉德的小说《失去的三小时》、《父子间危险的代沟》以及评论《解读美国恐怖小说家代表史蒂芬》的翻译。可以认为，尽管在市场意义上，村上的译作尝试借助了他的小说家的名声；但同样没有理由忽略的是作家本人的多重考虑的合理性，特别是这样的思考与村上的美国情结的关联问题。

毋庸讳言，美国文学译介之于村上，委实是一个不断变化的复杂过程。涉足这一领域的始初，不能排除村上的商业思考的因素。就当时作家的处境而言，日后能否靠写小说生存还是个未知数。倘若举步维艰或前景黯淡，靠翻译无论如何总是可以聊补无米之炊。而且，由于英语基础并不扎实，村上的自信实际上是在实践中一点一滴地建立起来的。从仓促上马到找到感觉，从游刃有余乃至涉足经典，此中的艰辛与收益并存，并逐渐成为小说创作的相得益彰的存在。

按照村上的创作轨迹，在作为青春小说家或都市小说家成名前后，特别是 20 世纪 80 年代初的几年里，除了长篇小说《寻羊冒险记》之外，村上同期的重要作品还应包括短篇小说集《开往中国的小船》和《袋鼠佳日》。与此同时，不应忽略的美国小说翻译领域的成果，则应首推雷蒙德·卡弗的《我打电话的地方》（短篇小说集）的问世。

1985 年长篇小说《世界尽头与冷酷仙境》完成的同时，译作卡弗的《夜幕下的马哈鱼》（短篇小说集）和约翰·欧文的《牧熊》（长篇小说）也在两年内相继推出。1987 年波尔的《世界尽头》（长篇小说）由文艺春秋社发行，布莱恩的《伟大的德斯里夫》（长篇小说）由新潮社出版社发行。1988 年村上完成了长篇小说《舞！舞！舞！》的创作，同年的美国文学翻译也收益甚丰。3 月有杜鲁门·卡波特的《怀念爷爷》（长篇小说）；4 月又有一本《菲茨杰拉德作品集》；9 月另有《珍本美国小说 12 篇》等陆续登场。

如果从 1979 年处女作和美国小说翻译推出算起，迄今村上从事美国文学译介也已整整 30 个年头了。一直以来案牍劳形的村上，上午搞自己的小说创作，下午便去翻译美国文学，创作和翻译形影相随。

> 当然，作为小说家同时从事翻译工作的绝不止村上。可是通常的做法是请别人翻译原作，由自己进行修改。小说家追求的是对日语而不是对外语负责。可是村上却完全不同。他在《牧熊》的“译者后记”中清楚地写道，首先是由自己将原作转换成日语，然后就误译、漏译和不准确之处，再去求得美国文学专家的助力。如果缺乏足够的自信力，是不可能选择这样的模式的。其中不仅仅是语言功力问题，同时还应包括对原作的情感与理解能力。①

已然是盛名之下的村上，翻译了包括手稿和书信在内的雷蒙德·卡弗的所有作品，总计 8 卷之多，全部由中央公论社出版。此外，厄休拉·勒吉恩的《归来的空翻猫》（短篇小说集）、彼尔·克劳的《再见了鸟国——爵士乐回想》（短篇小说集）以及麦克·斯特朗德的《狗的人生》（短篇小说集）亦在其列。还应提到 4 部长篇经典文学翻译，这是村上译介美国文学的成熟期的重要成果，其中包括塞林格的《麦田守望者》、雷蒙德·钱德勒的《长久的分别》、菲茨

---

① ［日］三浦雅士：『村上春樹と柴田元幸のもうひとつのアメリカ』，新書館 2003 年版，第 24—25 頁。

杰拉德的《了不起的盖茨比》和杜鲁门·卡波特的《蒂芙尼的早餐》。在一定意义上，这些经典译本也是村上作为翻译家的综合素养层面的集中体现。

除了美国之外，村上很少涉猎其他英语国家文学的译介。尽管偶有德国作家托马斯·曼的介入，村上也翻译过他的短篇小说《无头鹰》。另外虽未译介，村上却对俄国作家陀思妥耶夫斯基的《卡拉马佐夫兄弟》和《恶魔》的框架之大情有独钟。然而，这种特例仍无改于这位翻译家对美国文学的执着。

在村上看来，翻译工作中挑战美国现代文学的经典，不仅在于作品本身是经得住推敲与检验的，同时还在于任何译本都是存在时代性要求的。随着语言与社会文明的演进，旧有译本无不面临“赏味期限”的问题，并不存在可以为不同时期的读者普遍接受的规律。“根据日语文体自身的变化，‘翻译文本’的最大‘赏味期限’是50年。1960年前后的文学全集热时曾大量翻译出的外国文学作品，现在看来它们将相继迎来‘过期’的现实。”①

像村上这样的将创作与翻译并重，亘历文学道路的整个过程而不改初衷的作家，在当代世界文坛上无疑是鲜见的。如果可以作一个大抵的估计，村上的文学翻译当大于或者至少不小于小说创作的文字总量。“翻译不能算是我的爱好，因为这以前我已经出了好多译作（几乎都是美国当代小说），翻译已成为我职业的一部分。”②

在小说畅销的连带效应的作用下，村上的翻译工作同样备受文坛的瞩目；并且引发了20世纪80年代兴起的新一轮译介美国文学

① ［日］村上春樹：「僕にとっての“世界文学”そして“世界”」，『毎日新聞·朝刊』2008年5月12日。
② 参见［日］村上春樹、安西水丸：『村上朝日堂はいかにして鍛えられたか』。

的热潮。当代日本读者从村上的辛勤与汗水中，更多地理解了美国文学与美国人。在美国并非家喻户晓的雷蒙德·卡弗，在日本却受到了超越本土的礼遇；翻译家村上作为现代美国文明走向现今日本的传播者，同样为日本读者广为知晓。

总之，无论是作为小说家还是作为翻译家，刻意从美国情结的视角看取“村上现象”的时候，村上都是后发制人的。他很清楚自己出现在文坛的偶然性，因此才持续地把美国小说作为自己的文学资源，并且以战略的眼光恪守着与众不同的开掘与汲取方式。从这个意义上讲，以译养文也正是村上的“特别格式”的才能所在和重要特征。“归根结底，我的小说写法大都是从翻译劳作中学得的。通过将外国优秀作家的作品一字一句由横写变成竖写，我得以从根本上破解了文章的秘密。”①

客观地承认通过翻译渠道所获得的美国影响在村上小说日本化过程中的作用，既符合村上小说文本的实际，同时也是解读与认可村上文学价值的前提。在这一问题上闪烁其词是没有意义的，无论这种暧昧是来自学术界抑或是作家本人。针对比较文学研究界常常把村上春树和菲茨杰拉德、库尔特·冯内古特等美国作家扯到一起的问题，有学者提出：“如果是用同一种目光审视时代、社会和历史的话，无论是来自东方还是西方，作家们都会创造出同样的作品世界。因此，只要不是完全剽窃，可以姑且不论究竟是谁影响了谁。一味强调他们的相似点是毫无意义的。”②

成名始初，当美国作家杰·麦肯奈尼指出村上的短篇《发条鸟与

① ［日］村上春樹、安西水丸：『村上朝日堂はいかにして鍛えられたか』。

② ［日］黒古一夫：『村上春樹——「喪失」の物語から「転換」の物語へ』，第156頁。

星期二的女人们》同雷蒙德·卡弗的《把你放到我的鞋里》如出一辙时，村上的反应竟然是大吃一惊。实际上，有大量可资凭借的资料，特别是村上本人针对自己的不同作品在不同场合的自述，都堪可说明这位作家对美国文学的借取是全方位的、多层次的和饕餮式的，甚至是已然到了下意识的层面。

恒定性必然产生依赖关系。在一定意义上，可以认为这种为村上所独具的创作与翻译的相互支撑，最终造就了现今的村上春树的文学。美国文学译介之于小说家村上春树，是一个须臾不可或缺的存在。它不仅可以保持村上小说的格调和境界，同时也是文本意识包括现代小说技巧与方法的源泉。“村上春树和其他的日本小说家不同的地方在于，他的接近美国文学与再创造实践，最初确实是通过翻译的渠道不假，可是这种过程就像贴在肌肤上的一层薄纸一样，最终慢慢地消失，与肌肤融为一体。”①

一个持续处在创作过程中的作家，对翻译的感悟不可能是一成不变的。在这一领域摸索和投入了十几年以后，伴随着文学突进的却是翻译的无奈。1994 和 1995 年间，在美国与心理学家河合隼雄对话时，村上便曾坦言道：“最近即便是从事翻译工作，作为作家要想就中企盼所得的激情在锐减。以前我在把内涵、节奏和感觉完全不同的英语置换为日语的时候，都会杂学旁收、有所裨益，而今已并不那么容易提取了。”②

在当代日本文坛上，像村上这样长期同时从事写小说、搞翻译的作家，无论如何都是一种特例。2007 年完成的自传《话说跑

① ［日］三浦雅士：『村上春樹と柴田元幸のもうひとつのアメリカ』，第 26 頁。
② ［日］村上春樹、河合準雄：『村上春樹、河合準雄に会いに行く』，第 41—42 頁。

步》中，村上为自己仅留下一句墓志铭："至少到最后，我都没有走过。"[①]可以看出，村上为他的美国情结付出的代价是巨大的，获益也同样是超常的。作为美国文化的传播者，他是杰出的；作为美国文学的饕餮，他的索取同样是无情的。如此说来，村上的美国现代小说译介是为日本、同时也是为自己所累。"在我写不出来自己的东西的时候，却可以从事翻译工作。认真地翻译别人的小说对我来讲是一种疗愈行为，这是我从事翻译的原因之一。"[②]

考察30年间村上春树文学翻译的实绩，可以认为作为翻译家，村上在战后日本文学翻译史上同样是一个重要存在。这位作家所践行的文学风格上的革命，为日本文学带来的是一种从未有过的、国际化，主要是美国化了的文学趣味。村上作为小说家的成功，也使他对美国现当代文学的译介与传播，备受文坛与读者的瞩目。被村上译成日文的美国小说，在年轻人中间甚至变成了可以兼学英语的辅助读物。

村上的美国小说翻译的合作者、东京大学教授柴田元幸便认为："日本80年代之初兴起的新一轮译介美国文学的热潮，村上是功不可没的。"学术界的另外一种声音，对于从翻译史的宏观视角上解读村上的文学译介的价值，也是不无见地的："日本近代文学的历史，同时也是人们同外语打交道的历史。不过即便是德田秋声，在阅读莫泊桑的小说时也得借助字典，英语很棒的正宗白鸟同样不过如此。战后这种与外语之间的紧张感逐渐消失，只有村上春树态度迥然。他译介了很多美国小说，认真地思考着如何将菲茨杰拉德和

---

① [日]村上春樹：『走ることについて語るときに僕の語ること』，第233頁。
② 参见[日]村上春樹：『やがて哀しき外国語』，講談社1994年版。

雷蒙德·钱德勒的文本转换成日语。即使像赫尔曼·梅尔维尔和爱伦·坡这样伟大的作家，都没有直接对日本文学产生过影响。而村上的介入，将始终作为背景的美国文学推了出来，这是一件很大的事情，引起人们的关注是理所当然的。受到美国文学的强烈影响又在自己的文学中与其对峙的只有村上春树。”①

在小说家的巨大光环辉映下，村上的“以译养文”的特别格式，对当代的文坛与作家的影响同样是值得说及的。“从20世纪末到21世纪初登场的年轻日本小说家们，无论是作品风格还是作家模式，大约无不受到村上春树和柴田元幸的强烈影响。”②而且，这种影响将伴随着作家的写作与翻译实践，在一种持续延伸的过程中逐渐地显示出来。

第三节　在菲茨杰拉德和卡弗之间

村上的文学翻译的蓝本，基本上是20世纪20年代以来的美国现代文学。涉猎的作家谱系中并不包括文学巨匠海明威和福克纳以及战后文学的中坚金斯堡、“垮掉的一代”代表作家凯鲁亚克。这表明对世界范畴的现代主义和后现代主义作家的择取，村上恪守的是两条原则。第一，唯美国现代文学是举。这是战后在美国文化熏陶下成长起来的一代日本人的合理归宿，村上不过是就中老老实实地

---

① ［日］福田和也、西島建男：「未完の世紀（18）サブカルチャー——文学でアメリカと対峙したのは村上春樹さんだけだった」,『論座』(63),朝日新聞社2000年版，第203頁。

② ［日］三浦雅士：『村上春樹と柴田元幸のもうひとつのアメリカ』，第19頁。

确认了自己。第二，这些美国作家不一定是传统观念里最有名气的，但却一定是现实意义上杰出的和大众化的。借鉴或重复广为人知的小说艺术，之于作家无疑是一种风险。村上的实用主义和商业化思考，似乎也是无须讨论的问题。

1991年4月，与《群像》（讲谈社）、《新潮》（新潮社）、《昂》（集英社）和《文艺》（河出书房新社）并称为"五大文艺杂志"的《文学界》（文艺春秋），推出了一本"临时增刊"，以《村上春树和美国作家们》为中心话题，汇集了20世纪80年代以来的10年间、村上所谈及的与美国作家关系的文字。除了资料的翔实完整和相对集中以外，创作伊始的10年也是美国文学对村上影响最为重要的一段过程，所言笃实，内容丰富，内中不乏有价值的见地。

村上自己以为，10年间先后影响过自己的美国作家包括：菲茨杰拉德、雷蒙德·钱德勒、杜鲁门·卡波特、库尔特·冯内古特、保罗·索鲁、理查德·布劳提根、盖·特立斯、雷蒙德·卡弗、蒂姆·奥布来恩、史蒂芬·金等10位之多。涉猎的作品计有：菲茨杰拉德的《夜色温柔》、《了不起的盖茨比》和《再访巴比伦》；钱德勒的《长眠不醒》和《漫长的告别》；卡波特的《无头鹰》、《蒂芙尼的早餐》和《关闭最后一扇门》；冯内古特的《冠军们的早餐》；索鲁的《世界尽头》和《绿岛》两个短篇；布劳提根的《在美国钓鳟鱼》；特立斯的《猎奇之旅》和《偷窥你邻居的妻子》；卡弗的《足边流淌的深川》；奥布来恩的《核时代》和史蒂芬的《闪灵》等。

作为小说家的独特领悟，村上触及了下面的几个话题：

一、他是从十几岁开始读钱德勒的小说的，最大的体会莫过于"他的生存方式和思考方法在现实生活中是根本不存在的。即便如此，我也能从他的小说中感受到鲜明的、活生生的真实性”[①]。

二、接触卡波特之前，“我一直在读一些硬汉派的冷酷作品，卡波特的激情让我感受到了他的与众不同”[②]。

三、关于冯内古特和布劳提根，“我承认我确实是受了冯内古特的影响。我当时特别喜欢这两位作家，读他们的小说感到心情愉悦。但是自己的小说何以被看成翻译文体，我却不甚了了”[③]。

四、索鲁之于村上是一位多少有些不可思议的作家，“他并不向往新的文学样式，结果作品却往往更前卫、更具超时代特点”[④]。

五、奥布来恩给予村上的最大启迪在于，“《核时代》可以称得上一部气魄宏大、意趣盎然的‘现代综合小说’。作者罄尽了所有的精神要素和片断，有形的和无形，一切的一切，无不蕴含在作品之中”[⑤]。

“村上春树被视为用日语写美国式小说的作家。他大量重复、模仿 20 年代以后的美国小说，并由此而引发了所谓的‘村上现象’，自 1979 年处女作《且听风吟》问世以后，激活了 80 年代的日本文学。”[⑥]尽管概括性的认识尚且可以做到，但是具体的文学创作与外来影响之间的关系研究，抽象而又复杂，仍然会面临许多艰难。

鲁迅先生在谈到自己是怎样写起小说来的时候，便曾讲过依赖的不过是心目中的百来篇外国小说的至理。然而，鲁迅却并不属于

---

① 「村上春樹とアメリカ作家たち」,「村上春樹ブック」,『文學界』(5) 1991 年 4 月，第 118 頁。
② 同上书，第 120 页。
③ 同上书，第 122 页。
④ 同上书，第 123 页。
⑤ 「村上春樹とアメリカ作家たち」，『村上春樹ブック』，第 128 頁。
⑥ [日]松岡直美：「村上春樹とレイモンド・カーヴァ——1980 年代における日本文学とアメリカ文学の合流」，『比較文学』(总字第 36 期) 1993 年，第 104 頁。

中国之外的哪一国。面对无法说清的那种幻化与创造过程，学术研究唯一可能做到的是凭资料讲话，拣那些能够说清楚的事情去说。这样的思考，对于考察村上春树的美国情结，特别是梳理后现代主义创作方法与写作技巧的移接的复杂，显然才是对位的。

有鉴于此，历数给村上以影响的众多的美国现代作家，当首推菲茨杰拉德和卡弗。理由有三：

第一，村上对这两位作家最为认可。他将菲茨杰拉德视为“代理母亲”[①]；将卡弗看作是“我有生以来最有价值的老师，同时也是我最了不起的文学同志”[②]。

第二，菲茨杰拉德和卡弗都是最早给予村上影响的美国作家，而且一生情缘未了，2007年已然是盛名之下的村上，仍在翻译出版菲茨杰拉德的小说集和雷蒙德·卡弗的《青色》，使得这种超越了种族和国界的作家关系历久弥深。

第三，菲茨杰拉德和卡弗对村上的影响都不只是单方面的，除了不同体裁的小说技巧，两位作家的小说境界与精神追求，始终在深深地感染着村上。在上述意义上，前面谈到的其他美国作家中，殆无出其右者。

菲茨杰拉德是海明威同时代的作家，虽有“爵士时代”的文学旗手之誉，较之美利坚民族的精神丰碑的海明威，文坛地位还是只能退而求其次。然而，对于把美国现代文学作为自己的创作资源的村上而言，菲氏同样长着文学巨人的肩膀，他的文学营养不仅取之不尽，用之不竭，而且具有三个易于消化的特点。

---

① 参见[日]村上春樹：『やがて哀しき外国語』，講談社1994年版。

② 「村上春樹とアメリカ作家たち」，『村上春樹ブック』，『文學界』(5) 1991年4月，第116頁。

其一，村上所勾勒的日本20世纪70年代与菲氏笔下的美国20世纪20年代的社会文明，虽有半个世纪左右的时空差距，然彼此之间仍惊人地相似。菲氏关注的是资本高度发达的社会中都市青年的生活状态，这与作为青春小说家出道的村上口味相投，一拍即合。

其二，菲氏慨然于"我的全部青春是一场梦"[①]；它给自己的人生带来的是"一切的努力，一切的成就，最终给人们带来的是理想幻灭后的痛苦，它对人的信念和个性发展所造成的影响是毁灭性的"[②]。这种认识导致了自身经历和菲氏殆无二致的村上，产生了强烈的共鸣。

其三，菲氏对小说语言的理解和重视，非常符合致力于自己的小说文本创造的村上的口味。菲茨杰拉德对村上春树小说创作的影响，迄今尚未结束。可以认为，就小说精神和创作素养而言，村上如今的世界范围内的影响，无疑是同与菲氏的情缘息息相关的。

村上自己也这样认为："在文体、题材、小说结构、故事讲述等方面，我没有受到过他的任何影响。如果一定要找的话，便必须走向一种更加庞大和模糊的存在。那便是究竟应该怎样面对小说，无论是之于读者还是作者，小说其实就是人生。"[③]可见，没有《了不起的盖茨比》，断然不会有《挪威的森林》。"要想讲述与别人不同的故事，就要使用与别人不同的语言"[④]的母爱式的教诲，对决定村上小说的艺术格调的意义与价值也是难以估量的。《世界尽头与冷酷仙境》的自传性质中，《夜色温柔》的遗传基因也不难甄别。

---

① 参见吴建国：《费茨杰拉德研究》，上海外语教育出版社2002年版。

② 同上。

③ [日]「村上春樹とアメリカ作家たち」，『村上春樹ブック』，『文學界』(5) 1991年4月，第116頁。

④ [日]村上春樹：「受賞のことば」，『群像』(34) 1979年6月，第114頁。

菲氏的影响对村上创作基本风格的形成，特别是前期影响的痕迹，是显而易见的。也正因为如此，1984 年村上曾赴菲氏的母校普林斯顿大学进行了首次文学朝圣；20 世纪 90 年代初同样是在这所大学里，其以对菲氏的文学精神的景仰之情，完成了卷帙浩繁的名著《发条鸟年代记》。

较之菲茨杰拉德，卡弗则属于和村上同时代的美国作家。他的实际影响，主要是在村上作为小说家成名以后。互动方式也与菲氏并不相同，应该说是在享受菲氏的同时，村上移情别恋又情有独钟的一种存在。

卡弗以短制的高手著称，他以荒诞的目光看取人生，对细节的表现卓尔不群；他对现实主义小说风格的恪守和超越，为村上提供了一个全新的、几乎窒息的艺术天地。对村上来讲“如果卡弗根本就不存在，抑或我从未邂逅他的作品的话，那么我写的东西，特别是短篇小说，可能就会呈现出非常不同的样式”[①]。

卡弗的第一本小说集《我打电话的地方》的日文译本，是与村上第一本短篇小说集《开往中国的小船》同时推出的。不仅当时的日本读书界对卡弗还一无所知，即使是在美国，卡弗也并不是一位家喻户晓的作家，只有一些真正喜欢并经常阅读小说的人才会知道他的名字。可是，“在日本卡弗的作品得到了和在本土一样的待遇，在几近相同的文学环境中被阅读，日本读者是通过作家村上春树的日语来阅读卡弗的，这是一个无须讨论的事实”[②]。

---

① [美]ジェイ・ルービン著、畔柳和代訳：『ハルキ・ムラカミと言葉の音楽』，第 90 頁。

② [日]松岡直美：「村上春樹とレイモンド・カーヴァ——1980 年代における日本文学とアメリカ文学の合流」，『比較文学』(36) 1993 年，第 105 頁。

作为同时代的小说家，卡弗是村上拓展与深化自己的文学创作的整个历程的知音。村上曾自我剖白尤为喜欢卡弗后期的作品，特别是《大圣堂》。[①]在80年代的首次赴美旅行过程中，村上专程赴华盛顿州拜访了卡弗。两人见面时，村上明确地表达了对卡弗小说驾驭日常性题材的过人之处的赞誉。

1987年得知卡弗将应日本中央公论社之约访日时，村上特地在自己的新家为身高近1.9米的卡弗订制了一张大床。遗憾的是，这种作为日本人的反常规的接待方式未能付诸实施，卡弗便因肺癌而撒手人寰。村上只能和挂在自己的寓所的卡弗照片默默地进行文学交流，并让卡弗的灵魂在自己的作品中永存。

> 对我来讲，卡弗的最大价值在于他是一位充满原创精神的作家。他与文学史、文学流派、文学趋势和倾向是无缘的，只是在写自己的喜怒、爱心和赎救。这样的最真诚的小说，是可以打动很多人的。无论是对我还是大多数读者而言，卡弗都是一位真正意义上的原创者。[②]

总的说来，无论是菲茨杰拉德还是卡弗，都毕竟有着与村上截然不同的文学背景。不管村上在创作中怎样竭力地保持着与二者的切近程度，最终都不会也不可能使自己的文学成为美国现代文学的一部分。无论在怎样的程度上依附于美国，日本依旧是日本；不管

---

① ［日］吉田春生：『村上春樹とアメリカ——暴力性の由来』，彩流社2001年版，第101頁。

② 「村上春樹とアメリカ作家たち」，「村上春樹ブック」，『文學界』（5）1991年4月，第127頁。

如何受制于菲茨杰拉德和卡弗，村上依旧是村上。

自1989年《寻羊冒险记》的英文译本成功以来，村上名声便和托马斯·品钦、卡弗等同时代的美国作家并肩齐驱了。“他的短篇小说《烧仓房》等经常出现在杂志*New Yorker*上，与活跃在文学前沿的美国作家被同等地接受。继《寻羊冒险记》（*A Wild Sheep Chase*）之后，《世界尽头与冷酷仙境》（*Hard-boiled Wonderland and the End of the World*，1991）以及短篇集《象的消灭》（*The Elephant Vanishes*，1993）等均成为抢手作品，被纽约知名的出版社出版。”[①] 这是村上对美国现代文学最为真诚的回报，也是这位日本作家执手菲茨杰拉德和雷蒙德·卡弗的永恒的画面。

---

① [日]松岡直美：「村上春樹とレイモンド·カーヴァ——1980年代における日本文学とアメリカ文学の合流」，『比較文学』（总字第36期）1993年，第104頁。

终章 《1Q84》（I、II、III）的里程碑价值

第一节 从容走来的《1Q84》

一位真正意义上的作家，总是会以自己的作品持续着与社会之间的对话。否则，无论曾经多么辉煌，个人的历史都将戛然而止，成为天海中淡淡的、一颗几乎看不见的星星。自2004年完成《天黑以后》以来，村上春树已然有5年没有长篇作品问世，读者的等待显然太久了些。

根据日本最大的网上图书购物公司“亚马逊”（Amazon）2009年披露：“截至5月20日，29日即将发行的村上春树长篇新作《1Q84》的预约数已经超过1万册。这是迄今为止国内长篇文艺作品预约数之最。”[①]

《1Q84》（I、II）于2009年5月27日在东京都内各大型书店上架，随即空前畅销，供不应求。据纪伊国屋书店新宿本店的统计，其后的第一个周末也就是30日，蜂拥而至的读者群中，每3人就有1人购买《1Q84》。作为出版商的新潮社，初版第一卷印刷数量为20万册，第二卷为18万册，比5月22日的预计数量各增加了5万册。到了这一年年底，《1Q84》（I、II）的总销量已达到了224万册。

2009年9月18日，《读卖新闻》上有这样一则报道透露：“今年5月发行的村上春树长篇小说《1Q84》的续集正在创作中，这一

---

① 『読売新聞·読書』2009年5月26日。

事实已得以印证，预计将于明年出版。”事实上，这部续集，亦即《1Q84》（III），已于2010年4月16日问世，头版的销量不足一周即已高达39.8万册，居图书市场小说之首。这样，截止到2010年4月22日，《1Q84》第一卷销量已达125.8万册，第二卷为101.7万册，三卷总计为267.3万册。坊间的动向，已开始关注第三卷是否意味着故事的终结，抑或第四卷甚至第五卷的出现，会在什么时候成为现实。然而，这毕竟是只能由村上春树来定夺的事情。在作品事实上出现之前，鉴赏显然比揣测重要得多。

《1Q84》迅速吸引了读书界的目光，一时之间，受众在“进入故事情节以后，没有办法中途停下来，只能面对睡眠不足”①。由索尼公司发行的杨纳杰克的《小交响曲》CD，也伴随着作品步入了读者的茶余饭后和日常生活当中，唤回了人们对古典音乐的眷顾。据统计，这张唱片20年间在日本的总销量为6000张，《1Q84》热卖后，一周的销量即已与这一数字持平。

作品中出现的契诃夫的调查报告《库页岛》的日译本（上下卷，中村融译），岩波出版社不得不紧急增印5000册，以应对市场需求。另一种筑摩文库版全集的《库页岛》（松下裕译）版本，也因《1Q84》而复活。此外，中央公论新社出版的《契诃夫全集》（原卓也译）等与契诃夫相关书籍的销量也呈上扬趋势。作为一种重要的文学和文化连带现象，《1Q84》带给日本社会的，并非仅仅是一本超级畅销小说的意义和价值。

文学是没有国界的。日本的近邻韩国捷足先登，不惜以近1亿日元的重金购买了《1Q84》（I、II）的版权，而且迻译神速，2009

---

① 「寝不足との戦い」，『読売新聞・読書』2009年8月6日。

年 8 月末便可以在首尔的各大书店得手韩文版的《1Q84》了，比日本仅仅晚了 3 个月。不仅如此，上架不足半年，销售总量也已超过 100 万册。韩国的媒体还特别强调，网上购买《1Q84》的读者 38% 年龄在 10—20 岁之间，认为这部作品在韩国“开拓了新的读者层”。

紧步韩国后尘的是中国的台湾。2009 年 11 月 12 日晚，以村上小说中文译者而知名的赖明珠，出席了在台北著名的“海边的卡夫卡”咖啡馆举行的该书的首发式并致词。次日，《1Q84》(I、II) 的繁体中文版在港、澳、台三地同时发行。据报道，上下两册预购量共 2.2 万套，已经超过了日本，在台湾小说出版预购的历史上也是前所未有的。

“前不久在香港为《1Q84》作宣传的赖明珠接受早报记者采访时，作为一名村上的长期译者谈到了对《1Q84》的感言。”[①]中国大陆的简体汉字版的《1Q84》，迟至 2010 年 5 月才由南海出版社推出，译者施小炜，由于只出版了第 1、2 卷，实际上完成的只能说是《1Q84》的残编断简。如此说来，即便是在欧美世界殆无音讯传来的背景下，《1Q84》走向世界的行程显然也不会一蹴而就。

《1Q84》应该是村上给自己的花甲之年的一份世界级作家的证词，村上小说的读者群体的期待和反应，堪可从一个侧面说明这一点。然而，正如德国村上小说译者乌威何曼所言：“村上春树的世界容易进去，不容易出来。”[②]对读者与批评界而言，解析《1Q84》的艺术迷宫断不会是轻而易举的事情。

日本最先出现在学术杂志上的《1Q84》批评文字，是作品问世以后两三个月的事情。在大量的报道式的媒体前奏曲之中，老牌杂

① 《赖明珠：〈1Q84〉中的人物都有村上的影子》，《东方早报》2009 年 12 月 18 日。

② 转引自《赖明珠：〈1Q84〉中的人物都有村上的影子》，《东方早报》2009 年 12 月 18 日。

志《文学界》率先登场，在自己的8月号上设了特集《解读村上春树的〈1Q84〉》。内中收录了加藤典洋的《相差悬殊的小说》、清水良典的《父亲的空缺》、沼野充义的《读毕已是200Q年》和藤井省三的《〈1Q84〉世界中的“阿Q”身影》等4篇文章。同时亮相的，还有《新潮》8、9月号上刊登的福田和也谈《1Q84》的姊妹篇《现代人被救赎的可能》。

出版界的动作也快得惊人，不但与作为轻骑兵的杂志保持着同一步调，而且完全看不出后劲乏力的样子。最先由情报屋出版的是村上春树研究会编著的《解读村上春树的〈1Q84〉》，出版时间是2009年7月，比《文学界》的特辑还早了一个月。全书由关于纯爱小说《1Q84》的40个视角、解读“村上世界”的钥匙和《1Q84》的关键词3部分组成。三位执笔者分别是教师、作家和编辑，整体上可视为解读《1Q84》的一本急就章。此间，河出书房新社同时推出的《怎样解读村上春树的〈1Q84〉》一书，汇集了川村凑、清水良典、越川芳明、石原千秋和四方田犬彦等35位文艺评论家、学者、音乐评论家、宗教评论家、作家和翻译家就《1Q84》所发出的声音。

2009年8月，则有彩流社、文化社出版和洋泉社的3本书出版。这3本书中值得提及的是铃村合成的《村上春树战记——〈1Q84〉的起源》，这是作者关于村上的第5本研究专著。2009年年末至2010年年初，若草书房出版了《关于〈1Q84〉I》和《关于〈1Q84〉II》，此系这家出版机构《关于村上春树》的系列论集的第13和14本，《关于〈1Q84〉I》中收录了美国哈佛大学教授杰·鲁宾、藤井省三、渡部泰明、井桁贞义、明里千章等5位东西方学者的论文。《关于〈1Q84〉II》则是东京大学知名教授小森阳一作为主编，为自己的8位在读学生编辑的论文集。

纵观《1Q84》问世以来的年余时间里，日本的批评界与学术界对村上春树的关注，较之此前有增无已，而且集中表现出下述的几个特点：

首先，在20世纪八九十年代完成了战后文坛规模最大的文学批评战役以后，批评界与学术界仍旧在以兵团作战的方式，保持着对村上春树小说研究的规模性投入。必须说及的是，由于至今尚且无法把握这部作品的全貌，批评界与学术界的声音显然是在一种有所保留的状态下发出的。

其次，约以100本专著和1000篇论文为标志的收获时节结束以后，参与这项研究的批评家和学者中间，正逐渐涌现出知晓村上小说艺术的“第一梯队”，并框定着村上小说研究向纵深开掘的新的走向。与此同时，又有许多新鲜的面孔陆续出现，这支研究队伍的规模在明显扩大。

再次，学术流通领域特别是出版界，对这一选题持续保持着久盛不衰的热情。不但一些介入较早者如北宋社、洋泉社等继续活跃，新潮社、若草书房等一些名气较大的出版机构同样未敢怠慢。图书种类也在发生明显的变化，在以学术研究为主体的同时，一些雅俗共赏、图文并茂的出版物相继问世。

最后，对村上春树这样一位处于动态创作背景下的作家，批评界显然也在以非静态的方式来应对。这样的模式对于探索日本及世界当代文学的走向，包括了解村上尚在进行中的小说创作，无疑是有多重裨益的。而且，至少也同时表明对《1Q84》给予了格外的重视。

概括起来，这一时期关于《1Q84》的批评声音，仍然是褒贬不一，毁誉参半。这不仅表现在作品的超常领域、艺术悬念和刻意的后现代小说的不确定性等方面；即便对于作家本人自诩的“新现实主义”框架内的种种艺术处理，人们仍然普遍未置可否、莫衷一是。有必要提及的批评见解应该包括：

一、长期关注村上春树与鲁迅关系的藤井省三，在理解《1Q84》时，仍然在沿着这样的方向努力着。藤井指出，作品女主人公青豆和男主人公天吾的名字都多少有些不可思议，并且从鲁迅小说《故乡》中找到了“青豆”二字的出处：“母亲叫闰土坐，他迟疑了一回，终于就了坐，将长烟管靠在桌旁，递过纸包来，说：‘冬天没有什么东西了。这一点干青豆倒是自家晒在那里的，请老爷……’还应该注意的是，在中国古典诗词中，青豆也有时用来特指僧房。天吾的名字也似乎源自佛教用语‘大悟’。”[①]藤井认为，村上与中国文化，特别是鲁迅小说中的这种共有的因素的存在，是再自然不过的事情了。除了与鲁迅小说的因缘，日本文化现实中的中国印记也显然是大量的。

二、加藤典洋针对《1Q84》女主人公青豆的存在，指出：“重要的是，娱乐性成了这部作品的一个鲜明特征，这与作家此前的作品明显不同。……也许有人认为，村上是绝对不会看《职业杀手》这种日本大众电视剧的，这显然错了。村上不但‘发现’了，而且‘借用’了。”[②]这位学者同时认为，强化娱乐性对村上而言是一把双刃剑，如果缺乏脱凡拔俗的艺术手段，其结果只能降低作品的文学性。村上在《1Q84》中“深度潜入”，结果可能会在日本读者中产生适得其反的效果，因为人们对那些东西太熟悉了。[③]

三、清水良典则注意到了天吾形象中的父子关系的处理问题，

---

① [日]藤井省三：「『1Q84』の中の阿Qの影」，『文學界』(8) 2009年，第231頁。

② [日]加藤典洋：「あからさまなエンターティメント性はなぜ導入されたか」，『村上春樹「1Q84」をどう読むか』，河出書房新社2009年版，第6—7頁。

③ 参见[日]加藤典洋：「桁違いの小説」，『文學界』(8) 2009年，第216—217頁。

认为村上春树的小说从未正面面对过父子关系，《1Q84》同样如此。这一见解至少涉及了与村上小说研究相关的两个问题。一个是批评界在长期关注的村上不正常的父子关系对他的小说创作特别是父亲形象塑造的影响；二是2009年2月村上赴耶路撒冷领取文学奖时，曾在演讲中谈到过2008年过世的父亲。当时作家应该正处于《1Q84》的写作过程中，《父亲的空缺》一文正是针对作家未能在这部作品中找到父亲的感觉而发的。①

四、川村凑对于《空气之蛹》相关情节的处理颇多微词："高中生的小说获奖并走俏的事情，似乎在哪家出版社发生过。村上把它直接写进小说里，很有意思。只是责任编辑理应因此受到处罚，作家却让他以休假的名义淡出了。小松在报复文坛，方式却是以恶治恶。不能读文章，不能写字，无论如何不可能成为畅销作家，直接面对记者招待会，这是一种难以置信的艺术真实。就中可以体味到村上对现今的日本文学与文坛的立场。即便是失望于编辑与出版界，也大可不必如此这般糟蹋文学奖。应该去当个评委，甚或以自己的名字设个奖，才是有益于日本文学发展的积极态度。"②

五、铃村和成提出了："《挪威的森林》源自短篇小说《萤》；《国境以南，太阳以西》源自《发条鸟年代记》；《舞！舞！舞！》源自《寻羊冒险记》；《寻羊冒险记》源自《1973年弹子球》和《且听风吟》，那么，《1Q84》的源头何在，大约应该是小说中的小说《空气之蛹》。"③认为《1Q84》并不是无源之水、无本之木，而是村上

---

① 参见[日]清水良典：「父の空位」，『文學界』(8) 2009年，第220—223頁。

② [日]川村湊：「なぜこういう物語が展開されなければならなかったのか」，『村上春樹「1Q84」をどう読むか』，第55頁。

③ [日]鈴村和成：『村上春樹・戦記——「1Q84」のジェネシス』，彩流社2009年版，第7—8頁。

持续自己的艺术思考与实践的产物。

六、与7年前《海边的卡夫卡》问世所持的激烈批评态度相反，小森阳一虽然为自己的学生编辑了一本专题论文集，然而自己对《1Q84》的文本却未置一词。

在等待《1Q84》(Ⅲ）出版的状态下，小森对于这部尚未完成的作品的思考显然在进行中："5月26日《产经新闻》刊登了《贩卖前增印》的报道，这一信息在各个地方报纸中也同时出现；27日TBS电视台的《新闻总力》和朝日电视台的《报道站》也如法炮制；28日当天上下两册各增印了5万；日本电视台则在《新闻零距离》节目中，让编辑作为现场嘉宾出现，小说出版是被作为一个社会事件来报道的。"[①]

与此相关的是："2009年10月26日《每日新闻》的'第63次读书舆论调查'显示，'读过'和'想读'《1Q84》的人中，'它已成为电视节目中的话题'者占54%之多；'村上的最新长篇'者占21%，仅为前者之半。就中可以看出，比起村上的粉丝，媒体舆论的影响之大。此外，'看了销售排行榜'才去购买的占33%，'刚刚上市便买不到的'的占11%，《1Q84》被这样炒来炒去才不断升温的。"[②]

小森据此进一步认为，《海边的卡夫卡》是正值"9·11"事件发生一周年之际发行的，当时日本正处在被20世纪国家历史所笼罩的精神重负之中。《1Q84》问世之际，面对朝鲜地下核试验成功以及与"绑架事件"关联的问题，日本同样只强调自己受害的一面，表现出对二战期间加害亚洲历史的淡忘。"在书店里那些疯狂预约《1Q84》的善男信女们，也许大都对北朝鲜问题毫无意识，只是在电视屏幕

---

① [日]小森陽一：「まえがきにかえて」，『1Q84 スタディーズ BOOK（2）』，若草書房2009年版，第7頁。

② 同上书，第13页。

上扫过一眼而已。问题在于，漠然其实也是一种不安，由于连原点都无法找到而弥漫开来，这样自然也就失去了寄托的所在。因此，如果7年前《海边卡夫卡》可以给人们救赎与疗愈，《1Q84》也许会改变读者的这种不安吧。”①

“他在2006年出版的《村上春树论》中专门分析了《海边的卡夫卡》，认为该书是否定历史的反动小说，给予了全面的批判。包括我在内，日本许多研究者和文艺批评家都认为小森教授下了轻率的论断，但是至今仍没有反驳他的论文出现。”②看来，日本学术界围绕《1Q84》的讨论，大戏或可还在后面，这应该是可以预测的。

日本以外的亚洲圈中，港澳台地区尚未看到关于《1Q84》的有价值的批评文字。随着《1Q84》(I、II) 简体中文译本的问世，中国大陆的关注与兴趣也已见端倪。个别学术期刊对与作家作品相关的热点问题作出了初步反应。这种情形，较之20余年来对作品译介所表现的过分热情和躁动、而理论批评与学术研究却未能付诸扎实的投入的偏颇，无疑是一种历史的进步。然而，目下国内关于《1Q84》的语境，总体上仍不过是日本批评界的浮光掠影而已。

第二节 《1Q84》人物形象论

青豆与天吾是小说的男女主人公，《1Q84》讲述的就是他们的命

---

① [日]小森陽一:「まえがきにかえて」,『1Q84 スタディーズ BOOK (2)』，第12—13頁。

② [日]藤井省三:《中国“70后”的村上春树论》。转引自杨炳菁:《后现代语境中的村上春树》，中央编译出版社2009年版，第3页。

运史。无论是在小说精神还是文学技巧上，这部作品都理应看作是村上30年功力的集大成者。如此看来，青豆与天吾所承载的，既应该是一种充溢着独创性的思想寄寓，也理当企及一种游刃有余的艺术境地。这样的追求之于村上春树，意味着起码要找到一个好的故事或者说故事讲述方式的新路径。

编故事是村上春树的职业，也是他的过人之处。村上的创作实践表明，其对于故事与人物关系的理解相当独到，不但30年间锲而不舍，而且多有突破，完全看不出才尽思绝的模样。据新潮社的计算，如果将《1Q84》（I、II）的文字总量通过纸本来换算一下的话，则恰好是1984页400字的稿纸。[①]这种巧合显然不宜用来解释作家的出神入化，但是如果把这看作是一种冥冥中的助力，或许也未尝不可。

在初期创作的第一个10年里，村上作品中的人物形象多少有些单薄甚至是模糊不清。在这个意义上，支撑处女作《且听风吟》和"青春三部曲"的并不是故事，而是对现代主义、后现代主义技巧的情有独钟；特别是对菲茨杰拉德的"要想讲述与别人不同的故事，就要使用与别人不同的语言"的崇尚。

进入第二个10年，在完成《挪威的森林》以后，作家对故事的理解已步入了新的境界，明确意识到今后的创作出路在于复合化，那种通过一个故事来结构一部作品的做法已经行不通了，这种改变在《发条鸟年代记》等作品中，不仅屡试不爽而且几近圆熟。

在第三个10年里，《海边的卡夫卡》的故事因此愈加动人，作家的理性认识也更趋成熟，以至于逐渐向把故事置于小说技巧

---

① 参见『「1Q84」村上春樹の世界』，洋泉社2009年版，第22頁。

首位的方向发展。东京地铁沙林毒气案和“9·11”事件以后，村上面对日本人现存的精神危机曾明确表示，自己的文学“是一定要与这种精神禁锢抗衡的。虽然精神的世界把握起来很难，但是好的故事情节可以令人的心胸变得宽广起来，而这样的人们是不会走进死胡同里去的”①。这段话对于执笔中的《1Q84》的命意，显然可以成为纲领性的存在。有鉴于此，解读这部作品的价值，不但有理由从故事开始，而且这也是通往《1Q84》复杂的人物世界的入口。

《平均律钢琴曲集》是有“西方音乐之父”之称的德国作曲家巴赫的代表作，由第一、二卷的每卷长短 24 调，共 48 组前奏曲构成，其中还收录了赋格。是作曲家将十二平均律全面、系统地运用到音乐创作中的首次实践，并由此开辟了欧洲音乐的新天地。这部钢琴曲集原本是作为青少年的启蒙教材来完成的，问世以后不但成为钢琴家们平日的必修课，而且同贝多芬的《钢琴奏鸣曲 32 曲》齐名，被誉为钢琴曲中的“旧约圣书”和“新约圣书”。

可以看出，就长篇的结构特征而言，不仅《1Q84》（I、II）总计 48 章的结构方法源于巴赫的《平均律钢琴曲集》；与此同时，巴赫作为一个虔诚的宗教徒，他的音乐创作中的宗教精神也是与《1Q84》的主题并不抵牾的存在。

村上自己在解释两位青年主人公名字的来源时，曾这样讲道：“按照巴赫平均律的曲集格式的长调与短调，我让青豆与天吾的故事交错展开。最先想到的主人公的名字时，我脑海中闪现出

① [日]村上春樹：「僕にとっての“世界文学”そして“世界”」，『毎日新聞·朝刊』2008 年 5 月 12 日。

居酒屋的一个很不错的菜名‘青豆豆腐’；这样天吾的名字也随之蓦然出现了。”[①]作家本人并没有将青豆与鲁迅的小说《故乡》径直联系起来，只是指出了确系从酒馆的菜单中借来的事实。同时，也没有谈及同宗教的联系。藤井省三的考证，将这是中国南方的一种蔬菜落到了实处；并且意识到了“青豆”一词与中国宗教文化的关联。根据是作品中曾有过这样的描述：“在她所到过的所有城市和乡镇，从未遇到过姓青豆的人”，读来已经颇有一点仙风道骨的感觉了。

生于1954年的青豆是健身教练，精通武功与按摩之术；同时又是职业杀手，操冰锥以索恶者之命；表里的不可思议、难以合一的反差，是这一形象的重要特征。作品让她游弋于1984和1Q84两个世界，直面现实，又借助虚幻与暗喻，为她平添了扑朔迷离的后现代小说人物的鲜明色彩。这一人物可以无限接近，然而想要把握她的行为方式的本质，却需要面对太多的谜团。

青豆孩提时代曾受父母影响加入新宗教团体“证人会”[②]，旋即远离宗教和家庭，自高中时代起便独立地面对社会，直到从一所体育大学毕业。这个原本有情有义的女孩，最初的杀人动因，是挚友大冢环婚后因不堪忍受丈夫的性虐待而上吊自杀。复仇的抉择使她

---

① [日]尾崎真理子:「村上春樹氏インタビュー」(中),『読売新聞』2009年6月17日。

② 1884年创立于美国的宗教团体，全称“耶稣证人会”，是基督教复兴的产物，主张避免血腥、杀戮和淫行。由于拒绝输血而导致教徒与家属死亡的例子很多,所以“证人会”的教约一直受到批评和质疑。这种宗教观念与医学伦理之间的冲突，至今未能得到解决。在日本，1985年神奈川县发生了小学五年级学生骑自行车与货车相撞的交通事故。医生为了挽救男孩的性命，提出输血救治的方案，可是男孩的父母因为是“证人会”成员而极力反对，结果导致男孩死亡。《1Q84》中，母亲带领幼小的青豆的步行传教的描写，虽已是这一宗教诞生百年以后的事情，但仍然是典型的“证人会”的布教特点。而青豆的整个命运史，在这个意义上也是对“证人会”教约的反叛史。

练就了以冰锥刺入延髓的杀人不见血的绝技。女友的弱者的命运，也便成为青豆强者形象的一面镜子，这在当时与职业选择并不搭界。但是，“风景改变，规则改变”，当现实需要一个惩恶的强者时，女性比男性显然更具文学的魅力，从根本上说是社会的需求锁定并导致她走上职业化之路。再次接受老妇人的委托，暗杀宗教组织“先驱”的教祖是她杀手生涯的顶峰。当青豆从恶魔口中得知，这次暗杀将使两小无猜的天吾的生命获救时，遂决定以牺牲自己的生命为代价，换取天吾的安宁。

职业女杀手的形象特征并不是青豆的唯一，青豆也并没有在这样的人生道路上走到底。她的性格演进轨迹和渐趋复杂的样态，是通过怀孕的情节来设置与完成的。在这个意义上，《1Q84》（III）的出现是必然的，否则女主人公青豆的形象就会面临缺失的平庸和不完整的现实。

《1Q84》（II）的结尾处，青豆面对无法返回现实世界的困境时，曾口含手枪准备自杀；《1Q84》（III）以她最终没有扣动扳机，仍然活在 1Q84 的世界开篇。村上春树背离了契诃夫式的道具理论，并且在作品中借塔马尔之口解释了内中的缘由：

> 现在已经接近 20 世纪的尾声了，和契诃夫生存的时代毕竟不同了。路上不再有马车穿行，也看不到穿紧身衣的女性了。经历过纳粹主义、原爆灾难和现代音乐，这个世界仍在持续向前走着。小说的创作方法也发生了很大的变化，所以你可以不必那么在意。①

① ［日］村上春樹：『1Q84』（BOOK III），新潮社 2010 年版，第 534 頁。

成为孕妇之于青豆可谓一个奇思怪想，作家只能借助超现实的因素来提供助力。半年期间和任何男人都没有接触的青豆，意外地成为已经怀孕 4 个月的孕妇，这在生理科学上是一种悖论；20 年间与梦中情人天各一方，小说逻辑却将这个孩子认定成非天吾的后代莫属。凡此种种，把看似不可思议的荒谬，演绎成小说艺术的真实，之于村上并不是第一次。10 年前创作《神的孩子都跳舞》时，小说的主人公善也便是母亲和一个医生成奸的苦果，妇产科医生同时也是一位避孕专家，所以并不承认善也是自己的骨肉。善也的母亲遂一改往日的风骚，最终将善也作为神的孩子抚养成人。

“处女怀孕”的艺术个案，同样意在表现青豆从职业杀手回归普通女性的人生改变。为了母亲的神圣，青豆与职业杀手的生活方式彻底诀别，这不仅表现在放弃整容或轻生，在都市生活中隐匿下来等待孩子的出生；更重要的在于杀气已然从女性的目光中完全消褪，宁静取代了曾经写在青春的脸上的狰狞。青豆在天吾出现过的儿童游乐设施对面的民宅里，艰难地承受着自我救赎的漫漫长夜里的煎熬，等待着和天吾重逢的新生活的曙色的出现。无论是被“先驱”追杀的恐怖，还是天吾杳无音讯的迷茫，都不能改变青豆宗教般的虔诚与信念。一言以蔽之，《1Q84》（III）里的青豆形象是全新的、反差巨大的；变化的依据却是充分的、始料不及的。

天吾有数学神童的禀赋，放浪形骸的母亲在他很小的时候便抛夫弃子而去，留下那个父亲般的男人伴着他度过了童年。没有母爱，或者说没有应有的母爱记忆；也很难理解父爱，或者说始终被血缘关系的疑窦所困扰，天吾的人生既不健全也不完善。其最终的社会定位是补习班的数学老师，在从一位有夫之妇那里得到的满足中度日，无法割舍的却是小说创作。17 岁少女的小说获奖并畅销的事件中，天吾充当枪手卷入其中，并因触及了邪教组织的内幕而大难临头。

天吾不比青豆，在与刚性的复杂性格相左的同时，不思进取，徒具虚表，执着地走向平庸，甚至是无聊，成为现代人中凡夫俗子的典型。天吾的故事，是以一篇小说中的小说《空气之蛹》为媒介完成的。如果不接受《空气之蛹》的改写，这位主人公的故事就会无法讲述。

作品中写道，天吾为改写这篇小说买了一台富士通公司的“OASYS LIFE”系列的新型打字机，时间是 1984 年 4 月。实际上，这款打字机的上市时间是 1984 年 8 月，这一细节与生活真实是多少有些出入的。

青豆只是在《1Q84》(II) 即将收尾的时候，才读到了这篇小说。这样的处理，用意显然在于让天吾有足够的空间，面对人生自说自话。承担了这篇小说的再创作，却想退回作为酬劳的 160 万日元，天吾的精神世界又并未堕落到失去底线。他替一个 17 岁的少女最终完成了对邪教的告发，当对方主动和他发生肉体关系时又呆若木鸡。深田保连自己的亲生女儿都不肯放过的描写，兀现的是为人类意识所不容的邪教头目的恶性；而天吾与深绘理之间，表现的则是现代人“自我中心”式的放荡不羁。或者说，是礼崩乐坏的文化现实的一种聚焦。天吾其人及其行为方式，是属于《1Q84》这样一个时代的。

一直以来，村上小说中的父亲形象谱系大都不尽如人意。处女作《且听风吟》中，写到了主人公的三个叔叔，对父亲却只字未提。《托尼瀑谷》中，托尼的父亲省三郎浑噩平庸，死后留下的上千张老唱片，也被儿子付之一炬。父子关系被从根本上否定的情形，还出现在《神的孩子都跳舞》中。一直在苦苦寻求自己的生身之父的善也，经历的不过是一场泡沫式的残酷过程，所以只能在空旷的操场上留下发泄的舞姿。《海边的卡夫卡》中，少年卡夫卡梦中弑父，醒来时浑身上下却沾满了田中浩二的鲜血，仍然是一篇父子绝情的宣言。

有鉴于此，批评界已先后有人指出，村上与父亲的关系不睦。作家本人对此也从不讳言，而且表示过出于这样的原因自己连孩子都不想要。说白了为人之父不是件容易的事情，村上压根不想当父亲。这种一贯的立场在《1Q84》中出现了明显的转化态势，并且开始演变为父子关系的一种中庸之道。日本批评界认为《1Q84》仍旧是一部“父亲空缺”的小说的观点，是值得商榷的。这种认识不但有违于作家与父亲关系的实际，也多有与作品微妙的艺术表现相悖之处。

母亲在去向不明的同时，也把生身之父的悬念，永远地留给了天吾。“不是父亲的男人”和“真正的父亲”的存在的设置，毫无疑问是解读《1Q84》的一把钥匙。与天吾没有血缘关系的川奈默默地承担起了养父的责任，当然是以自己能够做到的方式，照顾天吾直到初中毕业、可以独立生活为止。狭小凌乱的生活环境，没有礼拜天的童年，走街串巷为NHK收费的艰辛，成为川奈留给天吾的全部生活记忆。川奈以自己的养育之恩，换来的却是天吾的仇视与叛逆。所以，渴求拥有正常生活的天吾升入高中住校以后，十几年间天吾与川奈的关系无疑已形同虚设。自己含辛茹苦，养的却是一条中山狼，这一定是川奈在病发前的结论。而撒手人寰之际，这一结论又势必因天吾的孝行而改变。

从少年的苦难中挣脱出来，并不是一个轻而易举的过程。人对生活的认识包括血缘关系的理解，总是随着年龄的增长而逐步深化。需要说及的是，这时的天吾对父子关系的理解，已不再重谈《1Q84》问世以前作家的艺术表现的老调。据此似乎也可以这样认定，被父子关系的梦魇所纠缠的村上，已处于亲情认识的逐渐改变的状态之中。

2009 年，村上在获耶路撒冷文学奖时，发表了《永远站在蛋一边》的著名的演讲词，同时也借此告慰驾鹤西归的父亲：

> 我的父亲于去年过世，享年 90。他是一位退休教师，也是一位僧侣。他在京都大学读研究生时应征入伍，被派往中国战场。我是战后出生的，总会看见他每日早餐前，面对家里小小的佛龛长时间虔诚地祈祷。我曾问及他这样做的缘由，父亲告诉我他在为死于战争的所有的亡灵祈祷，无论敌友。我望着佛龛前的父亲的背影，似乎感觉到了他周围漂浮的死亡的影子。父亲走了，也带走了他的记忆，那些我永远不可能知道的记忆。唯一剩下的是潜藏在他周围的死亡的气息。这是我从父亲那里承继的为数不多却是最为重要的东西之一。①

显而易见，缅怀之情使村上最终转变了父子关系的对峙立场。这在同期完成的天吾形象的塑造过程中，是有足够的依据的。

二俣尾站位于东京都青梅市，是日本铁路公司（JR）东日本青梅线上的一个小站，也是天吾去看望在疗养院养病的“父亲”的必经之路。在这样一种纯粹的现实画面里，作品出人意料地讲述了一

---

① 『心をゆさぶる平和へのメッセージ～なぜ、村上春樹はエルサレム賞を受賞したのか？』，ゴマブックス 2009 年版，第 50—53 頁。

个超现实的神话故事。《猫之街》是都市生活中的冥界般的场所，猫取代人类成为那里的主宰，人一旦落入猫的掌控之中便会失去回归现实的可能。

这是作家关于“1Q84”世界的有意为之的意象设定，为了掩饰这样的主观性，作品甚至把它解释为，故事出自一位不知名的德国作家之手，写作时间是第一次和第二次世界大战之间。据日本的一个所谓的“《空气之蛹》调查委员会”的考证：“日本出版的相关文集目录中并没有该小说的出现，据此可以推断，《猫之街》的作者实际上是村上本人。”[①]于是，男女主人公之间，只能根据作品艺术上的需求，在两个不同的世界里对话。天吾在“猫之街”感受到了青豆的存在，理由概在于此。《1Q84》（III）中，作家对此又借青豆之口刻意作出了进一步的点化：“我称之为‘1Q84’，而他称之为‘猫之街’，其实我们说的是一个世界。”

这样看来，天吾去房总半岛探望川奈的情节，意在表达对养父之恩的全新的、村上小说中尚未出现过的理解，而且很有一点意犹未尽的感觉。《1Q84》（III）中为此付出了大量篇幅，理由便在于此。面对一生恪守“不说就不明白的事情，就是说了也不会明白”的信条的川奈，天吾倾诉了“我现在已经不想那种事了，也不会再那样考虑问题了。其实环境是适合自己的环境，父亲也是适合自己的父亲”的衷肠。两个人各自卸下了肩上的重负，舍此川奈便无力在昏睡的安详中走向生命的尽头；天吾的人生理解也会因失去必要忏悔的过程而变得单薄。

---

① [日]空気さなぎ調査委員会：『村上春樹「1Q84」の世界を深読みする本』，ぶんか社2009年版，第137頁。

可见，《1Q84》中父亲已不再缺失，父子关系开始成为映照天吾灵魂的重要因素。在这条路上，同天吾同病相怜的村上春树坎坎坷坷几十年，个中滋味得来不易，批评界应该没有理由忽略。

青豆与天吾的形象共性在于，不但拥有双重身份，而且同样具备面对人生的多面性格。作为两个充满矛盾的灵魂整体，生存方式同中有异、异中有同。青豆一面帮助现实中的众生获得健康的身心与体魄，一面蔑视法律条文的约束，无情地除掉那些僭越社会约束和道德限制的恶人。天吾选择了靠良知生存的职业，却照样可以干捉刀代笔、欺世盗名的事情。现代伦理印记颇为抢眼的两个人，都已不再是传统意义上的好人与坏人，善或恶的化身，故事的语境也自然脱离了传统概念的单一性、纯粹性与特殊性。这样，国家体制、宗教组织、学潮记忆、文坛黑幕、家庭暴力、黑社会的现代形态、晚婚与婚外恋的时代潮流等现实介质，遂根据人物塑造的需要纷纷涌入，成为他们所面对的《1Q84》的世界的合理、有机与全新的构成。

人们很容易注意到，《1Q84》仍然是以第三人称的方式讲述的，而且小说也沿袭了《世界尽头与冷酷仙境》和《海边的卡夫卡》的平行结构。如果说《世界尽头与冷酷仙境》是以“我”和“影子”为两条线向前延伸的话，“我”的现实世界和“影子”的虚幻世界的平行结构虽然出现了，但是故事却明显存在着空洞的弱点。那么，到了《海边的卡夫卡》时，田村卡夫卡和中田老人的平行线，在一定程度上弥补了《世界尽头与冷酷仙境》的局限，融进了关于历史和现实的思考；但在生活容量和故事的复杂性方面，仍然存有单薄之嫌。

《1Q84》的结构，让两个同龄的男女主角的人生曲线，径直通向了现实与超现实的两个世界，以故事内容的丰饶换取了人物性格的多元化的功效，彻底改变了作家此前平行结构运用的缺憾和不足。而且，在处理纷繁与简约、情节与悬念、清晰与模糊的关系，以强化作品的可读性等方面均有建树，充分显示了一位世界级小说家的水准。

青豆和天吾的童年情窦，只留下了一个陪着母亲去传教，一个跟着父亲去收费的面影。10岁时的一次牵手，20年的漫长等待，30岁的最后一次远望，末了还是青豆不嫁，天吾不娶，这便是青豆与天吾关系形态的全部。拆解作品的结构可以知道，作为男女主人公，没有这个大框架维系二者关系，之于整个作品是不可思议的。然而，在这个框架之内，这两个人物的故事实际上均系一种相对独立的存在，而且无不是以彼此关系之外的内容为主体建构的。

> 在两年的持续写作过程中，我从未动摇过完成这部作品的信念。我要把它设定成10岁时相见，30岁时相互寻找的男女主人公的单纯的故事，并尽量把它扩大化，再使它复杂起来。①

天吾10岁时开始拒绝和父亲一起走街串巷收费；青豆10岁时离开父母，抛弃自己的宗教信仰；小翼10岁时因遭迫害逃出邪教魔窟，“先驱”中遭遇同样灾难的女孩们也大都是10岁上下。《1Q84》的世界，让未成年的一代承受不应有的生活磨难，毫无疑问是作家的生活理解使然。在《1Q84》之前，可以找到的是《挪威的森林》中的女高中生，17岁时已成为一个同性恋者；《海边的卡夫卡》中，遍体鳞伤的少年卡夫卡也只有15岁；作为这一形象塑造背景的“神

---

① ［日］尾崎真理子:「村上春樹氏インタビュー」(中),『読売新聞』2009年6月17日。

户少年杀人事件”中的原型只有14岁。象征少年的年龄在新千年以来的10年间，便迅速下降到10岁。可以认为，这个指数不断下滑的坐标，既是村上关注社会现存危机的一个不应忽略的图示，也是村上小说形象塑造的一个特点。

青豆在首都高速公路的出租车上亮相，去涩谷执行暗杀任务。作为整个作品的发端，女主人公自身的故事与结尾的杀掉深田保以后，再次登上这条公路遥相呼应，结构方法十分巧妙。她在端点上借助紧急避难用的阶梯，并从那里一步步接受命运的安排，结果在终点上的同一场所，却无法找到那条返回现实的路。寓意与结构浑然天成、别具一格。青豆的宿命，与作品所暗示的“没有从1Q84回到1984的路，那个世界没有出口”的立意是完全吻合的。

村上的初期创作中，在表现现实与虚幻两个不同世界的时候，常常会借助“井”这一介质并赋予其象征意义，这样“井”便成为理解村上小说的一个重要意向。然而，在《1Q84》的世界里，“井”却成为理应出现、实际上却并未出现的反常规存在。如果说，艺术上无法找出“井”的使用在《发条鸟年代记》戛然而止的理由，那么“井”的样态的改变，则完全有可能成为作品意向追求的新的天地。从这点出发，似乎可以认定作品开篇处首都高速公路上的紧急避难阶梯，便是村上春树感受现实与非现实世界的新型井口。这样看来，《1Q84》对“井”的意向的处理，已由自然状态转向超现实描写。青豆的命运曲线的象征意义，也无疑会由于这一改变而得以深化。

《1Q84》（III）中，作家在结尾处增设了独具匠心的第31章《天吾和青豆》，副标题显示的这一章的题旨，便是让豆粒重新回到豆荚里。作为作品的结局，青豆最终在隐居的民宅对面的儿童娱乐设施前，与阔别20年的天吾再次牵手。天吾的出现，成为两人重逢前天吾的生存下去的动力与理由。帮助青豆离开“1Q84”，回到“1984”的现实世界中来，则是两个人重新开始新生活的一个奠基礼。当青豆与天吾牵手并肩、融为一体，通过首都高速公路紧急避难出口回到现实世界的时候，天上高悬的已然不是两个而是一轮皎洁的明月，月亮旁边是初升的太阳，夜的阴霾正悄然散去，灿烂的一天在敞开胸怀迎接他们的到来。

牛河其人从体态到脸型的最大特征，是毫无对称性可言。这个人物不仅长相不合格，而且也着实是人类群体中一种苟且而又丑陋的存在。解读牛河，首先要回到10余年前问世的《发条鸟年代记》中去。这部作品是牛河登场的最初舞台，身份是众议院议员、同时兼任集现实邪恶于一身的新型恶棍绵谷升的秘书，承担着连接现实与虚幻两个不同世界的怪异业务。重新出现在《1Q84》中的牛河，沿用了“牛河利治”的名字，身份是“财团法人新日本学术艺术振兴会”专任理事。这是一个姗姗来迟的人物，出现在第二卷开头的部分，为塑造天吾的形象特征所必需。然而，直至这一卷的结束，除了企图以母亲的信息引诱天吾，通过金钱贿赂来控制天吾，牛河并没有其他的作为，其在卷帙中所占的篇幅极其有限，甚至给人以一种可有可无的印象。

出人意料的是，这一形象的分量在《1Q84》（III）中陡然加重，不但浮升为作品中的主要人物，位置甚至不在青豆和天吾之下。此时的牛河也成了一个忙得不可开交的人，一方面投靠“先驱”，监视天吾的行踪以钓出青豆这条大鱼，为调查深田保的死因肝脑涂地。另一方面则作为邪恶势力的前台代表，掌管并梳理着《1Q84》世界的纵横阡陌。作为青豆、天吾的性格类型的一种对应性存在，牛河则成为恶鬼群体的承继者，并且使出了浑身解数，充实成为血肉兼备的形象。牛河的意义在于，这个人物不啻是邪恶群体同样生生不息的见证。他的存在，也便意味着青豆和天吾的永无宁日，和最终的不是你死、就是我活的结局。

为了凸显这一形象的艺术效果，村上春树甚至在长篇结构上，作出了必要的、适应性调整。如前所述，《1Q84》(I、II) 的结构特点，是在借鉴了巴赫的《平均律钢琴曲》的基础上形成的。总计 48 个章节中，奇数以青豆、偶数以天吾命名，因此具有音乐结构的特有的对称性。《1Q84》(III) 虽然考虑到了前两部既有的结构特点，但为了牛河还是作出了调整和改变。总计 31 个章节中，除最后一章作为特例单列之外，前 30 章按 1 牛河、2 青豆、3 天吾的序列三分天下，在 3×10=30 的结构中，注入进情节发展所需的全部内容。牛河死掉之后，又以象征性的手法，让天吾和青豆一起完成了作为结尾的第 31 章。

小松是出现在与天吾相关的故事中的一个重要角色。这样看待这个人物的理由，至少出于下述两种依据。

其一，20 世纪 60 年代安保运动时，小松作为东京大学文学部的学生中坚，无论是精神上还是肉体上，都受到了很深的伤害。大学毕业后他到出版社做了编辑，成为被社会生活分化瓦解后的一个散在的学潮运动的经历者。社会戕害的负面效应和长期影响，并没有因学潮的结束和团体行为的终了而成为过去，而是伴着生活前行的脚步在逐渐地显示出来。融入体制的同时又背向体制，成为他的编辑生涯的一种必然的、顽劣的模式。以文艺杂志新人奖投稿者的身份，同时成为小说候选作品的初审者，这也正是小松处心积虑地接近天吾的目的。只要拿出好的小说又不违反法律，一应规则都可以沦为利益的奴仆，然后去堂而皇之地面对舆论和读者。凡此种种，不过是小松式的老道之一斑。把这样的文化堕落在天吾这一代传布下去，也是小松者流对社会的一种污染与回馈。

其二，文坛丑闻不过是社会黑暗的一角而已。各种各样的已然发生和将要发生的事情，要进入小说并成为艺术的有机构成，至少需要具备两个条件。第一，在对文坛的整体思考与敏锐发现之间，不能动摇或失却代表着正确方向的立场与标准。第二,一应决定表现的内容，必须找到一个合适的人物形象作为载体，以确保小说因素与作品结构的合理性。小松对文坛的戏弄令人瞠目，但作品的艺术夸张是大抵可以接受的。患有语言障碍的深绘理从容应对记者招待会的细节，让人更多想到的不是艺术真实问题，而是作家的痛楚的文坛认识。小松作为艺术形象，把现代文化人身上全新的道德体系，表现得入木三分。说到让他以休假的方式淡出，亦即作品倾向问题，暧昧之中是可以看出作家对文坛现实的某种无可奈何的情绪的。

孑然一身的青豆，生存理念上或可是因了天吾的存在，性格逻辑上则并非心系天吾使然。青豆在业余时间常常出入高档饭店与酒吧，寻找那些可以接受的男人逞一夜风流。而且每当完成一项暗杀任务以后，这种需求和渴望都会愈加强烈。在发泄和放松的波峰谷底之间，她没有可能时时想着天吾，甚至去现实世界里大海捞针。反之，为一种生存方式所决定，她才可能去结识女警察阿步；让阿步从容地进入作品的结构和小说故事之中。

阿步作为道具式的人物，之于青豆形象的塑造至少有两种存在价值。第一，作为警察她与杀手青豆有生活情趣相通的一面，这种共性使得两个身份迥异的形象之间反差鲜明，独具着某种洞穿现实社会假面的力量。第二，她为了帮助青豆了解山梨县发生的宗教组织与警察之间的枪战，无意中得罪了邪教势力，并且被人用她随身携带的手铐铐在了放荡的生活方式上，死于非命。作品在拉紧了宗教组织这条线索以后，随即利用偶然性舍弃了这个道具。

林林总总的暴力总是无处不在，青豆的雇主是一位有巨额资产的老妇人，她住在麻布的一所豪宅“柳屋”中。然而，暴力并没有因此对她宽容，而是把家庭性虐待的不幸，强加到了她的头上，致使她失去了爱女。在这一点上，她与青豆不但具备殆无二致的人生况味，而且把青豆视为自己的亲生女儿，自然成了情理之中的事情。老妇人执意惩恶，青豆倾力合作。一种并非纯粹的、凌驾于法律之上的现代买卖关系就这样形成了。老妇人的女婿随即在人间蒸发，遂成为题中应有之义。

接下来发生的与深田保的对峙，是由小翼的线索所引发的。老妇人由于收留了这个年仅 10 岁却被宗教教主以神的旨意为由奸污的女孩，她的专门接纳那些被家庭暴力所伤害的女性的庇护所遂为邪教势力所不容。看家护院的德国牧羊犬被炸死，小翼失踪后极有可能重回苦海的窘境，决定了这两股势力的水火难容与最终决战。无论有否青豆的出现，罪孽深重的深田保都将死于因果报应，这是作品所表现的一种必然的逻辑。《1Q84》的世界，最终是在以恶治恶的终点上连得手的青豆也未能幸免的残酷中落下帷幕的。

深田保亡命的大仓饭店，在日本的高级宾馆中颇有名气。选择这样的场所，之于村上并不是随意性的。“先驱”作为一种艺术化的产物，是日本现代宗教体系中的邪恶势力的缩影。“奥姆真理教”这个当代日本邪教中的典型存在，理所当然地会成为“先驱”描写的现实摹本。把大仓宾馆视为一个小说舞台，内中聚敛了作家太多的关于新兴宗教的思考，作品的倾向性也不能不在这一舞台上体现出来。

“奥姆真理教”成立于1984年2月，是由最初的“奥姆会”、后称“奥姆神仙会”而发展起来的新宗教组织；1987年改名为“奥姆真理教”。教主麻原彰晃，原名松本智津夫。《1Q84》中写了“先驱”的领导视力不好，麻原彰晃也出身于盲人学校。关于麻原彰晃的审判资料中披露：1994年2月27日奥姆真理教的核心成员曾在大仓宾馆紧急聚会，安排实施东京地铁沙林事件，与事后武装教团、重整日本的计划。《1Q84》以深田保死于这一宾馆的情节，表达了对邪教宿命的理解。现实中的大仓宾馆的前台设在5楼，深田保住的总统套房应该设在9楼或10楼，而不是小说中所描写的7楼，作家以似有舛误的艺术处理，把1984的现实世界和1Q84的小说世界区别开来。

还需说及的是“柳屋”中老妇人身边的那个有朝鲜血统的保镖塔马尔。这个人物在作品中看似可有可无，实际上对青豆而言却不可或缺。40岁的塔马尔出生在库页岛，曾经在日本自卫队的特种部队服役过，孔武有力，功夫过人。他是个同性恋者的安排，可以免去与庇护所所有的女性、包括杀手青豆的情感纠葛，有利于这一形象自身的洗练。小翼的失踪与庇护所的牧羊犬之死，让塔马尔颜面扫地，他背地里为青豆提供德国制的寇奇HK4手枪，既表现了杀手之间的呵护和理解，为青豆的死提供了暗示。与此同时，私藏枪支也使他的存在隐现了老妇人所代表的社会势力的存在方式。

不仅如此，他还是连接1Q84和1984两个世界的一个有机环节。关于这类人物，作家在《发条鸟年代记》中便曾使用过。那部作品中的加纳马尔塔，便穿梭于冈田亨的生活现实与未知世界之间，不断发出与作品情节相关的预言。这从命名时相同的日语发音中，也可以看出两者的相似。看来，作家从未放弃过对类似形象的思考，这类形象在不同作品中的形变，在一定程度上改变了道具式人物的单一化特征。

“柳屋”曲径通幽，氛围神秘。从小说中所提示的内容判断，“柳屋”应该是现今东京的日比谷线广尾站附近的“有栖川宫纪念公园”。这里原本是江户时代陆奥盛冈藩的属地，1896 年成为有栖川宫威仁亲王的御用地，实际上主要是亲王的生母森则子的寝宫。1923 年有栖川宫家族没落，1934 年成为开放式的公园。这表明“柳屋”不但是有原型的，而且历史上便曾属于一位皇族谱系的老妇人。

青豆是从现实世界中去的，自始至终需要保镖塔马尔的引领，才能在一种虚幻的环境中见到老妇人。不消说女性庇护所在日本社会的现实中是根本找不到的，由“柳屋”发出的所有给青豆的指令的后果，最终结果也均未被公开报道，引起社会事端。在这个意义上，尽管作品给老妇人安排了财阀出身的家庭背景，融资市场的精英身份以及通过防身术训练班结识青豆的情节，仍然无法改变这一形象和“柳屋”的非现实性的一面。

天吾的母亲是一个既虚幻又现实的形象。这种感觉也正是作品刻意把握与追求的效果。这一形象的虚幻感，在于她只是天吾记忆与想象中的存在，作品中并未出现过对她的正面描写，离开天吾便成为空旷的影子。这一形象的现实性，则体现在她又是决定天吾形象塑造的某种因素。伴随着天吾在作品中的出现，便有关于母亲的“最初的记忆出现在 1 岁半的时候。她的母亲脱掉衬衫，解开白色背带长裙的纽扣，让不是父亲的男人吸乳头，旁边的婴儿床上躺着一个婴儿，大约就是天吾”的描写。那以后这一场景多次闪现，横亘于天吾形象塑造的始末，制约着甚至决定着他戴着镣铐跳舞的生存方式。从生理学意义上讲，1 岁半的婴儿是没有记忆的，即便是有也不可能清晰地出现在男女之情的领域里。把超现实的艺术手法强加给天吾，委实反常而又并非随意使然。

“我是她唯一的男人，可孩子却不是我的。”青豆在首都高速公路上因堵车而无意听到的迈克尔·杰克逊的 *Billie Jean* 时，内中这句意味深长的歌词，似乎便是“父亲情结”在作家心目中和作品中的位置的一种提示。村上对希腊神话中的“俄狄浦斯情结”并不陌生。《海边的卡夫卡》中，少年卡夫卡离家出走的过程中，在不知情的情况下与母亲佐伯邂逅并交媾，是一种形态。《1Q84》中的天吾，让女友安田恭子穿上与记忆中的母亲相同的白色长裙，以引发性冲动，是另外一种形态。没有母爱的人生，势必导致人类的畸形心理与行为障碍，这是村上一直关注的作品主题。

当牛河以与母亲相关的信息作为交换时，天吾明确表达了拒绝了解母亲的冷峻立场。一个数学神童最终靠当一名补习班的老师度日；人到 30 岁不想走入正常的家庭生活，满足于年长自己 10 岁的不伦主妇所提供的快慰；出卖文人的良知，去做那些自己并不情愿做的事情，并因此面对邪教组织的胁迫；天吾曲折的命运曲线与母爱的残缺不无关系。最终，天吾的母亲红杏出墙，暴死于和她在一家温泉旅馆厮混的一个男人手里。由此可见，村上的小说艺术世界里，对女性的理解与告诫同在，对母亲责任的期待与警示用力尤勤。

第三节　《1Q84》与《一九八四》

《1Q84》问世的 60 余年前，业已有一本名为《一九八四》的长篇小说由英国作家乔治·奥威尔完成。这部名满天下的反乌托邦小说，先后被译成60多种文字在全球畅销，总量在二战以来的任何一位纯文学或大众作家中殆无出其右者。《一九八四》不仅在英国文学史上占据了重要而独特的地位，而且为作家赢得了世界文坛上的不朽名声。

奥威尔因患肺病于1950年1月21日辞世。在他离去的前一年，村上春树伴随着《一九八四》来到世间，而且这两件事都发生在那一年的年初。尽管两位不同凡响的小说家并不是同时代人，而且是一位刚刚降临人世不久，另一位却已然驾鹤西归。可是，《一九八四》却作为文学经典永存在了人间，直到几十年之后，仍然在文学精神与小说技巧两大主要领域，影响到《1Q84》的产生。“以奥威尔的预测未来小说《一九八四》为蓝本，来描写还未走远的过去，我从很早以来就一直这样想。”[①] 21世纪的头一个10年里，当这样的创作冲动出现的时候，村上春树把日本社会25年来的演进史，如愿以偿地浓缩进了“1984年”的世界。

当年的奥威尔，起初曾着眼于作品人物形象的考虑，将自己的这部作品定名为《最后一个欧洲人》；后来由于这样无法表述对人类社会将在不远的将来面对万劫不复的担忧，遂将作品的写作年代1984年中的“48”对调了位置，这才有了名垂青史的《一九八四》。书名的改动，为小说带来了特有的艺术震撼力，也一直为后来的读书界所称道。如今的村上春树，在效仿奥威尔的同时，又将世界通用的公元纪年抽象化为《1Q84》，从而在领略奥威尔的过程中同时找到和发现了自己。

---

① ［日］尾崎真理子:「村上春樹氏インタビュー」(上),『読売新聞』2009年6月16日。

《一九八四》的作品内容，“与其说是一部影射苏联的反共小说，毋宁更透彻地说，是反极权主义的预言”[①]。《1Q84》的作品命意，是对包括善恶观在内的日本现代社会伦理的探讨。

在奥威尔所刻画的35年以后的未来中，权力对人的束缚达到极致的社会牢笼再度成为历史之后，村上春树以特有的笔触，再度揭示了传统的道德标准遭遇挑战的同时人类行为方式的陌生化和极端化倾向。奥威尔对资本主义世界同样会出现极权主义统治的担忧，由于距现实仅有一步之遥而令世人警醒；村上春树则借助对1984年的日本社会的思想禁锢的反思，为读者留下了噩梦般的危机感。

尽管时代与地域、民族并不相同，19世纪的小说写法与20世纪的文学样式也已今非昔比，然而，村上春树与奥威尔的心是相通的，《1Q84》和《一九八四》的小说精神也是有承继关系的。

> 对赖以生存的世界的现实性的狐疑，是一种典型的现代人的心态。“9·11”恐怖事件中，世贸大厦的两座塔形大楼顷刻间消失，简直像电影中的画面一般。一遍又一遍看去，自己也仿佛置身其中，影像与现实的界限被混淆，这并非是不可思议的事情。小布什没有再次当选，伊拉克战争也没有爆发，这样的世界或可在哪里存在着。1995年接连经历了阪神地震和地铁毒气事件以后，“自己为什么会在这里”的现实乖离感，日本比世界更早地感受到了。我的小说除《挪威的森林》以外都不是现实主义的，而是作为新现实主义的文学开始被世界接受，特别

① ［英］乔治·奥威尔著、董乐山译：《一九八四·译者序》，上海译文出版社2009年版，第2页。

是“9·11”以后更其如此。我喜欢巴尔扎克式的世俗小说，同时更想写一部具备自己风格的、立体描写时代面貌的“综合小说”，从而摆脱纯文学的窠臼，触及多元的现实领域，表现复杂的生活内容，让人们回到现实中来。①

这番话是《1Q84》出版后仅仅数日，村上春树借助媒体的一次专题采访的机会道出的。内中的关于作品题旨的揭示，显然同时可以成为与《一九八四》的承继关系的一个注脚。接受这次采访之前，在耶路撒冷颁奖仪式上村上便曾讲过“不要被体制所利用”的话。批评界也据此注意到：“《1Q84》中体制、组织之类的词语频繁出现，细数一下可以知道，‘体制’一词在 BOOK I 中出现了 16 次，在 BOOK II 中出现了 8 次，‘组织’一词也出现了 4 次，有一种到处都是体制的感觉。”②

“作家总是反体制的”的理念，可以理解为日本现代文坛上的一种潜规则。村上春树写作以来，穿梭于青春小说创作同亚洲的历史冲突与对决、日本社会的现存危机等宽泛领域之间，焦头烂额，目不暇给。《1Q84》作为这条延长线上的必然存在，终于触及到了日本的社会体制问题。而且，得益于奥威尔的前车之鉴，锋芒直指体制下人的崩溃与伦理的堕落。

着意去写一部综合小说的村上春树，眼界又并未仅仅限于奥威尔和他的《一九八四》。曾经给予他影响的众多的东西方小说大师中，包括经典作品《阿 Q 正传》在内，鲁迅小说是他早在中学时代

① ［日］尾崎真理子:「村上春樹氏インタビュー」(上),『読売新聞』2009 年 6 月 16 日。
② 『「1Q84」村上春樹の世界』，第 83 頁。

便已涉猎过的文学营养。《1Q84》书名中的“Q”的出现，人们由是不无理由意识到村上就中对鲁迅小说的借取。

“Q”是英文的一个字母，单独出现在表音文字的体系中，看不出任何特别的意义。当它出现在表意文字的中文里，或者与某一个表意的汉语词汇结为一体时，情形便完全不同了。最早完成这一创意的便是鲁迅写于 1921 年的《阿 Q 正传》。

鲁迅以一个英文字母替代江浙人习见的富、祥、贵等人名用字，这在当时堪可让人耳目一新。不仅如此，《阿 Q 正传》表现的是辛亥革命前后的中国社会和一群畸形的中国人。“Q”在作为人名的同时，如果颠倒过来恰好是一个脑袋上梳着辫子的、半殖民地半封建社会的中国男人的脸谱。这不但平添了阿 Q 形象的典型性，而且与《1Q84》所表现的社会与人的主题，也同样具有某种内在的联系和异曲同工的艺术内涵。

鲁迅在《我怎么做起小说来》中这样说道：“所以我的取材，多采自病态社会的不幸的人们中，意思是揭出病苦，引起疗救的注意。”鲁迅笔下的辛亥革命时期中国人愚弱的国民性，和村上所关注的 21 世纪日本人的现代的乖离感，同样是不同时期的作家对人类精神危机持续思考的产物。

有鉴于此，在 1982 年末发表的短篇小说《无望的王国》中，村上便第一次使用了“Q”，塑造了一个名为“Q 氏”的日本中产阶级的形象。《1Q84》中也才借助青豆的形象解释道：“Q 是 question mark 的 Q，背负着疑问的东西。”加之“Q”与日语中的“9”的发音相同，这样也便为替代关系的形成，留下了与日本相关的标识。

与 19 世纪的法国作家莫泊桑、美国作家欧·亨利齐名，被并称为世界三大短篇小说巨匠的俄国作家契诃夫，同样也影响到了

《1Q84》的艺术创作。不仅契诃夫的“小说家不是解决问题的人，而是提出问题的人”的创作主张深为村上所称道；“就像契诃夫说过的那样，故事中一旦有手枪出场就非要在某个地方发射不可。这就是所谓故事的意义”的小说做法，也同样令村上深为折服，并成为青豆命运归宿的神来之笔。

特别是作品的第20章，集中写到了契诃夫的一部调查报告《库页岛》。关于契诃夫30岁上声名鹊起之际，不顾病魔缠身与交通不便，一个人为去库页岛耗时8个月之久的原因，一直是一个众说纷纭的存在，研究界至今尚无定论。《1Q84》弃契诃夫短篇艺术造诣于不顾，应该是有原因的。

库页岛的称谓缘自满语，意为“黑江嘴顶”。俄文音译为萨哈林，日语则以汉字“桦太”标示，近代历史上始终存在主权纷争，曾为中国领土，后被沙俄政府强迫割让。20世纪初的20余年间，日本也曾统治该岛全境。1951年9月8日，日本宣布全面放弃库页岛的领有权；库页岛现在是俄罗斯最大的岛屿。2003年6月末到7月初，村上春树也曾去过那里。日本人关注库页岛的复杂心态，很难说清。这在可怜的吉利亚克人的描写中，便可以窥见一斑。把握村上对《库页岛》的兴趣时，似应主要从文人与民族关系的立场中发现。

契诃夫去库页岛时，那里正是一个囚犯流放的所在。像奥威尔参加西班牙战争以感受生活底蕴那样，契诃夫在库页岛的囚犯访问和生活体验，使他对俄国的专制制度有了比较深刻的认识，并在那一时期完成了惊世骇俗的名作《第六病室》。村上春树对《1Q84》的题材关注的近因，是纪实文学《地下》和《约定的场所》。当时村上对东京地铁毒气事件的施暴者和受害者的采访，以及就中获取的邪教之于现代日本社会的恐怖，不仅与 1890 年的契诃夫的感受相似，而且对于村上迅速地走向《1Q84》，同样可能产生诸多共鸣。

可以认为，村上春树是从人类文学的某种历史的高度上，走进《1Q84》的创造之中的。这也便为他的艺术展示提供了巨大的空间和坚实的舞台。以后现代的小说样态去适应故事讲述的变革与需求，已经成为村上春树的长篇小说写作的惯用模式。如果说《世界尽头与冷酷仙境》可以看作是发端的话，那么到了《海边的卡夫卡》则已经历了近 20 年的历练。从虚实之间的满足，到历史与现实的交融，再到这部作品中的现实与虚幻的浑然一体，村上的艺术思考一直处于不断完善的状态中，每一次前行都会给人某种新的感觉，《1Q84》便是以两个月亮的诡异，完成一部作品中的两个世界的建构并体现了作品的主题的。

就作家的主观倾向而言，《1Q84》首先不是一个阳光下的而应该是一个月光里的世界。这体现了村上给 1984 年的日本现实社会的一种基本定位。作品描写道："天空中并排悬挂着一小一大两个月亮。大的是平常看惯的那个，黄黄的接近满月。旁边的另一个月亮形状有些歪斜，长着青苔般的绿色。这是当时她的视野所捕捉到的东西。"这种带有几分伤感的对自然的感怀，也是完全符合作家的社会认识的。在它走进女主人公青豆意识中时，遂成为"1Q84 年——我决定这样称呼这个新世界"。为了完成这一交接仪式，作品不仅把两个月亮画面化了，而且也明晰地交代了它们各自的象征意义的落脚点。

尽管如此，把两个月亮作为有区别的艺术存在，无论如何是先要挑战真实性的表现规范，才可以在承担风险的同时有所作为。自然界的月亮只有一个，自古以来伴着人类度过黑暗。希腊神话中的月亮是一个女孩的化身，皎洁可人；东方文明也认可这一点，但偏爱与人的心情连在一起，而且常常是赏月与叹月同在。李白曾有“举杯邀明月，对影成三人”的名句留下，那便是这位唐代诗人月下独酌的孤苦心境的写照。村上对月亮似乎缺少李白式的需要，看破《1Q84》和 1984 年的日本的人们中间，能够借助月光回到现实世界者如天吾；无法借助月光找到归返之路者如青豆。

看来，诗人与小说家在面对某种自然之象时，自说自话的情形是时有出现的，村上既不是在赏月，也不是在叹月，所以把影子置换成另一个月亮挂在了天上，而且让它的光泽有先有后、分步骤地去洒向人间。作品还借助小松之口，强化了这一认识：“对只有一个月亮的天空，读者已经习惯了。而对天空中并排漂浮的两个月亮，以前几乎谁都没有看过。写进小说里时，就有必要进行详尽而确实的描写。”

青豆清楚地看见两个月亮的时候，玩世不恭的冷酷性格已经被作出了清晰的勾勒；敌视的同时也享受现实的生活方式已完全定型，仿佛气球被拴在铁锚上一样没有挣脱的可能。所以，她可以看出月亮的形状与颜色不尽如人意的缺憾，在两个月亮的辉光之下，选择了属于自己的存活方式，并且意识到：“自从一边听着杨纳杰克的《小交响曲》，一边走下塞车的首都高速公路上的太平梯时开始，我就被强行拉进了这个天空上悬着大小两个月亮的世界。”

天吾的生活认识与人格觉醒，当时尚处于发展的过程当中，无法与青豆同步进行，所以他看到两个月亮时作品已接近尾声。“仿佛是戏剧中的小道具一般，不消说那委实是真正的月亮。没有谁会在真实的天空上，无聊地去悬挂一个虚假的月亮。”那个场景中，作品有意在他身边安排了那个 17 岁的少女深绘理，这使他自然想到 20 年前把心愿托付给月亮的青豆，再一次通过《1Q84》的月亮折射出青豆那真挚的目光，回到了现实世界里。

不但青豆与天吾面对两个月亮的存在时，感触是不尽一致的；深绘理更其如此。从“先驱”逃出的翌日，在画家家里的窗户仰望天空时：“少女发现月亮已经增为两个，在原来的月亮旁边，比较小的一个像快要干瘪的豆子那样漂浮着。Daughter 醒过来了，少女想。心灵的影子被两个月亮映照着，少女的心在颤抖。世界完成改变了，而且即将发生什么事。”

可以看出，月亮作为一种媒介，固有的象征意义与价值在作品中仍然没有消失。所不同的是，作品表现的已经不再单纯是抽象的概念、思想和情感。而最大的改变，则在于在同社会上各色人等的不同心态融合的过程中，找到并挖掘出了象征的固有意义的多重化；进而完成了联想、比喻等艺术手法一体化的创新，极大地丰富了作品的艺术表现力。

以 1984 年为舞台的《1Q84》，实际上却超越了年度的时间限制。这意味着作品的艺术表现中，也存有离开现实的历史追溯或未来预测，而且，这样的努力又势必与现实之间发生微妙的关联。

杨纳杰克是 20 世纪交响音乐史上的一个重要存在，他的作品不仅出现在《1Q84》的世界中，同时被作家刻意地安排了与现实的两个接点。其一，《小交响曲》是把青豆和读者带入作品的背景音乐。由于最初是被作为《军队交响曲》来构思的，自然会为作品平添一种紧张的节奏和战斗的气息。其二，它是读书时天吾最钟爱的演奏曲，因此同时也为两小无猜的青豆所熟悉。它没有出现在作品结尾青豆乘坐的出租车上，是因为当时处于 1Q84 的世界里的青豆，已经没有可能再听到这支曲子。

《小交响曲》问世的1926年，正是日本昭和时代的发端，几年以后军国主义便从崛起到甚嚣尘上，把日本及整个世界拖入到黑暗之中。不仅杀手青豆把阅读关于30年代满洲铁道的书作为兴趣[①]，天吾的养父也被设计成战争结束那年返回日本的满蒙开拓团成员。如果把《小交响曲》、满洲铁道公司和满蒙开拓团等三个不能再少的细节串联起来，至少作家关于二战的一段历史思考，出现在《1Q84》中是成立的，“满洲国”的历史会影响到战后出生的日本人的生存方式，这种认识有益于综合地、立体化地表现以新宗教思想为中心的现实生活。

然而，隐喻式的艺术处理的最大问题，毫无疑问会留下理解上的多重去向；实际上有碍于把历史因素与现实人物性格之间的关系梳理清楚。规避与省略终究不是一种最好的选择，村上这样处理或可理解为有意为之。

《1Q84》中，“全共斗”学生运动派生出来的政治组织的形成、分裂，最终演变为邪教的描写，同样是以现代史实为依据的，不仅如此，中国的无产阶级革命，包括邪教法轮功，也同时被注意到了，并成为“先驱”教祖深田保性格形成的国际背景。“我从大学退下来，绘理的父亲也在两年后离开大学，他当时信奉毛泽东的革命思想，支持中国的‘文化大革命’。”深田保和他的宗教组织，在日本甚至是可以找到不止一个原型的。对新兴宗教的关注与探讨，成为

① 据考证，青豆阅读的应该是草柳大藏所著《实录满铁调查部》，70年代末期出版。该书后被美国议会图书馆和公文书馆收藏，被视为满铁问题的基本研究资料。参见空気さなぎ調査委員会：『村上春樹「1Q84」の世界を深読みする本』，ぶんか社2009年版，第144頁。

社会体制下现代伦理的重要的、有机的内容。

“作品中的‘先驱’似乎是模仿‘山岸会’，深田保的原型则是该会的头目新岛淳良。”[①]“山岸会”20 世纪 50 年代初在京都出现，开始时是一个农业共同体，后来一步一步发展为誓约团体与独立王国，成员大都是受过教育的人。新岛淳良同样是中国无产阶级“文化大革命”的支持者。村上在早稻田大学的 7 年间，新岛作为教授正在该校执教，著有鲁迅研究成果《阿 Q 的乌托邦》一书。可见，作家有机会了解到新宗教组织的内幕，是并不足怪的事情。作品几乎原封不动地摹写了内中情形，也因此成为《1Q84》的真实性的依据。

对人类精神世界的把握和艺术化，之于文学作品并非易事。去东京地方法院和东京高等法院旁听对奥姆真理教的审判时，一直站在反对死刑判罚立场的村上，便在内心接受了对麻原彰晃的死刑判决。批评界注意到了村上春树对于邪教组织的这一明确立场，自然也会寄希望于在《1Q84》这样的社会题材创作之中，能看到更为精到的有关宗教的艺术阐释。

而实际上的情形却是，客观反应是较之《地下》和《约定的场所》，《1Q84》的宗教立场相对模糊，仿佛村上手里的解剖刀变得不那么锋利了。特别是在日本的宗教研究界，甚至有作品内涵与邪教思想有共鸣之嫌的说法。

邪教不仅是新兴宗教的另类，也是依附于新兴宗教存在的现实而滋生的。关于宗教与宗教思想的复杂性，是众所周知的。如果没

---

① ［日］島田裕巳:「これは“卵”側の小説なのか」,『村上春樹「1Q84」をどう読むか』，河出書房新社 2009 年版，第 19 頁。

有宗教和宗教思想的存在，也便不会有新兴宗教的产生与发展。邪教借助新兴宗教这只母鸡，下出的却是一个畸形的“坏”蛋。如同做毒瘤摘除手术时，要谨防殃及健康的肌肉组织一样，剥离邪教意识和宗教思想，不仅是一项难度很大的工程，而且直接面对的是新兴宗教信徒包括邪教徒的庞大群体。

有鉴于此，村上即使认识到了这是一个社会伦理与正确主张、恰当行为难以共存的时代，简单化的原理主义在混沌的世界中恣意横行的日本社会的真面，也注定会在宗教问题上面临困顿。《1Q84》中，以禁锢人的思想来危害社会的深田，最终一定要因罪孽深重而死去。而他作为邪教教主始终张扬的：“这个世界没有绝对的善，也没有绝对的恶”，以及“平衡本身就是善”的思想，则恰恰是利用了社会体制的弱点渗透开来的。所以，包括青豆的以恶制恶在内，实际上作家采取的都并不是简单的肯定或否定的态度。

《空气之蛹》首先是属于少女深绘理的故事，同时也是《1Q84》世界的一个浓缩的影子。这个隐藏在《1Q84》结构中的短篇，形体虽小却可以清晰地映出小说世界中所有的重要存在，是作品体裁艺术中的艺术。批评界的酷似《萤》与《挪威的森林》关系的说法，虽然大抵上可以成立，但之于作品的艺术理解，尚略显含混。理由在于：

第一，《萤》与《挪威的森林》的关系，主要体现在长篇的上半部。所以有人说读《挪威的森林》的前半部时，有一种读《萤》的感觉。这同写于 1980 年的第一个短篇《城市，无影的墙壁》，5 年以后成为《世界尽头与冷酷仙境》特别是“世界尽头”描写的雏形，是很有些类似的。这样看来，两部长篇的后半部，可以看作是根据作品表现需要添加的。

《1Q84》的结构则完全不是这样的情形。为了让多侧面、大容量的社会生活内容进入作品，以青豆和天吾的两条平行线为基础，诸多故事早已被镶在了结构框架中，且关联紧密，又错落有致，其中包括《空气之蛹》与情节发展关系的相关设定。它作为一个完整的短篇小说形态出现在结尾，既是青豆与天吾两条线并轨的需要，也是对长篇结构整体的微缩、补充与概括。在长篇结构的意义上，《空气之蛹》只是一个内核而已。

第二，《空气之蛹》在照应相关的小说故事、人物关系的同时，又并没有绕开作品的主题。为此，这个短篇中引入并改造了安徒生的童话《白雪公主和七个小矮人》。《一九八四》中的主要人物“老大哥”，也摇身一变走进了蝇营狗苟的“小人”行列，不但在1Q84的世界里为所欲为，似乎也与1984现实中许多无法说清的事件有关。“小人”从山羊口中出来的时候，世界的规则已经跟着改变。问题在于，当“小人”实际上已经开始支配“先驱”的时候，小翼和老妇人却依然在昏睡中毫无察觉。《一九八四》的极权社会演进为《1Q84》的极权思想以后，《空气之蛹》以奇幻的手法，揭示了面对一种不安的现实，人类生存现实的隐患。

第三，少女深绘理虽然是“先驱”生活的直接经历者，但依靠自己的力量无法完成对邪教组织的告发，《空气之蛹》的第一稿只能由深绘理口述，戎野的女儿蓟来代笔。有小说写作能力的天吾修改的实际上是第二稿，作品没有交代他修改的具体内容，不过有一点是可以肯定的，深绘理的表述已经是她所能够理解的、同时也是经过蓟提炼和概括的生活真实。天吾在这一基础上的再度加工，与生活真实的距离只能更大。“看上去非常简单而不介意，仔细读来才知道那是经过相当周密的算计和调整的。”作品的结论显然在于，包括作家本人在内的所有参与者，无不是从各自的立场上面对现实世界的。被改来改去的文学不应该也不可能是一种纯粹的存在。

作为村上春树小说创作的里程碑式的存在，还有一个问题是作家面对这部作品时无法规避的。这位以美国现代小说为楷模，完成了一场“个人的革命”的小说家，在这部作品中以深绘理与《平家物语》的互动方式，集中表现了《1Q84》中的日本文学因素与村上小说面向日本的更高层面的回归。

由于患有语言障碍、阅读障碍和书写障碍，深绘理接触《平家物语》殆无可能。为了寻找二者关系的必然性与合理性，作家用心良苦地设置了文化人类学者戎野炮制录音带、最终使深绘理对《平家物语》某些篇章能够倒背如流的情节。从而让现实社会中的一个刚刚成年的17岁女孩，步入了对1000多年前的古代日本社会认识的复杂性之中。

《平家物语》是日本镰仓时代的文学名著，以13卷192节的巨幅篇章，记述了公元1156至1185年源氏和平氏两大武士集团权力之争的始末，与《源氏物语》并称为日本古典文学的双璧。平氏一族是在权力扩张到极点的情况下由盛而衰的，作品在表述这一过程时充满了无常感。深绘理背诵的是《平家物语》第11卷中《坛浦会战》，则正是悲剧的焦点所在。

由极端意识所带来的社会危机，也正是《1Q84》所关注的一个主题。从日本的古代文化遗产中，提炼为现实表述所需求的史实，以暴力和血腥留给本民族的教益，警示历史往往会重演和再现的严酷，深绘理的《平家物语》和《空气之蛹》由是成为同一语境中的不同版本。

屈指数来，村上春树如今已成就了个人的整整30年的创作历程。从他决定以写小说安身立命之日起，便从未想过背叛自己的选择。烈士暮年、壮心不已的村上春树，在完成了《1Q84》以后，并没有停留在这块里程碑下揩抹汗水，还在执着地向前跑着。《1Q84》是否继续写下去，村上会了然于心；然而盯着黑白两种颜色，写到哪里是了，连他自己都不知道。

附录一　村上春树创作年谱

（1949—2010）

1949 年（昭和二十四年）出生

1 月 12 日生于京都市伏见区，父村上千秋是日语教师、母村上美幸是家庭主妇。作为长子出生后不久，即举家移居兵库县西宫市夙川、芦屋市。“父亲是京都的和尚的儿子，母亲是船场商家的女儿，我可以说是地地道道的关西人。所以我在日常生活中也一直使用关西方言，本能地不信任任何讲话不带这种独特措辞和柔软口音的人。”（村上春樹、安西水丸：『村上朝日堂の逆襲』，新潮文庫 1997 年版）

1955 年（昭和三十年）6 岁

4 月，入西宫市立香栌园小学就读。“我的家庭虽然是普通的家庭，可是因为父亲酷爱读书，所以除杂志和漫画以外，容许我在附近的书店购买自己喜欢的书，能这样我就已经很满足了。也正因为如此，我是在读书中度过了少年时代。”（村上春樹、安西水丸：『村上朝日堂』，新潮文庫 2001 年版）

1961 年（昭和三十六年）12 岁

4 月，入芦屋市立精道中学初中部就读。“当时，也就是 60 年代前期，我的家里订了河出书房的《世界文学全集》和中央公论新社的《世界历史》各一套，每个月书店都会给我们寄过来，我在一本一本地阅读的同时，度过了少年时光。也正是由于这个原因，我的读书范围直到今天始终是外国文学，说这是 3 岁看老也好，最初的因缘也好，环境影响也好，人的喜好大体上也就这样被决定了。”（村上春樹、安西水丸：『村上朝日堂』，新潮文庫 2001 年版）“我不喜欢学校，也不怎么用功。说白了，我是一个逆反心理特别强的学生。关于初中生活的所有印象只留下挨老师的打……”（村上春樹、安西水丸：『村上朝日堂の逆襲』，新潮文庫 1997 年版）

1964 年（昭和三十九年）15 岁

4 月，入兵库县立神户高中就读。“我特别喜欢读书，只要一有时间我就会阅读文学类书籍。就这样我根本不怎么用心学习，可是语文成绩一直不错。关于英语，进入高中开始我便没有接受过任何指导，一直是自己选择读一些廉价的英文读物。在接触这些简单的读本时，我对自己的英文还是很有自信的；可是一到具体的英语知识和语法时，我便越过去了，所以英语成绩并不是很好，尽管如此在我的记忆中也应该是中等偏上的。我现在从事翻译工作，并且出版了大量的作品，那时教我的英语老师如果知道这件事，一定会感到不可思议的。我成绩最好的科目是世界历史，因为由中央公论新社出版的《世界历史》全集在初中时我便已经反复地读过十几二十遍了。”（村上春樹：『やがて哀しき外国語』，講談社 1994 年版）

1967 年（昭和四十二年）18 岁

高考落榜。为了报考国立大学回读一年，以满足父母的心愿。这期间大部分时光都是在芦屋图书馆里度过的。

1968 年（昭和四十三年）19 岁

4 月，考入早稻田大学第一文学部戏剧专业。住在目白元细川藩邸的民营宿舍“和敬寮”。“经营者是臭名昭著的右翼分子，宿舍长是一个陆军中野学校出身的面目可憎的男子。令人不可思议的是，像我这样的人居然没有被赶出来。那是学潮迭起的 1968 年，之于我也正是血气方刚、心潮澎湃的年龄。”（村上春樹、安西水丸：『村上朝日堂』，新潮文庫 2001 年版）半年后搬到位于练马区都立家政车站附近的廉价公寓，在新宿歌舞伎町的西餐厅整晚打工，或泡在爵士乐酒吧，几乎不去学校。

1969 年（昭和四十四年）20 岁

4 月，在《早稻田校刊》上发表《问题只有一个，那就是没有交流——68 年电影观感》（影评）。迁入位于三鹰市的一所民房。“因为心情不错，便在旧物店买了一支二手的长笛回家练习。隔壁房间一个吉他少年提议‘我们来合奏哈比曼吧’，于是我每天都吹 *memphis underground*。所以在我记忆中三鹰市等于 *memphis underground* 这支乐曲。”（村上春樹、安西水丸：『村上朝日堂』，新潮文庫 2001 年版）

1971 年（昭和四十六年）22 岁

与同龄的大学同学高桥阳子在就读期间成婚。婚后，居住在文京区千石经营床上用品的阳子的父母家里。一边靠岳父接济度日，一边在水道桥的爵士乐酒吧拼命打零工赚钱，甚至为此而休学一年。夫人阳子于 1972 年毕业。

1974 年（昭和四十九年）25 岁

始在国分寺经营“彼德猫”爵士乐酒吧，店名取自在三鹰居住时养的一只宠物猫。开店资金500万日元中一半是夫妻打零工的共同积累，一半来自银行贷款。“开始也曾想过去就职，便到几家有关系的电视台转了转，可是工作内容都实在是太无聊了，只好作罢。与其做那样的工作，还不如开个小店，亲自去采购、烹饪、为客人服务，自己一个人有规律地认真工作。这样想来，我能做的事就只有开爵士乐酒吧了，因为我喜欢爵士乐，想做一些多少同爵士乐相关的工作。”（村上春樹、安西水丸：『村上朝日堂』，新潮文庫2001年版）

1975年（昭和五十年）26岁

3月，毕业于早稻田大学第一文学部戏剧专业，读大学总共用了7年，毕业时间比同期同学晚了3年。毕业论文题目《美国电影中的旅行思想》。

1977年（昭和五十二年）28岁

“彼德猫”爵士乐酒吧迁址涩谷区的千驮谷。

1978年（昭和五十四年）29岁

在涩谷区千驮谷附近的神宫棒球场看球时，萌生了小说创作的念头。至此，每晚酒吧的工作结束后，便在厨房里边喝啤酒边写上一两个小时。半年以后完成10余万字，投至“群像新人奖”评审委员会。原因是作品的文字量与赛事要求相符，也不乏投石问路的成分。

1979年（昭和五十四年）30岁

6月，处女作《且听风吟》（长篇小说）获第23届“群像新人文学奖”。《获奖感言》（随笔），发表于杂志《群像》。“走出校门后疏于动笔，刚开始时非常吃力。唯一给我鼓励的是菲茨杰拉德那句话：‘想要叙述与别人不同的故事，就要使用与别人不同的语言’。毕竟这不是件容易的事情。我边写边想：也许到了40岁的时候，我能写出些像样的东西来，现在仍那样想。获奖固然让我欣喜万分，但我不愿意受到任何形式的束缚，因为我已经不再是那样的年纪。”[村上春樹：「获奖感言」，『群像』(34) 1979年6月]

7月，《且听风吟》（长篇小说）成为昭和54年度（上半年）暨第81届“芥川奖”候选作品。《且听风吟》（长篇小说）单行本由讲谈社出版发行。

8月，接受川本三郎的采访，《讲述我心中的文学》（访谈录），发表于杂志 *cahier*；译作菲茨杰拉德的《伤心的孔雀》（小说），发表于杂志 *cahier*。

11月，《没有国籍的人们的近况》（随笔），发表于杂志《读书人周刊》。

1980年（昭和五十五年）31岁

一边经营“彼德猫”爵士乐酒吧，一边从事小说创作与英文作品翻译工作。

2月，译作菲茨杰拉德的《失去的三小时》（小说），发表于杂志《*Happy End* 通信》。

3月，《1973年的弹子球》（长篇小说），发表于杂志《群像》；《父子间的代沟是一个危险的题目》（影评）发表于杂志《电影季刊》；《解读美国恐怖小说代表作家史蒂芬》（评论），发表于杂志《*Happy End* 通信》。

4月，《去中国的小船》（短篇小说）发表于杂志《海》；《抛弃自我有意识的战争小说——论〈没有媒体就没有节奏〉》（评论），发表于杂志《*Happy End* 通信》。

5 月，《绝不落俗套——年轻人中悄悄崛起的人气作家村上春树》（访谈录），发表于 5 月 17 日的《朝日新闻·晚报》。

6 月，《1973 年的弹子球》（长篇小说）单行本由讲谈社出版发行。

7 月，《1973 年的弹子球》（长篇小说）成为昭和 55 年度前期暨第 83 届“芥川奖”候选作品。《米歇尔·克莱顿的小说令人想入非非——从“说谎方式”想到“熵的减少”》（评论），发表于杂志《*Happy End* 通信》。

8 月，《人到中年的持续创作宣言——作家卡弗的世界》（评论）；译作菲茨杰拉德的 *MY LOST CITY*（小说），均发表于杂志《*Happy End* 通信》。

9 月，《城市，看不见的围墙》（短篇小说），发表于杂志《群像》；《〈文学的近况〉——弹子球续谈》（随笔），发表于杂志《海》；《蚊香》（短篇小说），发表于杂志《大众之家》。

11 月，《菲茨杰拉德的魅力》（随笔），发表于《朝日新闻·晚报》。

12 月，《穷婶母的故事》（短篇小说），发表于杂志《新潮》；《感受菲茨杰拉德》（随笔），发表于杂志《海》；译作菲茨杰拉德的短篇小说《残火》、《冰之宫殿》、《酒精之中》，均发表于杂志《海》；与村上龙的对谈录《八十年代的透明感觉》，发表于杂志《现代小说》。

1981 年（昭和五十六年）32 岁

卖掉酒吧，开始从事专业创作。移居千叶县船桥市习志野台。参与《早稻田文学》的编辑工作，历时一年半。《且听风吟》被搬上银幕，导演为村上中学时代的学弟大森一树。

1 月，《交叉摄影》（短篇小说），发表于杂志《大众之家》。

2 月，《1981 年的神话》（随笔），发表于杂志 *BRUTUS*。

3 月，《纽约煤矿的悲剧》（短篇小说），发表于杂志 *BRUTUS*。

4 月，系列短篇小说《无用的风景·1》、《五月的海岸线》，发表于杂

志 *Trefle*。

5 月，系列短篇小说《无用的风景 · 2》、《吃意大利面的年代》，发表于杂志 *Trefle*；译作《MY LOST CITY——菲茨杰拉德作品集》，由中央公论新社出版发行；《纽约精神——迫在眉睫的纽约画展》（随笔），发表于杂志《艺术新潮》。

6 月，《白鹿、天神和圣女塞西莉亚》（短篇小说），发表于杂志《早稻田文学》；《让我着迷的杰克 · 威尔逊》（随笔），发表于杂志《音乐日记》。

7 月，系列短篇小说《无用的风景 · 3》、《四月晴天遇见百分百女孩》，发表于杂志 *Trefle*；与村上龙的对谈录《走，不要跑》，由讲谈社出版发行；系列随笔《同时代的美国 · 1》、《疲惫中的恐怖——史蒂芬 · 金》，发表于杂志《海》。

8 月，系列短篇小说《无用的风景 · 4》、《眠》，发表于杂志 *Trefle*；《歌谣时代》（随笔），发表于杂志 *EUREKA*。

9 月，系列短篇小说《无用的风景 · 5》、《小鹈鹕》，发表于杂志 *Trefle*；系列随笔《同时代的美国 · 2》、《论被夸大的现实——关于越南战争的作品》，发表于杂志《海》；《麦田》（随笔），发表于杂志《文艺》。

10 月，系列短篇小说《无用的风景 · 6》、《袋鼠佳日》，发表于杂志 *Trefle*；《八月的寺庙——我读〈方丈记〉》（随笔），发表于杂志《太阳》；《袋鼠通信》（短篇小说），发表于杂志《新潮》；《袭击面包屋》（短篇小说），发表于杂志《早稻田文学》；《海驴》（短篇小说），发表于杂志《大众之家》。

11 月，接受高取英的采访，《充满幻想的美国少年喜欢与中产阶级成为好友》（访谈录），发表于杂志《宝岛》；与立松和平的对谈录《什么是电影》，发表于杂志《平凡点滴》；系列短篇小说《无用的风景 · 7》、

《三十二岁的一日游》，发表于杂志 *Trefle*；系列随笔《同时代的美国·3》、《无政府主义方法论——弗兰西斯和〈地狱启示录〉》，发表于杂志《海》；《与朋友永久的运动和夏日的终结》（随笔），发表于《文学界》；与系井重里的对谈集《梦里相会》，由冬树社出版发行。

12 月，系列短篇小说《无用的风景·8》、《乘坐出租车的吸血鬼》，发表于杂志 *Trefle*。

1982 年（昭和五十七年）33 岁

1 月，系列短篇小说《无用的风景·9》、《她的城市和绵羊》，发表于杂志 *Trefle*；《读书生活·1·北海道的盖·特里斯》（随笔），发表于杂志《昴》；《冷酷的仙境——少数民族小说的电影告白》（影评），发表于杂志《电影季刊》；《贫乏的能力与过剩的意识》（随笔），发表于杂志《朝日周刊》。

2 月，系列短篇小说《无用的风景·10》、《多比兄弟》，发表于杂志 *Trefle*；《青山学院大学——面临危机的自治与基督精神》（随笔），发表于《朝日周刊》；系列随笔《同时代的美国·4》、《反现代的现代性——关于约翰·欧文的小说》，发表于杂志《海》；《读书生活·2·通宵连读四本丰田四郎的书》（随笔），发表于杂志《昴》；《两种夜色温柔》（随笔），收录于刈田元司编辑的《菲茨杰拉德文学》，由荒地出版社出版；《小说语言的本质——持续到最后的谎言》（随笔），发表于杂志 *anan*；《E·T 式地看〈E·T〉》（随笔），发表于杂志《小说新潮》。

3 月，系列短篇小说《无用的风景·11》、《海驴祭》，发表于杂志 *Trefle*；《读书生活·3·关于文库本与女作家》（随笔），发表于杂志《昴》；《日记·1·力量伦理》（随笔），发表于 3 月 29 日的《朝日新闻·早报》；《日记·2·招财猫》（随笔），发表于 3 月 30 日的《朝日新闻·早报》；《日记·3·爱》（随笔），发表于3月31日的《朝日新闻·早报》；《拘泥于自我》（随笔），发表于杂志《广告批评》。

4月，与天野郁夫和樋口惠子的对谈录《大众化了的大学去向》，发表于杂志《朝日期刊》；系列短篇小说《无用的风景·12》、《1963 / 1982年的依帕内玛女孩》，发表于杂志 *Trefle*；《读书生活·4·关于曼哈顿行者爵士乐与绞刑》（随笔），发表于杂志《昴》；《日记·4·感性思想》（随笔），发表于4月1日的《朝日新闻·早报》；《日记·5·不可思议的猫的存在》（随笔），发表于4月2日的《朝日新闻·早报》；《日记·6·文面与内涵》（随笔），发表于4月3日的《朝日新闻·早报》；《日记·7·山羊座的宿命》（随笔），发表于4月5日的《朝日新闻·早报》；《日记·8·清洁工田岛》（随笔）；发表于4月6日的《朝日新闻·早报》；《日记·9·长距离型急性子》（随笔），发表于4月7日的《朝日新闻·早报》；《日记·10·教师的存在》（随笔），发表于4月8日的《朝日新闻·早报》；《日记·11·图书馆杂感》（随笔），发表于4月9日的《朝日新闻·早报》；《日记·12·社会公德》（随笔），发表于4月10日的《朝日新闻·早报》。

5月，系列短篇小说《无用的风景·13》、《你喜欢伯特·巴卡洛克吗？》，发表于杂志 *Trefle*；系列随笔《同时代的美国·5》、《都市小说的形成与发展——钱德勒及其后》，发表于杂志《海》；《读书生活·5·北方领土与〈柏林日记〉》（随笔），发表于杂志《昴》。

6月，系列短篇小说《无用的风景·14》、《图书馆奇谈·1》，发表于杂志 *Trefle*；《新人奖前后》（随笔），发表于杂志《群像》；《读书生活·6·关于猥琐与良知》（随笔），发表于杂志《昴》；《解读约翰·厄普代克的最佳场所》（随笔）、《脱帽地点》（随笔）、《书斋奇谈》（随笔）和《意大利面工厂的秘密》（随笔），均发表于杂志 *BRUTUS*。

7月，系列短篇小说《无用的风景·15》、《图书馆奇谈·2》，发表于

杂志 *Trefle*；系列随笔《同时代的美国 · 6》、《做好牺牲准备者的传说——吉姆·莫里森 / 查·德阿兹》，发表于杂志《海》；与川本三郎的对谈录《关于钱德勒或都市小说》，发表于杂志 *EUREKA*；《海驴文艺》（短篇小说），发表于《良子新闻变形》。

8 月，系列短篇小说《无用的风景 · 16》、《图书馆奇谈 · 3》，发表于杂志 *Trefle*；《寻羊冒险记》（长篇小说），发表于杂志《群像》；《下午的最后的草坪》（短篇小说），发表于杂志《宝岛》；《威士忌与啤酒》（随笔），发表于杂志《文艺春秋》；《为什么丈夫在吃饭时不愿说话》（随笔），发表于杂志《女性》。

9 月，系列短篇小说《无用的风景 · 17》、《图书馆奇谈 · 4》，发表于杂志 *Trefle*。

10 月，系列短篇小说《无用的风景 ·18》、《图书馆奇谈 · 5》，发表于杂志 *Trefle*；《寻羊冒险记》（长篇小说）单行本由讲谈社出版发行。

11 月，接受吉田留美子的采访，《村上世界的秘密》（访谈录），发表于杂志《宝岛》；系列短篇小说《无用的风景 · 19》、《图书馆奇谈 · 6 · 完结篇》，发表于杂志 *Trefle*；《寻羊冒险记》（长篇小说）获“野间文艺新人奖”。《泥土中她的小狗》（短篇小说），发表于杂志《昴》。

12 月，系列短篇小说《无用的风景 · 20》、《无望的王国》，发表于杂志 *Trefle*；《悉尼的绿色街道》（短篇小说），发表于杂志《海》的临时增刊《孩子们的宇宙》。

1983 年（昭和五十八年）34 岁

首次海外旅行，并参加了希腊雅典和美国夏威夷州檀香山的马拉松比赛。

1 月，接受渡边直巳的采访，《用模拟的手法创作物语》（访谈录）发表于《日本读书新闻》；系列短篇小说《无用的风景·21》、《我平庸得像奶油蛋糕一样》，发表于杂志*Trefle*；《烧仓房》（短篇小说），发表于杂志《新潮》；《萤》（短篇小说），发表于《中央公论》；《第四次野间文艺新人奖获奖感言》（随笔）、《时节寄语·1·奈良之味》（随笔），发表于杂志《群像》；系列随笔《我的读书笔记·1》、《令人讨厌的书评》，发表于1月7日的《朝日周刊》；系列随笔《我的读书笔记·2》、《耐人寻味》，发表于1月14日的《朝日周刊》；系列随笔《我的读书笔记·3》、《两个书架》，发表于1月21日的《朝日周刊》；系列随笔《我的读书笔记·4》、《娱乐式的纯文学》，发表于1月28日的《朝日周刊》。

2月，系列短篇小说《无用的风景·22》、《镜》，发表于杂志*Trefle*；《E·T式地看〈E·T〉》（随笔），发表于杂志《中央公论》；《时节寄语·2·正月之味》（随笔），发表于杂志《群像》；系列随笔《我的读书笔记·5》、《关于工作》，发表于2月4日的《朝日周刊》；与五木宽之的对谈录《语的世界与言的世界》，发表于杂志《小说现代》。

3月，系列短篇小说《无用的风景·终章》、《膨化食品的兴衰》，发表于杂志*Trefle*；《时节寄语·3·热蛋糕之味》（随笔），发表于杂志《群像》。

4月，《作为符号的美国》（随笔），发表于杂志《群像》。

5月，《开往中国的小船》（短篇小说集）单行本由中央公论社出版发行；译作雷蒙德·卡弗的《不跳舞吗？》、《女人们对我说出门了》、《大圣堂》、《糖果袋》、《你是医生吗？》、《我打电话的场所》和《脚边流淌的深渊》等7个短篇小说和随笔《关于雷蒙德·卡弗》，均发表于杂志《海》；《从"沙滩男孩"长大的我们》（随笔），发表于杂志*Penthouse*日文版；与坂本龙一的对谈录《关于创作方法问题——村上春树和坂本龙一》，发表于杂志《平凡点滴》；《黑暗中流淌的鲜血》（评论），发表于杂志《波》。

7月，译作雷蒙德·卡弗的《我打电话的地方》（短篇小说集），由中央公论社出版发行；《为什么我没有驾照》（随笔），发表于杂志*LEE*；《批评与介绍》（评论），发表于杂志《朝日周刊》；《语言漫步——最初的短篇小说集》（随笔），发表于杂志《海》。

9月，《袋鼠佳日》（短篇小说集），由平凡社出版发行；《大众音乐的误译》（随笔），发表于杂志《新潮》。

10月，系列短篇小说《都市瞭望·1》、《游泳池边》，连载于杂志*In·Pocket*创刊号，至翌年12月。

11月，《关于穿制服的人们》（随笔），发表于杂志《群像》；系列随笔《人们为什么会选择在千叶居住·1》、《总论卷》，发表于杂志《大众之家》。

12月，《盲柳与睡美人》（短篇小说），发表于《文学界》；与插图画家安西水丸合作的《象工厂的喜剧》（随笔集），由CBS索尼出版社出版发行；系列短篇小说《都市瞭望·2》、《避雨》，连载于杂志*In · Pocket*；系列随笔《人们为什么会选择在千叶居住·2》、《选举卷》，发表于杂志《大众之家》。

1984年（昭和五十九年）35岁

夏天，赴美国旅行约6个星期。

1月，《跳舞的小人》（短篇小说），发表于杂志《新潮》；系列短篇小说《都市瞭望·3》、《乘出租车的男人》，连载于杂志*In · Pocket*；系列随笔《村上春树的简装书生活·1》、《改变我人生的是……》，发表于杂志《翻译世界》；《漏雨的屋檐》（随笔），发表于1月7日的《神户新闻》；《村上春树在纽约》（随笔），发表于杂志*Marie Claire Japon*；系列随笔《人们为什么会选择在千叶居住·3》、《关于千叶县的公务员与绿化树的生存方式》，发表于杂志《大众之家》。

2月，系列随笔《村上春树的简装书生活·2》、《约翰·欧文能解放熊吗？》，发表于杂志《翻译世界》；与安西水丸的对谈录《村上春树和安西水丸》，发表于杂志《图解》；系列随笔《人们为什么会选择在千叶居住·4》、《千仓的早餐》，发表于杂志《大众之家》；与安西水丸的对谈录《男人早婚的利弊》，发表于杂志*GORO*。

3月，与摄影师稻越功一合作的《波画波语》（随笔集），由文艺春秋社出版发行；系列随笔《人们为什么会选择在千叶居住·5》、《千仓的晚餐》，发表于杂志《大众之家》；系列随笔《村上春树的简装书生活·3》、《约翰·欧文的〈盖普眼中的世界〉》，发表于杂志《翻译世界》。

4月，《三个德国幻想》（短篇小说）和《德国历险记》（随笔），均发表于杂志*BRUTUS*；系列短篇小说《都市瞭望·4》、《为了死去的女王》，连载于杂志*In·Pocket*；系列随笔《村上春树的简装书生活·4》、《英语翻译世界与M.皮伊谷》，发表于杂志《翻译世界》；《解读约翰·厄普代克的最佳场所》（随笔），发表于杂志*BRUTUS*；系列随笔《人们为什么会选择在千叶居住·6》、《千叶县的出租车司机》，发表于杂志《大众之家》；《喜欢旅行的猫》（随笔），发表于杂志*Anan*。

5月，系列随笔《人们为什么会选择在千叶居住·7》、《谷津游乐园的动物们的去向①》，发表于杂志《大众之家》；系列随笔《村上春树的简装书生活·5》、《关于文章的开头，发表于杂志《翻译世界》；与筑紫哲也的对谈录《年轻人心中的神》，发表于杂志《朝日周刊》。

6月，系列随笔《人们为什么会选择在千叶居住·8》、《谷津游乐园的动物们的去向②》，发表于杂志《大众之家》；系列随笔《村上春树的简装书生活·6》、《再谈约翰·欧文》，发表于杂志《翻译世界》；系列短篇小说《都市瞭望·5》、《棒球场》，连载于杂志*In·Pocket*。

7 月，《萤、烧仓房及其他短篇》（短篇小说集），由新潮社出版发行；《村上朝日堂》（随笔集），由若林出版企画社出版发行；《慢慢死去的迪尼斯·威尔逊与加利福尼亚神话》（随笔），发表于杂志《小说新潮·临时增刊》；《我心中跳舞的小人》（随笔），发表于杂志《波》；译作约翰·欧文的《牧熊》（长篇小说）的第一章，发表于杂志 *Marie Claire Japon*。

8 月，系列短篇小说《都市瞭望·6》、《关于纯粹的消耗品——宝马车窗玻璃的思考》，连载于杂志 *In·Pocket*。

9 月，《与奥运无关的奥运日记》（随笔），发表于杂志 *Sports Graphic Number*·特别增刊。

10 月，移居神奈川县藤泽市。系列短篇小说《都市瞭望·7》、《呕吐 1979》，连载于杂志 *In·Pocket*。

12 月，与作家中上健次进行的文学对谈，对谈录《工作现场》发表于杂志《国文学》1985 年 3 月号；系列短篇小说《都市瞭望·终章》、《猎刀》，连载于杂志 *In·Pocket*。

1985 年（昭和六十年）36 岁

1 月，译作雷蒙德·卡弗的短篇小说《翅膀》、《雏子》、《维他命》、《圣诞之夜》、《弃狗》；译作雷蒙德·卡弗的诗歌《夜幕下的马哈鱼》、《鼓起勇气去美容》、《你不懂爱情》以及《雷蒙德·卡弗与新保守思潮的回归的风波——采访与作品论》（随笔），均发表于杂志《新潮特辑——雷蒙德·卡弗的宇宙》。

2 月，移居涩谷区千驮谷。

4 月，系列随笔《村上朝日堂》连载于杂志《朝日周刊》，至 1986 年 4 月。

6 月，《世界尽头与冷酷仙境》（长篇小说），单行本由新潮社出版发行；《小说制度》（随笔），发表于杂志《波》；译作雷蒙德·卡弗的《夜幕下的马哈鱼》（短篇小说集），由中央公论新社出版发行；译作杜鲁门·卡波特的《无头鹰》（短篇小说），发表于《小说新潮·增刊》。

8月，《再袭面包屋》（短篇小说），发表于杂志 *Marie Claire Japon*；《象的失踪》（短篇小说），发表于杂志《文学界》；接受川本三郎的采访《为了"物语"的冒险》（访谈录），发表于杂志《文学界》。

9月，译作 C.V. 奥尔兹巴格的《西风号遇难》（画册），由河出书房新社出版发行。

10月，与村上龙的对谈录《没有像作家这样优秀的商人》，发表于杂志 *In·Pocket*；《旋转木马鏖战记》（短篇小说集），由讲谈社出版发行。

11月，《家庭事件（上）》（短篇小说），发表于杂志 *LEE*；《终刊号寄语》（随笔），发表于杂志《大众之家·终刊号》；与插图画家佐佐木镇合作《羊男的圣诞节》（随笔集）；《世界尽头与冷酷仙境》（长篇小说）获"谷崎润一郎奖"。

12月，由讲谈社出版发行；《家庭事件（下）》（短篇小说），发表于杂志 *LEE*；《双胞胎与大陆沉没》（短篇小说），发表于杂志《小说现代·增刊》；与川本三郎合作的《电影冒险记》（影评集），由讲谈社出版发行。

1986年（昭和六十一年）37岁

1月，《罗马帝国的崩溃·1881年印第安人起义·希特勒入侵波兰以及狂风世界》（随笔），发表于杂志《月刊角川》；《发条鸟与星期二的女人们》（短篇小说），发表于杂志《新潮》；《特别采访约翰·欧文——关于物语的力量》（访谈录）、《愤怒的回声——关于对约翰·欧文的采访》（随笔），均发表于杂志《文学界》；译作保罗·索鲁的《苍白的谎言》（短篇小说），发表于季刊杂志《东京人》的创刊号；译作保罗·索鲁的《滴翠岛》（短篇小说），发表于季刊杂志《文学界》；系列随笔《人性·关心·1》、《关于报纸》，发表于杂志《群像》。

2月，移居神奈川县大矶町，与五木宽之的对谈集《照亮冷酷仙境的风》，由青铜新社出版；系列随笔《人性·关心·2》、《对日本长期信用银行的大众化打击》，发表于杂志《群像》。

3月，参加明日香桃花节马拉松大赛，系列随笔《人性·关心·3》、《降落伞》，发表于杂志《群像》；《被扭断把手的蒸汽熨斗》（短篇小说），发表于杂志《小说现代·增刊》；译作保罗·索鲁的《便利店》（短篇小说），发表于杂志《东京人》。

4月，《再袭面包店》（短篇小说集），由文艺春秋社出版发行。

5月，译作约翰·欧文的《牧熊》（小说），由中央公论新社出版发行。

6月，与中野圭二的对谈录《欧文怎样看世界》，发表于杂志《波》；《村上朝日堂的反击》（随笔集），由朝日新闻社出版发行；文库版《梦里相会》（随笔集），由讲谈社出版。

7月，接受畑中佳树的采访，《约翰·欧文的长篇小说〈牧熊〉是青春小说的最高杰作》（访谈录），发表于杂志 *Marie Claire Japon*；《异乡的人们》（评论）以及译作保罗·索鲁的短篇小说《世界尽头》、《志愿讲演者》，均发表于杂志《文学界》；译作保罗·索鲁的《一位小姐的肖像》（短篇小说），发表于杂志《东京人》。

10月，在意大利罗马滞留10日后前往希腊。译作保罗·索鲁的《马戏团与战争》（短篇小说），发表于杂志《东京人》。

11月，在希腊米科诺斯岛小住。《朗格汉岛的下午》（随笔集），由光文社出版发行；《让人心情莫名愉悦的，被阳关照射的亚拉巴马州》（随笔），发表于杂志 *Marie Claire Japon*。

12月，译作保罗·索鲁的《科西嘉岛冒险记》（短篇小说），发表于

杂志 *Marie Claire Japon*。

1987 年（昭和六十二年）38 岁

1 月，赴意大利西西里岛。译作保罗·索鲁的《文坛游泳术》（短篇小说），发表于杂志《文学界》；《"碎片"——怀念 80 年代》（随笔集），由文艺春秋社出版发行；《雨中少女 241 · 242》（短篇小说），发表于杂志 *LEE*。

2 月，赴罗马。

4 月，赴博洛尼亚。与安西水丸合作的《日出国的工厂》（随笔集），由平凡社出版发行。

5 月，赴希腊的科西嘉和克里特旅行。

6 月，返回日本。《希腊，非去不可》（随笔），发表于杂志 *Winds*。

7 月，译作保罗·索鲁的《世界尽头》（小说），由文艺春秋社出版发行。

9 月，重赴罗马。《〈十月之光〉的光芒》（随笔），发表于杂志《青春与读书》；《挪威的森林》由讲谈社出版发行，上下册热销 430 万部。

10 月，参加国际雅典和平马拉松赛。《雷蒙德·卡弗诗歌的魅力》（评论）以及译作雷蒙德·卡弗 10 首诗作，均发表于杂志《文学界》。

11 月，译作 C.D.B. 布莱恩的《伟大的德斯里夫》（长篇小说），由新潮社出版发行；《没有投出的信可否变成诗》（随笔），发表于杂志 *LEE*。

12 月，译作 C.V. 奥尔兹巴格的《特快列车"北极号"》（画册），由河出书房新社出版发行。

1988 年（昭和六十三年）39 岁

2 月，《在罗马我们必须做好过冬的准备》（随笔），发表于杂志《新潮》。

3 月，赴伦敦。《关于〈爷爷的回忆〉的笔记》（随笔）及译作杜鲁门·卡波特的《爷爷的回忆》（短篇小说），均发表于杂志 *Switch*；译作杜鲁门·卡波特的《爷爷的回忆》（短篇小说），由文艺春秋社出版发行。

4 月，返回日本并考取驾照。译作《司格特·菲茨杰拉德作品集》，由 TBS Britannica 社出版发行；接受加贺山弘的采访，《1988 年 1 月 12 日，罗马》（访谈录），发表于杂志 *Par Avion* 的创刊号。

5 月，译作雷蒙德·卡弗的《象》（短篇小说），发表于杂志《新潮》。

7 月，译作蒂姆·奥布莱恩的《士兵们的行李》（短篇小说）和雷蒙德·卡弗的《箱子》（短篇小说），均发表于杂志 *Par Avion*。

8 月，重复罗马，同摄影师松村映三结伴赴希腊、土耳其采访旅行。在 21 天里，首先参观了位于希腊东北部阿斯特半岛上的希腊正教修道院，攀登阿斯特圣山后，驾车由伊斯坦布尔进入土耳其国境，沿土耳其国境线周游，途经黑海、俄国、伊朗、伊拉克等国和地中海、爱琴海，最后返回罗马。此行的游记先是发表于杂志《03》（1990 年 1—2 月），后经大幅改动，单行本《雨天·炎天》于 1990 年 8 月由新潮社出版发行。

9 月，译作《And Other Stories——珍本美国小说 12 篇》，由文艺春秋社出版发行。

10 月，《舞！舞！舞！》（长篇小说）单行本由讲谈社出版发行；译作雷蒙德·卡弗的《有用的小事》（短篇小说），发表于杂志《文学界》。

11 月，译作雷蒙德·卡弗的《关于爱情我们能谈些什么》（短篇小说），发表于杂志《推理小说》。

1989 年（平成元年）40 岁

3 月，译作蒂姆·奥布莱恩的《金色苏尔瓶》（短篇小说），雷蒙德·卡弗的《日常的力学》（短篇小说），格雷斯的《母亲》（短篇小说），均发表于杂志《小说新潮·临时增刊》。

4月，《早逝的雷蒙德》（随笔），发表于杂志《新潮》；译作雷蒙德·卡弗的《有用的小事》（短篇小说集），由中央公论新社出版发行；译作杜鲁门·卡波特的《某个圣诞节》（短篇小说），发表于杂志 *EUREKA*。

5月，赴希腊、罗得岛旅行。接受由里幸子的采访，《我和我的小说都无法逃避的变质的年代》（访谈录），发表于《朝日新闻·晚报》；《村上朝日堂哟！》（随笔集），由文化出版局出版发行；译作雷蒙德·卡弗的《马嚼子》（短篇小说），发表于杂志 *Marie Claire Japon*。

6月，接受柴田元幸的采访，《小说的可能性》（访谈录）以及《飞机》（随笔），均发表于杂志 *EUREKA*；《电视人的反击》（短篇小说）以及译作蒂姆·奥布莱恩的《话说真正的战争》（小说），发表于杂志 *Par Avion* 终刊号上；《〈宇宙飞船〉的光和影》（随笔），发表于杂志《弹子球涂鸦》。

7月，驾车赴德国南部和奥地利旅行。

9月，译作 C.V. 奥尔兹巴格的《无名小卒》（画册），由河出书房新社出版发行。

10月，返回日本后即赴纽约。译作蒂姆·奥布莱恩的《核时代》（长篇小说），由文艺春秋社出版发行；《我们时代的民间传说——高度资本主义前传》（短篇小说），发表于杂志 *Switch*；《上等瑕玉——保尔·奥斯塔的〈幽灵们〉》（评论），发表于杂志《新潮》。

11月，《眠》（短篇小说），发表于杂志《文学界》。

12月，参加富士小山 20 公里竞走。译作杜鲁门·卡波特的《某个圣诞节》（画册），由文艺春秋社出版发行。

1990 年（平成二年）41 岁

1月，返回日本。《电视人》（短篇小说集），由文艺春秋社出版发行；希腊、土耳其游记《神园漫步》和《奶茶·兵队·会游泳的猫》，发表于杂志《03》。

2月，参加青梅马拉松比赛。在曾经的住地涩谷区千驮谷，目睹奥姆真理教竞选众议院议员的宣传活动。

3月，参加小田原半程马拉松比赛。

4月，参加小笠·挂川全程马拉松比赛。

5月，《村上春树作品集1979—1989·1·〈且听风吟〉·〈1973年的弹子球〉》，由讲谈社出版发行；译作《雷蒙德·卡弗全集·3·大圣堂》，由中央公论新社出版发行；《杰克·伦敦的假牙——突如其来的个人教训》(随笔)，发表于5月21日的《朝日新闻·晚报》。

6月，与夫人阳子合作的希腊、意大利游记《远方的太鼓》，由讲谈社出版发行；《托尼瀑谷》(短篇小说)，发表于杂志《文艺春秋》；*Paparazzi*（随笔集)，由作品社出版发行；译作雷蒙德·卡弗的短篇小说《60英亩》和《夜校》，发表于杂志*EUREKA*。

7月，《村上春树作品集1979—1989·2·〈寻羊冒险记〉》，由讲谈社出版发行；《朋友，你错了，这不是〈doodlin〉》(随笔）和译作多纳尔德的《爵士乐王子》(短篇小说)，发表于杂志《*Esquire*·日文版》。

8月，在山口县无人岛露营。《雨天·炎天》(游记）由新潮社出版发行；《雷蒙德·卡弗全集·2·关于爱情我们能谈些什么》，由中央公论社出版发行；译作蒂姆·奥布莱恩的《所谓勇敢》(随笔)，发表于杂志*EUREKA*；译作雷蒙德·卡弗的《肥胖》(短篇小说)、托巴依斯·伍尔夫的《关于卡弗》(随笔)，发表于杂志*Marie Claire Japon*。

9月，《村上春树作品集1979—1989·3·〈短篇小说集〉》，由讲谈社出版发行；《边境旅行》(随笔)，发表于杂志《波》。

10月，与安西水丸去香川县吃乌冬面。译作蒂姆·奥布莱恩的《话说真正的战争》（长篇小说），由文艺春秋社出版发行；《天国的高山风景》（随笔），发表于杂志《03》。

11 月，《村上春树作品集 1979—1989 · 4 ·〈世界尽头与冷酷仙境〉》，由讲谈社出版发行；译作 C.V. 奥尔兹巴格的《哈里斯 · 巴蒂克之谜》（画册），由河出书房新社出版发行；译作杜鲁门 · 卡波特的《怀念圣诞节》（随笔），由文艺春秋社出版发行。

12 月，参加富士小山 20 公里竞走。

1991 年（平成三年）42 岁

1 月，参加馆山 · 若潮马拉松赛。赴美国新泽西州普林斯顿大学任客座研究员。《村上春树作品集 1979—1989 · 5 ·〈短篇小说集〉》，由讲谈社出版发行；《透明的温柔与柔和的目光》（评论），发表于杂志《中央公论》；"去美国领事馆取签证的时候，正值海湾战争爆发。在驶往赤坂的出租车中听到了美军用导弹袭击巴格达的消息，所以并不认为那是个好去处。虽说战场遥远，去一个打仗的国家并在那里生活毕竟不是件开心的事。可是一切手续都已办完了，除了赴美我们已别无选择。虽然没有受战争的直接影响，坦率地讲，当时美国那激昂的爱国气氛毕竟使人感到不愉快。"（『村上春樹全作品 1990—2000 · 4 ·〈ねじまき鳥クロニクル 1 · 解題〉』，講談社 2003 年版）

2 月，译作《雷蒙德 · 卡弗全集 · 1 · 拜托了，请安静点》，由中央公论新社出版发行。

3 月，《村上春树作品集 1979—1989 · 6 ·〈挪威的森林〉》，由讲谈社出版发行。

4 月，在波士顿参加马拉松赛。《绿兽》（短篇小说）和《冰男》（短篇小说），发表于杂志《文学界 · 临时增刊 · 村上春树 BOOK》；译作菲茨杰拉德的《回归巴比伦》(短篇小说)，发表于杂志《新潮·增刊》。

5月，《村上春树作品集1979—1989·7·〈舞！舞！舞！〉》，由讲谈社出版发行。

7月，《村上春树作品集1979—1989·8·〈短篇小说集〉》，由讲谈社出版发行。

11月，参加纽约城市马拉松赛后，和松村映三一同参观了位于纽约市名作家云集的东汉普顿区。

12月，译作C.V.奥尔兹巴格的《天鹅湖》(画册)，由河出书房新社出版发行。

1992年（平成四年）43岁

1月，作为客座教授为普林斯顿大学研究生院主讲现代日本文学，解读“第三新人”日本作家吉行淳之介、小岛信夫、安冈章太郎、庄野润三和丸谷才一，以延长在美国的滞留期限，辅助阅读教材为江藤淳的《成熟与丧失》。

3月，参加美国新泽西州的半程马拉松赛。

4月，参加波士顿马拉松赛。

7月，在墨西哥旅行月余。前半程单独乘坐公共汽车；后半程和松村映三、阿尔弗雷德驱车同行。

9月，译作《雷蒙德·卡弗全集·4·烈焰》，由中央公论社出版发行。

10月，《发条鸟年代记·第一部·贼喜鹊》(长篇小说)，连载于杂志《新潮》，至翌年8月止；《国境以南，太阳以西》(长篇小说)，由讲谈社出版发行；《司各特·菲茨杰拉德的幻影》(随笔)，发表于杂志*Marie Claire Japon*。

12月，《墨西哥纪行·上》(随笔)，发表于杂志《小说新潮·临时增刊》。

1993年（平成五年）44岁

1月，《伟大小说的形成——同雷蒙德交往的10年》（随笔），发表于《朝日新闻》1月7日；译作雷蒙德·卡弗的《再见黑鸟》（短篇小说），附译者后记《关于〈再见黑鸟〉》，发表于杂志《新潮》。

3月，译作格温的《归来的空翻猫》（画册），由讲谈社出版发行；《沉默》（短篇小说集），作为辅助阅读教材，由全国学校图书馆协议会出版发行。

4月，《镜子》（短篇小说），收录于村上龙编辑的《现代恐怖小说杰作精选·II·魔法水》，由角川书店出版发行。

6月，译作C.V.奥尔兹巴格的《神奇的扫帚》（画册），由河出书房新社出版发行；《墨西哥纪行·下》（随笔），发表于杂志《小说新潮·临时增刊》。

7月，赴马萨诸塞州剑桥城的塔夫茨大学任教。

12月，参加富士小山20公里竞走。

1994年（平成六年）45岁

1月，译作罗伯特·杰巴德和詹姆斯·托马斯编辑的《*Sudden Fiction* 超短篇小说70》，由文艺春秋社出版发行。

2月，《终究悲哀的外国语》（随笔集），由讲谈社出版发行；译作《雷蒙德·卡弗作品选》，由中央公论新社出版发行；《读书马》（短篇小说），发表于杂志《太阳》。

3月，参加新贝德福德半程马拉松大赛。与杰·玛奇纳尼的对谈录《关于新日本文学》，发表于杂志《昂》；译作《雷蒙德·卡弗全集·6·大象通往瀑布的新的小路》，由中央公论社出版发行；《始终在思考的与美国相关的问题》（访谈录），发表于杂志《周刊文春》。

4月，参加波士顿马拉松大赛。与同为普林斯顿大学客座教授的日本心理学家河合隼雄，进行了题为《现代物语的含义》的对谈；长篇小说《发条鸟年代记》的第一部《贼喜鹊》和第二部《预言鸟》，由新潮社出版发行。

6月，赴中国内蒙古自治区、蒙古人民共和国两周，寻访1939年中蒙边境发生的诺门罕战役遗址。纪行文学《诺门罕钢铁墓场》，后发表于杂志《马可·波罗》（9—11月）。

7月，偕夫人赴千叶县千仓町旅行，当地出身的安西水丸同行。借以“补偿在蒙古期间糟糕透顶的饮食”。

9月，译作C.V. 奥尔兹巴格的《解梦无花果》（小说），由河出书房新社出版发行。

10月，译作雷蒙德·卡弗的《卡弗·乡村音乐》（随笔集），由中央公论社出版发行；《日本人能理解爵士乐吗》（随笔），发表于杂志《现代》。

11月，《书简往来》（短篇小说），发表于杂志《太阳》；译作《雷蒙德·卡弗杰作选》，由中央公论社出版发行。

12月，《袭击动物园》（短篇小说），发表于杂志《新潮》；《无用的风景》（随笔集），由朝日出版社出版发行。

1995年（平成七年）46岁

3月，借美国大学春假之机临时返回日本，在神奈川县大矶町家中得知东京地铁沙林毒气事件的发生。

6月，在塔夫茨大学任教期满，退掉剑桥城的寓所。驱车横穿美国大陆后至加利福尼亚，在夏威夷的考爱岛逗留一个半月返回日本。《村上朝日堂超短篇小说·夜半蜘蛛猴》，由平凡社出版发行。

8月，长篇小说《发条鸟年代记》第三部《刺鸟人》，由新潮社出版发行。

9月，在神户与芦屋市举行自选作品朗诵会，以表明对东京地铁沙林毒气事件的关注。“由我来朗诵也起不了什么作用，这是一件小事，但我想我会尽力做好它。很多人说我不擅长抛头露面，因为我不过是个普通人；既无什么技能，又不善言辞，所以不事张扬。又不喜欢被人拍照，不过在那种场合也不至于狂蹦乱跳或咬断小指。”

11月，参加国立道路10公里竞走；再次同河合隼雄对谈；《盲柳与睡美人》（短篇小说），发表于杂志《文学界》。

12月，参加富士小山20公里竞走。

1996年（平成八年）47岁

全年总计采访东京地铁沙林毒气事件受害者62位，平均每五天一位。

1月，参加馆山·若潮马拉松赛。《一本让你对爵士乐心动的书》（评论），发表于杂志《波》；译作比尔·克劳的《与激情的节奏说再见——爵士乐的回想录》（随笔），由新潮社出版发行。

2月，《发条鸟年代记》获第47届“读卖文学奖”；《第七个男人》（短篇小说），发表于杂志《文艺春秋》。

4月，参加小笠·挂川马拉松赛。译作菲茨杰拉德的《回归巴比伦》（小说集），由中央公论社出版发行；译作C.V.奥尔兹巴格的《铅笔的梦》（小说），由河出书房新社出版发行。

5月，《村上朝日堂周报·漩涡猫寻觅法》（随笔集），由新潮社出版发行。

6月，参加北海道佐吕间湖100公里马拉松赛。

10月，译作迈克尔·吉曼的《穿透心脏》（短篇小说），由文艺春秋社出版发行；《列克辛顿的幽灵》（短篇小说），发表于杂志《群像》；《翻译与被翻译》（随笔），发表于杂志《国际交流》。

11月，《列克辛顿的幽灵》（短篇小说集），由文艺春秋社出版发行。

12月，参加圣诞节马拉松大赛；建立自己的官方网站。《村上春树，去见河合隼雄》（对谈集），由岩波书店出版发行。

1997年（平成九年）48岁

1月，参加馆山·若潮马拉松赛。

3月，以东京地铁沙林毒气事件为题材的《地下》（纪实文学），由讲谈社出版发行；接受《现代周刊》的独家采访，《我怎样看地铁沙林事件》（访谈录），发表于杂志《现代周刊》。

4月，参加美国夏威夷州檀香山15公里竞走比赛和波士顿马拉松赛。《快跑，不许走》（随笔），发表于杂志《太阳·增刊》。

5月，独自由西宫徒步至神户。接受大井浩一的采访，《村上春树讲解纪实文学〈地下〉·上》（访谈录），发表于5月14日《每日新闻·晚报》；《村上春树讲解纪实文学〈地下〉·下》（访谈录），发表于5月15日《每日新闻·晚报》。

6月，译作格温的《出色的亚力山大和空翻猫们》（画册），由讲谈社出版发行；《村上朝日堂是如何炼成的》（随笔集），由朝日出版社出版发行。

7月，与河合隼雄的对谈录《关于〈地下〉》，发表于杂志《现代》。

9月，参加在新潟举行的国际铁人大赛。译作《雷蒙德·卡弗全集·5·蓝色，水与水相遇的地方》，由中央公论社出版发行。

10月，《为年轻读者的短篇小说导读》（随笔集），由文艺春秋社出版发行。

12月，《彻头彻尾的个人爵士乐》（随笔），发表于杂志《波》；《我读了百遍的短篇小说》，发表于杂志 *CREA*；与和田诚合著《爵士乐群英谱》（随笔集），由新潮社出版发行。

1998 年（平成十年）49 岁

4 月，《村上春树之旅》（随笔），发表于杂志《波》；系列随笔《后地下·稻叶光治》，发表于杂志《文艺春秋》；《边境·近境》（游记），由新潮社出版发行。

5 月，系列随笔《后地下·细井真一》，发表于杂志《文艺春秋》；与松村映三合作的《边境·近境·写真版》（写真集），由新潮社出版发行。

6 月，作为伴跑者，参加美国夏威夷州檀香山的盲人马拉松赛。系列随笔《后地下·神田真一》，发表于杂志《文艺春秋》；与安西水丸合作的《浮躁》（画册），由讲谈社出版发行。

7 月，参加在夏威夷举办的国际铁人赛。系列随笔《后地下·增谷始》，发表于杂志《文艺春秋》；《CD-ROM 版·村上春树朝日堂·梦中的冲浪城市》（随笔集），由朝日出版社出版发行。

8 月，系列随笔《后地下·波村秋生》，发表于杂志《文艺春秋》。

9 月，系列随笔《后地下·高桥英利》，发表于杂志《文艺春秋》。

10 月，参加儿童马拉松接力赛。系列随笔《后地下·岩村晴美》，发表于杂志《文艺春秋》；译作麦克·斯特朗德《狗的人生》（短篇小说），由中央公论社出版发行；《时代精神的记录——关于林郁夫〈我和奥姆真理教〉》（随笔），发表于杂志《书话》。

11 月，参加纽约城市马拉松赛。《约定的场所》（纪实文学），由文艺春秋社出版发行；与河合隼雄的对谈录《关于“后地下”》，发表于杂志《文艺春秋》。

1999年（平成十一年）50岁

1月，《我称之为一种想象——走近松村映三的〈滚滚辽河〉》（评论），发表于杂志《波》。

2月，《美国文学现场·1·译作D. T. 马库思的〈是谁在写雷蒙德·卡弗的小说〉》，发表于杂志《中央公论》；《新版·象工厂的喜剧》（随笔集），由讲谈社出版发行。

3月，参加夏威夷20公里4点射击滑雪赛。

4月，《美国文学现场·2·译作理查德·福特的〈优秀的雷蒙德·卡弗〉》，发表于杂志《中央公论》；《斯普特尼克的恋人》（长篇小说），由讲谈社出版发行。

5月，去北欧旅行约两周。译作格雷斯的《最后瞬间的巨大变化》（短篇小说集），由文艺春秋社出版发行。

6月，《约定的场所》获第2届"桑原武夫学艺奖"。《美国文学现场·3·译作蒂姆·奥布莱恩的〈我和越南〉》，发表于杂志《中央公论》；《最重要的是如何在快乐的气氛中结婚》（随笔），发表于杂志*BRUTUS*。

8月，《地震之后·1·飞碟降落在钏路》（短篇小说），发表于杂志《新潮》。

9月，《地震之后·2·有熨斗的风景》（短篇小说），发表于杂志《新潮》；《美国文学现场·4·译作约翰·保尔·辛波特的〈约翰·欧文的世界〉》，发表于杂志《中央公论》；《我从事翻译工作的原因》（访谈录），发表于杂志*Marie Claire Japon*。

10月，《地震之后·3·神的孩子都跳舞》（短篇小说），发表于杂志《新潮》；《美国文学现场·5·译作蒂姆·奥布莱恩的〈奥布莱恩的崭新地平线〉》，发表于杂志《中央公论》；接受岛森美智子的采访《物语经常会带有自发性》（访谈录），发表于杂志《广告批评》。

11月，《地震之后·4·泰国之旅》（短篇小说），发表于杂志《新潮》；关闭网站。

12月，《美国文学现场·6·〈走近雷蒙德·卡弗的短篇遗作〉》（随笔），发表于杂志《中央公论》；与夫人阳子合作的《如果我们的语言是威士忌》（随笔集），由平凡社出版发行。

2000年（平成十二年）51岁

2月，《神的孩子都跳舞》（短篇小说集），由新潮社出版发行；《美国文学现场·7·译作汤姆·约翰斯的〈我是一个天才〉》，发表于杂志《中央公论》。

4月，《翻译与被翻译》（随笔），收录于《翻译与日本文化》，由山川出版社出版发行。

5月，译作《人们都说星期一最糟糕》（评论集），由中央公论新社出版发行。

7月，接受春山阳一的采访，《独家采访村上春树》（访谈录），发表于杂志《朝日周刊》。

8月，《对了，听听村上怎么说》（随笔集），由朝日新闻社出版发行；《赌徒的色子》（随笔集），由文艺春秋出版发行。

9月，译作雷蒙德·卡弗的《有事打电话》（小说），由中央公论新社出版发行。

10月，与柴田元幸合作《翻译夜话》（对谈集），由文春新书出版发行。

2001年（平成十三年）52岁

1月，*Sydney*！（随笔集），由文艺春秋社出版发行；村上春树采访了蒂斯·格拉卡，访谈录《雷蒙德·卡弗的追求》，发表于《中央公论》。

4 月，专修大学出版局出版了大庭健的著作《自我迷宫》，村上春树给予了“对于小说家来讲，应该怎样认识自我。或者说吃炸牡蛎的最佳方法到底是什么”的评价；《CD-ROM 版·村上春树朝日堂·斯迈尔加克夫对织田信长家臣团》（随笔集），由朝日出版社出版发行；《翻译与日本文化·翻译与被翻译》（随笔），由山川出版社出版发行；《爵士乐群英谱·2》（随笔集），由新潮社出版发行。

6 月，《村上无线电》（随笔集），由 Magazine House 出版发行。

9 月，译作阿朱拉·K. 鲁格恩的《空中奔跑的杰恩》（画册），由讲谈社出版发行。

10 月，接受格里高里·比尔茨的采访，《一场没有胜负的战争——村上春树谈 9·11 事件》（访谈录），发表于杂志 *NEWSWEEK*。

2002 年（平成十四年）53 岁

3 月，《渴望共同生存与逃避共同生存的人们·上》（随笔），发表于《中国新闻》3 月 18 日；《渴望共同生存与逃避共同生存的人们·下》（随笔），发表于《中国新闻》3 月 25 日。

5 月，译作杜鲁门·卡波特的《过生日的孩子们》（小说），由文艺春秋社出版发行。

6 月，草思社出版了高桥秀实的著作《民主主义阴谋》，这本书的《解说》部分由村上春树来完成。

7 月，译作《雷蒙德·卡弗全集·7·不用歌颂英雄》，由中央公论新社出版发行。

9 月，《海边的卡夫卡 上·下》（长篇小说），由新潮社出版发行；《关于〈海边的卡夫卡〉》（评论），发表于杂志《波》；在新潮社建了个网页，读者可以发电子邮件提出问题。

11 月，《村上春树作品集 1990—2000・1・〈短篇小说集 1〉》，由讲谈社出版发行。

12 月，编译《生日的故事》（小说集），由中央公论新社出版发行。

2003 年（平成十五年）54 岁

1 月，《村上春树作品集 1990—2000・2・〈国境以南，太阳以西〉〈斯普特尼克的恋人〉》，由讲谈社出版发行。

3 月，《村上春树作品集 1990—2000・3・〈短篇小说集 2〉》，由讲谈社出版发行。

4 月，接受汤川丰、小山铁郎的采访，《讲解〈海边的卡夫卡〉》（访谈录），发表于杂志《文学界》；译作 J. D. 塞林格的《麦田守望者》（小说），由白水社出版发行。

5 月，《村上春树作品集 1990—2000・4・〈发条鸟年代记 1〉》，由讲谈社出版发行。

6 月，《少年卡夫卡》（随笔集），由新潮社出版发行；《译者解读〈麦田守望者〉》（评论），发表于杂志《文学界》。

7 月，《村上春树作品集 1990—2000・5・〈发条鸟年代记 2〉》，由讲谈社出版发行；与柴田元幸合作《翻译夜话・2・塞林格战记》（对谈集），由文春新书出版发行。

9 月，《村上春树作品集 1990—2000・6・〈地下〉》，由讲谈社出版发行。

10 月，《村上春树、河合隼雄：京都两日谈・上》（对谈录），发表于杂志 *FORESIGHT*。

11 月，《村上春树作品集 1990—2000・7・〈约定的场所〉〈村上春树，去见河合隼雄〉》，由讲谈社出版发行；《村上春树、河合隼雄：京都两日谈・下》（对谈录），发表于杂志 *FORESIGHT*；译作克里斯・范・奥兹伯格的《肮脏的石头》（画册），由河出书房新社出版发行。

2004年（平成十六年）55岁

3月，译作蒂姆·奥布莱恩的《世界上所有的7月》（小说），由文艺春秋社出版发行。

5月，《都筑响一世界的形成》（随笔），发表于杂志《筑摩》；《真福寺本杨守敬本将门记新解》（评论集），由汲古书院出版发行。

7月，《悉尼！树袋熊纯情篇》（随笔集），由文艺春秋社出版发行；《悉尼！小袋鼠热血篇》（随笔集），由文艺春秋社出版发行；译作《雷蒙德·卡弗全集·8·有事打电话》，由中央公论新社出版发行。

9月，《天黑以后》（长篇小说），由讲谈社出版发行；接受《文学界》编辑部的采访，《村上春树解读雷蒙德·卡弗——完成〈卡弗全集〉翻译后对其文学体制的认识》（访谈录），发表于杂志《文学界》；译作凯伊·鲍内蒂的《采访雷蒙德·卡弗·短暂的事物保管》（访谈录），发表于杂志《文学界》；译作蒂彼德·凯尼的《采访雷蒙德·卡弗·我们自己的人生回音》（访谈录），发表于杂志《文学界》；译作C. V. 奥尔兹巴格的《两只绝望的蚂蚁》（画册），由翌桧出版社出版发行。

10月，《这25年》（随笔），发表于杂志《本》。

11月，《东京乌贼俱乐部·逃离地球的方法》（随笔集），由文艺春秋社出版发行。

2005年（平成十七年）56岁

1月，与插图画家佐佐木镇合作的《不可思议的图书馆》（短篇小说集），由讲谈社出版发行；《地震之后》（随笔），发表于《朝日新闻》1月17日。

3 月，《酝酿出温馨的小说》（随笔），发表于《读卖新闻》3 月 29 日；《偶然的旅人》（短篇小说），发表于杂志《新潮》；《象的消亡》（短篇小说集），由新潮社出版发行。

4 月，《哈纳雷海湾》（短篇小说），发表于杂志《新潮》。

5 月，赴美国马萨丘斯州。“我是从 1982 年秋天开始跑步的，大约已经坚持了 23 年。我基本上每天都会跑步，每年最少参加一次全程马拉松赛。到目前为止，我已经参加过 23 次了，还有数不尽的世界各地举办的各类竞走赛。我喜欢长跑，它和我的性格相符，在长跑的时候我感到很快乐。来到这里，跑步再次成为我生活的一个主要部分。我每天都非常认真地跑步。无论刮风下雨，工作有多么繁忙，我都会坚持跑上 10 公里。”（『走ることについて語るときに僕の語ること』，文芸春秋 2007 年版）；《随处可见的场所》（短篇小说），发表于杂志《新潮》。

6 月，《每天都在移动的肾形石》（短篇小说），发表于杂志《新潮》；译作格雷伊斯·贝里的《人生有点烦》（长篇小说），由文艺春秋社出版发行。

7 月，赴夏威夷的考爱岛。“和以前一样，我在这里租了房子，趁早上天气凉爽的时候伏案写作。就像此刻一样，我在写一篇关于跑步的文章。从来到这里开始，我每天从不间断跑步，即使有什么特殊情况也不会改变，我就这样在这里度过了两个半月。”（村上春樹：『走ることについて語るときに僕の語ること』，文芸春秋 2007 年版）

9 月，返回日本。《东京奇谈集》（短篇小说集），由新潮社出版发行；译作 C.V. 奥尔兹巴格的《魔术师的庭园》（画册），由翌桧出版社出版发行；《世界的尽头与冷酷的仙境·新装版》（长篇小说），由新潮社出版发行。

10 月，《村上春树讲述往返于意识隧道编织故事》（随笔），发表于《朝日新闻》10 月 3 日。

11 月，参加纽约城市马拉松赛。《没有品位便没有共鸣》（随笔集），由文艺春秋社出版发行；译作德理·弗里休的《爱喝土豆汤的猫》（画册），由讲谈社出版发行；《从诺贝尔文学奖到宪法改定问题》（随笔），发表于《朝日周刊》11 月 17 日。

2006 年（平成十八年）57 岁

1 月，译作雷蒙德·卡弗的《拜托了，安静点吧 1》（小说），由中央公论新社出版发行。

3 月，获弗朗茨·卡夫卡文学奖。《请村上谈谈这些》（随笔集），由朝日新闻社出版发行。译作雷蒙德·卡弗的《拜托了，安静点吧 2》（小说），由中央公论新社出版发行。

4 月，参加波士顿马拉松赛。

7 月，译作雷蒙德·卡弗的《关于爱情我们能谈些什么》（随笔集），由中央公论新社出版发行。

8 月，《翻译与被翻译》（随笔集），发表于杂志《远近》。

9 月，短篇小说《盲柳与睡美人》获爱尔兰第二届“弗兰克·奥康纳国际短篇小说奖”。《天黑以后》（长篇小说），由讲谈社出版发行。

10 月，参加在新潟举行的国际铁人大赛。“这个冬天，我可能还会在世界的某一个城市参加全程马拉松赛；明年也会继续挑战国际铁人大赛。时光飞逝，岁月如梭，抖擞精神，大步向前。我每长一岁也许就会写出一部小说吧？与此同时，我会风物长宜，尽量去看更远处的风景，因为我站在长跑线上。”

11 月，《村上朝日堂反击》（随笔集），由新潮文库出版发行；译作 C.V. 奥尔兹巴格的《哎呀，变成狗了》（画册），由河出书房新社出版发行；译作菲茨杰拉德的《了不起的盖茨比》（小说），由中央公论新社出版发行；《一件让村上试着做的事》（随笔集），由朝日新闻社出版发行。

12 月，《最初的文学》（小说集），由文艺春秋社出版发行。

2007 年（平成十九年）58 岁

1 月，译作雷蒙德·卡弗的《水与水交汇之处》（小说），由中央公论新社出版发行。

3 月，译作雷蒙德·钱德勒的《长时间的再见》（小说），由早川书房出版发行；译作雷蒙德·卡弗《大圣堂》（短篇小说集），由中央公论新社出版发行；与安西水丸合作的《兔子好吃——法国人》（画册），由文艺春秋社出版发行。

5 月，译作雷蒙德·卡弗《炎》（短篇小说集），由中央公论新社出版发行；《评将门调查研究》（评论），由汲古书院出版发行。

6 月，《一个知识精英的毁灭》（序文），《芥川龙之介短篇集》，由新潮社出版发行。

7 月，编译《菲茨杰拉德》（小说集），由中央公论新社出版发行。

9 月，获第一届"早稻田大学坪内逍遥文学奖"。译作雷蒙德·卡弗《青色》，由中央公论新社出版发行。

10 月，《关于跑步我们能谈些什么》（自传），由文艺春秋社出版发行。

11 月，译作保罗·索鲁的《世界尽头》（小说），由中央公论新社出版发行。

12 月，《东京奇谈集》（短篇小说集），由新潮文库出版发行；与和田诚合作编译的《村上之歌》（随笔集），由中央公论新社出版发行。

2008 年（平成二十年）59 岁

2 月，译作杜鲁门·卡波特的《蒂芙尼的早餐》（长篇小说），由新潮社出版发行。

6 月，被普林斯顿大学授予名誉博士称号。

2009 年（平成二十一年）60 岁

1 月，接受木村俊介的采访，访谈录《翻译是细致的精读》发表于杂志《文春周刊》。

2 月，获“耶路撒冷文学奖”，获奖感言《永远站在蛋的一边》，发表于杂志《朝日周刊》。

4 月，接受文艺春秋社的独家采访，访谈录《我为什么要去耶路撒冷》，发表于杂志《文艺春秋》；译作雷蒙德·钱德勒的《再见了，爱人》，由早川书房出版发行。

5 月，《1Q84》（BOOK I、BOOK II，长篇小说），由新潮社出版发行。

2010 年（平成二十二年）61 岁

4 月，《1Q84》（BOOK III，长篇小说），由新潮社出版发行。

附记：本年谱在编写过程中主要参考了今井清人『村上春樹——OFF の感覚』（星雲社 1990 年版）、加藤典洋『群像日本の作家·26·村上春樹』（小学館 1997 年版）、栗坪良樹·柘植光彦·今井清人『村上春樹スタディーズ（5）』（若草書房 1999 年版）、今井清人『村上春樹スタディーズ（2000—2004）』（若草書房 2005 年版）、ジェイ·ルービン著、畔柳和代訳『ハルキ·ムラカミと言葉の音楽』（新潮社 2006 年版）、宮脇俊文『村上春樹ワンダーランド』（いっそぷ社 2006 年版）和村上春树本人的『走ることについて語るときに僕の語ること』（文芸春秋 2007 年版）等大量的相关日文学术成果。

附录二　日本村上研究著作系年

（1984—2010）

1. 高橋丁未子：『鼠の心——村上春樹の研究読本』，北宋社 1984 年版。

2. 鈴村和成：『未だ・既に——村上春樹と「ハードボイルドワンダーランド」』，洋泉社 1985 年版。

3. 高橋丁未子：『羊のレストラン——村上春樹の食卓』，株式会社 CBS・ソニー出版 1986 年版。

4. 村上竜：『シーク＆ファインド村上春樹』，青銅社 1986 年版。

5. 鈴村和成：『テレフォン——村上春樹、デリダ、康成、プルースト』，洋泉社 1987 年版。

6.『ユリイカ——6 月臨時増刊・総特集・村上春樹の世界』，青土社 1989 年版。

7. 松沢正博：『ハルキ・バナナ・ゲンイチロ——時代の感受を揺らす三つのシグナル』，青弓社 1989 年版。

8. 黒古一夫　『村上春樹——ザ・ロスト・ワールド』，六興出版 1989 年 12 月 8 日版。

9. 今井清人：『村上春樹——OFF の感覚』，星雲社 1990 年版。

10. 黒古一夫：『村上春樹と同時代の文学』，河合出版 1990 年版。

11. 深海遥：『村上春樹の歌』，青弓社 1990 年版。

12. 高橋丁未子：『ハルキの国の人々』，CBS・ソニー 1990 年版。

13.『村上春樹ブック』，文芸春秋 1991 年版。
14. 竹田青嗣、加藤典洋、笠井潔：『村上春樹をめぐる冒険』，河出書房新社 1991 年版。
15. 横尾和博：『村上春樹とドストエーフスキイ』,近代文芸社 1991 年版。
16. 村上啓二：『「ノルヴェイの森」を通り抜けて——村上春樹の成熟の途』，ジック出版局 1991 年版。
17. 千石英治：『アイロンを掛ける青年——村上春樹とアメリカ』，彩流社 1991 年版。
18. 久居つばき、くわ正人：『象が平原に還った日——キーワードで読む村上春樹』，新潮社 1991 年版。
19. 横尾和博：『村上春樹の二元的世界』，鳥影社 1992 年版。
20. 横尾和博：『村上春樹 × 九〇年代』，第三書館 1994 年版。
21. 久居つばき：『ねじまき鳥の探し方——村上春樹の種あかし』，太田出版 1994 年版。
22. 鈴村和成：『村上春樹クロニクル 1983——村上春樹論集大成』，洋泉社 1994 年版。
23.『国文學·「村上春樹——予知する文学」』，学燈社 1995 年 3 月号。
24. 加藤典洋：『群像日本の作家 26——村上春樹』,小学館 1997 年 5 月 20 日。
25. 同志社高校現代国語講座生：『村上春樹「風の歌を聴け」を読む』，どらねこ工房 1997 年版。
26. 吉田春生：『村上春樹転換する』，彩流社 1997 年版。
27. 木股知史：『村上春樹·日本文学研究·46』，若草書房 1998 年版。
28. 深海遥：『探訪村上春樹の世界——東京編 1968—1997』，ゼスト 1998 年版。
29. 小西慶太：『村上春樹の音楽図鑑』，ジャパン・ミックス 1998 年版。

30. 久居つばき：『ノンフィクションと華麗な虚偽——村上春樹の地下世界』，マガジンハウス 1998 年版。

31. 石倉美智子：『村上春樹サーカス団の行き方』，専修大学出版局 1998 年版。

32. 小林正明：『村上春樹塔と海の彼方に』，森話社 1998 年版。

33. イアン・ブルマ著、石井信平訳：『イアン・ブルマの日本探訪：村上春樹からヒロシマまで』，阪急コミュニケーションズ 1998 年版。

34.『現代思想臨時増刊——村上春樹の世界』，青土社 1999 年版。

35. 村上ワールド研究会：『村上春樹イエロー辞典』，コアラブックス 1999 年版。

36. 栗坪良樹・柘植光彦・今井清人：『村上春樹スタディーズ（1)』，若草書房 1999 年版。

37. 栗坪良樹・柘植光彦・今井清人：『村上春樹スタディーズ（2)』，若草書房 1999 年版。

38. 栗坪良樹・柘植光彦・今井清人：『村上春樹スタディーズ（3)』，若草書房 1999 年版。

39. 栗坪良樹・柘植光彦・今井清人：『村上春樹スタディーズ（4)』，若草書房 1999 年版。

40. 栗坪良樹・柘植光彦・今井清人：『村上春樹スタディーズ（5)』，若草書房 1999 年版。

41. 井上義夫：『村上春樹と日本の“記憶”』，新潮社 1999 年版。

42.『ユリイカ 3 月臨時増刊·総特集·村上春樹を読む』,青土社 2000 年版。

43. 伊川龍郎：『休日の村上春樹——コアにさわる』，ボーダーインク 2000 年版。

44. 飯塚恆雄：『ポピュラリティーのレッスン——村上春樹長編小説音

楽ガイド』，シンコーミュージック 2000 年版。
45. 浦澄彬：『村上春樹を歩く——作品の舞台と暴力の影』，彩流社 2000 年版。
46. 松岡洋男：『哀愁のストーカー——村上竜、村上春樹を越えて』，ボーダーインク 2001 年版。
47. 酒井英行：『村上春樹分身との戯れ』，翰林書房 2001 年版。
48. 平野芳信：『村上春樹と“最後の夫の死の物語”』，翰林書房 2001 年版。
49. 村上春樹研究会編：『村上春樹作品研究事典』，鼎書房 2001 年版。
50. 吉田春生：『村上春樹とアメリカ——暴力性の由来』，彩流社 2001 年版。
51.『村上春樹がわかる』，朝日新聞社 2001 年版。
52. 林正：『村上春樹論——コミュニケーションの物語』，専修大学出版局 2002 年版。
53. 仲俣暁生：『文学：ポスト・ムラカミの日本文学』，朝日出版社 2002 年版。
54. 飯塚恒雄：『村上春樹の聴き方』，角川書店 2002 年版。
55.『別冊宝島 743 号——僕たちの好きな村上春樹』，宝島社 2003 年版。
56. 久居つばき、くわ正人：『村上春樹の読み方——キーワードの由来とその意味』，雷韻出版 2003 年版。
57. 三浦雅士：『村上春樹と柴田元幸のもうひとつのアメリカ』，新書館 2003 年版。
58. 酒井英行：『「ノルヴェイの森」の村上春樹』，沖積舎 2004 年版。
59. 舘野日出男：『シリーズ松山大学研究叢書・ロマン派から現代へ村上春樹、三島由紀夫、ドイツ・ロマン派』(第 45 巻)，鳥影社 2004 年版。

60. 加藤典洋：『村上春樹・イエローページ』(2)，荒土出版社 2004 年版。
61. 岩宮恵子：『思春期をめぐる冒険——心理療法と村上春樹の世界』，日本評論社 2004 年版。
62. 鈴村和成：『村上春樹とネコの対話——ネコをめぐる冒険』，彩流社 2004 年版。
63. 別冊宝島編集部：『シリーズ宝島社文庫・村上春樹が好き！』，宝島社 2004 年版。
64. 加藤典洋：『村上春樹・イエローページ』，荒土出版社 2005 年版。
65. 根本萠騰子：『文学の中の女性・擬態か反抗か・「源氏物語」から村上春樹まで』，近代文芸社 2005 年版。
66. 今井清人：『村上春樹スタディーズ (2000—2004)』，若草書房 2005 年版。
67. 加藤典洋：『村上春樹論集（1)』，若草書房 2006 年版。
68. 加藤典洋：『村上春樹論集（2)』，若草書房 2006 年版。
69. 佐藤幹夫：『村上春樹の隣には三島由紀夫がいつもいる』，PHP 研究所 2006 年版。
70. 小森陽一：『村上春樹論——「海辺のカフカ」を精読する』，平凡社 2006 年版。
71. 風丸良彦：『越境する“僕”——村上春樹、翻訳文体と語り手』，試論社 2006 年版。
72. 川本三郎：『村上春樹論集成』，若草書房 2006 年版。
73. 大塚英志：《村上春樹論——サブカルチャーと倫理』，若草書房 2006 年版。
74. ジェイ・ルービン著、畔柳和代訳：『ハルキ・ムラカミと言葉の音楽』，新潮社 2006 年版。
75. 柴田元幸、沼野充義、藤井省三、四方田犬彦：『世界は村上春樹を

どう読むか』，文芸春秋 2006 年版。
76. 兼松光：『音楽家たちの村上春樹——ノルヴェイの森と 10 のオマージュ』，フラッシユポイント 2006 年版。
77. 清水良典：『村上春樹はくせになる』，朝日新聞社 2006 年版。
78. 宮脇俊文：『村上春樹ワンダーランド』，いっそぷ社 2006 年版。
79. 川村湊：『村上春樹をどう読むか』，作品社 2006 年版。
80. 塩濱久雄:『村上春樹はどう誤訳されているか』,若草書房 2007 年版。
81. 小西慶太：『村上春樹を聴く——ムラカミワールドの旋律』，阪急コミュニケーションズ 2007 年版。
82. 風丸良彦：『村上春樹短編再読』，みすず書房 2007 年版。
83. 半田淳子：『村上春樹、夏目漱石と出会う』，若草書房 2007 年版。
84. 山根由美恵:『村上春樹“物語”の認識システム』,若草書房 2007 年版。
85. 藤井省三：『村上春樹のなかの中国』，朝日新聞社 2007 年版。
86. 酒井英行:『「ダンス・ダンス・ダンス」解体新書——座談会村上春樹』，沖積舎 2007 年版。
87. 内田樹：『村上春樹にご用心』，アルテスパブリッシング 2007 年版。
88. 村上春樹研究会編：『村上春樹作品研究事典（増補版)』，鼎書房 2007 年版。
89. 黒古一夫：『村上春樹——“喪失”の物語から“転換”の物語へ』，勉誠出版 2007 年版。
90. 坪内祐三：『アメリカ村上春樹と江藤淳の帰還』，扶桑社 2007 年版。
91. 石原千秋：『謎とき村上春樹』，光文社 2007 年版。
92. 柘植光彦：『国文學解釈と鑑賞別冊・村上春樹・テーマ・装置・キャラクター』，至文堂 2008 年版。
93. 山崎真紀子：『村上春樹の本文改稿研究』，若草書房 2008 年版。

94. 今井清人:『村上春樹スタディーズ 2005—2007』,若草書房 2008 年版。
95. 平野純:『ゼロの楽園——村上春樹と仏教』,楽土社 2008 年版。
96. 岩宮恵子:『思春期をめぐる冒険——心理療法と村上春樹の世界』,新潮社 2008 年版。
97. 岡本一南:『村上レシピ』,ゴマ文庫 2008 年版。
98. 塩濱久雄:『村上春樹を英語で読む』,若草書房 2008 年版。
99. 酒井英行:『村上春樹を語る:「世界の終りとハードボイルド・ワンダーランド」』,沖積舎 2008 年版。
100. 清水良典:『竜と春樹の時代』,幻冬舎 2008 年版。
101. 明里千章:『村上春樹の映画記号学』,若草書房 2008 年版。
102. 飯塚恒雄:『ぼくは村上春樹と旅をした』,愛育社 2008 年版。
103. 宇佐美毅、千田洋幸編:『村上春樹と一九八〇年代』,おうふう 2008 年版。
104. 風丸良彦:『村上春樹"訳"短篇再読』,みすず書房 2009 年版。
105. 柴田勝二:『中上健次と村上春樹「脱六〇年代」的世界のゆくえ』,東京外国語大学出版会 2009 年版。
106.『心をゆさぶる平和へのメッセージ なぜ、村上春樹はエルサレム賞を受賞したのか?』,ゴマブックス 2009 年版。
107. 藤井省三:『東アジアが読む村上春樹　東京大学文学部中国文学科国際共同研究』,若草書房 2009 年版。
108. 柴田元幸、沼野充義、藤井省三、四方田犬彦:『世界は村上春樹をどう読むか』,文芸春秋 2009 年版。
109. 渡辺みえこ:『語り得ぬもの:村上春樹の女性(レズビアン)表象』,御茶の水書房 2009 年版。
110. 村上春樹研究会編著:『村上春樹の「1Q84」を読み解く』,データハウス 2009 年版。
111. 大塚英志：『物語論で読む村上春樹と宮崎駿——構造しかない日本』，角川書店 2009 年版。
112.『村上春樹「1Q84」をどう読むか』，河出書房新社 2009 年版。
113. とよだもとゆき:『村上春樹と小阪修平の 1968 年』,新泉社 2009 年版。
114. 鈴木智之：『村上春樹と物語の条件「ノルウェイの森」から「ねじまき鳥クロニクル」へ』，青弓社 2009 年版。
115. 鈴村和成：『村上春樹・戦記「1Q84」のジェネシス』，彩流社 2009 年版。
116. 空気さなぎ調査委員会:『村上春樹「1Q84」の世界を深読みする本』，ぶんか社 2009 年版。
117.『「1Q84」村上春樹の世界』，洋泉社 2009 年版。
118. 加藤典洋：『村上春樹・イエローページ（3)』，幻冬舎 2009 年版。
119. 西村幸祐・杉原志啓：『イチローと村上春樹は、いつビートルズを聴いたのか』，PHP 研究所 2009 年版。
120.『「1Q84」スタディーズ BOOK（1）(MURAKAMI Haruki Study Books)』，若草書房 2009 年版。
121. 竹内清己：『村上春樹・横光利一・中野重治と堀辰雄：現代日本文学生成の水脈』，鼎書房 2009 年版。
122. 土居豊：『村上春樹を読むヒント』，ロングセラーズ 2009 年版。
123.『「1Q84」スタディーズ BOOK（2）(MURAKAMI Haruki Study Boooks)』，若草書房 2010 年版。
124. 松本健一：『村上春樹　都市小説から世界文学へ』，第三文明社 2010 年版。
125. 黒古一夫：『戦争・辺境・文学・人間　大江健三郎から村上春樹まで

黒古一夫書評集』，勉誠出版 2010 年版。
126. 柘植光彦：『村上春樹の秘密　ゼロからわかる作品と人生』，アスキー・メディアワークス 2010 年版。
127. 芳川泰久：『村上春樹とハルキムラカミ：精神分析する作家』，ミネルヴァ書房 2010 年版。
128. 平居謙：『村上春樹小説案内全長編の愉しみ方』，双文社出版 2010 年版。
129. 平居謙：『村上春樹の「1Q84」（BOOK3）大研究』，データハウス 2010 年版。
130. 土居豊：『村上春樹のエロス』，ロングセラーズ 2010 年版。
131.『特集：村上春樹ロングインタビュー「考える人」』，新潮社 2010 年版。
132. 市川真人：『芥川賞はなぜ村上春樹に与えられなかったか 擬態するニッポンの小説』，幻冬舎 2010 年版。
133. 村上春樹：『夢を見るために毎朝僕は目覚めるのです 村上春樹インタビュー集 1997 — 2009』，文芸春秋 2010 年版。
134. 宮脇俊文：『村上春樹を読む。全小説と作品キーワード』，イースト・プレス 2010 年版。
135. 栗原裕一郎、大谷能生、鈴木淳史、大和田俊之、藤井勉：『村上春樹を音楽で読み解く』，日本文芸社 2010 年版。
136. 小山鉄郎：『村上春樹を読みつくす』，講談社 2010 年版。
137. 内田樹：『もういちど村上春樹にご用心』，アルテスパブリ 2010 年版。
138.『村上春樹全小説ガイドブック——この 1 冊でハルキ・ワールドがわかる完全保存版，洋泉社 2010 年版。

后记

村上春树是20世纪70年代崛起的日本小说家。30余年来不仅独步日本文坛，而且声名远播，已为整个文明人类所普遍认可；在宏大叙事缺失、文学意义受到质疑的后现代语境中，成为为数不多的大师级作家。

村上小说的艺术价值的发掘，引起了以日本为主的世界范围内的学术界的广泛注意，投入之大，成果之多，令人叹为观止。中国目前已迻译了这位作家的主要作品，并且积极参与到了全球的“村上春树热”之中。然而，村上小说的文学批评却相对滞后，无法与作品译介的热情相提并论。对中国的知识界而言，后现代文学的话语权问题，并不仅仅意味着解读村上小说的能力，而且关乎自己的民族文学的未来发展与走向。何况村上春树的历史诉求中，中国始终是一个充满矛盾的所在；在这个意义上，村上春树应该说是中国人的无可规避的存在。

有鉴于此，站在中国的文化立场上，以中国人的价值观念面对村上春树，既是学术研究的使命，也是本书的题旨和命意。从附庸风雅到脚踏实地，笔者为致力于这一境地付诸了近10年的努力。在全面探索村上春树的小说艺术特色的过程中，触及了村上小说的语言风格、结构艺术和人物塑造的几个重点领域，揭示了村上所进行的“个人革命”的艺术方式及其价值。与此同时，对日本文化根性、美国情结和中国认识的复杂作用，所造就出来的这位作家的个性，给出了文学文化学意义上的客观定位。

必须说及的是，我得到了几位前辈名家始终如一的助力，直至书稿的最终完成。他们是东北师范大学的孟庆枢、刘春英先生；东京大学的藤井省三先生；我的父亲，东北师大日本研究所的尚侠先生；以及村上小说的中文译者，台湾的赖明珠和香港的叶惠先生。中国有俗语说，大恩不言谢。我以为这话的分量很重，给人以一种天籁般的责任意识。

妆罢低声问夫婿，画眉深浅入时无。我以惴惴不安的心情，将稚嫩呈现给所有关怀与扶植过我的人们。

尚一鸥

辛卯伊始记于东北师范大学

重印后记

“妆罢低声问夫婿，画眉深浅入时无。我以惴惴不安的心情，将稚嫩呈现给所有关怀与扶植过我的人们。”这是当时留存后记结尾处的一段话。如果是一般意义上的客套，我绝不会至今仍是这样的心境。

最近接到商务印书馆方面的通知，拙著将根据读者的需求重印，并嘱我从速写一个重印后记。我有些诚惶诚恐，大喜过望。有这样多素不相识的读者，掏自己的腰包来买我的书，这无疑是对一个年轻作者最大的褒奖。我就中感到了时代的脉动、上苍的公平，并衷心地感激那些想得到这本书一睹为快的人们。

村上春树的创作活动还在持续进行中，不断有新作问世。这位再次与年度诺贝尔文学奖擦肩而过的日本作家，以自己壮心不已的努力向整个世界昭示着对功名的理解，不免有一点宿命般的色彩。

我临产在即，暂时已经没有可能将《1Q84》以后村上的情况写给诸位。亏欠读者的债务，定当日后还上。所以这次再版，除对第二页上的一个注脚略作补充，其他内容并无改动。

神啊，给我力量吧！让我顺利地生下儿子。因为前面还有许多事情在等着我。

尚一鸥

癸巳之末于长春